GULLIVER

768

Bei Beltz & Gelberg erschienen von Arnulf Zitelmann:

»*Kleiner-Weg*«. Abenteuer-Roman aus der Frühzeit
Zwölf Steine für Judäa. Abenteuer-Roman aus dem Jüdisch-Römischen Krieg
Unter Gauklern. Abenteuer-Roman aus dem Mittelalter
Nach dem Großen Glitch. Abenteuer-Roman aus der Zukunft
Der Turmbau zu Kullab. Abenteuer-Roman aus biblischer Zeit
Jenseits von Aran. Abenteuer-Roman aus Altirland
Bis zum 13. Mond. Eine Geschichte aus der Eiszeit
Hypatia. Eine Geschichte aus dem frühchristlichen Alexandrien
Unterwegs nach Bigorra. Abenteuer-Roman aus dem frühen Mittelalter
Vor den Toren von Byzanz. Abenteuer-Roman aus dem Mittelalter
Alica. Abenteuer-Roman aus der Antike
Paule Pizolka oder Eine Flucht durch Deutschland. Roman
Mose, der Mann aus der Wüste. Roman
Abram und Sarai. Roman
Kein Ort für Engel. Roman
»*Widerrufen kann ich nicht*«. Die Lebensgeschichte des Martin Luther
»*Keiner dreht mich um*«. Die Lebensgeschichte des Martin Luther King
»*Ich will donnern über sie*«. Die Lebensgeschichte des Thomas Müntzer
Nur dass ich ein Mensch sei. Die Lebensgeschichte des Immanuel Kant
»*Jedes Sandkorn ist ein Buchstabe*«. Die Lebensgeschichte des Georg Christoph Lichtenberg

Arnulf Zitelmann

Paule Pizolka oder Eine Flucht durch Deutschland

Roman

Mit einem Nachwort von
Arno Klönne

EIN **GULLIVER** VON **BELTZ & GELBERG**

Paule Pizolka oder Eine Flucht durch Deutschland
wurde mit dem Gustav-Heinemann-Friedenspreis ausgezeichnet.

www.gulliver-welten.de
Gulliver 768

Neue Rechtschreibung
Markenkonzept: Groothuis, Lohfert, Consorten, Hamburg
Einbandgestaltung: Max Bartholl
Einbandfoto: AKG Photo, Berlin
Gesamtherstellung: Druck Partner Rübelmann, Hemsbach
Printed in Germany
ISBN 13: 978-3-407-78768-2
ISBN 10: 3-407-78768-5
8 9 10 11 12 10 09 08 07 06

Zürs

Paule ließ das Fernglas sinken. Es war eisig kalt auf dem Balkon und seine Hände zitterten.

»Andauernd verwackelt das Blickfeld«, sagte er. »Ich krieg einfach die Orientierung nicht.«

Henner zeigte hinauf in den sternklaren Himmel, fast in den Zenit. »Da oben steht doch die Andromeda. Und fünf Grad, eine Daumenbreite nordwestlich vom zweiten Stern in der Kette, dieser kleine helle Fleck da, das ist M31, die Andromeda-Galaxie.«

Paule hatte gerade den Nebelflecken eingefangen, als hinter ihnen im Zimmer das Licht anging. Henner schaute sich um. Dann rief er: »Achtung!«, und stand stramm.

Es war Maier, ihr Lagermannschaftsführer, der seine abendliche Stubenrunde machte, wie immer korrekt in Uniform, sogar die grün-weiße Führerschnur an der linken Schulter wirkte wie frisch gestärkt.

Maier nickte kurz, befahl »Rührt euch« und trat in die Balkontür. »Was treibt ihr denn da?«, fragte er. »Auf dem Balkon, und das bei offener Tür. Wohl noch nie was von Kohlenklau gehört, was? Nun mal rein mit euch. Und macht die Vorhänge dicht. Schließlich haben wir Verdunklung, auch hier oben in den Bergen.«

Er wartete, bis die Jungen in der Stube standen, und ließ sich von Paule das Fernglas aushändigen.

»Ein Zeiss-Glas«, stellte er fest. »Sieben mal fünfzig, das kostet schon in Friedenszeiten eine schöne Stange Geld. Wem von euch gehört das?«

Paule deutete mit einer Kopfbewegung auf Henner.

»Eigentlich ist es das Jagdglas von meinem Vater«, erklärte

Henner. »Mutter hat es mir mitgegeben, als ich in die Kinderlandverschickung ging.«

»Und was macht ihr damit im Dunkeln?«, fragte Maier weiter. »Hier draußen habt ihr jetzt nichts verloren. Es ist gleich Zapfenstreich und du, Paule Pizolka, solltest längst auf deiner Stube in der ›Alpenrose‹ sein. Also, was wolltet ihr mit dem Fernglas?«

»Wir beobachten nur die Sterne«, sagte Henner. Seine Stimme klang unsicher, es war deutlich zu merken, dass er Angst hatte.

Maier ließ den Feldstecher am Tragriemen baumeln und musterte sie stumm. Er wird das Glas doch nicht gleich kassieren, dachte Paule erschrocken.

»Henner war gerade dabei, sich bettfertig zu machen«, sagte er rasch. »Und ich bin nur kurz rübergekommen, weil wir beim Essen über den Andromedanebel geredet hatten.«

»Und was ist das, euer Andromedanebel?«, fragte Maier und reichte Henner das Glas.

»Ein Spiralnebel wie unsere Milchstraße«, erklärte Henner eifrig. »In Wirklichkeit ist es gar kein Nebel, man nennt es nur so. Eigentlich sind es Millionen Sonnen, eine Galaxie. Jetzt bei Neumond kann man sie besonders gut beobachten.«

Wieder sah Maier von einem zum anderen. »Na gut, ich will euch die Sache mal glauben«, sagte er schließlich. »Aber nun gefälligst ins Bett! Gute Nacht, Jungs.«

»Gute Nacht, Lagermannschaftsführer«, antworteten sie wie aus einem Mund.

In der Tür drehte sich Maier noch einmal um. »Pizolka, morgen meldest du dich mit den übrigen Leuten von deinem Jahrgang zum Schießsport. Vierzehn Uhr, während der Freibeschäftigung, auf meinem Zimmer.«

Paule nahm Haltung an. »Zu Befehl, Lagermannschaftsführer«, sagte er. »Um vierzehn Uhr auf deinem Zimmer.«

»Mensch, das ist gerade noch mal gut gegangen«, meinte Henner erleichtert, als Maier ihr Zimmer verlassen hatte. »Ein

Glück, dass es keine Meldung beim Direx gegeben hat. Der Pistor und meine Mutter kennen sich nämlich. Und Mutter braucht nicht zu wissen, dass ich Vaters Jagdglas hier in Zürs dabeihabe.«

»Reg dich ab«, sagte Paule. »Maier macht so schnell keinen Wind. Also, ich verkrümel mich. Schlaf mal schön!«

Jenseits der Straße lag das Hotel »Alpenrose«, in dem die meisten Schüler der Duisburger und Essener Gymnasien untergebracht waren.

Lodders, mit dem Paule die Stube teilte, lag schon in den Federn, gähnte laut und sagte: »Du machst das Licht aus, Pizolka. Gute Nacht.«

»Nacht«, antwortete Paule, stieg aus seinen Sachen, faltete sie vorschriftsmäßig zu einem Päckchen und legte sie auf seinem Stuhl ab. Beim Zähneputzen hörte er unten im Haus die Trillerpfeife des Lagermannschaftsführers.

»Einundzwanzig Uhr, Bettruhe«, rief Maier durch die Gänge.

Paule schlug sein Federbett auseinander, knipste das Licht aus und kringelte sich auf dem kalten Laken zusammen. Es war wirklich ein Jammer, dass ihnen der Lagermannschaftsführer dazwischengekommen war. Gerade als er den Andromedanebel eingefangen hatte. Eine milchige, linsenförmige Scheibe, Licht aus dem Weltraum, seit ewigen Zeiten unterwegs. Gut, dass er sich jetzt in Zürs mit Henner angefreundet hatte. Der wusste über den Weltraum mehr als ein Packen Bücher. In Duisburg auf der Schule hatte er mit Henner nicht viel zu tun gehabt. Henner war auch erst später ins Lager nachgereist, als die Luftangriffe im Revier immer mehr zunahmen. Bei Pistor hatte Henner einen Stein im Brett. Eigentlich komisch, dachte Paule. Denn Pistor, Dr. Pistor, SA-Obersturmführer, hatte sonst nur was für zackige, kernige Jungs übrig. Und das war Henner bestimmt nicht.

Vor dem Wecksignal um sieben zog Paule sich an. Lodders schlief noch. Paule rüttelte ihn wach. »Auf, Klaus, wir haben

Tischdienst. Wir müssen schnell machen, sonst sind wir zu spät dran.«

Lodders brummte.

»Auf doch«, wiederholte Paule. »Ich verschwinde schon mal nach unten.«

Auf den Gängen kamen ihm verschlafene Jungen im Pyjama entgegen, die der Toilette zustrebten. Eine Schlange stand schon vor der Tür.

Am Treppenabgang sah er Voß, einen groß gewachsenen, dunkelhaarigen Jungen.

»He, Voß«, rief er ihm zu. »Um zwei ist für unseren Jahrgang beim Lama Luftgewehrschießen.«

»Von mir aus«, knurrte Voß. »Mir kann das egal sein. Ich melde mich später zu den Nachrichtern. Wieso bist du schon in vollen Klamotten? Tischdienst?«

»Mit Lodders«, sagte Paule.

»Dann macht mal zu«, rief Voß ihm nach, während er die Treppe hinunterlief. »Ich hab einen Riesenhunger.«

Ein paar Minuten später war die Lagermannschaft vorm Hotel angetreten und marschierte zum Frühsport ab. Paule und Lodders schleppten unterdessen Tellerstapel in den Saal mit dem Führerbild und der riesigen HJ-Hakenkreuzfahne an der Fensterfront. Tassen und Untertassen folgten, Kunsthonig und die Teller mit den Butterrationen, dann die Brotkörbe. Die Lehrer am Kopfende der Tische bekamen Weißbrot gedeckt.

»Finde ich einfach nicht gerecht«, meinte Lodders.

»Wem sagst du das?«, rief Paule ihm von der anderen Tischseite zu und richtete die Messer auf den Tellern gerade. »Aber du hast ja gehört, wie Pistor neulich den Roßberg angeschnauzt hat, weil der sich darüber beschwerte. Die Pauker kriegen ihr Weißbrot aus Gesundheitsgründen, und damit basta.«

»Krank hab ich von denen noch keinen gesehen«, sagte Lodders. Er setzte den letzten Brotkorb ab und kontrollierte die

Gedecke. »Mathe könnte von mir aus ruhig mal für ein paar Wochen ausfallen.«

»Besser Latein«, meinte Paule. »Der Dalman macht mich heute bestimmt wieder fertig.«

Sie rückten noch die Stühle gerade und rannten dann hinauf ins Zimmer, um die Betten zu bauen, Schuhe zu putzen und auszufegen. Wenig später polterten die anderen Jungen durchs Haus und begannen mit ihrem Stubendienst, so schnell sie nur konnten. Wenn der Führer vom Dienst, der FvD, während der Unterrichtszeit die Stuben kontrollierte und etwas auszusetzen fand, gab es Ärger.

In acht Reihen stand die Lagermannschaft hinter den Stühlen und wartete darauf, dass Lagerleiter und Lagermannschaftsführer erschienen.

Von der Küche im Untergeschoss rumpelte bereits der Aufzug mit den Kaffeekannen nach oben. Maier kam durch die Schwingtür und musterte stumm die Reihen. Kurz darauf folgte Dr. Pistor. Paule fiel auf, dass er seinen Hals noch schiefer hielt als sonst. Das kam von einer Wirbelverletzung aus dem Polenfeldzug, sagte man.

Maier grüßte und erstattete Meldung: »Lagermannschaft zum Frühstück angetreten. Zwei Mann im Revier. Sonst keine weiteren Vorkommnisse.«

Der Lagerleiter nickte, begrüßte die Lagermannschaft. »Heil Hitler, Jungs«, rief er, den ausgestreckten Arm in Augenhöhe.

Sie grüßten laut und zackig zurück.

Ein Junge vom Essener Burggymnasium, in HJ-Uniform und sauber gekämmt, trat zwischen Pistor und Maier und verkündete in Hab-Acht-Stellung die Tagesparole: »›Ihr könnt stolz sein auf die Männer, die heute Deutschland führen. Und ich will genauso stolz sein auf euch, die ihr Deutschlands Jugend seid.‹ Adolf Hitler, 1939, im Berliner Olympiastadion.«

»Abtreten«, sagte Maier, ergriff die Hand von Lehrer Lohfink und dessen Tischnachbarn und rief: »Fröhlich sei das Kaffeetrinken!«

»Fröhlich sei das Kaffeetrinken«, wiederholten die Jungen und ließen sich stühlerückend an den Tischen nieder.

Paule rannte mit Klaus Lodders zum Aufzug, schleppte die Kannen mit dem heißen Milchkaffee herbei. Es musste schnell gehen, sonst blieb für sie nachher nicht mehr genug Brot übrig.

Eine Dreiviertelstunde später waren die Tische ab- und umgeräumt und die Klassen Untertertia bis Obersekunda saßen, auf mehrere Räume verteilt, beim Unterricht.

Paule brütete über einer Lateinarbeit. Alfons Dalman hatte sie mit einer Übersetzungsübung aus dem Deutschen ins Lateinische überrascht.

»Es besteht kein Zweifel«, stand da, »dass derjenige Teil Germaniens, der sich nach Westen erstreckt, eine römische Provinz geworden wäre, wenn nicht Arminius, der äußerst tapfere und kluge Sohn des Cheruskerfürsten Segimerus, eine solche Änderung der Machtverhältnisse bewirkt hätte, dass die Römer dadurch gezwungen wurden, aus Germanien zu weichen.« So ging es weiter im Text. Bis zum Pausenfrühstück um zehn Uhr fünfundvierzig hätten sie Zeit, hatte Alfons verkündet, und auch wenn er verlängerte, käme für Paule bestenfalls doch nur ein »Ausreichend« heraus. Das wusste er mit Sicherheit und Henner saß zu weit weg.

Und so begann er widerwillig: *Non dubium est, quin Germania, quae ad occidentem opectat, in provincium Romanam redacta esset, nisi Arminius …*

Jetzt schmierte auch noch der Füller. Alfons stand hinter ihm und sah ihm über die Schulter.

»Kann ich mal raus, den Füllhalter sauber machen?«, flüsterte Paule ihm zu.

Alfons Dalman verneinte mit einer Kopfbewegung. »Nimm den Bleistift«, sagte er.

… *fortissimus prudentissimus Segimeri Cheruscorum principis filius*, fuhr Paule fort. Er bemühte sich, sauber zu schreiben, quälte sich mit schwitzenden Fingern weiter durch die Zeilen.

Warum hatte Jupp, sein Vater, nur darauf bestanden, ihn von der Realschule in Oberhausen nach Duisburg aufs Landfermanngymnasium zu schicken? Gegen Griechisch hatte Paule nichts, das machte schon wegen der fremden Buchstaben Spaß. Aber in Latein würde er es nie zu etwas bringen. Jupp hatte jedoch gemeint, er solle versuchen durchzuhalten. Bei den alten Sprachen höre er wenigstens mal was anderes als die ewig gleichen Sprüche über Hitler und sein Drittes Reich.

Damals bei der Anmeldung hatte Jupp allerdings nichts davon gesagt. Pistor, dem Direktor, steckte das goldene Parteiabzeichen im Knopfloch, das »Spiegelei« mit schwarzem Hakenkreuz auf weißer Emaille, umkränzt von goldenem Eichenlaub.

Paule knabberte an seinem Stift und sah Alfons nach, der zwischen den Tischreihen auf und ab ging. Wie Alfons Dalman wohl mit dem Direx zurechtkam? Und die anderen Lehrer? Overbeck, Lohfink und so weiter?

In Obladis, ihrem vorigen Lager, hatte Pistor einmal Paules Spind ausgeräumt und sämtliche Sachen aus dem Fenster geworfen. Und binnen fünf Minuten sollte er alles wieder eingeordnet haben, diesmal aber Kante auf Kante, hatte Pistor drohend hinzugefügt. Das war reine Schikane gewesen. Im Spind hatte tadellose Ordnung geherrscht.

Seufzend machte sich Paule wieder an die Arbeit. Er gab sein Heft als Dritter ab.

Dalman legte das Heft vor sich auf den Tisch und meinte: »Du könntest auch im Lateinischen auf eine befriedigende Note kommen, Pizolka, wenn du dich nur mehr anstrengen würdest. Vokabeln und Grammatik lernen, Übersetzen üben. Das ist im Lateinischen das A und O.«

Paule zuckte die Schultern.

»Sonst bist du doch durchaus ein guter Schüler«, fuhr Dalman fort. »Wie kommt es nur, dass du gerade in Latein nicht weiterkommst?«

»Weiß ich nicht, Herr Oberstudienrat«, murmelte Paule.

Alfons Dalman betrachtete ihn kopfschüttelnd und entließ ihn mit einem Wink nach draußen.

In der Eingangshalle traf er Henner, der am schwarzen Brett den Tagesplan studierte.

»Na, wie bist du mit Armin, dem Cherusker, zurechtgekommen?«, fragte Henner.

»Nicht besonders«, meinte Paule. »Und dann hatte ich auch keine Lust mehr. Komm, bis die anderen fertig sind, gehen wir auf mein Zimmer.«

Die Stubenkontrolle war schon durch. Paule stellte befriedigt fest, dass Schrank, Waschablage, Bettschränkchen und Bett unberührt waren. Der Führer vom Dienst hatte an ihrem Zimmer nichts auszusetzen gehabt.

»Ich weiß nicht, wie du das machst«, sagte Henner. »Bei mir liegt jeden zweiten, dritten Tag das Bettzeug auf dem Boden. Oder der Kram aus dem Spind. Es ist wirklich zum Verzweifeln.«

»Ich zeig's dir noch mal«, sagte Paule. »Da gibt es Tricks, die du im Wehrertüchtigungslager beigebogen bekommst.«

»Kommst du heut Abend rüber?«, fragte Henner. »Gestern habe ich, glaub ich, den Mars gesehen. Er steht in den Zwillingen, genau im Osten überm Trittkopf.«

»Den Mars?«, wiederholte Paule. »Mit Kanälen und so?«

»Das nicht gerade«, sagte Henner. »Vielleicht existieren die Kanäle auch gar nicht. Im ›Kosmos‹ stand neulich, die Linien, die man von der Erde aus auf der Marsoberfläche sieht, wären wahrscheinlich keine technischen Anlagen. Es handle sich dabei um eine Art von optischer Täuschung.«

»Schade«, meinte Paule.

»Aber Marsmenschen gibt's bestimmt«, sagte Henner. Seine Augen funkelten vor Aufregung. »Ich glaub wenigstens dran, und du?«

»Ich weiß nicht recht«, sagte Paule. »Und wenn, dann möchte ich nicht wissen, was die über uns hier unten denken.«

»Wieso?«, fragte Henner.

»Kannst du dir das nicht selber denken?«, fragte Paule zurück.

»Keine Ahnung«, sagte Henner. »Meinst du, die haben vor, uns zu überfallen?«

Paule tippte sich an die Stirn. »Quatsch«, sagte er. »Ich glaube einfach, deine Marsmenschen denken, wir auf der Erde spielen verrückt.«

»Wie meinst du denn das?«, fragte Henner.

»Na ja, die müssen doch mitkriegen, wie bei uns die Städte abbrennen, wie überall geschossen wird und die Bomben hochgehen«, sagte Paule.

»Krieg ist doch was Normales«, meinte Henner. »Glaubst du, die auf dem Mars kriegen sich nicht auch in die Haare?«

»Aber bei uns ist es jetzt das zweite Mal hintereinander«, sagte Paule. »Noch ein Krieg, dann bleibt ja überhaupt nichts mehr übrig.«

»Also, wir haben nicht damit angefangen«, sagte Henner. »Der Führer hat immer nur Frieden gewollt. Das hat er tausendmal gesagt. Mein Vater ist Batteriechef am Atlantikwall, in der Normandie. Und der sagt, wenn wir diesmal gewinnen, haben wir bis ins Jahr 2000 Frieden.«

»Und daran glaubst du?«, fragte Paule.

»Klar doch«, versicherte Henner. »Ich geb vielleicht keinen guten Soldaten ab, aber bestimmt habe ich das Zeug zu einem Ingenieur. Und damit hilft man auch, den Krieg zu gewinnen. Stell dir vor, wir würden nicht mehr daran glauben. Das wäre doch furchtbar.«

Von unten hörte man den Gong. Das ersparte Paule eine Antwort. Schweigend stieg er hinter Henner die Treppe hinunter und mischte sich unter seine Klassenkameraden, die lautstark ihre Übersetzung diskutierten.

Punkt vierzehn Uhr stand er mit Klaus Lodders, Emil Voß und Horst Möllenkamp vor dem Lagermannschaftsführerzimmer.

Voß klopfte und der Lama rief sie hinein.

Im Zimmer, einem geräumigen, hellen Eckraum, nahmen sie Haltung an. »Vier Jungens vom Jahrgang 27 zur Stelle«, meldete Voß.

»Rührt euch«, befahl Maier. »Voß, sind eigentlich nur vier von eurem Jahrgang mit ins Lager gefahren? Was machen denn die anderen zu Hause? Schule findet doch in Duisburg oder Essen längst nicht mehr statt.«

»Vielleicht wollten die einfach nicht«, meinte Voß. »Wahrscheinlich sind die meisten inzwischen auch schon als Flakhelfer eingezogen. Von einem aus meiner alten Klasse weiß ich es genau. Er hat mir ins Lager geschrieben.«

»Na gut«, sagte Maier. »Setzt euch da auf die Bank. Ich bin erst seit drei Wochen nach Zürs abgestellt und habe mit euch noch keinen Wehrsport gemacht. Jetzt will ich mich mal um eure Schießausbildung kümmern.« Er zeigte hinter sich, wo zwei Luftgewehre an der Wand lehnten. Auf dem Boden lag außerdem eine Luftpistole.

»Wie war denn das bisher im Lager?«, erkundigte er sich. »Haben die anderen Lamafüs mit euch Ausbildung am Gewehr gemacht?«

Sie verneinten.

»Verstehe ich nicht«, sagte Maier. »Da muss ich mal bei der Lagerleitung rückfragen. Aber sicher habt ihr alle schon in der HJ Luftgewehr geschossen?«

Sie nickten zustimmend.

»Und Kleinkaliber?«, fragte er.

»Das auch«, sagten sie.

»Und wer von euch war im Wehrertüchtigungslager?«, erkundigte sich Maier weiter.

Paule meldete sich.

»Also wenigstens einer«, stellte der Lagermannschaftsführer fest. »Und worin bist du ausgebildet, Pizolka?«

»Karabiner und Maschinenpistole«, antwortete Paule.

»Und warst du gut?«, fragte Maier.

»Ja, ganz gut, denke ich«, sagte Paule zögernd.

»Was heißt: denke ich?«, fragte Maier. »Was schießt du zum Beispiel liegend freihändig, Kleinkaliber, bei fünf Schuss?«

»Fünfundzwanzig bis dreißig Ringe«, sagte Paule.

»Na, das ist ja fast schon Sonderklasse«, sagte Maier. »Hast du das HJ-Leistungsabzeichen?« Er tippte auf sein Silberabzeichen an der Uniformtasche.

»Ich habe es in Bronze«, antwortete Paule.

»Ja, mein Gott, warum trägst du das Ding denn nicht?«, rief Maier. »Damit könntest du glatt Hilfsausbilder im Lager werden. Na ja, aber jetzt wollen wir erst mal sehen, was ihr könnt. Da vorn das Brett mit der Persildame darauf – das wird umgedreht; auf Damen schießen wir nicht. Und du, Möllenkamp, steigst auf den Tisch und nagelst das Brett an der Wand fest.«

Als das Brett hing, heftete Maier ein Blatt mit Zielringen daran. »Zuerst stehend freihändig«, sagte er, nahm eins von den Gewehren, lud durch und nahm am hinteren Ende des Zimmers Aufstellung. Drei trockene Schüsse peitschten durch den Raum, alle saßen in der schwarzen Markierung.

Der kann wirklich ganz gut, dachte Paule und spürte, wie ihn Erregung überkam.

»Pizolka, du zuletzt«, sagte Maier. »Ihr drei anderen stellt euch hier auf und los geht's.«

Paule stellte fest, dass der Lama ein guter Ausbilder war. Er erklärte und verbesserte geduldig, achtete auf einen lockeren, nicht verkrampften Stand, auf Entspannung der Armmuskulatur, auf die Haltung der linken Hand.

»Die Knochen, nicht die Muskeln tragen das Gewehr«, betonte er. »Nicht anspannen, das Ding ist so leicht, du verreißt sonst unweigerlich.«

Trotzdem traf keiner der drei ins Schwarze. »Da gibt es noch viel zu tun«, meinte Maier.

Dann wurde Paule vor die Scheibe geholt. Eigentlich will ich nicht, aber vielleicht doch, dachte er, während er das Gewehr anlegte. Der Druckpunkt am Anschlag war sehr empfindlich. Ein Schuss löste sich, bevor Paule ihn erwartet hatte. Er lud durch und legte ein zweites Mal an. »Sachte wie mit einem Fliegenbein«, hatte ihnen der Ausbilder in Elten immer wieder gepredigt und so war es richtig. Von drei Schüssen brachte er zwei ins Schwarze.

»Prima«, lobte Maier. »Ich spreche mit der Lagerleitung, dass wir dich als Hilfsausbilder brauchen.« Er hieb Paule auf die Schulter und sah ihn erwartungsvoll an. »Einverstanden?«

»Ich möchte lieber nicht«, sagte Paule.

»Mensch, sei doch kein Spielverderber«, riefen die anderen.

Doch Paule schüttelte den Kopf.

»Was stört dich denn daran?«, wollte Maier wissen. »Mann, du schießt doch wie eine Eins.«

»Ich habe keine Zeit«, brachte Paule schließlich heraus. »Alfons sagt, ich muss Latein nachholen. Heute habe ich bestimmt wieder danebengeschrieben.«

»Streber«, sagte Lodders laut in die Runde.

Paule sah weg.

»Also, hör mal zu«, sagte Maier. »Wir sind hier kein Mädchenpensionat. Dienst geht vor. Pizolka, du wirst die Schießausbildung übernehmen. Das ist ein Befehl, verstanden?«

»Jawohl, Lagermannschaftsführer«, sagte Paule.

»Gut«, sagte Maier. »Also, ich spreche mit der Lagerleitung.

Die ganze Mannschaft bekommt ab jetzt Schießausbildung. Ich muss nur noch ein paar Kleinkaliber und irgendwo im Ort einen Schießstand auftreiben. Das war's. Ihr könnt abtreten.«

Auf der Treppe wurde Paule von Möllenkamp auf die Schießausbildung angesprochen. »Mensch, überleg doch mal, was wir für Spaß hätten«, sagte er. »Endlich mal was andres als die Flexenstraße rauf- und runtermarschieren. Und für dich wäre eine Dienstvergünstigung drin. Du müsstest ja blöd sein, um da nicht zuzugreifen. Sag doch endlich, was los ist. Das mit Latein glaubt dir ja doch keiner.«

Paule schaute hinter sich. Dann sagte er halblaut: »Mensch, Horst, ich hab einfach keine Lust, für die den Affen zu machen. Verstehst du?«

Möllenkamp zuckte die Schultern. »Das sagst du besser nicht jedem«, meinte er. »Aber ich habe schon kapiert. Nur glaub ich nicht, dass du damit durchkommst.«

Er ließ Paule stehen und sprang mit großen Schritten die Treppe hinunter.

Paule sah ihm nach. Heute verderbe ich's mir scheinbar mit jedem, dachte er.

Bedrückt ging er in sein Zimmer und machte sich für Sport bereit, setzte die Skimütze auf und zog die Uniformjacke über den Pullover.

Vor der »Alpenrose« war die Lagermannschaft schon in Reih und Glied angetreten. Paule schaffte es gerade noch, bei seinem Zug Platz im zweiten Glied zu finden.

Maier tat, als bemerke er Paules Verspätung nicht. »Lagermannschaft, stillgestanden!«, befahl er mit erhobener Stimme. »Richt' euch! Und das alles einen Schlag schneller, oder ich zieh euch die Hammelbeine lang. Augen geradeaus, und rechtsum, marsch. Die Zugführer übernehmen das Kommando. Ein Lied!«

Jemand stimmte das Westerwaldlied an und so zogen sie die

Flexenstraße hinauf und hinunter, wie jeden Tag. Und das nennt sich Sport, dachte Paule. Aber auf diese Weise kam man wenigstens raus aus dem Gemäuer.

Zwischendurch löste sich die Marschordnung auf, die Züge verteilten sich. Voth, ihr Unterführer, hetzte sie mit der Trillerpfeife durchs Gelände, brüllte Befehle, jagte sie, bis ihnen die Zunge aus dem Hals hing.

Am Schluss übernahm der Lagermannschaftsführer wieder persönlich das Kommando und die ganze Lagermannschaft trabte im Laufschritt zur »Alpenrose« zurück.

»Auf die Zimmer, waschen, um vier Uhr zum Kaffeetrinken im Speisesaal«, rief Maier. »Weggetreten!«

Punkt vier warteten alle hinter ihren Stühlen auf den Befehl zum Setzen. Paule hatte sich mit Lodders in der Nähe des Aufzugs postiert, aus dem es bereits nach Kräutertee roch.

Der heiße Tee tat gut, aber eine Schnitte Brot mit Kunsthonig reichte bei Paules Hunger einfach nicht aus. Schon beim Mittagessen war er nicht richtig satt geworden. Es hatte Dörrgemüsesuppe mit eingeriebenen rohen Kartoffeln gegeben. Die Suppe hatte ausnahmsweise einmal annehmbar geschmeckt, aber die Portion war für seinen leeren Magen viel zu klein gewesen. Er musste mal wieder Jupp, seinen Vater, um ein Fresspaket bitten, damit er was zum Zusetzen hatte.

Der restliche Nachmittag ging mit Hausaufgaben, Putzen, Flicken und Schuhappell drauf. Lodders bekam Ärger mit Voth, ihrem heutigen Führer vom Dienst. Voth fuhr mit einer Nagelfeile die Nähte von Lodders' Schuhen entlang und verdonnerte ihn dann auch noch wegen frecher Widerreden zu mehreren Liegestützen.

»Dieses Schwein«, fauchte Lodders, als Voth die Tür hinter sich zugeworfen hatte. »Eines Tages polier ich dem im Dunkeln die Fresse.«

»Da mach ich glatt mit«, sagte Paule. »Schließlich wusste er ja, dass wir heute Tischdienst haben und den ganzen Tag im Laufschritt hinter uns bringen müssen.«

»Genau«, sagte Lodders. Er ließ den Schuh fallen und wusch sich die Hände. »Komm, wir müssen zum Abendessen decken«, sagte er. »Gott, bin ich froh, wenn der Tag geschafft ist!«

Sie gingen geschirrklappernd um die Tische. Paul stahl sich zwischendurch in die Küche, blinzelte durch die Tür. Quark mit Pellkartoffeln! Leise schlüpfte er an die Theke und steckte sich die Hosentaschen voll Kartoffeln. Heiß waren die Dinger. Sie verbrannten ihm fast die Haut an den Schenkeln, aber jetzt wurde er heute Abend wenigstens satt.

Als der Aufzug nach dem Essen mit dem benutzten Geschirr wieder zur Küche hinuntergerumpelt war, folgte wie immer der Wehrmachtsbericht vom Tage, heute der vom 1. Dezember 1943. Die Namen der russischen Städte und Flüsse sagten Paule nur wenig, aber offenbar war es den Deutschen nach Stalingrad noch immer nicht gelungen, den russischen Vormarsch zum Stillstand zu bringen. Die deutsche Wehrmacht erzielte nur noch begrenzte Erfolge, ohne das Geschehen zu ihren Gunsten wenden zu können. Sondermeldungen, mit lauten Siegesfanfaren eingeleitet, hatte es seit Monaten nicht mehr gegeben. Selbst aus Süditalien bekam man die Alliierten nicht wieder hinaus. Die Tommys und Amis schienen sogar immer weiter nach Rom vorzurücken. Kein Wunder, dachte Paule, denn inzwischen hatte auch Italien, der ehemalige Bundesgenosse Deutschlands, dem Reich den Krieg erklärt. Mussolini, Führer der faschistischen Partei Italiens, war von italienischen Partisanen gefangen gesetzt worden. Erst mit Hilfe deutscher Fallschirmjäger war er vor einem Vierteljahr wieder befreit worden, hatte aber in Italien offenbar nichts mehr zu melden. Wie sollte da der Krieg noch zu gewinnen sein, wenn an der Ostfront und in Italien die Dinge so schlecht fürs Reich standen?

Mehrere Male hatte Paule versucht, mit Freunden die Tagesnachrichten zu diskutieren, war aber auf wenig Interesse gestoßen. Hier im Lager, fernab von allem Geschehen, war der Krieg allmählich fast unwirklich geworden. Nur die Luftangriffe gegen deutsche Städte schreckten die Jungen auf. Denn irgendwo hatte jeder Verwandte, einen Opa, die Tante oder gar Mutter und Geschwister, wo gerade die Bomben fielen. In Schweinfurt, Kassel, Düsseldorf und in Berlin, das allein im November viermal im Wehrmachtsbericht genannt worden war.

Gott sei Dank schien es gestern im Luftraum über dem Reichsgebiet verhältnismäßig ruhig geblieben zu sein. Doch vor fünf Tagen war Frankfurt angegriffen worden, der Ort, wo Jupp bei der Reichsbahn arbeitete. Der Wehrmachtsbericht hatte von einem »Terrorangriff« britischer Bomberverbände gesprochen, also musste es ziemlich schlimm gewesen sein. Paule hatte gleich darauf an seinen Vater geschrieben, aber bisher keine Rückantwort erhalten. Hoffentlich war Jupp nichts passiert!

Mit diesem Gedanken schlief Paule ein. Das war auch gestern und vorgestern und die Tage davor so gewesen. Jedes Mal die gleiche Hoffnung, jedes Mal die gleiche Sorge.

Am anderen Morgen hatten sie die erste Doppelstunde Deutsch. Studienrat Lohfink, ein kleines, finster dreinblickendes Männlein, liebte es, in hohen, durchdringenden Tönen zu deklamieren. Das konnte einem allen Spaß am Unterrichtsstoff verderben, doch die Lesebuchgeschichte von Krambambuli, die sie angefangen hatten, gefiel Paule trotzdem. Krambambuli, der Försterhund, wurde zwischen der Treue zu seinem alten Herrn, einem Wilderer, und dem Revierjäger Hopp so hin und her gerissen, dass er daran buchstäblich kaputtging. Paule kamen bei dem traurigen Ende fast die Tränen und er musste schlucken.

Lohfink erzählte aus dem Leben der Verfasserin, die im vorigen Jahrhundert auf einem Schloss in Böhmen gelebt hatte. Paule hörte kaum hin. Er sah durchs Speisesaalfenster ins Schneetreiben hinaus und träumte davon, wie Revierjäger Hopp im Wald zu leben, im Winter den Rehen Futter aufzuschütten, abends am Kamin, mit Krambambuli zu seinen Füßen, einen zerrissenen Rucksackriemen auszubessern, seine Gewehre zu ölen.

Unterdessen fiel der Schnee immer dichter. Der Frühsport war ausgefallen und am Nachmittag würden sie vielleicht sogar skifrei bekommen.

Hoffentlich! Paule hatte noch nie auf Skiern gestanden und freute sich sehr darauf. Er wollte sich Bretter ausleihen, bei Mathies oder Lorünser, obwohl die Gebühr dafür happig war, siebzig Pfennig für den Tag. Aber er besaß immerhin zwanzig Mark, und ohne Marken, nur für Geld, konnte man sowieso fast nichts mehr kaufen.

Aus dem Skifahren wurde jedoch nichts, da der Schneefall den ganzen Tag anhielt. Auch an den nächsten Tagen fielen pausenlos die Flocken. Die Jungen hockten die meiste Zeit auf ihren Zimmern, bekamen Sachappelle, Stubenappelle und zwischendurch noch einen Wäschetag verordnet und vertrieben sich ihre Freizeit mit Kartenspielen: Doppelkopf, Meine Tante–Deine Tante, Siebzehnundvier und natürlich immer wieder Skat.

Zwischendurch setzte sich Paule in eine Ecke und spielte auf seiner Mundharmonika. Mit der Schießausbildung hatte sich nichts mehr getan. Wahrscheinlich war es nicht einfach, in Zürs einen Übungsraum aufzutreiben. Und um Gewehre und Munition zusammenzukriegen, musste jemand von der Lagerleitung bis nach Innsbruck fahren. Solange Schnee in solchen Mengen vom Himmel kam, war daran wohl kaum zu denken. Also hatte er erst mal seine Ruhe vor Maier.

Der lang ersehnte Brief aus Frankfurt lag am Samstag vor dem zweiten Advent auf dem Posttisch. Ein grauer Umschlag mit roter Hitlermarke und dem Aufdruck: *Vorsicht, Feind hört mit!* Eine durchaus angebrachte Warnung, dachte Paule böse, denn ihre Post wurde von der Lagerleitung kontrolliert.

Lieber Junge, schrieb Jupp, *bestimmt hast du im Wehrmachtsbericht gehört, dass wir in Frankfurt in der Nacht vom 25. auf den 26. November einen schweren Angriff hatten. Ich schreibe dir jetzt sofort, damit du dir keine Sorgen machst. Mir geht es gut. Die Bomben gingen größtenteils außerhalb der Innenstadt nieder. Doch wer weiß, was uns noch alles bevorsteht. Du brauchst dir um mich aber keine Sorgen zu machen. Beim Reichsbahnausbesserungswerk haben wir die Bunker gleich in der Nähe. Paule, ich bin froh, dass du im Lager in Sicherheit bist! Euch in den Bergen wird der Luftkrieg bestimmt verschonen, während es hier im Reich von Tag zu Tag schlimmer wird. Du schreibst, dass ihr gut und ausreichend zu essen bekommt, und das beruhigt mich. Bei uns in der Kantine hat das Essen stark nachgelassen. Täglich stehen Kraut und Kartoffeln auf dem Speisezettel, doch es fallen hin und wieder wenigstens Sonderrationen für uns ab. Vor allem, wenn wieder mal ein Angriff war.*

Natürlich fällt jetzt auch vermehrt Arbeit im Ausbesserungswerk an und die Männer kommen schon lange nicht mehr auf ihre regulären Wochenstunden. Die meisten arbeiten fast rund um die Uhr, sechzig, siebzig Stunden sind die Regel. Wie lange wir das durchhalten? Es muss doch irgendwas geschehen, so oder so, das ist die Ansicht der meisten Kollegen. Übrigens arbeiten jetzt auch viele Frauen mit im Betrieb. Es ist bewundernswert, was die meisten von ihnen leisten. Selbst als Kranfahrerinnen bewähren sie sich. Das also ist der totale Krieg, von dem Dr. Goebbels gesprochen hat.

Von Hilde aus Konstanz habe ich zuletzt Anfang November gehört. Stell dir vor, Hilde erwartet ein Kind, und du, Paule, wirst Onkel! Schreib ihr doch mal, sie wird sich freuen. Ich weiß, dass du ihren Mann nicht magst, doch Hilde ist in großer Sorge um ihn. Die SS-Panzerdivisionen werden ja immer da eingesetzt, wo es besonders brennt. Hilde hat von Klaus zuletzt bei Tscherkassy gehört. Hoffentlich lebt er noch!

Inge ist noch immer in Konin im Warthegau. Sie ist vom Arbeitsdienst gleich in den Kriegshilfsdienst übernommen worden und arbeitet jetzt als Schulhelferin unter den Volksdeutschen. Die Arbeit scheint ihr viel Spaß zu machen. Ich habe ihr noch mal deine Anschrift geschickt; mein voriger Brief an sie ist anscheinend verloren gegangen.

So, jetzt weißt du wieder Bescheid über die ganze Familie. Bald ist Weihnachten und ich vermisse euch sehr. Es wird jetzt bald zwei Jahre, dass wir zuletzt alle beisammen waren. Ich umarme dich, mein Junge, behalte den Kopf oben. Dein Vater Jupp.

Neben dem Brief steckten noch zwei Zwanzigmarkscheine mit im Umschlag. Sein Vater hatte einen Zettel dazugeheftet: *Kauf dir mal was Schönes, wenn du irgendwas siehst!*

Paule las den Brief mehrmals durch und legte ihn dann ins Bettschränkchen zu seinen persönlichen Sachen. Er warf sich aufs Bett, verschränkte die Hände hinterm Kopf, hatte Heimweh und fühlte sich elend. Später holte er seine Mundharmonika hervor und improvisierte. Es klingt traurig, was ich da zusammenspiele, dachte er, melancholisch und traurig. Aber schließlich war die ganze Welt ein einziges Trauerspiel.

Schließlich stand er auf und schrieb eine Karte an Jupp und dann einen Brief an Inge, die ihm seit dem Tod der Mutter vor sechs Jahren Mutter, Schwester und Freundin in einem gewesen war. Es wurde ein sehr langer Brief. Er erzählte von Zürs, von sich, vom Unterricht und passte dabei auf, dass nichts im Brief stand, woran die Zensur der Lagerleitung Anstoß nehmen konnte. Inge kannte ihn gut genug und konnte zwischen den Zeilen lesen, was er ihr sagen wollte. Dass er sich allein fühlte und niemanden hatte, mit dem er wirklich reden konnte.

Aus Anlass des zweiten Advents veranstaltete die Lagerleitung im Tanzcafé der »Alpenrose« nach dem Frühstück eine Morgenfeier. Auf dem Kranz brannten die vier Kerzen, ein Junge aus der Untertertia trug ein Gedicht vor: »Kiek ins, wat is de

Himmel so rot«, zwei Blockflöten spielten »Es ist für uns eine Zeit angekommen«. Alle sangen mit und Lohfink dirigierte. Es klang kläglich, fand Paule. Wie würde es erst Weihnachten im Lager sein?

Dann bestieg Lagerleiter Dr. Pistor das Rednerpult. »Meine Jungen, Parteigenossen und Kollegen«, begann er, nachdem er seine Papiere geordnet hatte. »Wir feiern in diesen Tagen den Sieg des Lichts über die Finsternis. Wir warten auf die Sonnenwende. Darum ist diese Zeit ganz besonders dazu geeignet, Mut zu schöpfen für den Endsieg. Davon hat auch unser Führer vorigen Monat in seiner großen Rede in aller Deutlichkeit gesprochen. Im Angesicht der Getreuen der Münchener Feldherrnhalle hat er gesagt: ›Die Stunde der Vergeltung wird kommen! Es mag dieser Krieg dauern, so lange er will, niemals wird Deutschland kapitulieren. Niemals werden wir den Fehler des Jahres 1918 wiederholen, nämlich eine Viertelstunde vor zwölf die Waffen niederzulegen. Darauf kann man sich verlassen: Derjenige, der die Waffen als Letzter niederlegt, das wird Deutschland sein, und zwar fünf Minuten nach zwölf.‹«

Der Lagerleiter blickte mit gerötetem Gesicht auf, ließ eine Pause eintreten. Maier klatschte, die Lehrer fielen mit ein und schließlich klatschte alles stürmischen Beifall. Auch Paule wurde von der Stimmung mitgerissen. Die Führerworte hatten gezündet. Die Vergeltung kam, der Endsieg war sicher.

»Was wir bis dahin brauchen, Jungen, Volksgenossen, ist glühender Glaube an den Führer, eine fanatische Siegeszuversicht und vor allem Disziplin, eiserne Disziplin«, fuhr ihr Direktor fort. »Und da hapert's bei euch Jungens gewaltig. Ihr meckert in euren Briefen nach Hause über zu wenig Freizeit, über zu viel Marschieren, über karges Essen. Was wollt ihr eigentlich? Der Führer hat euch, die Jugend, das kostbarste Pfand seines Volkes, hierher vor den Luftgangstern in Sicherheit gebracht, ihr lebt hier fernab von allem Unheil in einer der schönsten Landschaften der Ostmark, habt täglich frische Luft um euch, habt geregelten Unterricht, genügend Freizeit, um zu wandern und herumzutollen – und ihr meckert noch immer? Ich gehe durch die Stuben, und da sitzen Leute stundenlang und dreschen Skat, in einem solchen Mief, dass man kaum die Tür aufkriegt …«

Er brach ab, als die Jungen lachten. »Da gibt's nichts zu lachen«, fuhr er dazwischen. »So gewinnen wir den Krieg nicht! Ich habe darum die Kollegen angewiesen, euch stärker mit Hausarbeiten zu beschäftigen, als das bisher offensichtlich geschehen ist. Zweitens, ab heute steht die Lagermannschaft dem Ort zum Schneeräumen zur Verfügung, so oft und wann immer das nötig ist. Drittens, es ist vorgesehen, eure Schießausbildung in Kürze in Angriff zu nehmen. Und viertens, die Führer vom Dienst sind angewiesen, bei den täglichen Stubenappellen energischer als bisher auf Sauberkeit und Ordnung zu achten. Ich berufe mich für diese Maßnahmen ausdrücklich auf unseren Führer. Er sagte in seiner schon genannten Rede: ›Der Kampf im Osten ist der schwerste, den das deutsche Volk jemals durchzustehen hatte. Was ich deshalb vom deutschen Soldaten fordere, ist Ungeheures. Es ist die Aufgabe der Front, dass sie am Ende das scheinbar Unmögliche möglich macht; es ist die Aufgabe der Heimat, dass sie die Front in ihrem Kampf gegen das scheinbar Unmögliche oder unmöglich zu Ertragende stützt und stärkt, dass sie sich in voller Klarheit bewusst wird, dass jedes Opfer, das wir heute bringen, in keinem Verhältnis steht zu den Opfern, die von uns gefordert werden würden, wenn wir den Krieg nicht gewinnen würden.‹ Meine Jungens, Kollegen und Parteigenossen! Heute in dieser finsteren Zeit, wo wir der Sonnenwende, dem Sieg des Lichts, zuversichtlich entgegensehen, wollen wir uns neu unserem Führer weihen. Wir erheben uns und grüßen unseren Führer Adolf Hitler mit einem dreifachen: Sieg Heil, Sieg Heil, Sieg Heil.«

Paules Ohren glühten. Die ganze Lagermannschaft stand mit

ausgestrecktem Arm da und fiel laut in das Fahnenlied Deutschlands ein: »Die Fahne hoch, die Reihen fest geschlossen, SA marschiert …«

»Bis zum Mittagessen Stubendienst!«, rief Maier hinter ihnen her, als sie das Tanzcafé verließen.

Beim Wegtreten sah Paule den Direktor die Lichter auspusten. Zumindest den Adventskranz hätte sich die Lagerleitung sparen können, fand Paule. Er hatte mit Beifall geklatscht, hatte mitgesungen, hatte wie alle »Sieg Heil« gerufen. Doch eigentlich war er das gar nicht gewesen, sondern jemand anderes, der allerdings auch Paule Pizolka hieß, auch er selber war. Ob es den anderen Jungen nach dieser Morgenfeier auch so ging wie ihm? Er wusste es nicht, fühlte sich nur plötzlich missgestimmt, als er mit Lodders wieder allein im Zimmer war, und es dauerte lange, bis er sich wieder beisammenhatte.

Den Nachmittag verbrachten sie auf der Stube. Lodders schrieb an einem Brief, während Paule an seiner Tischhälfte weißen Fotokarton auf DIN-A6-Format zurechtschnitt. Möllenkamp hatte ihm eine Schere geborgt, die allerdings so winzig war, dass er sehr genau und sorgfältig arbeiten musste, um einen glatten Schnitt hinzukriegen.

Auf die fertigen Briefkarten platzierte er gepresste Blumen, rote Federnelken, gelbe und blaue Veilchen, Becherenzian, zwei Edelweißsterne und violette Klematisblüten, die er in Obladis gesammelt hatte, und schob sie zu verschiedenen Arrangements zusammen. Zusätzlich zum Fotokarton hatte er in der Drogerie auf der anderen Straßenseite sogar eine Tube UHU-Alleskleber erstehen können, beides für kaum mehr als eine Mark.

Die ganze Freizeit hindurch saß er an seiner Arbeit. Dann hatte er die Blüten so arrangiert und aufgeklebt, dass sie kleine, zierliche Buketts bildeten. Mit ihren starken Farben erinnerten sie an den Bergsommer. Eine der Karten wählte er für Jupp aus, die mit den beiden Edelweißblüten für Inge und die letzte Karte bestimmte er für Hilde.

»Es sieht noch ein bisschen nackt aus«, meinte Lodders, der inzwischen seinen Brief beendet hatte und Paule zuschaute. »Ich würde eine Textzeile darunter schreiben.«

Paule hielt den Kopf schräg und betrachtete seine Kunstwerke. »Und was?«, fragte er.

»*Berg Heil* oder so was«, schlug Lodders vor.

»Ohne alles Drum und Dran gefällt's mir besser«, entschied Paule.

»Wofür machst du die Karten überhaupt?«, fragte Lodders.

»Meine Weihnachtsgeschenke«, sagte Paule.

Er legte die Blumenkarten zum Nachtrocknen aufs Bettschränkchen. Hoffentlich ging Pistors Sekretärin vorsichtig mit den Blumen um. Und hoffentlich überstand auch Inges Karte den weiten Weg bis in den Warthegau unbeschädigt. Jedenfalls würden sich seine Leute über die Geschenkidee freuen, da war er sicher.

In der Nacht hatte es aufgehört, zu schneien. Nach dem Frühstück brach die Sonne im vollen Glanz aus den Wolken hervor und überschüttete das weite Hochtal mit gleißendem Licht. Doch aus der ersten Skifahrt, auf die sich Paule mit den anderen Jungen schon gefreut hatte, wurde wieder nichts. Die Lagerleitung verlegte den Unterricht auf nachmittags und stellte die Lagermannschaft an die Ortsstraße nach Lech zum Schneeräumen.

Die Jungen murrten und sahen neidisch den vereinzelten Wintergästen zu, die mit geschulterten Brettern dem Lift auf der Trittkopfseite zustrebten.

Paule und Möllenkamp hatten von Maier die Straßenseite zwischen der »Alpenrose« und dem Hotel »Edelweiß« zugeteilt bekommen.

Schneeräumen waren beide nicht gewohnt. Solche Schneemengen gab es bei ihnen im Ruhrgebiet nie. Doch das Hantieren mit der Schaufel machte Spaß. Ihr Atem dampfte, sie schlugen zwischendurch die Hände aneinander, trampelten mit den Füßen, um sich aufzuwärmen, und schafften Schritt für Schritt den hüfthohen Schnee beiseite.

»Schau mal, Pizolka«, flüsterte Möllenkamp und stieß Paule in die Seite. »Dahinten kommt die Sekretärin vom Alten. Ist das ein scharfes Weib!«

Paule warf einen Blick über die Schulter. Mit solchen Augen hatte er Pistors Sekretärin noch nie betrachtet. Aber Möllenkamp hatte Recht. In ihrer strammen Keilhose und der offenen Trachtenjacke machte die Frau wirklich was her.

»Guten Morgen«, rief Möllenkamp ihr zu. Er legte sogar die Hand an die Schirmmütze und das sah richtig zackig aus.

»Morgen, Jungs«, rief sie fröhlich zurück und winkte. »Das macht sicher mehr Spaß als Latein und Mathe!«

»Ist ja auf den Nachmittag verlegt«, beschwerte sich Paule. »Dabei würden wir viel lieber Ski fahren. Legen Sie doch mal ein gutes Wort für uns ein!«

»Tu ich, Ehrenwort«, rief sie. Einen Augenblick lang kam sie ins Rutschen, fing sich aber wieder, noch bevor Möllenkamp, der wie der Blitz auf sie zuschoss, bei ihr angelangt war.

»Danke«, sagte sie und klopfte sich Schnee von der Hose. »Es geht schon.«

»Aber schön langsam an den Stufen«, rief Möllenkamp hinterdrein. »Die sind noch nicht gestreut.« Dann drehte er sich zu Paule um und sagte halblaut: »Die hätte ich gern mal im Arm gehabt. Ich wette, der Alte hat was mit der.«

»Quatsch«, sagte Paule. »Der Mann ist doch halb krank. So grau, wie der im Gesicht aussieht. Und dann hat er noch seine Wirbelverletzung.«

Horst Möllenkamp lehnte sich gegen seinen Schaufelstiel. Seine Augen funkelten. »Trotzdem, ich glaub dran«, sagte er. »Du siehst dem Alten auch nicht an, wie er säuft. In Obladis haben sie den mal im Lastenaufzug ins Lager hochfahren müssen. Weißt du nicht mehr?«

»Doch, klar«, sagte Paule.

»Also«, trumpfte Möllenkamp auf. »Er wird schon was mit ihr haben. Ich werd richtig scharf, wenn ich bloß dran denke.«

Paule prustete. »Also, den Pistor kann ich mir dabei nicht vorstellen«, sagte er.

»Den meine ich auch nicht«, flüsterte Möllenkamp. »Aber sie.«

Maier erschien am anderen Ende der »Alpenrose« und die Jungen machten sich wieder an die Arbeit. »Es ist Frühstückszeit«, sagte Maier im Vorbeigehen. »Ihr könnt euch drinnen heißen Kaffee geben lassen. Macht mal Pause.«

»Tun wir«, rief Paule.

»Und klopft euch den Schnee ab, bevor ihr ins Haus geht!«, rief der Lagermannschaftsführer ihnen nach.

Möllenkamp kam an Paules Seite. »Mensch, ich hab einen riesigen Harten bekommen«, sagte er halblaut. »Gleich kommt's mir in die Hose. Ich geh mir einen abreiben, kommst du mit?«

Paule spürte, wie es ihm im Bauch mit einem Schlag siedend heiß wurde. Er konnte kaum atmen und nickte stumm.

Sie rannten die Treppe hoch auf ihren Zimmergang, spähten um die Ecke und verschwanden im Klo.

Möllenkamp knöpfte sich vor dem Handwaschbecken auf. »Los, pack aus«, drängte er, umfasste sein Glied und rieb.

Paule kam noch vor ihm und stieß laut die Luft aus.

»Komm, fass mich an«, sagte Möllenkamp und dann entlud er sich mit einem Ruck mehrmals hintereinander. »Mann«, stöhnte er auf. »Das war dringend nötig. So scharf, wie die Frau mich gemacht hat.«

Sie grinsten sich etwas verlegen an.

»So, und jetzt wie der Blitz ans Frühstück«, flüsterte Möllenkamp, nachdem sie sich gewaschen hatten.

Als sie die Tür aufmachten, stand Pistor vor ihnen. Unter seinem Blick wurde Paule starr vor Schreck.

»Was treibt ihr beide zusammen auf der Toilette?«, fragte der Lagerleiter. Seine Stimme klang unwirklich. Wie aus einem Radio.

Keiner von beiden antwortete.

Der Lagerleiter fasste Paule unters Kinn und hob sein Gesicht zu sich hoch. Paule merkte, wie er rot anlief. Er wich Pistors Augen aus.

»Hat er dich angefasst, Möllenkamp?«, fragte Pistor scharf.

Möllenkamp brachte einen gurgelnden Laut hervor.

»Dann ab mit dir nach unten«, sagte Pistor böse. »Und du, Pizolka, kommst mit!«

Paule folgte ihm mit tauben Füßen die Stufen hinunter.

Pistor schloss die Tür zur Verwaltung auf, holte Papiere hervor, blätterte. Ohne aufzublicken sagte er: »Du hast dich also an Möllenkamp homosexuell betätigt. Stimmt das?«

»So war das nicht«, versuchte sich Paule zu verteidigen.

»Und wie würdest du den Schweinekram sonst nennen?«, fragte Pistor und blätterte weiter in seinen Papieren.

Paule schwieg.

»Also doch«, sagte Pistor. »Nach der HJ-Jugenddienstordnung, die ich hier vor mir habe, steht auf homosexuelle Vergehen Arrest, der so genannte Jugenddienstarrest. Höchstmaß zehn Tage. Nach der Lagerordnung bin ich als Lagerleiter zuständig für die Einhaltung der Disziplinarbestimmungen.« Er hob sein graues, um den Mund in tiefe Kerben gefaltetes Gesicht und sah Paule lange an. Wieder klang seine Stimme weit weg, wie aus einem Telefon oder Radio. »Hier steht unter römisch drei in der Lagerordnung für die Kinderlandverschickung: ›Erziehungsmaßregeln sind: (1) Zurechtweisung unter vier Augen. (2) Zurechtweisung vor der Lagermannschaft. (3) Sonderdienstleistungen. (4) Ausgehverbot bis zu einer Woche. (5) Stubenarrest bis zu einer Woche‹ und so weiter und so weiter. Hörst du auch zu, Pizolka?«

»Ja«, sagte Paule.

»Es heißt: Jawohl, Herr Lagerleiter«, verbesserte ihn Pistor. »Also noch mal.«

»Jawohl, Herr Lagerleiter«, sagte Paule.

»Jawohl – was?«, fragte Pistor. »Antworte im Satz. Aber ein bisschen plötzlich. Ich habe mehr zu tun, als mich mit so einem Schweineigel zu befassen. Also, hörst du auch zu?«

»Jawohl, Herr Lagerleiter, ich höre zu«, sagte Paule mit erstickter Stimme.

Pistor nickte. »Pizolka, du bist im Lager nicht auffällig geworden«, sagte er. »Deine Schulakte ist auch in Ordnung, du bist ein guter Schüler. Und der Lagermannschaftsführer wollte dich sogar als Hilfsausbilder einsetzen. Aber ich habe schon immer deine störrische, widersetzliche Art gespürt. Du bist nicht mit wirklicher Überzeugung bei der Sache, du gehorchst Befehlen nicht freiwillig, nicht aus eigenem Antrieb, sondern gezwungen. Ich kenne dich und deinesgleichen, Pizolka. Ihr seid die gefährlichsten Leute. Nicht die Juden, sondern Leute von deinem Schlag. Deswegen werde ich dich mit aller Härte bestrafen, damit du weißt, woran du bist. Verstanden?«

»Jawohl, Herr Lagerleiter«, antwortete Paule. Ihm war schwindelig, seine Arme kribbelten. Wenn der Direktor die Sache doch nur nicht so in die Länge ziehen würde!

»Die härtesten Strafen sind laut Lagerordnung entweder Bestrafung vor der Front, also in aller Öffentlichkeit vor deinen Mitkameraden, oder der Stubenarrest. Wofür werde ich mich entscheiden, Pizolka, was meinst du?«

»Wenn schon, dann möchte ich lieber Stubenarrest haben«, sagte Paule.

»Danach habe ich dich nicht gefragt«, fuhr ihn Pistor an. »Doch gut, ich sehe daraus, dass du dich wenigstens schämst.

Das ist immerhin schon etwas Positives. Trotzdem kann ich dir die Scham nicht ersparen. Du erscheinst von morgen an die ganze Woche zehn Minuten vor dem Frühstück hier auf der Verwaltung und sagst den Satz auf, den ich dir jetzt aufschreibe. Und nächsten Montag sagst du denselben Spruch als Morgenparole vor der versammelten Mannschaft.«

Pistor schraubte seinen Füllfederhalter auf, suchte nach Papier und schrieb. »Hier!«, sagte er dann. »Und lies vor.«

»›Dein Körper gehört deiner Nation, denn ihr verdankst du dein Dasein. Du bist ihr für deinen Körper verantwortlich.‹ Baldur von Schirach«, brachte Paule stammelnd hervor und ließ das Papier sinken.

»Gut so«, sagte Pistor. »Also, morgen acht Uhr fünf stehst du hier vor der Tür. Außerdem entfällt diese Woche das Skilaufen für dich. Und während der Zeit übernimmst du den Toilettendienst im Haus. Verstanden?«

»Ja«, sagte Paule matt.

»Antworte im ganzen Satz«, fuhr ihn Pistor an.

»Jawohl, Herr Lagerleiter, verstanden«, wiederholte Paule in ohnmächtigem Zorn.

»Abtreten«, befahl Pistor. »Und den Gruß kannst du dir sparen. Deine Hände ekeln mich an.«

Paule ging in sein Zimmer, warf sich aufs Bett und heulte vor Scham und Wut laut los. »Dieses Schwein, dieses Schwein«, schluchzte er und schämte sich zugleich für seine Rolle in der Klogeschichte.

Mittagessen, Unterricht und abends die Nikolausfeier brachte er wie betäubt hinter sich. Den bunten Teller mit Nüssen, Plätzchen und Äpfeln nahm er unberührt mit aufs Zimmer und stellte ihn in den Spind. Gott sei Dank ließ ihn Lodders in Ruhe und fragte nicht, warum er sich gleich ins Bett verkroch.

Er schlief unruhig, schreckte in der Nacht zweimal auf, versuchte mit kaltem Schweiß auf der Stirn diesen entsetzlichen

Schirachspruch aufzusagen, mit dem er morgens beim Lagerleiter erscheinen sollte.

Als er kurz nach acht in der Verwaltung anklopfte, erwartete Pistor ihn schon hinterm Schreibtisch. Er lächelte, als Paule sich verhaspelte und dann endgültig im Text hängen blieb.

»Es hilft dir nichts«, sagte er, »du musst üben und üben, bis du den Spruch der Lagermannschaft fehlerfrei und ohne Stocken vortragen kannst. Also noch mal von vorn!«

»Dein Körper gehört deiner Nation, denn ihr verdankst du dein Dasein. Du bist ihr für deinen Körper verantwortlich«, leierte Paule schließlich tonlos herunter.

»Genug für heute«, sagte Pistor und entließ ihn. »Morgen arbeiten wir an der Betonung. Abtreten, ohne Gruß.«

Mit Kehrtwendung verließ Paule den Raum, presste sich draußen gegen die Wand und wartete, bis er wieder Luft bekam. Das konnte er unmöglich eine Woche lang durchstehen.

Der Weg in die Verwaltung wurde in den nächsten Tagen zu einer Zerreißprobe für ihn. Die Sätze überkreuzten sich in seinem Kopf, so dass er sich beim Aufsagen ständig versprach. Wenn er sich morgens aus dem Bett quälte und an seinen Auftritt dachte, wurde ihm bereits die Mundhöhle trocken. Dabei waren es bloß achtzehn Wörter, und wären es griechische Vokabeln gewesen, hätte er sie in einer Stunde auswendig gekonnt. Er wurde immer wütender auf sich selbst, biss sich die Lippen wund und quälte sich Morgen für Morgen erfolglos mit der richtigen Betonung ab.

Dagegen war die nachmittägliche Putzrunde durch die Toiletten fast eine Erholung. Auch dass er Maiers Skiunterricht verpasste, spielte kaum noch eine Rolle. Dafür saß er während des Skiunterrichts über seiner lateinischen Grammatik, paukte verbissen, übersetzte im Tacitus seitenweise nach vorn, lernte Vokabeln und hatte die Genugtuung, dass Alfons nach ein paar Tagen seine Fortschritte lobte. Wenigstens das, dachte er.

Noch drei Tage blieben ihm bis zu seinem Auftritt vor der Lagermannschaft, wenn Pistor nicht noch verlängerte. Und darauf schien alles hinauszulaufen. Auf eine endlose Schikane. Pistor wollte ihn tatsächlich fertig machen. In ohnmächtiger Wut kehrte Paule den Spruch schließlich ins Gegenteil um: Mein Körper gehört mir und mir selbst bin ich dafür verantwortlich. Jedenfalls nicht der Nation, jedenfalls nicht Pistor. Eher schon seiner Mutter, aber die war tot. Oder Jupp – aber wenn er ihm neulich an der Klotür über den Weg gelaufen wäre? Nein, lieber nicht, dachte Paule. Doch sein Widerstand stärkte ihn. Plötzlich bekam er wieder Luft, holte auch seine Mundharmonika wieder hervor, setzte sich zu Henner und improvisierte.

Am Samstag brachte er das Ritual vor dem Lagerleiter zum ersten Mal fehlerfrei hinter sich, sogar in angemessener Betonung. Pistor fixierte ihn schweigend. Paule wurde nicht klug aus seinem Gesicht. Aber mit einem Mal kam ihm Pistor hinter seinem Schreibtisch wie eine Spinne vor – ein bösartiger Mann, der versuchte, den lieben Gott zu spielen. Mit seiner schäbigen Lust, Macht auszukosten und Leute zu schikanieren, konnte er einem fast schon Leid tun.

Dieses Gefühl verstärkte sich noch in den nächsten Tagen. Schließlich empfand Paule für seinen Peiniger nur noch eine Mischung aus Mitleid und Ekel, wobei der Ekel überwog. Und so vergaß er seine Ängste, die erfahrene Demütigung, seine Scham. Er ließ sich seine Gefühle nicht länger vorschreiben. Auf diese Weise war auch sein Auftritt vor der Lagermannschaft kein großes Problem mehr.

Ob Pistor seine Niederlage merkte? Paule war das egal, er war durch.

Jetzt begann er von seinem Nikolausteller zu essen und schlief nachts auch wieder ruhig. Zudem war er mit der ganzen Angelegenheit die Schießausbildung endgültig los. Damit war unterm Strich sogar etwas Positives dabei herausgekommen.

Möllenkamp hatte die ganze Woche einen Bogen um ihn gemacht. Nachmittags fand ihn Paule allein auf der Bude, wo er über seinem Physikbuch brütete. Bei Paules Eintritt schaute er verlegen auf, murmelte einen Gruß und spielte nervös mit seinem Bleistift herum.

»Mensch, was hockst du da wie Piksieben?«, fragte Paule.

»Du stellst Fragen«, sagte Möllenkamp. »Oder bist du etwa nicht sauer auf mich?«

Paule zog den zweiten Stuhl an den Tisch. »Wieso sollte ich?«, sagte er.

»Schließlich hab ich dich beim Alten versungen«, sagte Möllenkamp.

»Wer hätte denn was davon gehabt, wenn du auch noch Ärger bekommen hättest? Pistor hatte es sowieso auf mich abgesehen. Also, vergiss es.«

»Du bist ein prima Kumpel«, meinte Möllenkamp erleichtert.

Paule zuckte mit den Schultern und damit war die Sache erledigt.

Inzwischen hatte es wieder geschneit und die Lagermannschaft begab sich zum Frühsport mit Schaufeln auf die Straße. Dafür gab es nachmittags statt Hausaufgaben skifrei. Paule stand zum ersten Mal in seinem Leben auf Brettern, noch ziemlich wackelig, während die anderen Stemm- und Schwingbogen übten oder sogar schon in Schussfahrt über den Idiotenhügel zischten. Maier und Möllenkamp brachten ihm die ersten Grundbegriffe bei, und dabei stellte sich heraus, dass Möllenkamp viel mehr vom Skifahren verstand als der Lama. Möllenkamp war schon als kleiner Knirps jedes Jahr mit seinen Eltern in Skiferien gewesen.

Die Christtage rückten näher, Lodders und Paule bekamen ihre ersten Weihnachtspakete. Von Hilde in Konstanz war ein Päckchen dabei und Inge hatte ihm ein großes Paket geschickt.

Nach dem Poststempel hatte sie es bereits am 23. November aufgegeben. Paule war in großer Versuchung, gleich auszupacken, doch dann beschlossen Lodders und er, bis zum Heiligabend zu warten. »Wir machen uns eine Extrabescherung hier im Zimmer«, schlug Lodders vor und Paule fand das eine gute Idee. Am Dienstag nach dem vierten Adventssonntag lag auch das Paket von Jupp im Speisesaal und die Spannung stieg noch mehr.

Während der Mittagsruhe klopfte es stürmisch an die Tür und eine Stimme rief: »Pizolka, Telefon!«

Paule riss die Tür auf. Pistors Sekretärin stand auf dem Gang. »Schnell, Junge«, sagte sie. »Ein Ferngespräch für dich, im Lagerleiterzimmer.«

Er hetzte die Stufen hinunter, rannte den Gang entlang und stürzte durch die offene Tür in die Verwaltung. Der Lagerleiter war nicht da. Neben dem Apparat lag der Hörer. Paule riss ihn hoch, presste ihn ans Ohr.

»Hier ist Paule, wer ist denn da?«, rief er.

»Reg dich nicht auf, Junge, ich bin's, Jupp«, kam es durch den Hörer.

»Papa«, rief Paule. »Ist was passiert?«

»Nein«, beruhigte sein Vater ihn. »Mir geht's gut. Aber ich dachte, ich rufe lieber an, damit du dir keine Sorgen machst, wenn du den Wehrmachtsbericht hörst.«

»War schon wieder ein Angriff?«, fragte Paule und starrte Pistors Sekretärin an, ohne sie wahrzunehmen.

»Ja, ziemlich schwer«, sagte Jupp. »Aber ich lebe und auch der Wohnung in der Kleinen Fischergasse ist nichts passiert. Wie geht es dir denn, Junge? Ist mein Paket schon da?«

»Ja, heute gekommen«, rief Paule.

Plötzlich begann er zu weinen, laut, ohne einhalten zu können.

»Paule, was ist denn?«, hörte er den Vater. »Geht es dir nicht gut?«

Zuerst brachte Paule keinen Ton heraus. »Doch, alles in Ordnung«, schluchzte er dann. »Nur deine Stimme, wie ich dich gehört habe ...«

In der Leitung rauschte es und knackte. »Papa, bist du noch da?«, rief er. »... deinen Blumengruß«, hörte er dazwischen und dann war die Leitung endgültig tot.

Er sah den Hörer an und legte ihn sacht auf die Gabel.

»Dein Vater?«, fragte die Sekretärin.

»Ja«, bestätigte Paule. »Auf Frankfurt war schon wieder ein Angriff. Und das vor Weihnachten!«, schrie er. »Oh, diese Schweine!«

Die Frau trat neben ihn und legte ihren Arm um seine Schultern. »Deinen Leuten ist nichts passiert?«, erkundigte sie sich.

»Nein, nein«, sagte Paule und schluchzte aufs Neue los. »Aber es ist doch gemein, Leuten, die Weihnachten feiern, Bomben auf den Kopf zu schmeißen!«

»Komm, nimm hier das Taschentuch«, sagte die Sekretärin und wartete, bis Paule sich die Nase geputzt hatte. »Trink einen Schnaps auf den Schreck.«

Paule wehrte mit einer Kopfbewegung ab. »Ich geh jetzt«, sagte er. »Und danke für alles!«

Plötzlich fühlte er sich wie zerschlagen. Er ging in sein Zimmer zurück, setzte sich an den Tisch und barg den Kopf in den Armen.

»Was ist, Paule?«, fragte Lodders von seinem Bett aus.

»Mein Vater hat angerufen«, antwortete er, ohne den Kopf zu heben. »Sie haben Frankfurt schon wieder bombardiert.«

»Mein Gott«, sagte Klaus Lodders. »Und in drei Tagen ist Heiligabend.«

Ja, aber vielleicht ist das alles Quatsch, dachte Paule. Lametta, Kerzen, Frieden auf Erden, vielleicht ist das alles nur blödes Gerede.

Trotzdem gab er sich Mühe, für weihnachtliche Stimmung zu sorgen. Ein bisschen sollte es wenigstens sein wie früher Weihnachten zu Hause. So sah es auch Lodders. Kerzen waren zwar im ganzen Ort nicht aufzutreiben, aber sie schmückten den Raum mit viel Tannengrün, setzten nachmittags vor Heiligabend die Pakete auf den Tisch und hofften, dass sich unter den Geschenken auch ein paar Kerzen befinden würden. Bei den Küchenmädchen hatte Lodders wenigstens ein Teelicht ergattert. Sie ließen Tannengrün über dem Flämmchen schmoren und bald duftete der ganze Raum nach Weihnachten.

Schließlich war es wirklich so weit. Im Treppenhaus tönte der Gong und rief zum Abendessen. Noch waren die Kerzen nicht angezündet, aber ein mächtiger Baum mit bunten Kugeln und viel Lametta wartete an der Stirnseite des Saales. Sogar das Führerbild war mit frischem Tannengrün umkränzt und überall duftete es nach leckerem Essen. Erwartungsvoll nahmen sie an den langen Tischen Platz, Paule zwischen Henner Girbig und Klaus Lodders. Der auf vier Leute verstärkte Tischdienst trug auf. Die Jungen machten große Augen, denn es gab französischen Salat, Wiener Schnitzel und zum Nachtisch Apfel im Schlafrock. Und alles schmeckte einfach wunderbar. Trotzdem wollte keine fröhliche Stimmung aufkommen. Sie unterhielten sich mit gedämpften Stimmen, selbst der Tischdienst versah seinen Dienst wie auf Zehenspitzen. Paule sah, dass Henner nur mühsam die Tränen zurückhielt. Ihm selbst ging es nicht besser.

Als die Teller abgetragen waren, wurden die Kerzen am Weihnachtsbaum angezündet. Deutschlehrer Lohfink stimmte »Hohe Nacht der klaren Sterne« und »O Tannenbaum« an, einer der Unterführer trug zwei Gedichte vor, »Soldatenweihnacht« und »Deutsche Weihnacht«. Anschließend kam die Bescherung. Die Mädchen aus der Küche stellten auf jeden Platz eine Flasche Sprudel und einen Teller mit zehn Zuckerpralinen und fünf Plätzchen und dann begann der Lagerleiter seine Ansprache: »Überall im Reich und kreuz und quer durch Europa bis auf die fernsten Inseln Griechenlands klingen an diesem

Abend die alten deutschen Weihnachtslieder in den Nachthimmel empor …«

Paule hörte schon nicht mehr hin. Nur noch Satzfetzen drangen an sein Ohr, von blutiger Rache an den Engländern, Fratzen des Bolschewismus und vom Sieg des Lichts, während er an die Pakete oben in seinem Zimmer dachte und sich fragte, ob Jupp heute Abend etwa auch arbeiten musste und wie es Hilde mit ihrem Baby an Weihnachten ohne Klaus gehen würde.

Lodders musste plötzlich laut gähnen und hielt erschrocken die Hand vor den Mund. Die Jungen gegenüber grinsten. »Weihnachten, das deutscheste unter den deutschen Festen …«, ereiferte sich Pistor in voller Lautstärke. Dann hatten sie es hinter sich.

Maier sagte an, dass der Zapfenstreich für heute Abend ausgesetzt werde. Zuletzt wünschte er der Lagerleitung, den Lehrern und der Mannschaft ein frohes Fest und entließ sie auf ihre Zimmer. Eilig drängten alle aus dem Raum, stürzten die Treppen hinauf. Paule knotete als Erstes das Paket seines Vaters auf, fand gleich obenauf den Weihnachtsbrief und setzte sich damit aufs Bett. *Mein Junge*, las er. *Trotz allem, ein frohes Fest! Ich denke an dich, an euch alle, besonders an Hilde mit ihrem Baby. Und ich habe nur den einen großen Wunsch, dass wir beim nächsten Weihnachtsfest wieder vereint zusammen feiern können. Lange kann es ja nicht mehr weitergehen. So oder so muss der Friede kommen, Friede um jeden Preis! Ich umarme und küsse dich, dein Vater.*

Paule las die Zeilen mehrmals. Friede um jeden Preis, hatte Jupp geschrieben. Das klang so, als hielte er den Krieg bereits für verloren. Nachdenklich faltete Paule das Blatt zu einem kleinen Rechteck zusammen und steckte es zu Geld und Ausweis in seinen Brustbeutel.

Lodders, der zwischen Kartons, Packpapier und verhedderten Schnüren mitten im Zimmer saß, hielt ihm triumphierend eine Hand voll weißer Baumkerzen entgegen. »Jetzt wird's erst richtig gemütlich!«, rief er. »Komm, wir kleben sie über das Waschbecken auf die Ablage.« Dann knipsten sie das Deckenlicht aus, packten weiter aus und mit einem Mal war es fast so wie früher daheim.

Eine Armbanduhr – Paule jubelte. Die erste Armbanduhr seines Lebens, und sogar eine mit Leuchtziffern! Wo Jupp die nur aufgetrieben hatte? Und Hausschuhe, Briefumschläge, Briefpapier, ein Rosinenstollen, Nüsse. Es war beinah zu viel, alles auf einmal in sich aufzunehmen. Ein Buch von Hans Dominik, *Der Wettflug der Nationen*. In Inges Paket steckte eine dicke Wollmütze und dann kamen noch blaue Fausthandschuhe mit einem schönen Norwegermuster zum Vorschein. Die Mütze auf dem Kopf, die Handschuhe übergezogen, las er Inges langen Brief. Die Wollsachen, schrieb sie, hatte sie selbst für ihn gestrickt. Ohne dass Paule es merkte, liefen ihm Tränen übers Gesicht. Hildes Geschenk, einen Kalender für 1944 mit Bildern auf Kunstdruckpapier, *Soldaten gegen Tod und Teufel. Kampf in der Sowjetunion*, legte er achtlos beiseite und las Hildes Grußkarte. Sie schrieb nichts von ihrem Baby, wünschte ihm frohe Weihnachten, ein gutes neues Jahr. *Und halt die Ohren steif, Paule.* Nein, sie hatten sich noch nie so recht verstanden.

Voß, Mollenkamp und Keller rissen die Tür auf.

»Hallo, Leute, fröhliche Weihnachten!«, brüllte Voß. »Wer kommt mit einen Skat dreschen?«

»Haut ab«, rief Paule. »Und macht die Tür zu. In der Zugluft gehen uns sonst noch die Kerzen aus.«

Dann legte er sich mit Jupps Buch aufs Bett. Auf dem Schutzumschlag hieß es: »Siebenunddreißig Stunden lang steht die Welt im Bann des größten flugtechnischen Ereignisses. Dreißig Flugzeuge von sieben Nationen ringen um den Siegespreis. Wie sich Leistung und Kameradschaft gegen Sabotage und Intrigen durchsetzen, wie Professor Eggerths Stratosphärenflugzeuge geheimnisvoll auftreten, rettend eingreifen und Verwirrung stiften, vermag nur Hans Dominik zu erfinden.« Ein Zukunftsroman, toll. Paule las sich gleich fest. Später saß er noch mit Henner zusammen, spielte ein bisschen auf seiner Mundharmonika. Nach dem Fiasko im Speisesaal war jetzt doch noch richtig Weihnachten geworden.

Ab Montag nahm das Lagerleben wieder seinen gewohnten Gang. Zwar war noch unterrichtsfrei, aber Maier setzte Stubenappelle an, befahl Großreinemachen nach den Feiertagen, ein Wäschetag wurde eingeschoben und sie marschierten wieder die Flexenstraße hinauf und hinunter.

Der Lagerleiter versammelte die Mannschaft zu Lagerabenden im Tanzcafé. Am Dienstag stellte er ihnen den Mussolinibefreier, SS-Hauptsturmführer Skorzeny, vor, der mit einem tollkühnen Flug durch die Berge östlich von Rom den Duce seinen Bewachern entrissen hatte.

Skorzeny wusste so packend zu berichten, dass die Jungen ihm zujubelten und seinen Bericht immer wieder mit Beifall unterbrachen. Es zeigte sich, so verkündete der Lagerleiter zum Abschluss der Veranstaltung, dass die Schlagkraft der deutschen Wehrmacht ungebrochen sei, Deutschland im gegebenen Augenblick blitzschnell handeln könne und gerade die Einsatzbereitschaft der SS-Männer um Skorzeny zur Stärkung der deutschen Siegeszuversicht beigetragen habe.

Nach der Nachtruhe des FvDs stahlen sich Paule und Lodders in Möllenkamps Zimmer. Zuerst drehte sich das Gespräch noch um Skorzeny, dann aber ging es bald nur noch um das Thema, ob der Krieg für Deutschland noch zu gewinnen sei.

»Mussolini ist doch praktisch ein toter Mann«, meinte Voß. »Den hätten sie ruhig in den Abruzzen sitzen lassen sollen. Ich möchte nicht wissen, wie viele von unseren Leuten bei der Befreiungsaktion draufgegangen sind.«

Lodders protestierte: »Der Führer hat gezeigt, dass er seine Freunde nicht fallen lässt, und das musste er doch tun, oder?«

»Das ändert nur nichts daran, dass die Alliierten inzwischen schon halb Italien erobert haben«, hielt Voß dagegen. »Jede Wette, im neuen Jahr marschieren die Brüder am Brenner auf. Und das ist gar nicht so weit von hier, kaum hundert Kilometer.«

»Und was wird da aus dem Lager?«, fragte Möllenkamp.

»Beruhige dich«, sagte Lodders. »Wenn's überhaupt so weit kommt, werden wir verlegt.«

»Nur, wohin?«, fragte Paule.

»Nach Frankreich«, schlug Möllenkamp vor.

»Da kommt doch todsicher irgendwann die Invasion«, sagte Paule. »Und wenn sie uns ins Protektorat Böhmen und Mähren verlegen, sitzen wir bald den Russen vor der Tür. Also, was dann?«

»Ist doch klar«, flüsterte Voß, »wir werden alle zur SS-Division Hitlerjugend eingezogen. Was meint ihr denn, warum der Alte solche Leute wie Skorzeny bei uns auftreten lässt?«

Er stand auf und guckte vorsichtig den Gang hinaus.

»Alles klar«, sagte er. »Ich steck uns eine Kerze an, dann können wir Nüsse knacken. In meinem Schrank steht noch ein ganzer Sack voll.«

»Nur nicht«, wehrte Paule ab. »Ja kein Licht! Wir kriegen Mordsärger, wenn der FvD uns erwischt.« Er schaute auf seine Leuchtziffernuhr. »Schon bald elf«, sagte er. »Wollen wir nicht lieber ins Bett?«

»Ach was«, widersprach Lodders. »Lass uns mal weiter im Dunkeln klönen. Das ist so spannend.«

»Aber ich will an meine Nüsse«, sagte Voß. »Ich mach jetzt die Kerze an. Die Verdunklung ist dicht. Das haben wir schon ausprobiert, was, Möllenkamp? Von draußen sieht man rein gar nichts.«

Zwischen Kerzenlicht und Schatten wurde es nun richtig verschwörerisch in der Runde.

Lodders kam wieder aufs Thema zurück. »Leute, den Krieg

müssen wir doch unter allen Umständen gewinnen. Schon damit wir wieder aufbauen können. Stellt euch doch vor, die Front bricht zusammen. Dann bekommen wir zusätzlich noch die zehn Millionen Fremdarbeiter auf den Hals.«

»Meine Mutter schreibt«, berichtete Möllenkamp, »im Westen wäre die Bevölkerung aufgefordert worden, für einen Dreitagesaufenthalt im Bunker die Sachen bereitzuhalten. So lange nämlich dauere die Vergeltung. Und wenn sie aus dem Bunker kämen, wäre der Krieg zu Ende. Was sagt ihr dazu?«

»Glaube ich nicht«, sagte Paule.

»Kann aber doch sein«, meinte Lodders. »Der Führer weiß schon, was er macht. Der lässt die Russen und die Engländer hautnah bis auf Tuchfühlung rankommen, und dann tut's den Schlag.«

»Womit denn, Lodders? Womit denn?«, fragte Paule böse.

»Mit Kältebomben, Atomen oder mit Gas, was weiß ich«, antwortete Lodders gereizt. »Woher soll ich das wissen? Bin ich der liebe Gott?«

»Nein, aber der Adolf ist das auch nicht«, fauchte ihn Paule an.

»Psst, Leute, Feind hört mit, leise, sonst kriegt uns der FvD spitz«, warnte Voß. »Also, ich glaube auch an die Vergeltung, sonst hätte der Führer doch schon längst Schluss gemacht. So schlecht wie jetzt war die Lage noch nie. Wenn es nicht die Alliierten sind, die zu uns über den Brenner kommen, dann stoßen die Russen über den Balkan ins Reich. Und uns geht's hier zuerst an den Kragen. Was meint ihr wohl, was der Iwan mit uns macht?«

»So weit lässt es Churchill nicht kommen«, behauptete Möllenkamp. »Bevor der Iwan in Deutschland einmarschiert, schließen die Alliierten Frieden mit Hitler und dann geht's gemeinsam gegen die Bolschewiken. Denkt ihr, die Engländer möchten die Russen vor ihrer Haustür haben?«

»Na ja, schöne Aussichten«, seufzte Lodders. »So gesehen kann der Krieg noch Jahre dauern und das hält doch keiner durch. Ich stell mir vor, der Führer hält ein mildes Gift in Reserve, und wenn alles schief geht, werden wir damit erlöst.«

Paule lachte.

»Lach nicht so dreckig, Pizolka«, flüsterte Lodders. »Ich meine das ernst.«

»Wäre eine Kapitulation nicht einfacher als Gift?«, fragte Paule.

Daraufhin hagelte es von allen Seiten Protest. Das hätten die Deutschen nicht verdient. Das liefe ja auf die Ausrottung des deutschen Volkes hinaus, auf Bürgerkrieg, Chaos. Kapitulation? Ja, wolle er etwa Hitler, Goebbels, Göring und so weiter den Feinden ausliefern? Und die Generäle, Rommel zum Beispiel? Das wäre doch hundsgemein! Nein, wo die Deutschen sich jahrelang so tapfer geschlagen hätten, käme eine Kapitulation einfach nicht in Frage.

Paule knackte eine Nuss auf, versuchte seine Hände ruhig zu halten. »Wir werden ja sehen«, sagte er, als sich der Sturm gelegt hatte. »Ich jedenfalls bin für Frieden um jeden Preis.«

»Und genau das ist Verrat«, sagte Möllenkamp. »Das hatten wir 1918 schon mal. Und wäre damals nicht Hitler gekommen, wäre Deutschland noch immer der Arsch der Welt.«

Die Runde verstummte.

Lodders gähnte plötzlich und verabschiedete sich.

»Warte, ich komme auch«, sagte Paule. Er hatte keine Lust mehr, die Debatte fortzusetzen, und es fielen ihm auch keine neuen Argumente mehr ein. Von der ganzen Diskussion war bei ihm nichts als ein flaues Gefühl zurückgeblieben.

Als dann auch der Jahreswechsel hinter ihnen lag, war Paule froh, dass es mit Feiern und Ansprachen erst mal ein Ende hatte. Pistor hatte sich an Neujahr im Tanzcafé noch mal zum Endsieg bekannt und die Mannschaft hatte im Speisesaal Hitlers Neujahrsaufruf über den Rundfunk zu hören bekommen. »Im Übrigen wird die Stunde der Vergeltung kommen«, hatte der Führer feierlich verkündet. Also hatte er wohl doch noch Trümpfe im Ärmel, die er in diesem Jahr auf den Tisch legen wollte. Aber Paule konnte solche Reden einfach nicht mehr hören. Er freute sich darum beinahe, als der Unterricht am 3. Januar wieder begann.

In der ersten Doppelstunde hatten sie Physik bei Overbeck, einem eisgrauen, hageren Mann.

»Jungs, die Faulenzerei ist vorbei. An die Arbeit«, begrüßte er sie. »Schlagt euren Grimsehl auf, Seite 137, das Ohm'sche Gesetz – wir sind wieder bei unserer geliebten Kreidephysik.«

Paule streckte sich genüsslich. Physik machte Spaß, viel Spaß. Wie überhaupt alles, was mit Technik zusammenhing. Da ging es um Tatsachen. Warum musste das Leben nur so viel komplizierter sein als Formeln und Zahlen?

In den nächsten Wochen ging Paule mit vermehrtem Eifer ans Lernen. In Physik bekam er eine Arbeit über die Fallgesetze mit der Note »sehr gut« zurück, in einer lateinischen Übung brachte er es auf eine Drei und für den Vortrag eines Gedichts trug ihm Lohfink eine Zwei ein.

Ende Januar schickte die Lagerleitung die Jahrgänge 1927 bis 1929, auf verschiedene Termine verteilt, nach Lech zum Zahnarzt. Ein neuer Erlass von Schirach hatte die Zahnsanierung zum »Pflichtdienst« erklärt.

Paule hatte zusammen mit Keller einen Termin bekommen, doch der war krank geworden und lag mit Fieber im Revier. Also stapfte Paule allein los durch die tief verschneite Winterlandschaft.

In dem eisigen Wind war Paule froh, dass er zwei Pullover übereinander angezogen hatte. Auch die neue Wollmütze und die blauen Norwegerhandschuhe von Inge kamen ihm sehr gelegen. Seine Füße, die nicht so gut geschützt waren, sondern in vielfach gestopften Wollsocken steckten, fühlten sich bereits nach kurzer Zeit wie Eiszapfen an. Trotzdem war es wunderbar, fünf Kilometer lang allein zu sein. Der Weg führte bergab und Paule brachte die Strecke im Nu hinter sich. Beim Zahnarzt stellte er jedoch fest, dass er sich auf langes Warten gefasst machen musste. Vor ihm warteten zwei Bäuerinnen, ein Kind mit seiner Mutter und ein alter asthmatischer Mann.

Nach einer Weile zog Paule seine beiden Pullover aus und legte sie zu der Wollmütze und den Handschuhen. Der eiserne Ofen glühte. Die Abfertigung ging langsam voran. Hoffentlich würde er überhaupt noch drankommen. Es war schon vier und draußen wurde es bereits dämmerig.

Nach ihm war ein Mädchen gekommen und hatte sich auf den Stuhl neben seine Sachen gesetzt. Paule musterte sie verstohlen. Sie sah nicht aus wie eine Einheimische, vielleicht gehörte sie zum KLV-Mädchenlager in Lech. Ihr Profil gefiel ihm, das blonde gekrauste Haar, das sie schulterlang trug. Paule hätte gern ihr Gesicht von vorn gesehen, aber das Mädchen schaute fast unverwandt auf den roten, rissigen Linoleumfußboden oder blickte reglos zum Fenster auf die Hofgebäude hinaus. Vielleicht hatte sie Zahnschmerzen.

Das Wartezimmer leerte sich und schließlich verschwand auch die Mutter mit ihrem Kind im Behandlungsraum. Paule fasste Mut, holte sein Kartenspiel aus der Hosentasche und fragte: »Spielst du Siebzehnundvier?«

Das Mädchen schrak ein wenig zusammen und drehte sich ihm zu. »Wenn du willst«, sagte sie.

Paule gab aus, aber sie hatten das erste Spiel noch nicht beendet, als die Mutter mit ihrem Kind das Behandlungszimmer verließ und Paule an der Reihe war. Schade, dachte er, während er im Sessel saß und den Mund aufsperrte.

Der Zahnarzt, ein großer, ungeheuer beleibter Mann, spiegelte ihm die Zähne, fuhr mit einem spitzen Instrument dazwischen und hob dann die Hände. »Alles in Ordnung, junger Mann«, sagte er. »Ein tadelloses Gebiss. Ich brauche nur noch deine Personalien, dann bist du fertig.«

»Danke«, sagte Paule. »Der Name ist Paul Pizolka.«

»Geburtsdatum?«, fragte der Arzt.

»7. 5. 27, in Oberhausen, Rheinland«, sagte Paule.

»Also, immer gut weiterpflegen«, riet ihm der Arzt. »Dann behältst du dein gesundes Gebiss.«

Damit stand Paule draußen im Warteraum. Das Mädchen ging an ihm vorbei ins Behandlungszimmer. Ich warte hier, bis sie fertig ist, entschloss er sich, zog die Pullover über und stellte sich ans Fenster.

Wenigstens schneite es nicht. Der Rückweg nach Zürs, wenn es bergauf ging, würde sonst zur Schinderei. Seine Schuhe waren schon jetzt durchnässt.

Drinnen surrte der Bohrer, ein dunkles monotones Schleifgeräusch. Offenbar dauerte es länger. Paule sah sich im Halbdunkel um. Es war ein unfreundlicher Raum. Der Geruch nach Zahnarzt lag in der Luft, durchmischt mit Bohnerwachsschwaden, scharfem Mistgestank von der Hofseite und dem Harzduft der brennenden Holzscheite. Viel gab es nicht zu sehen. Die Fensterfront mit zwei gardinenlosen Fenstern, darunter eine Bank, gegenüber eine fleckige Wand. Verdunklungsrollos unter der Decke, eine Milchglaskugellampe, vor ihm an der Wand ein farbiges Plakat. Auf dem Plakatbild marschierten drei Frauen, eine Fabrikarbeiterin, eine Krankenschwester und eine Bäuerin, zum Arbeitseinsatz und über ihnen schwebte ein überdimensionaler Stahlhelmkopf. *Hilf auch du mit!*, mahnte die rote Textzeile. Daneben ein vergilbtes Faltblatt: *Zehn Gebote der Gesundheitsführung*, unterschrieben vom Reichsärzteführer. Mit Bleistift unterstrichen das dritte Gebot: »Pflege deine Zähne. Auf ein kräftiges, gesundes Gebiss kannst du stolz sein.« Das Licht reichte gerade aus, um die Worte zu entziffern. Dann durchfuhr es Paule eiskalt. »Dein Körper gehört deiner Nation ...« – die schrecklichen achtzehn Wörter. Sie standen auf dem Blatt als oberstes Gebot.

Die Praxistür schwang auf, heller Lichtschein fiel in den Raum.

»Hereinspaziert«, rief ihm der Zahnarzt zu.

»Ich war schon«, stotterte Paule.

»Ach so, du wartest auf die junge Dame«, sagte der Arzt und lachte breit. »Da kommt sie schon.«

Der Spruch hatte Paule völlig durcheinander gebracht. Es kostete ihn Mühe, das Mädchen auch nur anzusehen. »Kann ich ein Stück mit dir kommen?«, brachte er schließlich heraus.

»Meine Backe tut noch weh«, sagte sie. »Bei dir hat er nicht gebohrt?« Sie zog die Strickjacke über, wuschelte ihr Haar zurecht.

»Nein«, sagte Paule. Als er hinter ihr durch die Tür in den düsteren Hausgang trat, schlug ihm das Herz bis zum Hals.

Draußen war es noch ein wenig hell. Das Mädchen blieb auf der Haustreppe stehen und sah ihn an. »Du hast deine blauen Norweger vergessen. Und hattest du nicht auch eine Mütze?«, fragte sie.

Paule griff sich an den Kopf. »Danke«, sagte er. »Ich hätte die Sachen glatt liegen lassen.«

Im Wartezimmer stand der Arzt auf der Bank und zog an den Verdunklungsrollos.

»War noch was?«, fragte er.

»Meine Handschuhe, meine Mütze«, sagte Paule eilig und stürzte wieder nach draußen. Hinter ihm schlug mit einem Knall die Tür zu.

Sie hatte auf ihn gewartet, blieb auch jetzt noch stehen, als er hastig Mütze und Handschuhe anzog.

»Hast du Zeit?«, fragte er.

»Bis zur Lagerrunde, noch eine Stunde«, antwortete sie.

»Magst du noch ein bisschen laufen?«, fragte er und erkundigte sich nach der Richtung zu ihrem Lager.

»Da drüben liegt es«, sagte sie und zeigte nach rechts hinüber. »Komm, wir halten uns hier an der Seite. Wie heißt du denn eigentlich?«

»Paule«, sagte er. »Aber meine Kumpels im Kohlenpott sagen meistens Pelle zu mir.«

»Paule klingt schöner«, sagte sie.

»Und wer bist du?«, fragte er.

»Ulla«, sagte sie. »Einfach Ulla.«

Sie gingen im raschen Tempo, überquerten eine Brücke, liefen das Sträßchen am Lech entlang. Am Himmel zeigten sich die ersten Sterne.

»Dahinten steht der Orion, die Sterne da links über dem Berg. Unter seinem Gürtel ist ein Nebelfleck«, sagte Paule. »Wenn du gut sehen kannst, erkennst du ihn mit bloßem Auge. Mein Freund Henner hat ein Fernglas. Manchmal beobachten wir damit die Sterne.«

»Erzähl mir von deinem Freund«, sagte Ulla. »Wie sieht er aus?«

»Ganz gewöhnlich«, sagte Paule. »Er hat rötliches Haar und ein paar Sommersprossen und er ist ein bisschen kleiner als ich. Er will Ingenieur werden, ich auch. Wir verstehen uns ganz gut, aber neulich sind wir uns in die Wolle geraten.«

»Und weswegen?«, fragte sie.

»Es war so«, berichtete Paule. »Ich sagte, wenn es Menschen auf dem Mars gibt, wundern die sich bestimmt, was wir hier unten machen. Mit Kriegen und Bomben und so. Dass wir unsere Städte kaputtmachen. Henner fand das blöd. Er meinte, Krieg wäre doch was Normales und die Marsleute würden sich auch die Köpfe einschlagen.«

Ulla blieb stehen und lachte.

»Du bist ein komischer Junge«, sagte sie. »Ehrlich, solche

Sachen hab ich noch von keinem gehört. – Komm, hier herum. Da vorn hört die Welt auf.«

Sie gingen eine Weile stumm nebeneinander.

»Und du?«, fragte er. »Was machst du so, wenn ihr keinen Dienst habt?«

»Oh, lesen, stricken, mit Erika albern. Erika ist meine Freundin, wir haben dasselbe Zimmer. Was willst du hier in dem Kaff schon anstellen? Es gibt nicht mal ein Kino.«

»Haben wir in Zürs auch nicht«, sagte Paule.

»Aber wenigstens ein paar schöne Läden«, sagte Ulla. »Ich hab mir mal in Zürs Wolle gekauft. Auf die Kleiderkarte, die Mutti mir geschickt hat. Du hast übrigens tolle Handschuhe. Das Muster gefällt mir. Als du beim Zahnarzt drinnen warst, hab ich's mir betrachtet.«

»Meine Schwester hat sie mir zu Weihnachten geschenkt«, erzählte Paule. »Sie hat die Handschuhe für mich gestrickt.«

Sie waren inzwischen bis an die Kirche gekommen.

»Ich muss jetzt ins Lager«, sagte Ulla. »Und du gehst besser einen anderen Weg. Wenn jemand uns zusammen sieht, gibt das einen riesigen Tratsch.«

Paule zögerte. »Treffen wir uns irgendwann mal wieder?«, fragte er.

»Vielleicht ja in Zürs«, meinte sie.

»Und wie kommst du da hoch?«

»Ein Mädchen nimmt immer jemand mit«, sagte sie und lachte. »Kein Problem.«

»Ich würde dich gern richtig sehen«, sagte er. »Hier ist es überall stockduster.«

Ulla nahm ihn beim Arm und zog ihn hinüber zur Kirche, drückte gegen den Türflügel und trat mit Paule in den matt erleuchteten Vorraum. »Drinnen brennen Kerzen«, flüsterte sie.

Auf einem Opferstock brannten mehrere Lichter. Ulla kramte in ihren Taschen, holte zwei Zehner heraus, warf sie in eine

Büchse und stellte eine neue Kerze zu den anderen. Paule sah sie an.

Ulla lächelte. »Genug gesehen?«, fragte sie.

»Nein«, sagte er. »Und ich möchte dich gern bald wieder sehen. Ich überleg mir schon was. Übrigens, ich heiße weiter Pizolka. Und du?«

»Wessling«, sagte sie. »Ursula Wessling. So, und jetzt tschüs!« Damit verschwand sie und ließ ihn allein vor dem Marienbild. Die Gottesmutter sah freundlich auf ihn hernieder. Paule lächelte zurück. Er suchte nach Geld, stellte eine zweite Kerze neben Ullas, schaute zu Maria mit ihrem Baby hinauf und sagte Danke schön.

Als er ins Lager zurückkam, ertönte gerade der Essensgong. Paule sprang die Treppen hoch, rannte an Maier vorbei in seine Stube, stieg aus den Schuhen, stopfte sie mit Papier zum Trocknen aus, schlüpfte in seine neuen Hausschuhe. Noch schnell Händewaschen, oder einen Schlag weniger vom Essen abbekommen? Er entschied sich fürs Waschen.

Im Speisesaal hielt Maier ihn an. »Warum kommst du zu spät, Pizolka?«, fragte er stirnrunzelnd. »Es ist bereits fünf Minuten über die Zeit!«

»Ich war beim Zahnarzt in Lech«, erklärte Paule.

»Na gut«, meinte Maier und winkte ihn an seinen Platz.

Blöder Heini, dachte Paule erbost. Als ob jemand freiwillig zu spät zum Essen käme!

Graupen mit untergekochtem Dörrobst standen auf dem Tisch. »He, lasst mir auch noch was!«, beschwerte er sich, als die Schüssel von ihm wegwanderte. Ärgerlich stieß er seinen Stuhl zurück und nahm Timmermann die Graupen vor der Nase weg.

Lodders stieß ihn an. »Hat er gebohrt?«

»Nein«, sagte Paule und spuckte einen Pflaumenkern aus. »Alles in Ordnung. Mensch, das schmeckt klasse. Davon könnte ich Berge verdrücken. Gebt ja nicht wieder die Schüssel nach unten!« So schnell er konnte, schlang er die Graupen in sich hinein und füllte sich noch mal auf.

»Morgen sollen wir von unserem Jahrgang beim Fotografen antanzen«, rief ihm Möllenkamp über den Tisch zu. »Für das Wehrstammblatt, da brauchen sie zwei Lichtbilder.«

»Für *was*?«, fragte Paule.

»Für das Wehrstammblatt«, wiederholte Möllenkamp. »Mensch, bist du schwer von Begriff. Deine Personalien werden aufgenommen und du wirst zur Musterung aufgerufen.« Er grinste vergnügt. »Jetzt ist endlich unser Jahrgang dran, dann ist Schluss mit dem Affenzirkus hier. Es geht nach Hause, Jungs. Flak oder so.«

»Hör auf«, fauchte Paule ihn an. »Du spinnst ja. Vielleicht willst du dich auch noch freiwillig melden?«

Lodders mischte sich ein. »Immer mit der Ruhe«, sagte er. »Ob du willst oder nicht, Pizolka, gezogen wirst du doch. Die nächsten Tage kommt jemand vom Wehrbezirkskommando ins Lager, um die Formalitäten zu erledigen. Dann werden wir ja sehen. Also, um den Arbeitsdienst käme ich ganz gerne rum. Die Jungs bei der Flak schieben dagegen eher eine ruhige Kugel.«

Paule reagierte nicht. Ihm war zumute, als hätte ihm jemand einen Schlag vor den Kopf verpasst. Flak, Wehrdienst und dann vielleicht an die Front? So weit hatte er bisher noch nie gedacht.

»Morgen um neun ist der Termin beim Fotofritzen«, rief Möllenkamp ihm zu. »Sieh bloß zu, dass du pünktlich bist. Jetzt wird's ernst!«

Paule zuckte die Schultern, half die Teller zusammenzuschieben und lehnte sich zurück. Der Lagerleiter verlas den Wehrmachtsbericht: »Erbitterte Kämpfe« an der Ostfront, an der italienischen Front »hält der Druck an«, aber wenigstens mal keine Luftangriffe auf deutsche Städte. Möllenkamp musste verrückt sein, in letzter Minute noch den Helden spielen zu wollen. Aber wahrscheinlich hatte er das Lagerleben endgültig satt. Und das geht mir nicht anders, dachte Paule.

In seinem Zimmer steckte er die Mundharmonika ein und lief in Hausschuhen über die Straße hinüber zu Henner ins »Arlberghaus«. Henner war noch auf und hantierte gerade mit dem Rechenschieber.

»Kann ich mich hersetzen und ein bisschen Musik machen?«, fragte Paule. »Oder störe ich dich?«

»Komm nur«, lud ihn Henner ein. Er zeigte auf den zweiten Stuhl am Fenster. »Ich wollte sowieso bald Schluss machen.«

Paule hockte sich neben den Stuhl auf den Boden, suchte zwischen den Tönen, improvisierte und fand allmählich zurück zu dem Nachmittag mit Ulla. Unversehens landete er bei »Elmer's Tune«, bei der »Serenade in Blue«, anderen Swing-Titeln und bei den Schlagern der Dietrich. Er konnte gar nicht genug kriegen von den Rhythmen, versuchte sich noch an »Jeepers Creepers«, an ein paar Takten aus dem »Tiger Rag«, spielte für Ulla, für Ulla und für sich.

»Mensch, Paule, was ist denn los mit dir?«, unterbrach ihn Henner plötzlich. »Du spielst ja lauter Negermusik. Leg auch mal einen Marsch oder was Ähnliches ein.«

Paule nickte, aber ihm wollte nichts einfallen. In Obladis, ihrem vorigen Lager, hatte er oft am Lagerfeuer die Singrunde begleitet und der damalige Lagermannschaftsführer hatte dazu auf der Klampfe gespielt. Lieder vom Sterben, Fahnen- und Soldatenlieder. »... der Jüngste war kaum vierzehn Jahr und er scheute nicht den Tod fürs Vaterland ...« Lieder, die jetzt bei ihm Alpträume auslösten. Dann lieber ein Volkslied: »Es waren zwei Königskinder, die hatten einander so lieb, sie konnten zusammen nicht kommen ...« Das entsprach seiner Stimmung an diesem Abend.

Hinterher klopfte er sacht sein Instrument aus und verstaute es in der Tasche. »Du hast ein Riesenglück, Henner«, sagte er.

»Du bist Jahrgang 28, und bis sie dich holen, ist der Krieg aus und vorbei.«

»Vielleicht«, meinte Henner. »Aber wenn's schon sein muss, werd ich nicht kneifen. Du wirst schon bald gemustert, oder?«

»Ja«, sagte Paule. »Morgen müssen wir die Passbilder machen lassen. Danach sind wir wohl nicht mehr lange in Zürs.«

»Mist«, sagte Henner. Er brachte Paule nach unten vors Haus und winkte ihm nach.

In Paules Zimmer war es dunkel und leer. Lodders steckte mal wieder bei anderen Leuten auf der Bude. Paule zog sich aus, wusch sich mit dem eiskalten Wasser vom Kopf bis zu den Füßen, legte sich fröstelnd ins Bett. Er schloss die Augen, versuchte Ullas Gesicht in seiner Erinnerung zu finden und merkte, dass er eigentlich gar nicht richtig wusste, wie sie aussah. Ihr blondes Haar sah er vor sich, ihre schwarze Skihose, die Wolljacke mit dem roten Rautenmuster. Doch ihr Gesicht blieb undeutlich. Dabei hätte er sie unter tausend Leuten wiedererkannt und auch ihre Stimme hatte er deutlich im Ohr. Wenn er nur wüsste, wie er sich mit ihr verabreden könnte. Telefon schied aus und Briefe wurden kontrolliert. Aber wenn es nicht anders ging, würde er eben jeden Tag nach Lech laufen und darauf warten, dass er sie zufällig traf. Pistor und Maier konnten ihm jetzt nicht mehr viel anhaben. In ein paar Wochen war er über alle Berge und vorher musste er Ulla unbedingt wieder sehen.

Wenn er daran dachte, wie sie ihn in der Kirche angeschaut hatte, spürte er sein Herz wieder bis zum Hals schlagen. Ob in diesem Augenblick ihre zwei Kerzen noch nebeneinander brannten, vielleicht die ganze Nacht hindurch? Das wäre schön. Oder blies der Priester sie wegen der Verdunkelung aus? Paule wusste es nicht. Es gab so vieles, was er nicht wusste. Aber er hatte sich heute zum ersten Mal verliebt und dieses Gefühl begleitete ihn in den Schlaf.

Auf den Passbildern aus dem Fotoladen im »Arlberghaus« fand Paule sich gut getroffen. Lustig und ein bisschen frech sah er darauf aus und seine Haare waren endlich wieder über die vorgeschriebene Streichholzlänge hinausgewachsen. Er durfte nur nicht daran denken, dass die Fotos bald bei seinen Wehrakten liegen würden. Aber dann fiel ihm noch eine andere Verwendung für die Bilder ein und er ließ sich vergrößerte Abzüge von ihnen machen. Fünf Stück. Sein Vater und die Schwestern würden sich freuen. Und vielleicht hoffentlich auch Ulla, denn eigentlich hatte er dabei zuerst an sie gedacht.

Als er am nächsten Nachmittag die Abzüge abholte, traf er völlig überraschend mit Ulla zusammen. Sie stand im Fotogeschäft an der Theke und zahlte. Sogar von hinten erkannte er sie sofort. »Grüß Gott«, sagte die Fotofrau, als sie Paule sah.

»Grüß Gott«, antwortete er automatisch.

Beim Klang seiner Stimme drehte sich Ulla um. Sie sah Paules verwundertes Gesicht und musste lachen. »Da bin ich also«, sagte sie.

»Ja, und ich auch«, sagte er und jetzt lachten sie beide.

»Du hast es wirklich geschafft«, sagte er dann, noch immer fassungslos. »Wo wollen wir hin?«

»Weiter unten nach Lech zu ist ein Café«, sagte Ulla. »Wie wär's damit?«

»Hauptsache hier weg«, sagte Paule.

Sie mieden die Hauptstraße und suchten sich einen Weg hinter den Häusern. Am äußersten Ende des Cafés, fern von den Fenstern, halb versteckt von einem Blumenständer, setzten sie sich an ein Marmortischchen, Paule mit dem Rücken zur Tür.

»In voller Deckung«, sagte Ulla. »Und was bestellen wir?«

»Kaffee«, sagte Paule.

»Und zwei Topfentascherl«, fügte Ulla hinzu. »Ich habe Brotmarken.«

Verstohlen betrachtete er ihr Gesicht, während sie mit spitzen

Fingern die winzigen Fünfzig-Gramm-Marken aus ihrem Brustbeutel holte. Er wollte sich ihre Gesichtszüge genau einprägen, damit er sie vor sich sah, wenn er an sie dachte: die leicht geschwungenen Brauen, die blaugrünen Augen, die Flügel ihrer Stupsnase, die betonte Oberlippenfalte, das runde Kinn und ihr windzerzaustes Haar, das sich hell vom tief gebräunten Gesicht abhob. »Du hast eine tolle Bräune«, sagte er.

»Kein Wunder«, meinte sie. »Bei der Höhe. Wir sind fast bei jedem Wetter auf den Skiern.«

»Bei uns geht's nicht so lässig zu«, sagte Paule. »Skifahren ist für uns mehr eine Art Belohnung. Für gutes Verhalten.«

»Unsere Lagermannschaftsführerin ist nebenbei noch Skilehrerin«, erklärte Ulla. »Bei dem ›Glaube und Schönheit‹-Verein. Wir kriegen sogar Kosmetikunterricht.«

»Was willst du denn damit?« Fast hätte sich Paule an seinem Topfentascherl verschluckt, weil er losprusten musste. »So toll, wie du aussiehst!«

»Meinst du?«, fragte sie lachend.

»Ehrlich«, sagte Paule. »Gestern Abend im Bett habe ich an dich gedacht und wusste auf einmal nicht mehr richtig, wie du aussiehst. Das lag bestimmt daran, dass ich noch nie mit einem Mädchen zusammen war, das so schön ist wie du.«

»Was du zusammenredest!«, protestierte sie halb ernsthaft. »Lauter verrückte Sachen. Erst waren's die Marsmenschen und jetzt bin ich dran. Ich bin gespannt, was da wohl sonst noch kommt.«

»Ich spiele Mundharmonika«, sagte er.

»Und ich bin bei den BDM-Kanuten. Da bin ich wirklich gut«, sagte Ulla.

»In Duisburg?«, fragte er.

»Wo denn sonst«, sagte sie. »In Wedau, an der Regattabahn, da üben wir.«

»Und wo wohnst du in Duisburg?«, erkundigte sich Paule.

»Gleich in der Nähe von Wedau. Musfeldstraße. Weißt du, wo das ist?«

»Nein«, sagte er. »Ich bin aus Oberhausen.«

»Wo dat Schwaatze is?«, zog sie ihn auf. »Oberhausen ist doch ein Dreckloch, oder nicht? Aber du bist trotzdem ganz gut geraten.«

Paule lief rot an. »Wir haben halt die Ruhrchemie«, sagte er fast entschuldigend. »Übrigens wohne ich nicht mehr in Oberhausen. Wir sind ausgebombt.«

»Tut mir Leid für dich«, sagte Ulla. »War es schlimm?«

»Nicht, wie du vielleicht denkst«, sagte er. »Ich bin mit Inge aus dem Bunker gekommen und da war die Wohnung weg. Es gab sie einfach nicht mehr. Und ich hatte eine so tolle Briefmarkensammlung, vor allem die Niederlande hatte ich gesammelt. Es war nichts mehr da, bloß noch ein riesiges Loch. Ein ganzer Badeofen war aufs Haus gekommen, eine Fünfhundert-Kilo-Bombe. Wären wir im Keller geblieben …«

»Tut mir Leid«, sagte sie noch mal. »Aber Hauptsache, du bist übrig geblieben, sonst säßen wir jetzt nicht hier.«

»Ja«, sagte er.

Sie saßen sich stumm gegenüber, hatten die letzten Krümel vom Teller gestippt, ihre Tassen ausgetrunken. Paule merkte, wie Ulla ihn musterte, und senkte die Lider.

»Du hast schöne lange Wimpern«, meinte sie. »Fast dunkel, obwohl du ja sonst blond bist. Und deine Stimme passt nicht so recht zu dir, zu dem Kinn und dem Draufgängergesicht, das du hast.«

»Sag nur, ich wär kein nordischer Typ«, flachste er.

»Bist du auch nicht«, sagte Ulla. »Jedenfalls nicht ganz.«

»Meine Großeltern, von Vaters Seite her, kamen aus Polen«, erzählte Paule. »›Da ist ostisches Blut drin, Pizolka‹, sagte unser Biolehrer, als er unsere Schädel vermessen hat. ›Ostisch oder auch dinarisch.‹«

»Dreh dich mal zur Seite«, sagte sie. »Ja, tatsächlich. Und? Ärgert dich das?«

»Quatsch«, sagte er. »Ich mag meinen Vater doch. Jedenfalls meistens.«

Ulla schwieg und wischte einen Krümel von ihrer Jacke.

»Wie kommst du zurück nach Lech?«, fragte Paule.

»Ein Laster nimmt mich mit. Um fünf, vor Lorünser«, sagte sie. »Hast du so lange Zeit?«

»Wir könnten nach Lech laufen«, schlug Paule vor.

»Und du gehst im Dunkeln wieder zurück?«, fragte Ulla.

»Mir ist es egal, ob ich einen Anschiss kriege«, sagte er.

»Dann laufen wir also«, entschied sie.

Sie bezahlten am Büfett – für den Kaffee dreißig, für das Topfentascherl vierzig Pfennig –, wickelten die Schals um und gingen hinaus.

Die Sonne verschwand gerade hinterm Hasenfluh. Bis Lech würden sie es noch hell haben. Die anderen sitzen jetzt über ihren Hausaufgaben, dachte Paule, oder sie haben skifrei bekommen. Hier, kurz vor dem Ortsausgang nach Lech, würde er aber kaum einem aus dem Lager über den Weg laufen.

Die Straße zwischen den Schneemauern war rutschig, an manchen Stellen vereist. Sie hielten sich aneinander fest, lachten, bewarfen sich mit Schnee, schlitterten und kamen bald so aus der Puste, dass sie stehen bleiben mussten.

»Du hast richtige Skistiefel«, stellte Paule bewundernd fest. »Und sie sehen sogar wie neu aus.«

»Unsere Lagermannschaftsführerin hat sie fürs ganze Lager organisiert«, sagte Ulla. »Wie willst du dich auch sonst auf den Brettern halten?«

Paule betrachtete missmutig seine abgetragenen Schnürstiefel. »Die taugen überhaupt nichts mehr«, sagte er. »Und die Bindung fliegt natürlich jeden Augenblick runter. Eigentlich macht das Skifahren so keinen richtigen Spaß.«

»Na ja, Skifahren ist nicht das Leben«, sagte Ulla. Dann setzte sie ein ernsthaftes Gesicht auf und meinte: »Nach dem Krieg kauft sich der erfolgreiche junge Ingenieur eine teure Skiausrüstung, fährt im eigenen Opel nach Zürs und belegt mit seiner reizenden jungen Frau einen Skikurs. Was willst du also?«

»Du veralberst mich«, beklagte sich Paule.

»Na ja, wenn du vor Selbstmitleid zerfließt«, sagte sie.

Paule ärgerte sich. Aber sie hat Recht, dachte er und lachte. »Für eine reizende junge Frau riskierst du eine ganz schön kesse Lippe. Ich überlege mir, ob ich dich überhaupt in meinem Opel mitnehme.«

»Musst du gar nicht«, sagte sie und blies sich das Haar aus der Stirn. »Ich kauf mir selbst einen und such mir dazu den passenden Mann aus.«

»Puh«, seufzte Paule. »Du kannst ganz schön anstrengend sein.«

»Meinst du?« Ulla lachte vergnügt. »Da solltest du erst mal hören, wenn Erika und ich zusammen loslegen. So, und jetzt kehrst du besser um. Hinter der Kurve stehen die ersten Häuser von Lech.«

Sie blieb stehen und gab ihm die Hand. »Tschüs, Paule.«

»Sehen wir uns wieder?«, fragte er unglücklich.

»Klar doch«, sagte sie. »Ich muss dir doch das Norwegermuster klauen. Das nächste Mal bring ich Papier und Bleistift mit.«

»Und wo treffen wir uns?«, fragte er.

»Oh, ich finde dich schon«, rief sie und rannte in ihren Skistiefeln los.

Paule sah ihr nach, bis sie hinter der Biegung verschwand. Ob sie ihrer Freundin von ihm erzählen würde? Er jedenfalls nahm sich vor, keinem etwas von Ulla zu sagen.

Das Lagerleben bekam für Paule plötzlich einen ganz anderen Ausblick. Er regte sich nicht mehr übers Essen auf, registrierte kaum noch die ständigen Einengungen, wurde nachlässig in der Spind- und Stubenordnung. Nichts davon ging ihn wirklich etwas an. Er wartete nur noch auf das nächste Treffen mit Ulla. Erst der Wehrmachtsbericht holte ihn mit einem Schlag in die Wirklichkeit zurück.

»Nordamerikanische Bomberverbände führten am 29. Januar einen Terrorangriff gegen die Stadt Frankfurt am Main. Durch Abwurf zahlreicher Minen, Spreng- und Brandbomben wurden Schäden in mehreren Stadtteilen, insbesondere in der Innenstadt, verursacht und unersetzliche Kulturdenkmäler vernichtet. Die Bevölkerung hatte Verluste«, las Pistor vor.

Einen Augenblick lang fühlte Paule sich wie gelähmt, dann warf er sich mit Kopf und Armen über den Tisch und weinte los. »Jupp, mein Papa«, schluchzte er. Geschirr fiel, knallte auf den Boden, zersprang. Aus der Ferne hörte er Henner, verstand nicht, was er sagte, spürte nur seinen Arm.

»Die Frankfurter Innenstadt, das ist doch, wo mein Papa arbeitet und wohnt«, stieß er hervor, riss sich los, stolperte durch den Raum. In seinem Zimmer warf er sich aufs Bett, hörte Leute kommen, eine Erwachsenenstimme, die Freunde.

»Er wird schon wieder zu sich kommen, wenn der erste Schreck vorbei ist«, sagte Pistor. »Pizolka, hörst du mich?«

Paule schüttelte wild den Kopf.

»Also lasst ihn«, befahl Pistor. »Ihr seht ja, er ist nicht ansprechbar.«

Die Tür ging, Schritte, er war wieder allein.

Er weinte ins Kissen. Warum hatte Jupp noch nichts von sich hören lassen? Was konnte das bedeuten? Bekam er vielleicht keine Telefonverbindung nach draußen? Oder lag er im Krankenhaus, war vielleicht noch Schlimmeres passiert? Wann war der 29. Januar gewesen, gestern, vorgestern? Und er war die ganze Zeit in Gedanken so weit weg gewesen, immer nur bei Ulla. Konnte das denn möglich sein, dass etwas so Furchtbares passierte, und er saß hier in Zürs und merkte nichts, rein gar nichts davon?

Den Hals rau vom Weinen, setzte sich Paule an den Tisch, um an Jupp zu schreiben. Er schmierte, kleckste, brachte keinen Satz zu Ende. Rotz und Tränen liefen übers Papier. Fluchend zerknüllte er den Brief und warf ihn wutentbrannt auf den Boden. Dann fing er noch mal von vorne an, brachte aber auch diesen Brief nicht zu Ende.

Verdammte Gangster – etwas anderes konnte er nicht denken. Wenn diese Kerle seinem Vater etwas angetan hatten, dann hielt ihn nichts mehr. Er würde sich auf der Stelle zu den Freiwilligen melden.

In der Nacht begann es zu schneien. Es schneite auch am folgenden Tag. Die ganze Woche hindurch senkten sich wahre Schneewolken ins Tal. Zürs war von der Außenwelt abgeschnitten. Am neunten Tag wurden die Lebensmittel auf Notrationen gesetzt, am zehnten Tag fiel der Strom aus. Inzwischen hatte die Schneelast bis zu fünf Meter erreicht.

Das Einzige, was im Lager überhaupt noch funktionierte, war der Unterricht. Und die Jungen waren froh darüber. Die ewige Dunkelheit, das erzwungene Nichtstun, das ständige Eingepferchtsein machte reizbar. Da war es schon fast eine Wohltat, Gleichungen zu lösen, Vokabeln zu pauken, Lohfink Streiche zu spielen.

In diesen Tagen lernte Paule Schach. Henner hatte ein Brettmuster aufgezeichnet, Spielsteine geschnitten. Stunde um Stunde saß Paule bei ihm, verlor und verlor immer wieder, auch wenn Henner auf Dame oder Türme verzichtete. Doch er lernte angestrengt, so verbissen, als hinge sein Leben davon ab, und allmählich wurden ihre Spiele zu ausgedehnten Zweikämpfen. Darüber konnte Paule für Stunden vergessen, was ihn bedrückte.

Am Montag, dem 14. Februar, kam endlich der Wetterwechsel. Es klarte auf und die Sonne stand mittags in einem tiefblauen Himmel. Schon am Morgen war die Lagermannschaft zum Schneeräumen abgestellt worden. Die Jungen schaufelten Meter um Meter von der Flexenstraße frei. Am Mittwochmittag hatten sie die Lawinengalerie erreicht und von der Talseite her kroch ein Schneeräumer bergaufwärts, hinter ihm der erste Lastwagen. Die Verbindung nach draußen funktionierte wieder.

Nachmittags fand Paule auf dem Posttisch ein Telegramm und einen Brief von Jupp, dazu noch einen Brief von Inge. Mit zitternden Händen riss er das Telegrammkuvert auf: *Bin gesund und unversehrt, Vater.*

»Leute«, rief er. »Ein Telegramm von zu Hause. Meinem Vater ist nichts passiert!«

»Na siehst du«, meinte Möllenkamp, »nur immer den Kopf hochhalten!«

Aber Paule hörte schon nicht mehr hin. Er verzog sich in die Ecke, las Vaters Brief. Jupp war mit dem Telefon nicht durchgekommen und hatte deswegen ein Telegramm geschickt. Der Brief bestand nur aus ein paar hastig gekritzelten Zeilen, doch Paule las ihn immer wieder, bis endlich der Druck von ihm gewichen war. Aufatmend machte er sich an Inges Brief. Sie bedankte sich für den weihnachtlichen Blumengruß, erzählte von einem Musikabend im Januar, mit dem der Heimatchor des »Mozarteums« aus Salzburg in Posen gastiert hatte. Auf Umwegen hatte Inge eine der wenigen Karten ergattern können. *Ich denke viel an dich, Paule,* schrieb sie. *Du fehlst mir, Bruderherz. Hoffentlich sehen wir uns dieses Jahr endlich mal wieder. An der Front steht es nicht gut, aber hier in der Etappe machen sich manche ein schönes Leben. Offiziere veranstalten Trinkgelage mit ihren polnischen Mädchen und hängen tagelang betrunken in der Stadt herum. Dabei rücken die Russen im Süden immer weiter vor und bedrohen von dort aus Warschau. An Sieg glaubt hier längst keiner mehr. Wir haben schon Sachen für die Flucht gepackt. Nur gut, dass du da oben in den Bergen von dem ganzen Elend nichts mitbekommst. Bleib gesund, denk an mich, Inge.*

Wieder packte ihn die Angst. Warum ließ Inge nicht alles stehen und liegen und fuhr einfach los, heim ins Reich? Paule beschloss, ihr sofort zu schreiben, dass sie lieber nach Frankfurt kommen sollte. Er hatte schon den Füller in der Hand, als er diese Möglichkeit wieder verwarf. In Frankfurt würde Inge mitten in den Bombenhagel geraten. Vielleicht war Konstanz besser. Dort konnte sie Hilde helfen, wenn das Baby kam. Und womöglich klappte es von Konstanz aus sogar mit einem Besuch hier in Zürs. Dann konnte er Inge mit Ulla bekannt machen. Die beiden würden sich verstehen, davon war er überzeugt.

Aber das waren Zukunftsträume und die Gegenwart sah ganz anders aus. Im Augenblick war an einen Besuch von Inge nicht zu denken und auch von Ulla war er abgeschnitten. Die Straße nach Lech war noch tagelang zu. Erst am Sonntagnachmittag sah Paule die ersten Autos hochsteuern. Er schwor sich, Montag oder Dienstag nach Lech hinunterzulaufen. Schließlich konnte er Ulla ja zufällig begegnen, vielleicht an der Skipiste. Er musste sie unbedingt wieder sehen; Ullas Gesicht war schon wieder so weit weg. Die ganze Zeit hatte er sich vor dem Einschlafen ihr Aussehen in Erinnerung gerufen. Ihre Brauen, den Mund, die Stupsnase – alles hatte er deutlich vor Augen, lauter Einzelheiten, doch nicht ihr ganzes Gesicht.

Beim Abräumen des gebrauchten Kaffeegeschirrs vom Sonntagnachmittag sah er eins der blau gekleideten Küchenmädchen am Hinterausgang des Speisesaals auftauchen. Sie blickte sich fragend um und kam dann auf ihn zu.

»Bist du der Pizolka?«, flüsterte sie. »Ich soll dir bestellen, dass bei Lorünser eine Ulla auf dich wartet.«

Sein Herz tat einen Sprung. Er drückte dem überraschten Mädchen den Tellerstapel in die Hand, rannte aufs Zimmer, streifte den Pulli über und war einen Augenblick später unten auf der Straße. Ulla stand unter Lorünsers Vordach. Als sie ihn sah, lief sie ihm entgegen.

»Das Mädchen hat dich also aufgetrieben«, sagte sie. »Gehen wir in unser Café? Ich habe nur bis fünf Zeit, dann werde ich bei Lorünser wieder abgeholt.«

»Jedenfalls bist du jetzt da«, sagte er überglücklich. »Ich habe so viel an dich gedacht.«

Ihr Tisch im Winkel war frei. Paule setzte sich auf den Platz neben Ulla und rückte möglichst nahe an sie heran.

»Kaffee für uns beide«, sagte Ulla, als die Bedienerin kam, und wartete, die Hände im Schoß, bis ihr Getränk serviert wurde.

»Du, ich muss gleich etwas mit dir bereden, Paule«, sagte sie dann. »Ich fahre am Mittwoch nach Hause.«

»Und wann kommst du zurück?«, fragte er.

»Ich bleibe in Duisburg«, sagte sie. »Bei meiner Mutter.«

»Aber das kann doch nicht sein«, brachte er mühsam heraus. »Warum lassen sie dich denn nach Hause fahren? In Duisburg gibt es nicht mal mehr Schulen. Was willst du denn da?«

»Es ist so«, erklärte sie. »Meine Mutter hat einen Antrag gestellt und der ist jetzt genehmigt. Weißt du, seit 1942 ist ein Bruder von mir im Osten vermisst. Arthur, mein anderer Bruder, ist Anfang November in Düsseldorf als Flakhelfer gefallen und mein Vater ist jetzt in Italien vermisst. Außer mir hat Mutti jetzt nur noch Oma, aber die wohnt weit weg in Stuttgart. Deswegen fahre ich zurück.«

Paule schwieg und zog mit dem Finger die Tischmaserung nach.

»Mach doch nicht so ein Gesicht«, sagte Ulla. »Du kannst mir schreiben. Ich habe dir meine Anschrift aufgeschrieben.« Sie nestelte ihren Brustbeutel auf und legte ein klein gefaltetes Papier neben seine Tasse.

»Du weißt, wie das mit Schreiben bei uns ist«, sagte er tonlos. »Und überhaupt …«

»Dir wird schon was einfallen«, versuchte sie ihn zu trösten.

»Können wir uns wenigstens vorher noch mal länger sehen?«, fragte er.

»Das geht bei uns im Lager nicht«, sagte sie. »Das kannst du dir ja vorstellen. Und ich habe auch noch zu tun, bis ich gepackt und mich überall verabschiedet habe, verstehst du?«

»Ja«, sagte Paule.

»Komm, steck den Zettel ein«, drängte Ulla. »Ich warte wirklich auf Post von dir.«

»Ja«, sagte er wieder, zog seinen Brustbeutel aus dem Pulloverausschnitt und schob Ullas Adresse zwischen seine anderen Papiere. »Dann ist es jetzt also das letzte Mal«, sagte er. »Und Mittwoch fährst du. Weißt du schon den Zug?«

»Fünfzehn Uhr zwölf ab Langen«, sagte Ulla. »In Innsbruck muss ich dann noch in die Kochstraße, meine Fahrtbescheinigung holen.«

»Und wie kommst du runter nach Langen?«, fragte er.

»Wie immer«, sagte sie. »Irgendjemand nimmt mich schon mit.«

»Du, Ulla, ich möchte dich wenigstens noch einmal sehen«, bat er. »Und ich will dir was zur Erinnerung geben. Vielleicht sehen wir uns ja nie wieder.«

»Du kannst einen ganz schön erpressen«, sagte sie.

»Bitte, Ulla«, bettelte er.

»Also gut«, sagte sie. »Ich bin Mittwoch bei Lorünser. Gegen zehn oder so. Aber es wird dadurch auch nicht leichter.«

Sie saßen wortlos nebeneinander, bis Ulla auf die Uhr schaute. »Ich muss jetzt los, Paule«, sagte sie. »Kommst du mit?«

Paule nickte. Bei Lorünser warteten sie gemeinsam, bis ein altes Adlerauto mit abgedunkeltem Licht und klirrenden Schneeketten aus einer Nebenstraße kam.

»Das ist er«, sagte Ulla. »Bis Mittwoch dann.«

»Mach's gut«, sagte er.

Benommen ging er in Richtung »Alpenrose«. Irgendwo weit weg in seinem Kopf summte es: »I've tried to explain, bei mir bist du schön, so kiss me and say you will understand …«

Im Zimmer lag sein Bettzeug auf dem Boden, darüber verteilt der Stapel aus seinem Spind, die Wasch- und Zahnputzsachen, der Inhalt von seinem Bettschränkchen. Lodders saß an seiner Tischseite und stopfte Strümpfe.

»Was soll denn das?«, fragte Paule erschrocken und zeigte auf das Durcheinander.

»Psst«, machte Lodders. »Du kriegst Ärger. Spindkontrolle, und du warst im ganzen Bau nicht aufzutreiben.«

»Wer …?«, fragte Paule.

Da stand schon Maier in der Tür.

»Pizolka, wo hast du dich herumgetrieben?«, fragte er drohend.

»Ich war spazieren«, antwortete Paule, so gleichmütig er konnte.

»Spazieren«, echote der Lagermannschaftsführer. »Und was steht auf dem Tagesplan?«

»Ich weiß nicht«, sagte Paule.

»Nimm Haltung an, wenn du mit deinem Vorgesetzten sprichst«, herrschte Maier ihn an. »Also, was steht auf dem Plan?«

»Ich weiß es nicht, Lagermannschaftsführer«, sagte Paule, die Hände lang gestreckt an der Hosennaht.

»Dann lauf gefälligst und sieh nach«, schrie Maier.

»Zu Befehl«, sagte Paule, rannte los, sprang die Treppen hinunter und sah aufs schwarze Brett. *16.30–18.00 Putz- und Flickstunde*, da stand es tatsächlich.

»Also, was ist?«, fragte Maier, als Paule keuchend vor ihm stand.

»Sechzehn Uhr dreißig bis achtzehn Uhr Putz- und Flickstunde«, antwortete Paule.

»Und dein Spind – ein einziger Dreckhaufen«, sagte Maier. »Ein angefaulter Apfel in der Ecke, Nussschalen, die Wäsche verknäult, das Bett schlampig gebaut, Haare im Kamm, die Zahnbürste voll Zahnputzpulver.« Er stieß mit dem Fuß nach Paules Sachen. »Du denkst wohl, weil du einberufen wirst, läuft hier nichts mehr? Ich werd's dir zeigen! Los, auf den Flur. Runter in die Hocke und bis ans Gangende hüpfen. Nicht so lahm! Und weiter und zurück. Aufgestanden, in den Liegestütz fallen und schön in die Hände geklatscht. Los, los, bleib nicht auf deinem faulen Bauch liegen! Und noch mal in die Hocke, den Gang entlang, Häschen, hüpf … Ja, so ist's recht. Und aufstehen, Knie beugt, in drei Zeiten …« Er hielt inne und sah auf Paule herab. »Ich mache eine Meldung beim Lagerleiter«, sagte er dann. »Der wird sich danach vielleicht auch noch für dich interessieren. So, und jetzt frisch ans Aufräumen. In einer halben Stunde sehe ich nach, und wenn eine einzige Naht schief liegt, gehen wir wieder zusammen in den Zirkus!«

Keuchend, knallrot im Gesicht, rappelte Paule sich hoch, hielt sich an der Wand fest. »Komm doch rein, Paule«, flüsterte Lodders. »Der Kerl hat schlechte Laune, der macht dich glatt ein zweites Mal zur Schnecke!«

Paule bückte sich über seine verstreuten Sachen, fing fieberhaft an zusammenzulesen, zu falten, zu sortieren, während Lodders inzwischen das Bett baute. Zahnbürste und Kamm auswaschen, Spind auswischen, die Wäsche Kante auf Kante legen. Paules Kopf dröhnte, sein Mund war trocken, wie ausgedörrt, und ihm war, als müsse er an seiner Wut ersticken.

Pünktlich auf die Minute stand Maier im Zimmer, begutachtete Bett, Spind, Waschablage, Handtuchhalter, Waschlappenhaken und baute sich dann vor Paule auf, der in Hab-Acht-Haltung neben dem Bettschränkchen stand.

»Ich will mir das mit der Meldung noch mal durch den Kopf gehen lassen«, sagte er. »Aber lass dir das eine Warnung sein, Pizolka: Hier herrschen Disziplin und Ordnung. Ist das klar?«

»Jawohl, Lagermannschaftsführer«, bestätigte Paule tonlos.

»So, und anschließend holst du Besen und Kehrblech und kehrst die Gänge von oben bis unten aus. Ich kontrolliere hinterher. Abendessen kannst du dir aufs Zimmer bringen lassen. Abtreten.«

Beim Auskehren fällte Paule den Entschluss, das Lager zu verlassen. Und später im Bett ging er Schritt für Schritt alle Einzelheiten durch.

Am folgenden Morgen wurde der Jahrgang 27 aus dem Unterricht gerufen und in das Zimmer des Lagermannschaftsführers gebracht. An Maiers Tisch saß ein Feldwebel, die Unterlagen aus der Schulkartei griffbereit vor sich.

»Jungs, heute wird für euch die Wehrstammkarte angelegt«, begann er. »Das ist ein bedeutsamer Augenblick in eurem jungen Leben. Die Wehrpflicht ist die Krone der völkischen Hauptpflichten. Sie bindet den deutschen Mann, für Volk und Reich bis zum Opfer von Blut und Leben einzustehen. Sie verlangt darum von ihm ein totales Aufgehen in der Dienstgemeinschaft der Wehrmacht, die die soldatische Erziehungsschule des deutschen Volkes darstellt. Die soldatische Erziehungsschule vollendet die in Schule, Jugenddienst und Arbeitsdienst aufsteigende Erziehungs- und Wehrgemeinschaft der Deutschen, die herzustellen das gemeinsame Ziel der völkischen Hauptpflichten ist …«

Seine Stimme wurde immer monotoner und ging dann vollends in einen leiernden Tonfall über. Als er mit der Textverlesung fertig war, blickte er auf. »So viel zur Belehrung. Und jetzt schreiten wir zur Erfassung. In alphabetischer Reihenfolge: Lodders, Klaus.«

Lodders sprang von der Bank auf, die man ihnen als Platz angewiesen hatte, und stand stramm.

»Vortreten«, befahl der Feldwebel. »Und nun zur Feststellung der Personalien …«

Paule lehnte sich zurück. Es war abzusehen, dass die Angelegenheit sich lange hinziehen würde. Er schloss die Augen und stellte sich das Schachbrett vor. Im Kopf Schach zu spielen, hatte er bis jetzt noch nie ausprobiert, aber es musste eigentlich funktionieren. Und es klappte auch, zumindest für drei Züge. Danach wurde es ihm zu kompliziert. Also ging er systematisch verschiedene Eröffnungsmöglichkeiten durch. Wie gut, dass Henner ihm Schach beigebracht hatte!

Zwischendurch hörte Paule, dass Möllenkamp aufgerufen wurde. Und als er gerade mitten in der Königsspringereröffnung war, fiel sein Name. Mit einem Satz sprang er auf, marschierte zum Tisch, nahm Haltung an.

»Deine Passfotos. Familienname? Pizolka – bitte buchstabieren. Vorname. Weitere Vornamen – keine. Geboren – 7. Mai 1927. Geburtsort – Oberhausen, Rheinland. Staatsangehörigkeit, Familienstand, Zahl der Kinder – Strich. Der Beruf – Schüler, Vater, Vorname – Joseph. Mit f oder ph? Beruf – Betriebskontrolleur. Arbeitgeber – Deutsche Reichsbahn. Wohnung – Frankfurt am Main, Kleine Fischergasse 7. Vorname der Mutter – Martha mit th, geborene Holm. Lebt noch – nein. Wann gestorben – 1. 10. 38. Brüder – nein, Schwestern, wann geboren? 1924 und 1926. Schulbildung – Gymnasium. Fremdsprachen wie die beiden Vorgänger, Latein, Englisch, Griechisch. Zugehörigkeit zu Jugenddienstgliederungen? Flieger-, Marine-, Motor-, Nachrichten-, Reiter-HJ? Alles Fehlanzeige. Befähigungsnachweise? Frei-, Fahrten-, Rettungsschwimmer – Nachweise verbrannt. Jetzt die Erklärung zur Blutszugehörigkeit. ›Mir sind nach sorgfältiger Prüfung keine Umstände bekannt, die die Annahme rechtfertigen könnten, dass ich Jude bin‹ – und so weiter. Lies dir den Text durch und dann Unterschrift. So, und damit händige ich dir deine Anmeldebestätigung aus. Von nun an unterstehst du, Paul Pizolka, der Wehrgerichtsbarkeit. Abtreten, der Nächste. Voß …«

Paule ging an seinen Platz, setzte sich und las die Rückseite seiner Anmeldebestätigung: *Jeder Wechsel des dauernden Aufenthalts ist der polizeilichen Meldebehörde innerhalb einer Woche zu melden. Verzieht der Dienstpflichtige in den Bereich einer anderen polizeilichen Meldebehörde, so hat er sich bei der bisher zuständigen ab- und bei der neu zuständigen anzumelden.* Das bedeutete, dass er Fahnenflucht beging, wenn er aus dem Lager verschwand. An seinen Plänen änderte das jedoch nichts.

Nachdem auch Voß seine Anmeldebestätigung erhalten hatte, wandte sich der Feldwebel abschließend an die vier Jungen: »Ich begrüße euch damit als zukünftige Soldaten der deutschen Wehrmacht. Tut eure Pflicht für Führer und Vaterland!«

Möllenkamp meldete sich und stand auf. »Wann ist mit der Musterung zu rechnen, Herr Feldwebel?«, fragte er.

Der Feldwebel zuckte die Schultern. »In Kürze, nehme ich an«, meinte er. »Noch was?«

»Jawohl«, sagte Möllenkamp. »Kommen wir jetzt zum Reichsarbeitsdienst oder werden wir gleich als Flakhelfer eingezogen?«

»Das erfahrt ihr bei der Musterung«, erklärte der Feldwebel ungeduldig. »Also, weggetreten!« Er legte die Hand ans Käppi und die Jungen grüßten zurück, verließen den Raum.

»Jetzt sind wir genauso schlau wie vorher«, knurrte Möllenkamp.

Paule reagierte nicht. Es war so viel passiert, dass er erst mal Ordnung in seinem Kopf schaffen musste. Er hatte noch gut vierzig Mark; das war mehr als genug, um damit zunächst bis nach Frankfurt zu kommen. Mitnehmen durfte er nichts. Nur die Mundharmonika, seine zwei Pullis übereinander, Mütze und Handschuhe, vorher die Stiefel gründlich durchfetten. Die Ausweispapiere, die Empfangsbestätigung über seine Eintragung in die Wehrstammrolle – alles zerreißen und ins Klo. Wenn ihn eine Streife erwischte, musste er sich etwas einfallen lassen. Natürlich würde das Lager nach ihm suchen. Weil er zur Musterung anstand, würden sie sogar nach ihm fahnden. Fahnenflucht, dachte Paule. Aber ich brauche bloß einen kleinen Vorsprung, dann schaffe ich's schon.

Vor allen Dingen durfte er heute und morgen nicht auffallen. Also gab er sich als zackiger Hitlerjunge, übernahm freiwillige Dienste, präsentierte saubere Hausaufgaben, stand stramm und antwortete im ganzen Satz. Mochte Maier das ruhig als persönlichen Erfolg seines Durchgreifens verbuchen. Paule interessierte das nicht mehr. Er zählte nur noch die Stunden bis Mittwoch früh.

Es war schwer, von allem Abschied zu nehmen, was ihn bisher umgeben hatte, von seiner Stube mit Lodders, den Leuten seiner Klasse, von den Bergen, dem Skihang, von Möllenkamp und Henner. Sich so einfach zu verdrücken ging ihm gegen den Strich. Und es war ein seltsames Gefühl, seine persönlichen Papiere ins Klo fallen zu sehen. Hinterher kam er sich wie nackt vor, wie der Kaiser ohne Kleider in Andersens Märchen.

Ehe es zum Frühstück gongte, sagte er zu Lodders: »Klaus, tu mir einen Gefallen. Ich verschwinde nachher für zwei Stunden. Hoffentlich fällt das niemandem auf. Aber wenn jemand nach mir fragt, sagst du, ich sei nach Lech gegangen.«

Lodders sah ihn ungläubig an. »Wenn du auffliegst, macht dich der Maier fix und fertig«, warnte er.

»Weiß ich auch«, sagte Paule. »Aber auf einmal mehr kommt es jetzt schon nicht mehr an.«

Er legte den zweiten Pullover griffbereit auf seinen Stuhl und nahm sich in der Frühstückspause Möllenkamp vor.

»Du, mir ist übel«, sagte er und das stimmte auch. Ihm war auf einmal flau vor Angst, sein Herz hämmerte wie verrückt. »Ich geh aufs Zimmer und leg mich einen Augenblick hin. Nur dass du's weißt, wenn Lohfink nach mir fragt.«

»Mann, du siehst wirklich mies aus«, meinte Möllenkamp teilnehmend. »Kann ich dir irgendwie helfen?«

»Nein, lass mal, es geht schon«, wehrte Paule ab. »Aber danke für alles, du bist ein prima Kumpel.«

Damit ließ er Möllenkamp stehen, schlich die Treppe hoch und holte seine Wollsachen.

Kurz vor zehn stand er bei Lorünser, drehte der Straße den Rücken zu, betrachtete Skier, die zum Verleih ausstanden, prüfte Bindungen, probierte Skistöcke aus.

Er bemerkte Ulla erst, als ihre Schritte hinter ihm im Schnee knirschten.

»Tag, da bist du ja«, sagte er.

»Es hat ein bisschen länger gedauert«, entschuldigte sie sich. »Der Lastwagen in Lech ist nicht angesprungen.«

»Und wo hast du dein Gepäck gelassen?«, fragte Paule.

»Auf dem Wagen«, sagte sie. »Es ist bloß ein Karton. Sie wollen ihn unten im Bahnhof abstellen.«

»Darf ich noch ein Stück mitkommen?«

Ulla nickte.

»Dann gehen wir also«, sagte er, zog seinen grünen Schal fester und streifte die blauen Norweger über.

Bis sie die letzten Häuser von Zürs hinter sich gelassen hatten, blieb Paule einen halben Schritt hinter Ulla. Als die Flexenstraße vor ihnen lag, kam er an ihre Seite. Schweigend stapften sie zwischen den riesigen Schneemauern auf die Passhöhe zu.

Oben hielt Ulla an, streckte ihm die Hand hin. »Schön, dass du noch mitgekommen bist«, sagte sie. »Also tschüs dann, Paule, und schreib mal.«

Paule klopfte Schnee von seinen Hosen und sagte, ohne dabei aufzusehen: »Ich würde gern noch weiter mit dir gehen, wenn du magst.«

»Die machen einen Aufstand im Lager, wenn du so lange wegbleibst«, sagte Ulla. »Komm, Paule, sei vernünftig. Mach es uns nicht noch schwerer und geh jetzt.«

»Nein«, sagte er und nahm Ullas Hand. Sie zog sie nicht weg und marschierte neben ihm weiter.

»Ich bin noch nie so mit einem Jungen gegangen«, sagte sie nach einer Weile. »So Hand in Hand.« Sie streifte ihre Handschuhe ab und verstaute sie in ihrer Windbluse. »Wird dir eigentlich nicht heiß in deinen zwei Pullovern übereinander?«

»Nein«, sagte Paule, »und außerdem kriegen wir noch Schnee.« Er zog seine Norweger aus und griff wieder nach Ullas Hand. »Komm, wir rennen. Bis es richtig loslegt, können wir bei der Lawinengalerie sein.« Sie liefen los. Zunächst kamen sie gut voran, doch dann fegten die ersten Schneeböen über die Straße, so dass sie sich blind durch das weiße Gestöber vorwärts kämpfen mussten.

Als sie endlich die Überdachung erreicht hatten, pressten sie sich außer Atem an die Bergseite und sahen in die wirbelnden Flocken hinaus.

Ulla wollte sich setzen, aber Paule zog sie hoch.

»Tu das nicht«, sagte er. »Du holst dir sonst was.« Er rubbelte ihr den Rücken und strich ihr die Haarsträhnen aus der Stirn. Ulla zog sich die feuchte Mütze vom Kopf.

»Du siehst richtig lieb aus«, sagte er, legte seine Backe an ihr Gesicht und fuhr mit den Lippen über ihr Ohr.

Sie lehnte sich an ihn. »Du bist ganz schön frech«, sagte sie. »Küsst mich einfach, ohne zu fragen.«

Paule lachte. »Aber ich hab dich doch noch gar nicht geküsst«, sagte er. »Darf ich denn?«

Er nahm ihr Gesicht zwischen seine Hände und sah sie an, schaute auf ihren Mund, den er noch nie so nah gesehen hatte. Dann küsste er sie. Auf die Stirn, die Augen, die Nase, und dann spürte er ihren Mund, der seinen suchte.

Als sie sich atemlos voneinander lösten, schneite es immer noch wie verrückt. Die Wirklichkeit holte sie wieder ein.

»Paule, du musst sehen, dass du jetzt wegkommst«, drängte Ulla.

»Ich geh nicht zurück«, sagte er, ohne sie anzusehen. »In Langen setze ich mich zu dir in den Zug.«

»Du spinnst ja«, platzte sie heraus. »Überleg dir mal, was du da sagst!«

»Das hab ich mir überlegt«, sagte er. »Drei Tage lang. Komm, wir marschieren weiter. Das bisschen Nässe trocknet nachher im Zug.«

»So geh ich nicht los«, protestierte sie. »Erst will ich wissen, was mit dir ist. Warum du abhauen willst.«

Paule blieb stehen. »Am Montag wurde unser Wehrstammblatt angelegt«, sagte er. »Das heißt, wir werden bald eingezogen. Als Flakhelfer, oder vielleicht geht's vom Lager aus gleich in die Kaserne und dann ab an die Front. Aber ich will nicht.«

»Wie alt bist du überhaupt?«, fragte Ulla.

»Im Mai werde ich siebzehn«, antwortete er.

»Aber dann ist das doch völlig normal«, sagte sie. »Vielleicht kommst du ja auch nicht gleich in Fronteinsatz.«

Paule zog die Nase hoch und spuckte aus. »›Normal‹ nennst du das?«, fragte er böse. »Der Krieg ist doch verloren. Vor Neujahr ist der Skorzeny bei uns aufgetaucht, hat von seiner Befreiung des Duce erzählt, von neuen Waffen und dass die Front im Osten gehalten werden muss. Und Pistor, unser Lagerleiter, stieß ins gleiche Horn und redete von Stalingrad und blutiger Rache und vom Endsieg. Also, ich kann das alles nicht mehr hören. Deswegen hau ich ab. Mir steht der ganze Kram bis oben hin.«

Ulla schwieg. Er sah, wie es in ihrem Gesicht arbeitete.

»Du«, sagte sie dann, und Paule merkte, dass sie sich große

Mühe gab, ruhig zu bleiben. »Du weißt, was mit denen passiert, die so reden?«

»Weiß ich«, sagte er. »Jupp, mein Vater, war im KZ, als ich so fünf, sechs Jahre war.«

Plötzlich weinte Ulla los. Er legte seinen Arm um ihre Schulter, doch sie schüttelte ihn ab.

»Lass das«, schluchzte sie. »Geh zurück, Paule. Jetzt kannst du noch. Die werden dich suchen.«

»Aber ich habe einen Vorsprung«, sagte er. »Mich erwischen sie nicht so leicht. Erst will ich nach Frankfurt, zu meinem Vater, mit ihm über alles reden. An die Front kriegen die mich jedenfalls nicht.«

»Und wenn du einer Streife in die Finger gerätst?«, fragte Ulla.

»Dann bin ich reif fürs Schutzlager«, sagte Paule. »Oder sie stecken mich in ein Strafbataillon. Ich weiß es nicht.«

Sie standen noch immer unter der Galerie. Es hatte aufgehört zu schneien, die Sonne zeigte sich wieder. Ulla trat unruhig von einem Fuß auf den anderen.

»Hör mal«, sagte sie endlich. »Du hättest dir ruhig einen anderen Tag zum Abhauen aussuchen können. Ich habe mit der ganzen Sache nichts zu tun. Aber wenn ich mit dir erwischt werde, haben sie mich auch am Wickel.«

Paule schaute auf seine Stiefel hinunter. Keiner von ihnen sagte etwas und Ulla wurde immer unruhiger. Die Zeit drängte.

»Aber es hat doch was mit dir zu tun«, sagte Paule dann. »Ich habe Angst, was wird, wenn ich denen zwischen die Finger gerate. Und wenn ich dann nicht an etwas Schönes zurückdenken kann, war alles umsonst. Deswegen wollte ich noch mal bei dir sein.«

Einen Augenblick lang schien sie nicht zu begreifen. Dann schluchzte sie von neuem los, drückte sich an ihn und küsste ihn so wild, dass er Blut in seinem Mund schmeckte.

Paule legte seinen Arm um sie und hielt sie fest. Plötzlich erstarrte er und horchte. »Ein Lastwagen«, flüsterte er ihr zu. »Von Zürs, die Straße runter. Komm, wir laufen weiter.«

Sie waren schon wieder im Freien, als der Laster sie einholte. Auf der Ladefläche hockten Russen, der ganze Wagen war voll gestopft mit Gefangenen. Zwei Wachposten mit Maschinenpistolen saßen an der Heckklappe und winkten ihnen im Vorbeifahren zu. Ulla winkte zurück, aber als sie Paules Gesicht sah, ließ sie den Arm sinken.

Unter dem Vordach des Bahnhofs fanden sie Ullas Karton. Der Zug nach Innsbruck hatte Verspätung. Sie setzten sich ans äußerste Ende des Bahnsteigs auf einen leeren Gepäckkarren, direkt neben dem Zugang zu den Toiletten. Von hier aus konnten sie den ganzen Bahnsteig im Auge behalten. Paules Hände zitterten.

»Glaubst du, dass sie schon nach dir suchen?«, fragte Ulla flüsternd. Er schüttelte den Kopf. »Aber man kann natürlich nicht wissen«, sagte er.

Um sie herum stank es nach Klo. Jedes Mal wenn die Tür ging, wehte ihnen ein neuer Schwall ekliger Gerüche entgegen. Ulla war aschfahl im Gesicht.

»Was ist mit deinen Papieren?«, wollte sie wissen.

»Zerrissen, weggeschmissen«, sagte er. »Wenn jemand meinen Ausweis sehen will, erfinde ich irgendwas. Und vierzig Mark habe ich dabei. Wenn das nicht reicht, fahre ich schwarz.«

»Ich habe bloß ein paar Mark und Kleingeld«, sagte sie.

Der Zug aus Feldkirch, bespannt mit einer Elektrolok, lief kurz vor vier ein. Er war überfüllt, wie alle Züge. Paule hatte sich mit einer Bahnsteigkarte durch die Sperre gemogelt; das Geld für die Fahrkarte könnte er sich sparen, hatte er Ulla gesagt.

Beim Einsteigen mussten sie Schlange stehen, und Paule sah, wie am Zugende ein vergitterter Viehwaggon angekuppelt wurde. Kurz darauf erschienen die beiden Wachmänner von der Flexenstraße und trieben die Russen hinein.

Mit Ullas Karton auf der Schulter quetschte sich Paule hinter Ulla durch die Abteiltür und atmete auf. In drei Stunden sollten sie in Innsbruck sein und dort war er erst mal sicher. Ulla setzte sich auf den Karton, Paule hockte sich vor ihr auf den Boden, zog seine Pullis aus und legte seinen Kopf an ihren Bauch. Sie sprachen nicht während der Fahrt.

Draußen wurde es dämmrig, Pfeifen und Zigaretten glühten, die Luft war stickig, verbraucht. Mit einem plötzlichen Ruck hielt der Zug vor Innsbruck auf freier Strecke an. Sie hörten hastige Schritte, Rufe, dann ratterte eine Maschinenpistole los. Paule presste seinen Kopf an Ullas Brust. Keiner im Abteil sagte ein Wort. Nach fünf Minuten pfiff die Lok, die Räder setzten sich langsam wieder in Bewegung.

Das war einer von den Russen, dachte Paule. Sie haben nach ihm geschossen. Auf einen, der abhauen wollte, wie er.

Ulla streichelte sein Gesicht und küsste sein Haar. Noch hatten sie Zeit füreinander. Aber für wie lange?

Als der Zug in Innsbruck eingelaufen war und sie ausstiegen, war es mittlerweile stockdunkel geworden. In der Bahnsteighalle machten zwei Feldjäger einen Kontrollgang, ließen sich von Soldaten die Papiere zeigen. Paules Herz klopfte so heftig, dass er glaubte, jeder müsse es hören. Er trennte sich von Ulla, um irgendwo im Gelände über die Sperre zu steigen, und kam nach einer Weile unbehelligt auf dem Bahnhofsvorplatz an. Ulla wartete dort bereits.

»Du bleibst jetzt besser bei mir«, sagte sie. »Wenn die Fahndung nach dir schon läuft, sucht man einen einzelnen Jungen. Zu zweit fallen wir gar nicht auf. Also, komm mit in die Kochstraße. Ich hab nur keine Ahnung, wo das ist.« Paule sah sich nach jemandem um, den sie fragen konnten. Aber jetzt in der Dunkelheit waren nur noch vereinzelt Leute unterwegs. Die Mitte des

Bahnhofsgebäudes war mit Brettern vernagelt. Eine Bombe musste das Gebäude getroffen haben. Auch die Häuser im dunklen Geviert des Platzes, deren Umrisse sich gegen den Sternhimmel abzeichneten, zeigten die Spuren von Zerstörung. Leere Fensterlöcher, ausgebrannte Dachstühle. Dazwischen, mitten auf dem Platz, saß ein Mann mit Luftschutzbinde auf einem Feldstühlchen, neben sich eine Sturmlaterne.

Der Mann beschrieb ihnen den Weg und eine halbe Stunde später standen sie vor Ullas Dienststelle. Dort war bereits geschlossen.

Betroffen standen sie vor der verschlossenen Tür. Inzwischen waren sie so müde und durchgefroren, dass sie nicht einmal mehr die Kraft hatten, sich zu ärgern. Paule nahm wortlos Ullas Karton wieder auf, und gemeinsam schleppten sie ihn zurück durch die finsteren Straßen, verliefen sich, kamen an neuen Brandruinen und Schuttfeldern vorbei, bis sie endlich den Bahnhof wiederfanden. Vor einem beleuchteten, rot-gelben Steckschild mit der Aufschrift *Öffentlicher Luftschutzkeller* blieben sie stehen.

»Ich werde überhaupt nicht mehr warm«, jammerte Ulla. »Wo sollen wir die Nacht über bleiben?«

»Warte hier«, sagte Paule. »Ich seh mich um. Mit Bahnhöfen kenne ich mich aus. Mein Vater arbeitet bei der Bahn.«

Die demolierte Bahnhofsgastwirtschaft war überfüllt mit Fremdarbeitern, russischen Frauen, Italienern und Franzosen, die neben ihren kleinen Bündeln auf Tischen, Bänken und Böden lagerten. Eine Schaffnerin in Dienstbluse, Rohrstiefeln und kurzem Röckchen stieg über die Wartenden. Nein, hier gibt es bestimmt Kontrollen, dachte Paule. Da konnten sie nicht über Nacht bleiben.

Er umrundete die Bahngebäude, stolperte über Schienen, Schwellen, Spann- und Signaldrähte, bis ihn ein Mann mit einer Lampe anhielt.

»Halt, was suchen Sie hier?«, rief er.

»Wir sind zwei Leute aus der KLV und kommen heute Nacht nicht weiter«, sagte Paule. »Gibt es irgendwo einen abgestellten Zug, wo wir vielleicht bleiben können?«

Der Mann knurrte etwas Unverständliches und leuchtete Paule ins Gesicht. »Mein Vater arbeitet auch bei der Bahn«, erklärte Paule.

Das wirkte wie eine Zauberformel. »Da gibt's den Brennerzug«, sagte der Beamte. »Drüben steht er. Der ist beheizt, da könnt ihr rein.«

»Danke«, sagte Paule.

Ulla wartete noch immer vor dem Luftschutzschild. Soldaten aus dem benachbarten Hotel unterhielten sich mit ihr, boten ihr eine Likörflasche und Zigaretten an. Dann hatte Ulla ihn entdeckt und fasste nach ihrem Karton.

»Ich weiß, wo wir unterkriechen können«, sagte Paule und deutete mit dem Kopf zum Bahngelände hinüber. »Wir übernachten im abgestellten Brennerzug.«

»Hoffentlich ist es da drin auch warm«, seufzte sie.

Es war nicht nur warm, es war heiß in dem finsteren, leeren Zug. Sie ließen sich in einem Abteil der ersten Klasse nieder, öffneten das Fenster einen Spalt und zogen ihre Schals, Jacken und Pullis aus. Paule holte in Ullas Feldflasche auf dem Bahnsteig Trinkwasser und ging noch mal verschwinden, um sich zu waschen und zu kämmen.

»Das tu ich auch«, sagte Ulla, als er zurück war. Paule machte es sich inzwischen auf den weichen Plüschpolstern bequem. Wir kennen uns erst so kurz, dachte er, aber es kommt mir wie eine Ewigkeit vor. Ob es Ulla auch so ging? Jedenfalls hatte sie verstanden, warum er abhauen musste. Und sie riskierte etwas für ihn.

»Hier kann man es aushalten«, meinte er, als sie zurück ins Abteil kam.

»Ja«, sagte sie. »Vor allen Dingen werde ich allmählich wieder warm.« Sie verstaute ihre Waschsachen. Danach stieg sie aus ihren schweren Schuhen und kuschelte sich ihm gegenüber ins Polster.

»Was wirst du zu Hause machen?«, fragte er.

»Im Juni werde ich sechzehn«, sagte sie. »Vielleicht werde ich dann kriegsdienstverpflichtet und arbeite in einer Fabrik.«

Eine Weile herrschte Schweigen.

»Denkst du eigentlich oft an deine Brüder, an deinen Vater?«, fragte Paule unvermittelt. »Inge, meine Schwester, ist in Polen, im Warthegau. Die Front kommt da immer näher. Ich habe Angst um sie.«

»Normalerweise denk ich nicht viel an unsere Männer«, sagte Ulla. »Sie sind halt weg wie alle anderen auch. Bei Heinz und Papa weiß ich ja auch nicht, was passiert ist. Vielleicht kommen sie wieder, wenn der Krieg vorbei ist. Verstehst du, wie ich das meine?«

»Ich weiß nicht«, sagte er.

»Kannst du dir vorstellen, wie das ist, wenn man tot ist?«, fragte sie.

»Nein«, sagte Paule. »Aber niemand stirbt gern. Ich hatte immer ein scheußliches Gefühl, wenn die Flieger über uns waren.«

Es tat gut, im Dunkeln miteinander zu reden. Beim Einsteigen war ihm der Zug ein bisschen unheimlich vorgekommen, doch jetzt fühlte er sich wohl. Eigentlich hätte er auf der Stelle einschlafen können. Aber er wollte nicht. Morgen oder übermorgen würde Ulla schon in Duisburg sein.

»Du bist so weit weg«, sagte sie. »Komm zu mir.«

Sie machte sich schmal, zog den Bauch ein, damit er bei ihr sitzen konnte. Paule beugte sich über ihr Gesicht und küsste sie.

»Darf ich deine Brüste streicheln?«, fragte er.

Sie nahm seine Hand, schob ihre Bluse hoch und sagte: »Komm auf meine Haut, damit ich dich richtig spüre.«

»Du bist sehr schön«, sagte er.

Und ich habe keine Angst vor ihr, dachte er, streichelte ihren Rücken, ihr Gesicht, beugte sich wieder über sie und küsste sie.

Er hörte ihren Atem, laut und gepresst. »Mach weiter«, flüsterte sie. Er merkte, wie ihr Bauch sich spannte, die Muskeln zuckten.

Dann konnte er plötzlich nicht mehr. Wie in Zeitlupe stand er auf. »Ich habe scheußliches Bauchweh«, sagte er und verschwand im Gang.

Als er zurückkehrte, hockte er sich vor Ullas Polster auf den Boden, nahm ihre Hand und legte sie an sein Gesicht.

»Ist dir wieder besser?«, fragte sie.

»Ja«, sagte er nur.

Nach einer Weile zog ihn Ulla neben sich. »Lehn dich an meine Schulter«, bat sie. »Wir müssen ein wenig schlafen.«

Er schmiegte sich an sie und merkte gerade noch, wie der Schlaf ihn mitnahm. Ab und zu wurde er wach, spürte Ullas Gewicht, streckte die Beine und schlief gleich wieder ein.

Am Morgen polterte der Schaffner in ihr Abteil und leuchtete sie an. »Der Zug wird umgesetzt«, rief er. »Ihr müsst aussteigen.« Paule war mit einem Schlag hellwach, wusste, wo er war und dass heute der Abschied kam.

Sie hoben Ullas Karton aus dem Gepäcknetz, schleiften ihn durch den Gang und sprangen vom Trittbrett. Es war noch sehr dunkel, kurz nach sechs. Um acht standen sie in der Kochstraße.

»Ich geh allein«, sagte Ulla.

Paule nickte. Er stellte den Karton neben ein eisüberzogenes Fahrrad, das am Gitter eines Vorgartens lehnte. Ulla verschwand in ihrer Dienststelle. Eine alte Frau führte ihren Hund aus, trippelte vorsichtig den Gehsteig entlang, auf dem der Schnee nur stellenweise geräumt war. Paule musste an Zürs denken. Dort saßen die anderen jetzt beim Frühstück, zwischen sich vielleicht noch seinen leeren Stuhl.

Hinten auf dem Bürgersteig erschien endlich Ulla. Er wollte

ihr entgegengehen, aber sie machte ihm ein verstohlenes Zeichen, dass er stehen bleiben solle.

»Du musst hier verschwinden«, sagte Ulla, als sie bei ihm war. Den Karton zwischen sich, bogen sie eilig um die nächste Ecke. »Der Parteimann im Amt sagte, dass ein Junge aus dem KLV-Lager Zürs vermisst wird«, berichtete Ulla. »Er wusste von meinem Zettel, dass ich aus Lech kam, und er meinte, das läge ja dort gleich um die Ecke.«

»Hat er dich was gefragt?«, wollte Paule wissen.

»Nichts weiter. Nur, ob ich was davon mitbekommen hätte«, sagte sie.

»Und sonst?«, fragte er.

»Ich habe warten müssen«, erzählte sie. »Eine Zeitung vom Montag lag da. Die Amerikaner haben Stuttgart bombardiert. Da wohnt meine Oma. Hoffentlich konnte sie noch in den Bunker. Sie kann so schlecht laufen. Wenn Oma was passiert, hat Mutti nur noch mich.«

»Morgen bist du in Duisburg«, sagte Paule. »Deine Mutter weiß sicher schon Bescheid.«

»Ja, das denke ich auch«, sagte Ulla und wischte eine Träne weg. »O ja, und einen Packen Brote und ein paar Äpfel habe ich auf der Dienststelle mitbekommen. Als Marschverpflegung.«

»Das ist gut«, sagte Paule. »Wenn du nicht alles allein essen willst – ich habe einen schrecklichen Kohldampf.«

»Unser Zug geht doch erst gegen halb zwölf«, sagte Ulla. »Wir können's uns noch in einem Café gemütlich machen.«

Schräg gegenüber vom Bahnhof setzten sie sich in den »Arlberger Hof« und bestellten Kaffee. Die Brote von Ullas Marschverpflegung waren dick mit Käse und Wurst belegt. Paule konnte sich nicht erinnern, wann er zum letzten Mal so gute Stullen bekommen hatte. Beim Essen behielt er jedoch die ganze Zeit den Eingang im Auge. Dass die Innsbrucker KLV-Dienststelle bereits von seinem Verschwinden wusste, beunruhigte ihn.

»Es wird doch nicht ausgerechnet hier eine Streife hereinschneien«, beruhigte ihn Ulla.

»Stimmt«, sagte Paule. »Ich sollte mich jetzt nicht verrückt machen.«

Ulla schaute in ihre Tasse hinunter, schwenkte den Kaffeerest, sah Paule an, druckste und sagte plötzlich: »Ich muss dauernd an gestern Abend denken. Ich habe mich blöde benommen. Aber es war mir auf einmal alles egal.«

Paule rutschte auf seinem Stuhl hin und her, zog die Schultern hoch. »Ich weiß auch gar nicht richtig, wie es geht«, sagte er. »Aber ich kann mir nicht vorstellen, dass es schön ist, wenn man sich nicht dabei sieht.«

»Hast du's noch nie mit einem Mädchen gehabt?«, fragte sie.

»Nein, nicht so«, sagte er. »Nicht wie mit dir.«

»Weißt du, ich habe dich sehr lieb«, sagte sie und rieb unterm Tisch ihr Bein an seins.

»Du«, sagte er. »Ich darf gar nicht daran denken, dass du morgen nicht mehr da bist.«

»Komm doch nach Duisburg«, sagte sie.

Paule lachte. »Ohne Lebensmittelkarte, Ausweis, ohne Geld, ohne ein Dach überm Kopf? Wie soll das gehen? Ich hab keine Ahnung, wie ich das überhaupt schaffen soll. Aber Jupp wird schon was einfallen.«

»Dieser blöde Krieg«, flüsterte Ulla zornig. »Stell dir vor, wir beide hätten uns einfach ganz normal kennen gelernt. Wir wären schwimmen gegangen, tanzen, hätten zusammen unsere Hausaufgaben gemacht. Stell dir das mal vor, Paule!« Sie sah ihm ins Gesicht. Tränen standen in ihren Augen.

»Wir holen es irgendwann nach«, sagte er.

»Ganz bestimmt, das tun wir!«, sagte sie leise. »Alles.«

Aber zunächst einmal rückte der Abschied immer näher. Der Zug nach Garmisch-Partenkirchen ratterte gemächlich durch die Landschaft, hielt an jeder Station. Sie machten es sich neben der

Heizung auf dem Boden bequem und hielten sich an den Händen. Nach dem Umsteigen, im Zug nach München, fanden sie in einem Abteil sogar zwei Sitzplätze. Stumm sahen sie zum Fenster hinaus, bis es so dunkel war, dass sie nichts mehr erkennen konnten. Um achtzehn Uhr fünf hätten sie am Münchener Hauptbahnhof eintreffen sollen, aber sie erreichten ihr Ziel erst mit mehrstündiger Verspätung, weil immer wieder Fliegeralarm den Zug zum Halt zwang.

Auf der Strecke München–Mannheim–Köln–Duisburg, mit Anschluss nach Frankfurt in Mannheim, fuhr der nächste Zug um dreiundzwanzig Uhr und sollte um dreizehn Uhr siebenundvierzig in Duisburg eintreffen. Paule löste seine Karte, bezahlte zwanzig Mark sechsundachtzig dafür und behielt noch Geld für zwei Stammgerichte im Speisesaal übrig.

Die Kellnerin brachte ihnen zwei große Portionen Sauerkraut mit Salzkartoffeln und dann langte ihr Geld sogar noch für zwei Maß Dünnbier.

»Wir könnten die Nacht über im Wartesaal verbringen«, meinte Ulla. »Hier sucht doch bestimmt kein Mensch nach dir.«

»Ich dachte, wir fahren mit dem Nachtzug«, sagte Paule.

»Dann sehe ich dich ja die ganze Zeit nicht«, sagte Ulla. »Morgen früh um acht Uhr zwanzig geht der nächste Zug. Komm, wir suchen uns einen Platz im Wartesaal.«

Der Raum war überfüllt, aber an einer Wand gab es auf dem Boden noch ein Eckchen für sie. Paule breitete seine Pullover als Unterlage aus.

»Ich wollte dir doch was zur Erinnerung geben«, sagte er. »Weißt du noch? Hier, nimm meine Norweger. Inge wird das schon verstehen.«

»Oh, Paule, damit hat alles angefangen«, sagte Ulla. »In Lech, beim Zahnarzt. Da fand ich deine Handschuhe so toll.« Sie drückte seinen Arm. »Mehr geht hier nicht, aber wir holen alles nach. Versprochen?«

»Versprochen«, sagte Paule.

»Hast du eigentlich kein Bild für mich?«, fragte sie.

Paule schlug sich an die Stirn. »Ich hatte extra eins für dich mit abziehen lassen«, sagte er. »Und jetzt liegt es in meinem Spind.«

»Kann ich dir wenigstens schreiben?«

»Ich weiß noch nicht, wo ich in Frankfurt bleibe«, sagte Paule.

»Doch bei deinem Vater«, meinte sie. »Oder?«

»Da suchen sie bestimmt zuerst«, sagte er. »Und dann bekommt er auch noch Ärger. Sie haben ihn ja schon mal geholt und das vergessen die sicher nicht. Aber irgendwann komme ich in Duisburg vorbei, du wirst schon sehen.«

»Unsere Nummer steht im Fernsprechbuch«, sagte Ulla. »Ruf doch zwischendurch einfach an. Versuch's wenigstens. Komm, ich schreib die Nummer auf meinem Adresszettel dazu.«

»Geht nicht«, sagte Paule. »Den hab ich auch mit weggeworfen. Aber ich habe deine Anschrift im Kopf: Musfeldstraße 153. Und die Telefonnummer?«

Ulla stutzte und lachte dann verlegen. »Die hab ich jetzt glatt vergessen. In Zahlen bin ich nämlich schlecht«, sagte sie. »Sind die beiden letzten Ziffern 56 oder 65? Ich kann's einfach nicht sagen.«

»Ist ja auch egal«, sagte er. »In Frankfurt finde ich die Nummer schon raus.«

Nach Mitternacht schliefen sie eng aneinander gelehnt ein.

Irgendwann rüttelte eine Hand sie wach. »Ausweiskontrolle«, sagte eine Stimme. Paule riss die Augen auf. Ein Bahnpolizist, von einem SA-Mann begleitet, kontrollierte die Reisenden. Ulla hielt ihnen ihre Abmeldebescheinigung und den Dienstausweis entgegen.

»In Ordnung«, bestätigte der Mann nach einem flüchtigen Blick.

»Und du?«, fragte er Paule.

»Ich bin Ullas Bruder«, sagte er. »Ich hab sie da oben im Lager abgeholt. Mama wollte nicht, dass Ulla alleine fährt.«

»Und dein Ausweis?«, fragte der Beamte.

»Weg«, sagte Paule. »Verbrannt. Wir sind seit Montag ausgebombt. Mama will mit uns jetzt aufs Land, nach Quakenbrück.«

»Ist das da, wo der Fliegerhorst ist?«, erkundigte sich der SA-Mann.

»Ja, da ist einer«, bestätigte Paule.

»Da oben habe ich nämlich mal gearbeitet. Vor dem Krieg. Als Monteur, bevor ich das hier hatte«, sagte der SA-Mann und bewegte seinen rechten Arm. Es war eine Prothese.

»Na gut«, sagte der Bahnpolizist. »Dann schlaft mal weiter. Der Luftschutzraum ist rechts zur Tür raus.«

Paule streckte die Beine aus, lehnte sich zurück, schloss die Augen. Erst jetzt kam der Schock. Sein Herz raste. Doch er zwang sich, ruhig sitzen zu bleiben. Als er zwischendurch blinzelte, sah er, wie die beiden Männer die Bänke am Ausgang durchkontrollierten. Er schloss wieder die Augen, aber sein Herz hämmerte noch immer.

»Sie sind weg«, sagte Ulla.

Paule nahm sie in den Arm und drückte seinen Kopf an ihre Brust. »Das war knapp«, sagte er. »Sie hätten mich nur nach meiner Fahrkarte fragen müssen. Dann wäre der ganze Schwindel aufgeflogen.«

»Ich weiß«, sagte Ulla und griff nach seiner Hand. Schlafen konnten sie jetzt beide nicht mehr.

Bereits eine Stunde vor Abfahrt standen sie auf dem Bahnsteig, und als sie sich später in den Zug zwängten, fanden sie nicht mal einen Platz zum Hinhocken auf dem Boden. Hand in Hand lehnten sie sich aneinander und sahen durch ein schmutziges Fenster hinaus in die Landschaft, über die ihre Lok eine lange Qualmfahne legte. Unsere Hände sind das Einzige, was wir jetzt noch voneinander haben, dachte Paule. Nasse, heiße Finger, die sich in die Haut der anderen Hand drückten. Er hatte nicht gewusst, dass Abschied so wehtun konnte.

Unter dem Rattern der Räder verlor er jedes Zeitgefühl und wachte erst aus seiner Benommenheit auf, als der Zug plötzlich zum Stillstand kam. Ullas Kopf flog gegen eine Kofferkante. Im gleichen Moment stieß die Lok ein Alarmzeichen aus und jemand schrie: »Flieger!«

Ein Mann riss am Ledergurt vom Fenster, machte es auf, kletterte hoch und half einer Frau nach draußen. Alles drängte. Ulla und Paule wurden auseinander gerissen. Er schrie ihren Namen, bis sie sich im Gang wiederfanden. Sie sprangen aus dem Fenster, landeten im Schotter, liefen übers benachbarte Gleis und rannten ins freie Feld.

Und da waren die Flugzeuge auch schon. Zwei Schatten hüpften über den Zug, Maschinengewehre knatterten, Bordkanonen ballerten. Paule warf sich über Ulla, hielt sie mit beiden Armen. Sie küssten sich, klammerten sich aneinander, weinten. Meinetwegen könnte ich jetzt sterben, dachte Paule, vielleicht wäre das sogar ein schöner Tod. Dann hörte er aufs Neue die Motoren aufheulen. Schüsse peitschten, Menschen schrien. Es folgten zwei, drei Detonationen in der Nähe. Die Druckwelle hob sie fast vom Boden.

»Paule, bleib bei mir«, schluchzte Ulla und fasste in seinen Nacken, als ihn ein glühender Stoß traf.

Dann war alles vorbei. Er sah, dass Ulla das Bewusstsein verloren hatte. Ihre rechte Hand blutete. Ein Splitter hatte sie durchschlagen, ein anderer hatte seinen Nacken geschrammt.

Paule ließ Ulla los, riss sich seine Pullis vom Leib, zerrte das Unterhemd über den Kopf und tupfte Ullas Hand ab. Sie kam zu sich. Er hob sachte ihren Arm an und sagte: »Ein Splitter steckt in der Hand. Tut es sehr weh?«

»Gar nicht«, sagte sie. »Und was ist mit dir?«

»Nur ein Ratscher«, sagte er. »Aber deine Hand sieht böse aus. Dort drüben laufen Soldaten mit Verbandszeug. Schaffst du es so lange alleine, bis ich einen hergeholt habe?«

Ulla nickte.

Er rannte zu den Soldaten hin. Drei Wagen von ihrem Zug brannten lichterloh. Einer der Feldgrauen richtete sich gerade von einem zerschmetterten Körper auf, schüttelte den Kopf und sagte: »Dem ist nicht mehr zu helfen.«

Paule zog ihn zu Ulla.

»Das ist eine Sache für die Sanis«, sagte der Soldat nach einem flüchtigen Blick. »Da machen wir am besten gar nichts. Der Splitter steckt noch drin, hat die Hand durchschlagen. Halt sie hoch, bis das Sanitätskommando kommt.«

Ulla schwankte. Paule fing sie auf, setzte sich mit ihr unter einen Baum, lehnte ihren Kopf gegen seine Schulter und hielt ihre rechte Hand hoch.

Es dauerte lange, bis Sanitätswagen kamen.

»Die Hand muss in die Chirurgie nach Ulm«, sagte einer von den Rotkreuzmännern. »Im Wagen ist noch ein Platz. Kannst du sitzen, Mädchen?«

»Ja«, sagte Ulla. »Mir geht es schon wieder ganz gut. Es ist ja nur die Hand.«

Paule folgte den Männern, schaute zu, wie sie Ulla in den Wagen verfrachteten. »Kann ich nicht mit?«, fragte er.

»Mann, du hast Nerven«, rief der Sani an der Türklappe. »Wir haben den Wagen voll mit Schwerverletzten und an den Gleisen liegen noch mehr.«

»Paule, schreib mir!«, schrie Ulla.

Doch da knallte die Tür schon zu, der Anlasser sprang an und der Wagen holperte übers Feld zur Straße.

Frankfurt/Main

Vierundzwanzig Stunden später, mittags gegen halb eins, erreichte Paule Frankfurt.

Lastwagen der Reichsbahn hatten die Reisenden zunächst bis zu einer Bahnstation in der Nähe von Ulm transportiert, dann waren sie von einem Zug aufgenommen worden, hatten in Stuttgart aber wieder lange auf einen D-Zug Richtung Mannheim warten müssen.

Bei der Ankunft im Frankfurter Bahnhof empfing ihn der auf- und abschwellende Heulton der Alarmsirenen. Erschöpft stolperte Paule den hastenden Menschen nach, kam an einem zerstörten Flügel des Bahngebäudes vorbei, landete zum Schluss im Tiefbunker und ließ sich auf eine Bank fallen. Er betastete seinen Nacken. Man hatte ihm ein großes Pflaster über die Schramme geklebt, aber darunter brannte es und fing jetzt richtig an zu schmerzen.

Wie mochte es Ulla mit ihrer Hand gehen? Zum hundertsten Mal sah er wieder den gezackten bläulichen Splitter in ihrem Fleisch stecken. Ein Schauer überlief ihn.

Vielleicht hätte er doch versuchen sollen, die Chirurgie in Ulm zu finden. Doch was hätte er in der Stadt gemacht? Nicht nur ohne Ausweis, sondern jetzt auch noch fast ohne Geld? Bestimmt würde das Krankenhaus Ullas Mutter Bescheid geben und sie würde Ulla in Ulm abholen. Er musste unbedingt die Telefonnummer herausfinden. Aber erst mal wollte er alles mit Jupp besprechen.

Der Alarm dauerte nur eine Dreiviertelstunde. Offenbar hatte kein Angriff stattgefunden. Auf dem Bahnhofsvorplatz sprach Paule eine Straßenbahnschaffnerin an, fragte sie nach der Kleinen Fischergasse.

»Danke«, sagte er, als sie ihm den Weg beschrieben hatte. »Und einen guten Tag noch.«

»Den können wir alle brauchen«, rief sie ihm hinterher.

Eine Grünanlage begleitete ihn am Mainufer entlang. Schleppkähne tuteten, der Domturm tauchte auf, links vor dem Eisernen Steg, der den Strom überspannte, gab es zerstörte Gebäude in der Häuserzeile. Nach einigem Suchen fand Paule das enge Gässchen. Es führte aus der Altstadt direkt zur Mainuferstraße und eingezwängt zwischen zwei anderen Altstadthäusern entdeckte er auch das Haus Kleine Fischergasse 7.

Die schmutzig graue Haustür war unverschlossen. Im halbdunklen Hausgang entdeckte Paule einige Briefkästen, darunter einen mit den Initialen J. P. Also war er hier richtig. Jupps Tür befand sich hoch oben im Mansardengeschoss. Ein grüner Pappstreifen war mit vier Blaukopfstiften am Türrahmen befestigt, darauf stand in Vaters Handschrift: *Joseph Pizolka.*

Eine Klingel war nirgends zu finden. Paule probierte die Klinke, klopfte. Drinnen rührte sich nichts, aber unter dem Fußabtreter lag der Schlüssel. Die Tür öffnete sich in einen Raum mit Küchenherd und Ausgussbecken, rechts führte eine schmale Tür ins kleine Bad, eine weitere in eine noch beengtere Kammer, in der nichts weiter als ein Bett stand. Hier also wohnte Jupp. Der Geruch seiner Pfeife lag in der Luft.

Aufseufzend ließ Paule sich in den abgewetzten Ohrensessel fallen, streckte sich und entdeckte dann auf dem Tisch, gegen den Aschenbecher gelehnt, einen Zettel. *Liebe Else*, stand da in Jupps sauberer Sütterlinschrift, *die Wäsche liegt neben dem Badeofen, Seifenpulver daneben. In Eile, J.* Paule schaute ins Badezimmer. Da stand der Wäschesack, daneben das Seifenpulver vor den Briketts und dem Anmachholz.

Er schob die Wäsche beiseite, fand eine alte Zeitung und heizte den Badeofen ein. Warmes Wasser, ein richtig heißes Bad würde ihm gut tun. Er legte zwei Briketts in das glühende Holz und ließ sich wieder im Sessel nieder. Der Wasserhahn über dem Ausguss tropfte laut, eine Kuckucksuhr tickte. Wer war Else? Eine Frau, die Jupps Wäsche besorgte? Aber *Liebe Else* – das passte nicht für eine Zugehfrau.

Der tropfende Hahn machte ihn kribbelig. Paule stand auf, um ihn fester zu schließen. Das half jedoch nichts; eine neue Dichtung wäre nötig gewesen.

Inzwischen verbreitete der Badeofen bis in den Wohnraum wohlige Wärme. In der Anrichte entdeckte Paule das Brotfach. Ein Kanten Kommissbrot lag neben zwei eingetrockneten Brötchen. Im Ausguss fand er das Brotmesser, schnitt zwei Scheiben von den Kanten, bestrich sie mit Margarine und Senf.

Kauend wanderte er in dem Raum auf und ab, vier Schritte zur Tür, vier Schritte zurück zu dem kleinen Erkerfenster. Die Holzdielen knarrten. Vor lauter Übermüdung war er so aufgedreht, dass er keine Ruhe fand. Er durchstöberte das Bücherbord, öffnete die Schranktüren, knipste das Deckenlicht und die Stehlampe an und aus.

Endlich hatte das Badewasser die richtige Temperatur. Paule versank in das warme Wasser und spürte, wie sich seine Spannung löste, die Unruhe von ihm wich. Nur durfte er nicht mit dem Nacken an den Wannenrand stoßen, das tat sonst entsetzlich weh.

Da vernahm er die Tür und plötzlich stand eine Frau vor ihm. Ihr Gesicht unter dem blauen Topfhut mit den weißen Steckfedern sah ihn entgeistert an.

»Ja, was machen Sie denn hier?«, fragte sie verblüfft.

Paule war genauso verdattert. »Ich warte auf meinen Vater«, sagte er, als er sich von dem Schreck einigermaßen erholt hatte. »Auf Jupp Pizolka. Ich bin Paule.«

Die Frau schüttelte sprachlos den Kopf, nahm den Hut ab, griff nach dem Wäschesack und brachte ihn in die Wohnküche.

»Ich bin Else Schüttler«, rief sie von dort. »Joseph hat mir von

Ihnen erzählt. Aber Sie sind doch in Tirol, im Lager. Wie kommen Sie jetzt nach Frankfurt?«

Paule stieg aus der Wanne, zog seine Sachen über und kam in den Wohnraum. »Haben Sie eine Ahnung, wann mein Vater kommt?«, fragte er.

»Irgendwann gegen Abend, denke ich«, antwortete sie. »Aber er wollte dann gleich zu mir in die Moselstraße.«

»Ist das weit?«, fragte Paule. »Es eilt nämlich. Ich muss ihn dringend sprechen.«

»Ich richte es ihm aus«, versprach sie. »Und die Moselstraße ist gleich in der Nähe vom Hauptbahnhof. Man kann ...«

Die Sirene unterbrach sie.

»Wo ist der nächste Luftschutzraum?«, fragte Paule.

»Es wird im Haus einen geben«, sagte Else Schüttler, griff nach dem Wäschesack und drängte Paule zur Tür. »Schnell, ich war auch noch nicht da unten.«

Im Treppenhaus polterte es, Stimmen riefen, einer Frau fiel die Tasche aus der Hand und der Inhalt verstreute sich auf dem Treppenabsatz.

»Lauf nur, Mutter«, rief ein alter Mann. »Ich heb's schon auf.«

Paule und Else bückten sich und halfen.

»Danke, danke«, murmelte er. »Meine Emmi ist immer gleich so aufgeregt!«

Der alte Mann kam als Letzter die Stufen hinunter, stülpte sich einen Helm auf den Kopf und verriegelte die Stahltür. Dann ließ er sich ächzend in einem Sessel nieder.

Zu acht saßen sie unter dem schweren Bruchsteingewölbe und warteten. Else Schüttler hielt Vaters Wäschesack umklammert.

»Man hört nichts von der Flak«, sagte der alte Mann. »Vielleicht fliegen sie an Frankfurt vorbei.«

»Guter Gott, guter Gott«, seufzte seine Frau, untersuchte mit fliegenden Händen ihre Tasche, ließ sie zuschnappen, öffnete sie wieder und suchte weiter.

Diesmal erfolgte die Entwarnung nach knapp einer Stunde. Else Schüttler verabschiedete sich gleich im Hausgang.

»Ich habe es eilig«, sagte sie. »Um zehn beginnt meine Nachtschicht, vorher muss ich noch Besorgungen machen. Also, Paule, ich sage Ihrem Vater Bescheid.«

»Danke«, sagte er. »Und auf Wiedersehen.«

Langsam, Stufe um Stufe, stieg er die Treppen bis ins Mansardengeschoss hinauf. Die Wunde im Nacken pochte, tat bei jeder Erschütterung weh. Oben fiel er ins Bett, zog sich die Decke über die Ohren und hörte dennoch Wasserhahn und Kuckucksuhr, bis er einschlief.

Von einem schleifenden Geräusch wachte er auf.

»Paule, bist du hier?«, hörte er Jupps Stimme. »Ich lasse gerade die Verdunkelung runter, dann mache ich Licht.«

»Papa«, rief Paule und stürzte aus dem Bett in die Wohnküche.

Da stand sein Vater, in der blauen Eisenbahneruniform, die unvermeidliche Krummpfeife im Mund, und lachte ihm zu.

»Junge«, rief er. »Ich hab mich ja so gefreut, als mir Else von dir erzählte. Ist das eine Überraschung! Von woher kommst du jetzt überhaupt? Nun lass dich erst mal drücken!«

Er umarmte Paule und küsste ihm die Backen.

Paule zuckte zusammen.

»Pass ein bisschen auf«, bat er. »Du tust mir weh. Ich habe einen Ratscher im Nacken.«

»Lass sehen«, sagte Jupp. Er nahm Paule das Pflaster ab und machte ein besorgtes Gesicht. »Die Wundränder sind entzündet. Klopft's innen drin?«

»Ja«, sagte Paule.

»Wir müssen damit zum Arzt, und zwar sofort«, sagte Jupp. »Ein Bekannter von mir aus dem ›Roseneck‹ hat in der Nähe seine Praxis. In der Neuen Kräme. Zu dem gehen wir.«

»Jetzt gleich?«, fragte Paule. »Ich kann doch morgen …«

»Nein, Paule«, wehrte der Vater ab. »Damit kannst du nicht warten.«

Sie verließen die Wohnung und tasteten sich die von einer blau gestrichenen Glühbirne kümmerlich beleuchtete Treppe hinunter.

»Ich habe dir noch gar nicht erzählen können, warum ich gekommen bin«, sagte Paule.

»Später«, sagte sein Vater. »Wenn wir richtig reden können. Komm, hak dich bei mir ein. Es ist so dunkel, dass man nicht die Hand vor den Augen sieht. Wir laufen gerade am ›Roseneck‹ vorbei, jetzt rechts ist der Dom. Den hat es im Januar getroffen. Nur der Turm ist noch einigermaßen intakt. Und hier ist der Krautmarkt, da hat's auch eingeschlagen. Jetzt kommen wir zum Römer. Ich muss dir das alles mal bei Tage zeigen, solange die Häuser noch stehen. Und da haben wir die Braubachstraße mit der Tram. Drüben die Neue Kräme, ja, und hier ist schon das Haus von Dr. Mylius.«

»Aber es ist schon beinahe Nacht. Meinst du, dass der Doktor noch Sprechstunde hat?«, fragte Paule.

»Es ist erst kurz vor acht«, sagte Jupp. »Und Dr. Mylius hat auch seine Wohnung hier im Haus.«

Er klingelte, ein Türöffner summte.

In dem ebenerdigen Praxisraum warteten noch zwei Patienten. Der Vater setzte sich neben Paule, legte ihm behutsam den Arm um die Schultern.

»Wir haben uns viel zu erzählen«, meinte er. »Du hast Else ja schon kennen gelernt. Mit ihr lebe ich seit einiger Zeit zusammen, weißt du.«

»So was Ähnliches hab ich mir gedacht«, sagte Paule.

»Ich habe bei ihr mein zweites Zimmer«, fuhr sein Vater fort. »Das ist sehr günstig für mich. Von der Moselstraße bin ich in zehn Minuten in der Idsteiner Straße beim Reichsbahnausbesserungswerk.«

Sie saßen stumm nebeneinander. Paule hätte gern mehr von Else Schüttler erfahren, wusste aber nicht, wie er fragen sollte. Jetzt tat es ihm Leid, dass er von ihr eigentlich nur ihren blauen Hut mit den weißen Ansteckfedern wahrgenommen hatte.

Dann öffnete sich die Tür zum Behandlungsraum. »Pizolka, alter Freund«, begrüßte Dr. Mylius den Vater. »Was haben wir denn?«

»Das ist Paule«, stellte Jupp ihn vor. »Er hat eine Entzündung im Nacken. Schauen Sie sich das doch bitte mal an.«

»Na, da wollen wir gleich mal sehen«, sagte der Arzt. »Setzen Sie sich hier auf den Hocker.«

Paule stieß einen kleinen Wehlaut aus, als Dr. Mylius ihm den Hals und die Lymphgefäße abtastete.

»Schön ist das wirklich nicht«, sagte der Arzt. »Wie ist das passiert?«

»Bei einem Tieffliegerangriff. Es war ein Splitter«, erklärte Paule.

»Und wann war das?«

Paule überlegte. »Gestern Mittag«, sagte er dann.

»Hmm«, machte der Doktor. »Ja, da kann man im Augenblick gar nicht viel machen. Die Wunde müsste eigentlich genäht werden. Aber erst muss die Entzündung abklingen. Wer weiß, was da für Zeug hineingekommen ist. Ich gebe Ihnen eine Ichthyolansalbe mit und ein Paket Verbandmull. Dick aufstreichen, auf die Wunde legen. Morgens und abends wechseln. Und sollte es schlimmer werden, kommen Sie gleich vorbei.« Er stand auf, ging an seinen Karteikasten und sah Paules Vater an. »Und die Personalien von dem jungen Mann?«

»Ich möchte lieber nicht in die Kartei«, sagte Paule.

Der Doktor zuckte die Schultern.

»Schreiben Sie's vielleicht einfach auf meine Karte mit dazu«, schlug Jupp vor. »Oder geht das nicht?«

»Sicher geht das«, sagte Dr. Mylius. »Es sind schon ganz andere Sachen gegangen. Also, junger Freund, wir sehen uns am Montag wieder.«

»Danke, Herr Doktor«, sagte Paule.

Draußen hängte er sich bei seinem Vater ein. Sie nahmen den gleichen Weg zurück und in der Wohnung ließ Paule sich gleich verarzten. Die Salbe kühlte angenehm, nur an den Verband um den Hals musste er sich erst gewöhnen.

»Jetzt mache ich uns was zu essen und dann reden wir«, sagte Jupp. »Rohe Bratkartoffeln und Rote Bete. Das magst du doch, oder?« Er brachte den winzigen Herd in Gang, sperrte einen Augenblick die Tür zum Gang auf, damit mehr Sauerstoff ans Feuer kam, stellte die Pfanne warm und setzte sich mit dem Kartoffelschälmesser an den Tisch.

»Ich bin abgehauen«, sagte Paule.

»Das hab ich mir gedacht«, sagte Jupp. »Erzähl mal, wie alles gekommen ist.«

Paule überlegte. Dann schilderte er seinen Lagermannschaftsführer und den Direktor, zählte die täglichen Schikanen auf, berichtete von Drill und Schleiferei und endete bei seinem Wehrstammblatt.

Jupp unterbrach ihn nicht. Er stopfte zwischendurch seine Pfeife und schnitt die Kartoffeln in dünne Scheiben, salzte, zauberte sogar etwas Speck hervor, stellte sich an den Herd und ließ die Kartoffeln in dem heißen Fett braun backen. Es roch wunderbar. Paule musste an Inge denken, deren Lieblingsessen das war, und ihm lief das Wasser im Mund zusammen. Unterdessen deckte Jupp den Tisch, füllte Rote Bete aus dem Glas und stellte schließlich die Pfanne zwischen sie.

»Guten Appetit, mein Junge«, sagte er. »Und verbrenn dir nicht die Zunge.« Zwischen zwei Bissen fuhr er fort: »Das heißt also, dass du fahnenflüchtig bist. Es sei denn, du gehst hier zum Einwohnermeldeamt und meldest dich um. Und das hast du wohl nicht vor, oder? Du weißt aber auch, was auf Fahnenflucht steht, nämlich Todesstrafe. Allerdings bist du noch nicht volljährig und kommst vielleicht vors Jugendgericht. Aber auch da wird es unangenehm für dich. Hast du dir das alles gut überlegt, Junge? Jetzt kannst du noch zurück. Wenn du willst, fahre ich mit dir und spreche mit deinem Lagerleiter.«

»Das kommt nicht in Frage«, wehrte Paule ab. »Und natürlich habe ich's mir überlegt. Lange. Ich will einfach nichts mehr von dem ganzen Kram wissen, verstehst du nicht? Ich dachte, gerade dir müsste das einleuchten.«

»Ich versteh dich ja, Paule«, sagte Jupp. »Aber denk doch mal nach, was das praktisch für dich heißt. Wie eben bei Dr. Mylius. Du wolltest nicht in die Kartei, und jetzt weiß ich, warum. Aber so geht das weiter. Stell dir nur vor, der Splitter hätte dich ein, zwei Zentimeter tiefer erwischt, direkt an der Wirbelsäule, und du müsstest ins Krankenhaus. Das geht nicht ohne Personalien. Und noch eins, Paule, du bist hier in eine ›Frontstadt‹ gekommen, wie unser Gauleiter Frankfurt nennt. Ich war froh, dass du in Zürs in Sicherheit warst. Hier geht es jetzt erst richtig los. Wo wir jetzt sitzen, ist morgen vielleicht schon ein Loch. Ist dir das klar, Paule?«

»Ja«, sagte er.

»Na gut.« Jupp seufzte. »Oder auch nicht gut. Und du bleibst trotzdem bei deinem Entschluss?«

»Trotzdem«, sagte Paule.

»Also, dann müssen wir nachdenken«, sagte Jupp. »Als Erstes musst du hier aus der Wohnung. Über kurz oder lang wird man dich hier suchen. Was machen wir da?«

Hilflos hob Paule die Schultern. »Ich weiß es nicht«, sagte er.

»Ich denke, du kannst erst mal bei Else mit unterschlupfen«, sagte Jupp. »Am besten, wir gehen gleich los. In der Moselstraße können wir dann weiterreden. Schaffst du den Weg?«

Paule nickte.

Jupp erhob sich, stellte die Pfanne in den Ausguss, spülte das

Geschirr und warf einen Blick durch den Raum. »Liegt hier noch etwas, was du mitgebracht hast?«, fragte er. »Man darf nichts von dir finden.«

»Ich hab alles«, sagte Paule.

Sie verließen die Kleine Fischergasse, gingen zur Haltestelle und mussten nicht lange auf die Straßenbahn warten.

Paule blieb draußen auf der Plattform der abgedunkelten Bahn stehen. Sein Vater besorgte bei der Schaffnerin eine Siebenerkarte, kam dann zu ihm, steckte ihm den Fahrausweis zu und fasste ihn unter. Die Bahn schlingerte quietschend durch die dunklen, leeren Straßen.

»Moselstraße«, rief die Schaffnerin.

Jupp zog die Tür auf und half Paule beim Aussteigen. »Es ist gleich um die Ecke«, sagte er, als sie auf dem Gehweg standen. »Nummer 23, fünfter Stock. Vielleicht treffen wir Else noch zu Hause an.«

Else Schüttler stand im Wohnflur und zog gerade den Mantel über, als Jupp aufschloss.

»Joffi«, sagte sie. »Noch so spät. Und Paule. Kommt doch rein. Und lasst euch nicht stören, ich bin wieder einmal in Eile.«

Sie gab Jupp einen Kuss und er fragte: »Kann Paule über Nacht hier bleiben? In meinem Zimmer?«

»Sicher doch«, antwortete sie, warf Paule einen schnellen Blick zu und sagte: »Ich mach uns nach der Schicht ein leckeres Frühstück.«

»Wir können jetzt nicht alles bereden«, sagte Jupp hastig. »Aber könntest du Paule als deinen Neffen ausgeben, wenn du mit jemandem über ihn sprichst?«

»Versteh ich nicht«, sagte sie. »Aber meinetwegen, wenn es dir wichtig ist. Also, dann bis morgen.« Damit war sie auch schon aus der Tür, Paule hörte sie eilig die Treppe hinunterlaufen.

»Else arbeitet auch bei der Bahn«, erklärte Jupp. »Beim Frachtdienst. Da haben wir uns vor einem halben Jahr kennen gelernt. Nun komm, da drüben ist das Wohnzimmer, hier ist mein Zimmer und da vorn das von Else, dann gibt es noch Küche und Bad. Aber das siehst du ja alles selbst.«

Er ging Paule voran ins Wohnzimmer, machte Licht, setzte sich aufs Sofa und stopfte die Pfeife. Paule schaute sich um. Als Erstes fiel ihm ein Plattenspielerschrank ins Auge, einer mit eingebautem Schalltrichter. Überhaupt, schön hatte es Else Schüttler, mit Linoleum und Teppich über den Dielen, Gardinen und Übervorhängen, Kronleuchter, Sesselgarnitur und Stilmöbeln. Das sah alles sehr behaglich aus.

»Erzähl mir von den Tieffliegern«, sagte Jupp. »Wo war denn das?«

»Irgendwo um Ulm«, berichtete Paule. »Und wäre Ulla nicht gewesen, hätte ich den Splitter direkt in den Knochen bekommen.«

Er erzählte von Ulla, wollte sie dem Vater beschreiben, aber die Stimme versagte ihm. »Jetzt ist sie in Ulm, und ich weiß nicht, wie es ihr geht«, sagte er, den Tränen nahe.

»Sie ist also deine Freundin«, sagte sein Vater. »Ist auch kein Wunder, wenn Mädchen sich in dich vergucken, so groß und blond und braun, wie du bist.«

»Da müsstest du erst Ulla sehen«, sagte Paule und konnte wieder lachen. »Sie ist noch viel brauner als ich. Ich weiß nicht, wie das mit uns beiden weitergehen soll. Zuerst muss ich ihre Nummer in Duisburg herausfinden, und dann will ich versuchen, sie da oben wieder zu sehen.«

Jupp nickte, stand auf, ging im Raum auf und ab. »Zu zweit ist das natürlich alles noch schwieriger, noch schlimmer für dich«, sagte er.

»Setz dich doch«, bat Paule. »Es macht mich ganz nervös, dir zuzusehen.«

»Na gut«, sagte Jupp, zog mit dem Fuß einen Stuhl heran und setzte sich Paule gegenüber.

»Ich glaube, du hast das Gefühl, ich verstehe dich nicht«, begann er.

»Ja, wirklich, das denke ich«, sagte Paule. »Wie solltest du auch? Ich habe deine Mitgliedskarte von der Deutschen Arbeitsfront bei dir in der Kleinen Fischergasse gesehen. Sie lag auf der Konsole. Du hast schön regelmäßig deine Beiträge gezahlt.«

»Das Ding liegt da gut, wenn jemand schnüffeln kommt«, sagte Jupp. »Also, es ist so, ich möchte nicht, dass sie dich genauso durch die Mangel drehen wie mich damals. Es waren nur fünf Monate, aber die haben mir gereicht. Damals, als die SA die Gewerkschaftshäuser besetzt hatte, mussten wir die Streikaufrufe, Kommunistensterne und Parolen von den Wänden reiben. Mit unseren bloßen Händen. So zerschunden, wie wir waren, sind wir dann nach Esterwegen ins Moor gekommen, zum Torfstechen. Und das war erst der Anfang. Lüttgenmayer, bei dem du früher mit Inge in den Ferien warst, auf dem Hof bei Quakenbrück, den habe ich in Esterwegen kennen gelernt. Er war linker ›Stahlhelmer‹, das war so ein Verband ehemaliger Frontsoldaten nach dem ersten Krieg. Und Lüttgenmayer schrieb mir zwei Jahre später, dass man einen Gastwirt beim Brögermoor aus dem Torfkanal gefischt hatte. Seine Leiche, meine ich. Der Mann hatte wohl zu viel davon mitbekommen, was die Lagerwachen beim Suff rausgelassen haben. Weißt du, worauf du dich da einlässt? Denn auch wenn man dir vielleicht einen Jugendrichter zubilligt, Paule, ins Lager kommst du auf jeden Fall. Und das ist fast dasselbe wie ein Todesurteil. Verstehst du, warum ich dich zurückhalten will? Dich sollen sie nicht auch noch fertig machen. Wo der Krieg doch sowieso bald aus ist.«

»Trotzdem hast du nichts dagegen unternommen, hast sogar mitgemacht bei denen«, hielt Paule ihm vor.

»Gott, das sagt sich so leicht, ich hätte nicht mitmachen dürfen.« Jupp stand auf und lief wieder im Zimmer auf und ab. »Wir hatten euch, drei Kinder, die wollten zu essen haben. Da bin ich eben eingetreten. In die ›Arbeitsfront‹. Die hatten teilweise ja auch gute Sachen im Programm, von uns SPDlern abgeschrieben natürlich. Ja, und allmählich gab es wieder so etwas wie Vollbeschäftigung und dann setzte die ›Arbeitsfront‹ das Recht auf bezahlten Jahresurlaub durch – Junge, das waren Sachen, davon haben wir früher höchstens zu träumen gewagt. Es gab auf einmal wirklich so ein ganz neues Gefühl von Volksgemeinschaft. Der Klassenkampf hatte sich erledigt, und auch die Genossen mussten einsehen, dass Hitler nur noch von außen überwunden werden konnte, durch den Krieg, auf den er ja mit Macht zusteuerte. Und jetzt ist es so weit. Deswegen meine ich, du sollst es dir noch mal überlegen, Paule. Ist doch sowieso bald alles zu Ende.«

»Ich geh trotzdem nicht zurück«, sagte Paule. »Was du sagst, ist für dich richtig, aber nicht für mich.«

»Ich werde auch nicht weiter versuchen, dich umzustimmen«, versprach Jupp und setzte sich wieder zu ihm. »Dann müssen wir sehen, was noch für Möglichkeiten bleiben. Ich könnte zum Beispiel Lüttgenmayer schreiben, der braucht immer Leute auf seinem Hof, und zu essen gibt's dort genug, da ist es nicht so schlimm, dass du keine Lebensmittelmarken hast. Dort könntest du eine Weile in der Versenkung verschwinden. Was meinst du dazu?«

Vor Paule tauchten Weiden mit schwarz-weißen Kühen auf, schwankende Heuwagen, mit Eichen umstandene Gehöfte. »Ja, das würde ich sofort machen«, sagte er. »Und du denkst, Lüttgenmayer riskiert das?«

»Wir sind alte Kumpel«, sagte Jupp. »Und der Jungbauer hat ein böses Mundwerk, wenn es gegen die Nazis geht. Den schüchtert so schnell nichts ein. Und die da oben brauchen ja die Bauern, jetzt noch mehr, wo die Russen sich die Ukraine zurückgeholt haben.«

»Schreib ihm aber lieber nicht«, sagte Paule. »Man weiß nie, wem so ein Brief in die Hände fällt. Ich fahr einfach hin und bestell Lüttgenmayer Grüße von dir.«

»Ja, tu das«, sagte Jupp. »Und wann willst du weg?«

»Erst muss ich wissen, was mit Ulla ist«, sagte Paule. »Ich versuche, mit ihr zu telefonieren. Und dann fahre ich zuerst bei ihr vorbei.«

»Hast du ein Bild von ihr?«, fragte Jupp.

»Nein«, sagte Paul.

»Schade«, sagte Jupp. »Aber nun ist es doch spät geworden. Ich laufe jetzt zur Kleinen Fischergasse. Tschüs, mein Junge, bis morgen.«

»Schlaf gut«, sagte Paule. »Hoffentlich gibt's keinen Alarm. Ach, übrigens, kannst du mir etwas Geld geben?«

»So viel du willst«, sagte sein Vater. »Das Zeug ist ohnehin nichts mehr wert.«

Er fischte aus seiner Brieftasche ein paar Zehnmarkscheine und legte sie auf den Tisch.

Paule begleitete ihn noch bis zur Treppe und schaute ihm nach. Was für ein Glück, dass ich einen solchen Vater habe, dachte er. Er akzeptiert meine Entscheidung, obwohl sie ihm Angst macht.

»Nun wollen wir mal schön Kaffee trinken«, sagte Else Schüttler, als Paule am nächsten Morgen aus dem Bad kam. »Haben Sie auch alles gefunden, was Sie brauchen?«

»Ja«, sagte Paule. »Und danke für die frische Wäsche. Die gewechselte habe ich mit in Papas Wäschesack gesteckt.«

»Morgen habe ich meinen Waschtag«, sagte Else Schüttler. »Sie können mir dabei helfen.«

»Mache ich«, versprach er und ließ sich am Frühstückstisch nieder. Else Schüttler hatte im Wohnzimmer gedeckt, mit Servietten, Kerze und einem Teelicht unter der Kanne.

»Das ist echter Kaffee«, sagte sie. »Noch von der Sonderzuteilung nach dem Angriff. Heute ist doch ein Festtag, weil wir uns endlich kennen lernen. Schade nur, dass Joffi Sonntagsdienst hat, aber so ist das nun mal.«

Überwältigt nippte Paule an dem heißen Kaffee. »Ich trau mich gar nicht so recht«, sagte er. »So fein hab ich noch nie gefrühstückt. Gehört Ihnen eigentlich die ganze Wohnung allein?«

»Langen Sie nur kräftig zu«, ermunterte sie ihn, und während sie aßen, erzählte sie ihm, dass die Wohnung ihren Großeltern gehöre. Sie selbst sei ausgebombt, zweimal schon, zuletzt ein paar Straßen weiter an der Mainlust. Seither wohne sie hier, während die Großeltern sich wegen der ständigen Luftangriffe im Odenwald aufhielten. Der Opa sei bis in die ersten Kriegsjahre ein hohes Tier bei der Woolworth-Kaufhauskette gewesen, daher die schöne Wohnung. Und auch jetzt noch, im fünften Kriegsjahr, gebe es hier eine Menge Sachen aus Friedensbeständen. Von der Toilettenseife bis zum Schnürriemen hätten die Großeltern alles nur Denkbare gehamstert.

Zwischendurch goss Else Schüttler Kaffee nach, schmierte Paule Brote, erzählte von Jupp, lachte viel und spöttelte über den Gauleiter.

Paule vergaß bald alle Befangenheit. Er gab lustige Geschichten aus dem Lager zum Besten, behielt alles Übrige aber für sich. Sein Vater sollte entscheiden, was Else Schüttler über seine Fluchtpläne wissen sollte.

Sie fragte ihn auch nicht aus, erkundigte sich nicht mal, warum sie ihn als ihren Neffen ausgeben solle. Stattdessen erzählte sie ungezwungen von sich.

Der Mann habe sie verlassen, sei inzwischen wieder verheiratet, und Thomas, ihr Sohn, müsse etwa zwei oder drei Jahre älter sein als Paule. Thomas sei bei den Amerikanern in Kriegsgefangenschaft geraten und offenbar gehe es ihm ganz gut in Texas. Jedenfalls sei sie froh, dass für den Jungen der Krieg erst mal vorbei sei. Ja, sie habe noch seine Kleidung, auch die Wäsche, die Paule im Bad gefunden habe, habe ursprünglich Thomas gehört. Paule könne sich auch unter den übrigen Sachen alles heraussuchen, wofür er Verwendung habe.

Sie zogen die Frühstückszeit gemütlich in die Länge und erledigten dann gemeinsam den Abwasch. Danach sah Else nach Paules Wunde.

»Oh, das tut sicher sehr weh«, sagte sie, als der Verband unten war. »Hilft denn die Salbe?«

»Doch, die tut gut«, sagte er. »Gestern konnte ich mich kaum noch bewegen, heute geht alles viel besser.«

Sie strich Salbe auf den Mull, deckte die Wunde ab und wickelte Paule den Verband wieder um den Hals. »Richtig vornehm sehen Sie damit aus«, meinte sie lachend. »Mit weißer Halskrause. Wie die Pastoren bei uns in Hamburg, da stamme ich nämlich ursprünglich her. So, nun laufe ich schnell in den Keller, weiche die Wäsche für morgen ein. Sie finden sich bestimmt allein in der Wohnung zurecht.«

»Ich lege mir vielleicht eine Platte auf, wenn ich darf«, sagte Paule.

»Nur zu«, rief sie im Hinausgehen. »Es sind genügend da. Vielleicht gefällt Ihnen was.«

Im Schränkchen fand Paule einen ganzen Stapel und im Regal daneben noch mal Dutzende von Platten. Elses Opa schien eine Schwäche für Jazz zu haben, es waren sogar amerikanische Swingplatten aus den frühen Vierzigerjahren vorhanden. Vielleicht stammten sie von deutschen Soldaten aus den besetzten Gebieten. Die brachten die Schellacks manchmal kofferweise mit und verhökerten sie zu Höchstpreisen an Liebhaber. Paule entschied sich für die Andrews Sisters: »Bei mir bist du schön, please let me explain …«, dachte an Ulla, versuchte mit der Mundharmonika zu begleiten und ließ die Platte immer wieder ablaufen.

Lachend kam Else Schüttler ins Zimmer. »Die hat's Ihnen aber angetan«, sagte sie.

»Ich versuche mit der Mundharmonika eine Gegenstimme zu finden«, erklärte Paule.

»He, auf diese Melodie habe ich noch 1940 im ›Tanz-Schuppen‹ geswingt«, sagte sie und machte ein paar temperamentvolle Tanzschritte. Paule musste lachen. Jupp konnte Jazz und Swing nicht ausstehen, aber Else war da offenbar anders. Sie hockte sich zu ihm auf den Teppich und erzählte von den tollen Zwanzigerjahren in Berlin.

»Und Ihr Opa hat all diese Platten gesammelt?«, fragte Paule. »Jazz hat ihm wirklich gefallen? Und Hot und Swing und das alles?«

»Und wie!«, bestätigte Else. »Er war überhaupt ein verrückter Kerl. Zum Beispiel hätte er sich jeden Wagen leisten können, aber er rauschte am liebsten mit seiner Harley 750 über die Zeil. Das Ding steht noch heute unten im Keller.«

Sie ließ Paule bei den Platten und ging in die Küche. »Wir essen spät«, rief sie in den Flur. »Ich hoffe, Joffi ist bis drei da. Halten Sie bis dahin durch?«

»Ach, nach diesem Frühstück bin ich noch für Tage satt«, rief Paule zurück. Er schraubte eine neue Tonabnehmernadel ein, legte sich vor den Schalltrichter, hörte Satchmo mit »Jeepers Creepers«, »Trumpet Blues« von Harry James, »Elmer's Tune«, den »Harlem Express«, vergaß alles um sich, sogar seine Mundharmonika. Leider war der Aufzugmechanismus des Plattenspielers nicht mehr ganz in Ordnung. Gegen Ende fiel der Federdruck zu schnell ab und das tat den Ohren weh.

Um halb drei kam Jupp. »Den ganzen Tag ohne Alarm«, sagte er, »da klappt es auch mit der Arbeit. Na, Paule, wie geht es dir? Was macht die Entzündung?«

»Schon vergessen«, sagte er. »Den Arzt morgen kann ich mir sparen. Die schwarze Salbe wirkt Wunder.«

»Joffi, wenn du dich beeilst, schaffen wir das Kino um siebzehn Uhr«, rief Else. »Oder hast du keine Lust mehr?«

»Doch«, rief Jupp aus dem Bad. »Paule, kommst du mit?«

»Ich weiß nicht«, sagte er. »Wie heißt denn der Film und um was geht's da?«

»Olga Tschechowa spielt mit«, sagte Else Schüttler. »*Rote Orchideen*. Was mit Werksspionage, einem Prozess und Geheimdiensten. Aber der Inhalt ist nicht so wichtig. Die Tschechowa ist immer gut.«

Paule legte die Platten zusammen und verstaute den Stapel wieder im Regal, legte seine Mundharmonika aufs Plattenspielerschränkchen.

»Ich bleib doch lieber hier«, entschied er.

Sie deckten den Tisch, und Else präsentierte eine Gemüsesuppe mit Grießklößchen, dann folgten Rindfleisch mit Kartoffeln und Bohnen als Hauptgericht und eine Geleespeise zum Nachtisch.

»Einmal die Woche muss es Abwechslung geben von dem ewigen Kantinenessen«, sagte sie. »Wir sparen die ganze Woche Marken für den Sonntag. Da soll es dann ein bisschen sein wie im Frieden.«

»Wenn nicht gerade Alarm dazwischenkommt wie am letzten Sonntag«, sagte Jupp. »Dann steht das schöne Essen in der Backröhre und verschmort.«

Letzter Sonntag – die Erinnerung durchzuckte Paule wie ein körperlicher Schmerz. Letzten Sonntag war er mit Ulla im Café gewesen. Er ließ den Nachtisch stehen und faltete die Serviette zusammen. Wenn er Ulla wenigstens schreiben könnte! Doch wenn ihre Mutter seinen Brief öffnete? Nein, das geht nicht, sagte er sich. Aber morgen hole ich mir ihre Telefonnummer!

»Paule, Sie essen nichts mehr?«, erkundigte sich Else. »Dann stelle ich Ihr Schüsselchen in den Kühlschrank. Sie holen sich den Nachtisch dann irgendwann, ja?«

»Ihr siezt euch?«, fragte Jupp.

»Was denn sonst?«, sagte sie.

»Paule könnte dein Sohn sein«, sagte Jupp. »Kommt, sagt du zueinander, sonst wird die Unterhaltung schwierig.«

»Mir ist es recht«, sagte Else und wandte sich an Paule. »Also, darf ich du sagen?«

»Gern«, sagte Paule. »Aber ich würde lieber Else und Sie sagen.«

»Gut, mal sehen, wie lange das hält«, sagte sie. »Also, lieber Neffe, ich hab dir Thomas' Sachen ins Zimmer gelegt. Du kannst ja mal Modenschau machen. Und wir müssen uns jetzt beeilen, Joffi. Bis zum Saalburger ist es ein ganzes Stück Weg und ich möchte auch noch die Wochenschau mitbekommen.«

Fünf Minuten später waren sie aus der Haustür.

Paule machte sich an den Aufwasch, bewunderte den elektrischen Kühlschrank, den Elektroherd, die elektrischen Haushaltsgeräte, die er bisher nur aus der Reklame oder vom Hörensagen kannte.

Danach begann er vor dem Spiegel der Flurgarderobe mit der Anprobe. In den schicken Anzügen von Thomas kam er sich unmöglich vor. Und Verwendung hatte er dafür ohnehin nicht; er musste beweglich bleiben und durfte nicht zu viel mitschleppen. Er schnitt sich Grimassen, legte eine Platte auf und tanzte vor seinem Spiegelbild. Unter den Sachen befand sich aber auch einiges Brauchbare, ein Pullover, eine fast neue Skihose und, der wichtigste Fund, ein Paar derbe Wanderschuhe. Sie drückten ein wenig, würden sich aber wohl noch weiten. Dazu kamen noch Strümpfe und Wäsche. Das war mehr, als er sich hätte wünschen können. Und das blieb nicht die einzige Überraschung.

»Ich habe Else deine Geschichte erzählt«, sagte sein Vater, als sie nach dem Abendessen bei Radiomusik beisammensaßen.

»Fürs Erste bleibst du hier bei mir«, sagte Else. »Allerdings solltest du vorsichtig sein, wo du hingehst, zum Beispiel in keine

Filme, die nicht jugendfrei sind. Im Saalburger ging eine HJ-Streife durch die Reihen und kontrollierte.«

»Bei Else bist du jedenfalls gut aufgehoben, bis du zu Lüttgenmayer fährst«, sagte Jupp.

»Danke«, sagte Paule zu Else. »Und auch für die Sachen von Thomas.«

»Brauchst du noch etwas?«, fragte Else.

»Nur eine Zahnbürste«, sagte Paule. »Meine liegt noch in Zürs. Morgen geh ich gleich los und kauf mir eine neue.«

»Wenn du eine kriegst«, sagte Else. »Lass mal, Paule, ich kenne hier die Geschäfte, ich besorg dir eine.«

Paule wusste nicht, was er sagen sollte. Ihre Fürsorglichkeit überwältigte ihn geradezu.

Am nächsten Morgen hatte er endlich Gelegenheit, sich doch ein wenig zu revanchieren. Bereits um acht stand er mit Else am Waschbrett.

Im Kupferkessel dampfte die Kochwäsche. Else trällerte den neusten Schlager: »Kauf dir einen bunten Luftballon, hellblau, lila oder grün, und du fliegst mit ihm davon …« Sie hatte die dunklen Haare zurückgebunden. Ihr Gesicht war von der Arbeit und vom heißen Laugendunst gerötet. »Bin ich froh, Junge, wenn Friede ist und wieder echtes Persil und grüne Schmierseife ins Haus kommen«, sagte sie.

Jupps Hemden hatten von der Arbeit auf dem Bahngelände dicke Rußränder. Paule rubbelte sich fast die Finger wund, bis sich die schwarze Schmiere endlich auflöste. Wer hatte eigentlich die Sachen seines Vaters gewaschen, bevor er zu Else gezogen war? Wenn Mama früher ihren Waschtag hatte, war Papa jedenfalls regelmäßig verschwunden gewesen. Stimmt, da hatte er nämlich seinen Kegeltag, erinnerte sich Paule plötzlich.

Else unterbrach seine Gedanken. »Das machst du schon ganz gut«, meinte sie anerkennend. »Hast du deiner Mutter als Junge auch bei der Wäsche geholfen?«

»Wir hatten im Lager alle zwei Wochen Waschtag«, sagte Paule. »Von meiner Mutter weiß ich nicht mehr so viel. Sie ist schon vor sechs Jahren gestorben. Bei der Geburt von Erwin. Der hat dann auch nur noch ein paar Tage gelebt.«

»Joffi hat mir davon erzählt«, sagte Else. »Das war ein schwerer Schlag für ihn, aber für euch Kinder muss das noch viel schlimmer gewesen sein.«

Sie trat an den Kochkessel, und Paule fasste mit an, fuhr mit dem Wäscheholz unter das kochend heiße Wäschepaket und ließ es in den Bottich mit kaltem Wasser fallen.

»Ich hatte ja Inge«, sagte er.

Else warf ihm einen raschen Blick zu, sagte aber nichts. Sie leerten gemeinsam den Kessel, dann warf Else die Handtücher in die Kochlauge.

»So, jetzt zweimal spülen, auswringen und dann nach draußen auf die Leine«, rief sie ihm durch den Kochdunst zu. »Wie gut, dass du da bist! Das geht doch fix mit uns beiden. Bis Mittag haben wir die Sachen draußen im Hof zum Ablaufen und danach tragen wir alles nach oben auf den Trockenboden.«

Als sie die Wäsche endlich auf der Leine hatten, wischte Paule sich den Schweiß von der Stirn. Es war ihm heiß geworden, trotz des nasskühlen Märzwetters.

Um dreizehn Uhr, als er sich gerade auf den Weg zum Postamt machen wollte, gab es Alarm. Sie rannten mit ihrem Luftschutzgepäck in den Bahnbunker.

»Ich nehme mir immer was zu lesen mit«, sagte Else neben ihm auf der Bank. »Dann denkst du weniger daran, was vielleicht passiert.« Sie zeigte ihm den Buchtitel: *Betriebliche Wirtschaftslehre*.

Paule dachte an das Buch, das er neben seinem Bett liegen hatte, Sven Hedins *Von Pol zu Pol*. In Zukunft wollte er sich auch ein Buch ins Gepäck stecken. Wenn er von der abenteuerlichen Expedition durch Tibet las, vergaß er alles andere. Heute konnte niemand mehr so einfach herumreisen. Überall war die Welt zu. Deutschland hatte mit so vielen Ländern Krieg.

Noch immer kamen Leute die Stufen in den Bunker hinunter. Reisende mit Koffern, Kartons, Soldaten, Ostarbeiterinnen, eine Frau an Krücken. Zwei Luftschutzwarte, den Helm unterm Arm, machten die Runde, eine Rotkreuzschwester versorgte ein schreiendes Baby.

»Es scheint an uns vorbeizugehen«, meinte einer der Luftschutzwarte. »Der Drahtfunk meldet nur vereinzelte Störflugzeuge.«

»Und die holt keiner runter?«, fragte ein stoppelbärtiger Mann in der Nähe von Paule. »Wo sind denn unsere Jagdflugzeuge, wenn die Amis schon anfangen, über unseren Köpfen spazieren zu fliegen?«

»Nun mal ruhig, Mann«, sagte der Luftschutzwart und stülpte den Helm über. »Der Führer spart alle Kräfte für die Vergeltung. In diesem Jahr kommt sie, das hat er an Neujahr versprochen.«

Eine Frau nickte dem Wart zu und sagte böse in Richtung von Paules Bank: »Man kann ja wohl nicht glauben, dass alles umsonst gewesen sein soll. Solche Leute wie Sie, Mann, die gehören an die Wand.«

»Ich habe doch gar nichts gesagt«, verteidigte sich Paules Nachbar.

Der Luftschutzwart stiefelte weiter, Paule atmete auf. Er konnte sich nicht erinnern, dass die Leute früher so gereizt aufeinander losgegangen waren. Da wurde über den Sieg erst gar nicht diskutiert, den glaubte man fest in der Tasche zu haben.

Um vierzehn Uhr kam die Entwarnung. Else verstaute ihr Buch. Sie gingen zurück in die Moselstraße, aßen ein Brot, schleppten danach die feuchte Wäsche auf den Trockenboden.

»Um die Ecke gibt's Blumenkohl«, sagte Else, als sie wieder in der Wohnung waren. »Stellst du dich an? Ich muss mich jetzt hinlegen, sonst fallen mir heute Nacht die Augen zu. Und bring mit, was es sonst noch an Gemüse gibt. Hier sind die Kartoffelkarten. Für diese Zuteilungsperiode sind fünf Pfund pro Woche aufgerufen. An der Tür hängen die Einkaufsnetze und da ist Geld. Kannst du das alles tragen?«

»Klar doch«, sagte Paule. »Kriege ich den Wohnungsschlüssel?«

Else schlug sich an die Stirn. »Hatte ich ganz vergessen.« Sie kramte aus dem Küchenschrank einen Bund mit mehreren Schlüsseln hervor und holte dann das Verbandszeug. »So kannst du nicht gehen«, sagte sie. »Wir müssen deinen Hals neu wickeln. Das sieht ja richtig schlampig aus.«

Paule ließ sich den Verband erneuern.

»Übrigens, der Pullover von Thomas steht dir gut«, sagte Else. »Deine anderen beiden habe ich mit Feinseife aus Opas Vorrat gewaschen. Sie hängen im Bad über der Leine, wenn du sie suchst. Aber sicher brauchen sie ein paar Tage zum Trocknen. So, und jetzt lauf!«

In der Schlange am Gemüseladen standen höchstens fünfzehn Leute. Es würde also nicht so lange dauern. Danach musste er unbedingt zur Post, um sich Ullas Telefonnummer zu besorgen. Wenn ihre Mutter am Apparat war, würde er einfach sagen, dass er beim Angriff dabei war und sich erkundigen wollte, wie es Ulla ging. Vielleicht kam Ulla aber sogar selbst ans Telefon, vielleicht ging es ihr schon wieder so gut.

Die Schlange rückte nur langsam voran. Hinter Paule hatten sich inzwischen zwei Frauen und ein Mädchen angeschlossen. Vorn beim Eingang vernahm man streitende Stimmen.

»Stellen Sie sich gefälligst hinten an«, schrie eine Frau einem Soldaten zu.

»Das ist mein letzter Urlaubstag«, schrie der zurück. »Morgen geht's wieder an die Front.«

»Da hat Ihre Frau doch wieder Zeit zum Einkaufen«, witzelte ein Mann vor Paule.

»Das sind ja schöne Zustände«, schimpfte der Soldat los. »Das nennt man nun Heimatfront. Und für so was halten wir unsere Knochen hin.« Er marschierte mit hochrotem Kopf an Paule vorbei und stellte sich ans Ende der Schlange.

Als Paule in den Laden vorgerückt war, gab es keinen Blumenkohl mehr. Aber wenigstens konnte er zwei Bund Möhren erstehen, bekam einen halben Rotkohl ausgewogen und erhielt auch noch seine Kartoffeln.

In fünf Minuten war Paule wieder in der Moselstraße. Er legte das Netz auf dem Küchentisch ab, suchte nach seiner Straßenbahnkarte, zog den Schal fester und stürzte aus dem Haus. Bei der Schalterbeamtin im Bahnhofspostamt erkundigte er sich nach der Telefonnummer für Wessling, Duisburg, Rheinland, Musfeldstraße 153.

Die Beamtin griff nach einem Telefonverzeichnis und blätterte. »Rudolf Wessling? Musfeldstraße 153, ist das richtig?«, fragte sie.

»Ja«, bestätigte Paule. »Und die Nummer?«

»Das ist die 6359«, sagte sie.

»Und wie telefoniere ich von hier aus?«

»Sie wollen diese Nummer?«, fragte die Frau. »Drüben, Zelle 2, und wenn es klingelt, heben Sie ab.«

In der Zelle zog Paule die Tür hinter sich zu und nahm beim ersten Klingelton den Hörer vom Haken. »Warten Sie bitte, ich stelle die Verbindung her«, sagte eine weibliche Stimme. Dann vernahm er das Freizeichen. Es tutete anhaltend im Hörer.

»Tut mir Leid, der Teilnehmer meldet sich nicht«, sagte die Vermittlung. »Hängen Sie bitte wieder ein.«

Enttäuscht verließ Paule den Bahnhof. Aber immerhin hatte er jetzt Ullas Nummer, der Rest war nur noch eine Sache von Geduld.

Er stieg in die Linie 15. *Heiligkreuzkirche über Hauptbahnhof, Hauptwache, Konstablerwache, Zoologischer Garten* stand auf dem Fahrtrichtungsschild. Der Wagen war überfüllt. »Zurückbleiben!«, schrie die Schaffnerin und riss an der Klingelleine. Mit ihrem hölzernen Fahrscheinbehälter vor dem Bauch quetschte sie sich durch die Fahrgäste und kassierte.

Paule blieb auf der offenen Plattform. Überall die Spuren vergangener Bombenangriffe. Der Schutt lag manchmal meterhoch auf den Gehsteigen. Aber das Leben ging weiter. Fahrräder drängten sich, dazwischen vereinzelte Autos, Lastwagen. Die Bahn überholte einen Bierwagen mit zwei Kaltblütlern an der Deichsel. *Henninger-Bräu* verkündete das Firmenschild. Leute stiegen ein und aus und Paule wurde ins Wageninnere geschoben. Hier waren die Fenster bis auf einen schmalen Sichtstreifen mit blauer Verdunklungsfarbe bestrichen. An einem klebte das vertraute Plakat: *Räder müssen rollen für den Sieg*. Paule trat von einem Fuß auf den anderen. Die Schuhe von Thomas drückten, doch er hatte den ganzen Tag über trockene, warme Füße gehabt. So gut war es ihm schon lange nicht mehr gegangen.

An der Hauptwache stieg er aus, ging unschlüssig ein paar Schritte und erkundigte sich dann bei Wartenden an der Haltestelle nach dem nächsten Postamt.

»Drüben, gleich in der Zeil.« Eine Frau zeigte ihm die Richtung. »Das Hauptpostamt.«

»Danke«, sagte Paule. Im Amt ließ er sich aufs Neue verbinden, wartete abermals in einer Zelle. Auch diesmal kam die Verbindung nicht zustande. Er erinnerte sich, dass Ulla ihm irgendwann erzählt hatte, ihre Mutter arbeite als Schreibstubenleiterin bei den Thyssenwerken. Vielleicht war sie noch nicht von der Arbeit zurück. Also würde er es später noch mal im Bahnhof versuchen.

Er schlenderte durch die Hauptwachengegend. Vor dem Kyffhäuserhotel standen mehrere Jungen und Mädchen in seinem Alter und diskutierten mit zwei uniformierten Leuten vom HJ-Streifendienst. Paule schlug einen großen Bogen um die Gruppe.

In der Schillerstraße kam er zu einer Buchhandlung und studierte die Auslage. Dostojewski: *Licht aus dem Osten*, fünf Mark fünfzig; *Juden in Frankreich*, drei Mark neunzig; *Wie sehe ich innen aus? Zwei zerlegbare Modelle des weiblichen und männlichen Körpers, plastisch, in natürlichen Farben*, zwei Mark. Das hätte er sich gern gekauft, traute sich aber nicht. *Meyers kleiner Weltatlas*, sechs Mark neunzig; Hans Fallada: *Kleiner Mann, was nun?*; Evelyn Waugh: *Eine Hand voll Staub* … Jupp hatte bald Geburtstag. Aber zum Lesen kam er ja nicht bei seinen ständigen Überstunden. Vielleicht würde er sich über einen Bildband freuen: *Orbis Terrarum – Die Länder der Erde im Bilde, Skandinavien, 1 Karte und 280 ganzseitige Tiefdrucktafeln*, neun Mark sechzig.

Von Schweden sprach Jupp manchmal. Er hatte Freunde, die vor dem Krieg nach Schweden ausgewandert waren. Das hätten wir auch tun sollen, dachte Paule, als er im Laden das Skandinavienbuch durchblätterte. Seen, tiefe Wälder, Klippen, Fjorde, die Tundra, so viel Landschaft und so wenig Menschen. Sicher war dort oben im Norden das Leben ganz anders als hier im engen Deutschland.

Paule gab der Buchhändlerin den Band zurück und bat: »Können Sie mir das Buch zurücklegen? Ich würde es mir gern bis morgen überlegen.«

»Gern, junger Herr«, sagte sie. »Und auf welchen Namen darf es sein?«

Sein Name – daran hatte er nicht gedacht. Er zögerte. Dann sagte er: »Besser, ich nehme es doch gleich mit. Die Bilder gefallen mir wirklich sehr.«

»Wir haben in dieser Ganzleinenausgabe auch nur noch dieses eine Exemplar«, sagte die Buchhändlerin. An der Theke schlug sie ihm das Buch in Packpapier und wickelte eine Papierkordel darum. Paule verließ das Geschäft in dem guten Gefühl, ein Geschenk erworben zu haben, über das Jupp sich wirklich freuen würde. Else konnte das Buch in Verwahrung nehmen, denn am 17. März, Jupps Geburtstag, würde Paule längst in Duisburg sein.

Schon an der Haustür roch er die Bratkartoffeln. Er war gerade richtig zum Essen gekommen. Else hatte das Rotkraut als rohen Salat zubereitet. Das schmeckte nicht übel, fand Paule, obwohl er den Kohl noch nie so gegessen hatte.

»Eigentlich gehören noch Äpfel hinein«, sagte sie. »Im Odenwald sind sie voriges Jahr am Obst fast erstickt. Bis nach Frankfurt ist davon aber fast nichts gekommen. Wir haben nichts einlagern können.«

»Im Herbst fahren wir selbst nach Groß-Bieberau«, sagte Jupp.

»Wer weiß, was im Herbst sein wird«, sagte Else.

Nach dem Essen holte sie sich den Nähkorb, besserte Wäsche aus, stopfte Strümpfe.

»Ich gehe noch mal an den Bahnhof und telefoniere«, sagte Paule.

Jupp sah von der Rundfunkzeitung auf. »Abends besser nicht, Paule. Da setzen sie verstärkt Streifen ein. Beamte in Zivil, HJ-Streifen, Feldjäger. Bist du mit deinem Anruf nicht durchgekommen?«

»Nein«, sagte Paule. »Wahrscheinlich arbeitet Ullas Mutter tagsüber.«

»Besser, du versuchst es dann morgens früh«, schlug Jupp vor. »Komm doch mit mir. Um halb sieben gehe ich aus dem Haus.«

Paule zog sich in sein Zimmer zurück. Im Bett blätterte er in dem Skandinavienbuch.

So viele Bäume, so viel Wald. Seit Obladis hatte er keinen Wald mehr gesehen. Das Lager in Zürs lag oberhalb der Baumgrenze. Es müsste toll sein, wieder Himbeeren, Heidelbeeren zu suchen! Wie früher mit Inge. Doch, das Buch war ein gutes Geschenk. Er verstaute es in einem Schrankfach, knipste das Licht aus und schlief mit Erinnerungen an Wald, Heide und Wasser ein.

Noch bevor Jupp ihn wecken kam, war Paule morgens aus dem Bett. Als Erstes sah Jupp nach seiner Wunde. Sie nässte nicht mehr und ein Streifen Hansaplast genügte jetzt als Verband. Damit war er die lästige Halskrause los.

Jupp wartete mit ihm vor dem Postamt, bis sich um sieben Uhr die Türen öffneten, und blieb vor der Zelle stehen, während Paule dem Amtszeichen lauschte. Wie gestern tutete es ohne Unterlass.

Dann unterbrach das Fräulein vom Amt und sagte: »Tut mir Leid, der Teilnehmer meldet sich nicht.«

Paule hängte den Hörer ein, biss sich auf die Lippen und verließ die Zelle.

»Kein Anschluss«, sagte er. »Komm, Papa, ich begleite dich.«

Während sie die Mainzer Landstraße entlanggingen, arbeitete es unaufhörlich in seinem Kopf. Vielleicht hatte Ulla eine Infektion bekommen und ihre Mutter war zu ihr nach Ulm in die Klinik gefahren. Oder aber Frau Wessling machte Nachtschicht. Aber in einem Schreibbüro? Und dann hätte er sie gestern irgendwann tagsüber erreichen müssen.

»Du bist mit deinen Gedanken ganz woanders«, sagte Jupp.

»Tut mir Leid«, sagte Paule.

»Ist schon gut«, meinte Jupp. »Wir sind auch gleich da.« Er umarmte Paule. »Bis später dann, Junge.«

Auf dem Rückweg in die Moselstraße grübelte Paule weiter darüber nach, wie er Ulla sprechen konnte, bevor er zu Lüttgenmayer nach Quakenbrück fuhr. Aber obwohl er es immer wieder versuchte, gelang es ihm auch an den folgenden Tagen nicht, Wessling zu erreichen.

Mittlerweile spürte man den Frühling. In den Mainanlagen, durch die Paule auf dem Weg von einem Postamt zum anderen streifte, blühten Schneeglöckchen. An der Hauptwache verkaufte eine Blumenfrau vorgetriebene Forsythienzweige, Sonnenpracht im grauen Kriegsalltag.

In Zürs würde es noch lange Winter sein. Ob Möllenkamp, Voß und Lodders inzwischen ihre Musterungsbescheide hatten? Ob die anderen Klassenkameraden noch immer bei Alfons Dalman über dem Tacitus saßen? Das alles lag unendlich weit zurück.

Die Fernsprechbeamtin im Hauptpostamt kannte Paule jetzt schon. Sie fragte nur: »Wieder derselbe Teilnehmer?«

Dann wiederholte sich das Ritual, das mittlerweile zu Paules Tagesablauf gehörte.

Dennoch war er jedes Mal aufs Neue enttäuscht, wenn wieder nur das sture Amtszeichen ertönte.

Hinterher setzte er sich im Kyffhäuserhotel in die Fischerstube und trank eine Tasse Kaffee. Jazzklänge drangen aus der angrenzenden Bar, der »Tiger-Rag«, dann deutsche Swings, Saxophon und Schlagbass mit Becken, der »Lambeth-Walk«. Die Musik konnte seine triste Stimmung jedoch nicht aufhellen.

Am Abend kam Jupp mit besorgtem Gesicht nach Hause. Er nahm Paule beiseite und sagte: »Else soll nichts erfahren, damit sie sich keine Sorgen macht, aber du musst es ja wissen: Heute hatte ich Besuch von einem SD-Mann. Sicherheitsdienst.«

»Und?«, sagte Paule.

»Du wärest seit dem 23. Februar in Zürs verschwunden, sagte er, aus dem KLV-Lager. Ob ich deinen gegenwärtigen Aufenthaltsort wisse.«

»Und«, drängte Paule, »was weiter?«

»Ich habe mich beschwert, dass ich vom Lager darüber noch keine Meldung erhalten habe«, berichtete Jupp. »Ich wäre schon in Sorge gewesen, weil ich so lange nichts mehr von dir gehört hätte.«

»Hat er dir das abgenommen?«, fragte Paule.

Jupp hob die Schultern. »Beim Weggehen hat er noch gesagt,

ich sei ja fürs Amt ein alter Bekannter und solle mir ja keine Sperenzchen leisten. Das waren seine Worte.«

»Ich fahre«, sagte Paule.

»Nein, Junge, keine Panik«, sagte Jupp. »Bleib noch ein paar Tage. Morgen ist mein Geburtstag, den müssen wir doch zusammen feiern! Und für den Abend darauf, am Samstag, habe ich bei Pappert, dem Wirt vom ›Roseneck‹, für uns drei einen Tisch bestellt. Wir wollen fürstlich essen. Für dich ist das dann die Henkersmahlzeit, einverstanden?«

»Ja«, sagte Paule. »Inzwischen schickst du am besten ein Telegramm nach Zürs. Frag nach, warum du so lange nichts mehr von mir gehört hast.«

»Das mach ich glatt«, sagte Jupp lachend. »Gleich morgen. Und sei's nur, um die Bande zu ärgern. Die haben schließlich die Aufsichtspflicht für dich.«

Sie grinsten sich an, aber in Paule stieg die Angst hoch. Er hatte schon gedacht, die Ämter hätten seinen Fall beiseite gelegt, und jetzt setzten sie einen Sicherheitsmann auf seinen Vater an. Nun musste er Acht geben, dass er Jupp nicht in seine Sache hineinzog.

Er blieb am nächsten Morgen zu Hause, wollte auch nicht zum Bäcker gehen, legte sich aufs Bett und dachte nach.

»Ist dir was, Paule?«, erkundigte sich Else.

»Nein«, sagte er. »Aber ich fahre nach Vaters Geburtstag los. Und ich überlege, was dann wird.«

»Joffi hat mir gesagt, dass du dich nicht mustern lassen willst«, sagte Else. »Da hast du Recht, Junge.«

»Meinen Sie?«, fragte Paule. »Wenn alle so denken, bricht die Front im Osten und dann haben wir die Russen hier.«

»Die Russen«, echote sie. »Ich kann's nicht mehr hören. Das sind doch auch Menschen, oder? Und schlechter als jetzt kann's uns schon nicht mehr gehen. Arbeiten müssen wir, ob unter Hitler oder Stalin. Für uns kleine Leute ändert sich da nichts. Nur die da oben, unsere Bonzen, kriegen beim Gedanken an die Russen natürlich das Fracksausen.«

In diesem Augenblick gingen die Sirenen los.

»Und ich wollte mich gerade ins Bett legen!« Else stöhnte. »Ständig Nachtschicht und dazu keinen Schlaf, ist das ein Leben? Da, ich wollte dir gerade die Zeitung bringen, nimm sie mit in den Bunker.«

Sie zog den Mantel an und rannte an Paules Seite los. Paule hatte mitgezählt: Dies war der fünfundzwanzigste Alarm, den er im Verlauf von drei Wochen in Frankfurt erlebte. Inzwischen kannte er im Bunker schon ein paar Leute. Sie wohnten in der Nähe vom Bahnhof, hatten hier unten ihre Stammplätze und schimpften los, wenn sich ein Fremder zufällig darauf breit gemacht hatte.

Paule war es egal, wo er saß. Er suchte sich einen freien Platz, schlug die Zeitung auseinander und las Kurzmeldungen, Tauschangebote und zum Schluss den Wehrmachtsbericht des Tages: … *auf zahlreiche Orte Spreng- und Brandbomben, vor allem auf Augsburg und Ulm.*

Ulm, las er noch einmal, und ein eisiger Schreck durchfuhr ihn, obwohl er sich sagte, dass Ulla inzwischen bestimmt nicht mehr dort war. Wie zur Bestätigung hielt er Else die Zeitung hin und zeigte auf die Meldung.

Else streichelte seine Hand. »So ist das, wenn man jemanden lieb hat.«

Paule schluckte.

»Lass es Joffi nicht so merken, wenn er nach Hause kommt«, bat sie. »Es ist doch sein Geburtstag.«

Jupps Geburtstag, dachte er, und ich habe gar nicht mehr daran gedacht. Mit schweren Füßen stieg er nach der Entwarnung die Treppe hinauf.

Während Else schlief, deckte er den Tisch fürs Abendessen, stellte Kerzen auf, holte den Fliederstrauß hoch, den Else im

Keller deponiert hatte, und legte sein Skandinavienbuch neben die Vase. In der Küche kramte er die Schubladen durch, fand das Päckchen Schokoladenpuddingpulver, von dem Else geredet hatte, rührte Trockenmilch an, stellte schließlich den Pudding und die Vanillesoße nach dem Abdampfen in den Kühlschrank. Dann setzte er sich an den Tisch und schälte einen Topf voll Kartoffeln für die grünen Klöße, die es zum Gulasch geben sollte.

Das Hantieren in der Küche ließ ihn ruhiger werden. Natürlich ist Ulla nicht mehr in Ulm, sagte er sich. Drei Wochen würde man sie doch nicht in der Chirurgie behalten. Aber wo war sie denn dann? Und wo steckte bloß ihre Mutter? Er schüttelte den Kopf, verbot sich weiteres Grübeln. Else hatte Recht. Heute war Jupps Geburtstag und es gab jetzt so wenige Festtage, da durfte er den Tag nicht mit trüber Stimmung verderben.

Als Jupp kam, roch schon die ganze Küche nach leckerem Essen. Paule nahm ihn in die Arme und küsste ihn ab. »Herzlichen Glückwunsch, Papa«, sagte er. »Und nächstes Jahr feiern wir wieder alle zusammen.«

»Danke«, sagte Jupp gerührt und dann kam Else an die Reihe. Sie war gerade mit den letzten Vorbereitungen beschäftigt gewesen, band jetzt die Schürze ab und bat zu Tisch.

Es wurde tatsächlich ein fröhlicher Abend, mit Wein, Lachen und Musik aus dem Plattenschrank und vom Radio. Jupp war ein bisschen beschwipst und versuchte Schlager mitzusingen, bis Else sich die Ohren zuhielt. »Das ist nicht deine Stärke, Joffi«, sagte sie lachend. »Morgen feiern wir im ›Roseneck‹ weiter. Dafür habe ich mir freigenommen. Aber jetzt muss ich gehen. Ihr könnt euch noch beim Abwasch weiteramüsieren.«

Kaum war Else fort, kehrten Paules Ängste zurück. Während Jupp sich auf sein Drängen hin ans Radio setzte, ging Paule in die Küche. Beim Abwaschen versuchte er, sich auf übermorgen zu konzentrieren, seinen Reisetag. Auch wenn er Ulla noch nicht erreicht hatte, würde er auf jeden Fall in Duisburg Station machen und sich nach ihr erkundigen. Irgendjemand musste schließlich wissen, was mit ihr passiert war.

Ständig ging ihm die Frage im Kopf herum, ob er Ulla wohl wieder sehen würde. Und was war dann? Es gab noch so viel zu bedenken.

Er ging zu Jupp, fand ihn halb eingeschlafen im Sessel. Paule zog einen Stuhl herbei, setzte sich und stieß seinen Vater sacht an. »Papa, wach auf«, sagte er leise. »Ich möchte noch mit dir reden.«

Jupp fuhr zusammen. »Habe ich richtig geschlafen?«, fragte er verwundert.

»Das macht der Wein«, meinte Paule. »Kannst du zuhören?«

»Ja, doch«, sagte Jupp. »Was ist denn?«

»Verschiedenes«, sagte Paule. »Zuerst, ich brauche noch Geld. Ich habe keine Lebensmittelkarten und muss vielleicht Sachen schwarz kaufen. Mit Geld oder mit Zigaretten.«

Jupp suchte in seiner Tasche und brachte Tabaksbeutel und seine Pfeife zum Vorschein.

»Für Geld ist gesorgt«, sagte er, während er sich die Pfeife stopfte. »Damit es nicht auffiel, habe ich in den letzten Wochen immer mal was vom Konto geholt. Drinnen im Schrank liegen die Scheine. Fünfhundert Mark.«

»Das ist eine Menge Geld«, sagte Paule.

»Ungefähr drei Monatsgehälter«, sagte Jupp. »Aber jetzt brauchst du das Geld und ich nicht.«

»Danke«, sagte Paule. »Das Nächste ist die Fahrkarte.«

»Die kriegst du mit Ermäßigung«, sagte Jupp. »Bahnleute haben Rabatt.«

»Das meine ich nicht«, sagte Paule. »Ich wollte dich fragen, ob du mit an den Schalter gehst. Ich will nicht, dass mich im letzten Moment noch eine Streife zu fassen bekommt. Kannst du Sonntag früh?«

»Ich wäre sowieso mit dir gegangen«, sagte Jupp.

»Und dann ist da noch etwas«, sagte Paule verlegen. »Etwas, worüber du noch nie mit mir gesprochen hast.«

»Und was ist das?«

»Wenn ich mit Ulla zusammen bin, wollen wir uns vielleicht auch irgendwann ganz haben, du verstehst«, brachte Paule heraus. »Neulich war es beinahe schon so weit.«

Jupp fingerte an seiner Pfeife herum und fragte: »Redet ihr darüber nicht bei der HJ?«

»Quatsch«, sagte Paule böse. »Deswegen frage ich dich ja.«

Sein Vater stand auf, ging im Zimmer auf und ab. »Vor allen Dingen darfst du nicht denken, wenn man vorher aufhört, passiert nichts. Da sind schon vorher Tröpfchen, die du nicht merkst. Und da sind auch Samen drin für ein Kind.«

»Das wusste ich nicht«, sagte Paule. »Ich dachte ...«

»Es ist aber so«, sagte Jupp und ließ sich wieder in den Sessel fallen. »Leider, Paule. Also pass auf.«

»Wir müssen ein Gummi nehmen«, meinte Paule. »Willst du das damit sagen?«

»Ja«, bestätigte sein Vater.

»Und die Dinger gibt's nirgends«, stieß Paule wütend hervor. »Was bleibt uns beiden da eigentlich noch übrig?«

»Ich bringe dir morgen einen Packen mit«, sagte Jupp. »Keine Schwierigkeit.«

»Oh, Papa, man kann wirklich mit dir reden«, sagte Paule glücklich und umarmte seinen Vater. »Dabei war's mir richtig unangenehm, davon anzufangen.«

Jupp zog die Schultern hoch, hob sein Glas und trank aus. »Es ist richtig, dass du an das Mädchen denkst«, sagte er dann.

»Ihr seid so toll zu mir, du und Else«, sagte Paule. »Wenn ich dann in Duisburg oder bei Lüttgenmayer von Frankfurt höre, geht wieder die Angst los. Jetzt sogar Angst um euch beide.«

»Aber nun hast du hier alles gesehen«, sagte sein Vater. »So nah am Bunker, da kann einem so schnell nichts passieren.«

»Trotzdem«, sagte Paule, aber dann dachte er daran, dass Jupp Geburtstag hatte, und er wechselte das Thema.

»Für wann hast du morgen Abend das Festessen bestellt?«, fragte er.

»Pappert hat einen Tisch für halb zehn«, sagte Jupp. »Ein bisschen spät, aber dafür gibt's schöne Sachen. Rehrückenbraten mit Preiselbeeren, Kartoffelkroketten und vorher und nachher eine Überraschung.«

Paule hörte kaum hin. Er war mit seinen Gedanken schon wieder woanders. »Denkst du eigentlich noch an den SD-Mann?«, fragte er. »Ob die nicht auch dein Quartier hier bei Else herausfinden?«

»Denen ist alles zuzutrauen«, sagte Jupp. »Darum lasse ich mich auch hin und wieder in der Kleinen Fischergasse sehen, leere den Briefkasten und unterhalte mich mit den Leuten im Haus. Bevor wir ins ›Roseneck‹ gehen, will ich noch mal nachschauen, ob vom SD vielleicht Besuch da gewesen ist.«

Beide schwiegen.

Um Mitternacht stellten sie das Radio an.

London meldete sich auf Wellenlänge 1500 Meter mit seinem Sendezeichen: »Pum-Pum-Pum-Pumm.« Der Nachrichtensprecher berichtete über Verschleppung von Juden in ganz Europa. »Berlin ordnete die systematische Suche nach mehreren tausend Juden in Griechenland an. Die SS stößt dabei auf heftigen Widerstand der einheimischen Bevölkerung«, verlas der Sprecher. »Berlin: Die Zahl der Fremdarbeiter im Deutschen Reich ist auf sieben Millionen gewachsen … Moskau: Die Rote Armee stößt weiter nach Westen vor. In der Südukraine befinden sich die deutschen Armeen auf der Flucht. Der Rückzug gestaltet sich durch die jetzt einsetzende Schlammperiode besonders schwierig. So ist der sowjetische Vormarsch an manchen Frontabschnitten schneller als der deutsche Rückzug …«

Paule schaltete ab. Nach diesem langen Tag passte überhaupt

nichts mehr in seinen Kopf hinein. Er wollte jetzt lieber schlafen gehen.

Zu dritt verließen sie am Samstagabend vergnügt die Wohnung in der Moselstraße und gingen die dunkle Kronprinzenstraße entlang. Der Himmel war bezogen. Nur wenige Leute waren noch unterwegs. In der Nähe der Adolf-Hitler-Anlage blieb Else plötzlich mit einem Ruck stehen.

»Du lieber Himmel«, rief sie. »Jetzt habe ich ja das Beste vergessen! Ich laufe schnell zurück und ihr geht weiter.«

»Wir gehen zusammen«, widersprach Jupp. »Else, nun hör doch …«, rief er ihr nach.

»Geht nur, ich nehme nachher die Straßenbahn und sitze schon am Tisch, wenn ihr von der Kleinen Fischergasse kommt«, rief sie zurück.

Bei der Anlage überquerten Paule und Jupp die Straße und gingen hinter dem Schauspielhaus durch die Altstadt weiter.

»Hier muss man sich auskennen, um im Dunkeln den Weg nicht zu verlieren«, sagte Jupp. »Bleib dicht bei mir. Die Altstadtgässchen, das ist noch wie im Mittelalter.«

»Wohnen möchte ich hier nicht«, meinte Paul.

»Du bist lieber in der Natur, stimmt's?«, sagte Jupp. »Dein Skandinavienbuch gefällt mir übrigens gut. Wenn der Krieg vorbei ist, machen Vater und Sohn mal eine Wandertour durch Schweden. Wie wär das?«

Paule lachte. »Kannst du dir das vorstellen?«

»Na ja«, sagte Jupp. »Man denkt sich manchmal so Sachen aus. Schmiedet Zukunftspläne – aber ob je etwas daraus wird?«

Vom Weckmarkt her bogen sie in die Kleine Fischergasse ein. Im Briefkasten befanden sich ein Aufruf der NS-Frauenschaft und ein Zettel vom Roten Kreuz mit den nächsten Blutspendeterminen.

»Es sieht noch alles aus wie zuvor«, meinte Jupp, als sie in der Wohnung die Verdunklungsrollos heruntergezogen und Licht gemacht hatten. Er nahm eine gebrauchte Tasse vom Tisch und stellte sie in den Ausguss.

»Der Hahn tropft«, sagte Paule. »Dass du dir das anhören kannst!«

»Ich vergesse ständig, eine neue Dichtung zu besorgen.« Jupp schüttelte über sich selbst den Kopf und schaute dann auf die Uhr. »Es ist gleich Viertel nach neun, wir sollten ins ›Roseneck‹ aufbrechen.«

In diesem Augenblick gingen die Sirenen. Paule und Jupp sahen sich an.

»Auch das noch«, sagte Jupp. »Jetzt verschmort unser schöner Braten.«

Sie knipsten das Licht aus, polterten die spärlich beleuchtete Treppe hinunter. Wohnungstüren klapperten, eine Taschenlampe leuchtete ins Treppenhaus. Da ging auch schon die Flak los.

Im Schein der Notbeleuchtung waren die Gesichter der Leute kaum zu erkennen, doch es schien die gleiche Besetzung zu sein wie damals, als Paule mit Else zum ersten Mal hier unter dem Bruchsteingewölbe gesessen hatte. Ihnen gegenüber erkannte Paule die Frau mit der Tasche, ihr Mann hatte sich wieder den Luftschutzhelm übergestülpt. Die Salven der Flugabwehr folgten immer dichter.

Paule schaute auf seine Uhr. Es war zehn vor zehn. Da ging über ihnen die Hölle los. Bomben detonierten in ununterbrochener Folge, die Stahltür rüttelte, der Boden schien sich zu heben. Dann neue Einschläge und ein endloses Dröhnen, Brausen und Heulen.

Die alte Frau mit der Tasche bewegte ihre Lippen. Während einer Pause zwischen den Einschlägen hörte Paule sie beten: »Heilige Maria, Mutter Gottes, bitte für uns Sünder, jetzt und in der Stunde unseres Todes …«

»Jetzt kriegen wir's von den Juden zurück«, sagte der Mann mit dem Luftschutzhelm.

Seine Stimme ging im nächsten Bombenteppich unter.

»Gegrüßet seist du, Maria, voller Gnaden …«, betete jemand mit tränenerstickter Stimme. Die Frauen bekreuzigten sich.

»Else«, hörte Paule seinen Vater sagen.

»Betest du auch?«, fragte Paule.

»Innen«, sagte Jupp. »Hör, Paule, wer von uns übrig bleibt, sagt Hilde und Inge Bescheid. Inge soll nicht nach Frankfurt kommen. Sie muss zu Hilde an den Bodensee, nach Konstanz.«

»Ja, Papa«, sagte Paule.

Inzwischen füllte sich die Luft unter dem Gewölbe mit beißendem Brandgeruch. Paule hustete.

»Wir verbrennen!«, schrie jemand. »Ich will hier raus, lasst mich gehen.«

Jupp schrie: »Alles sitzen bleiben. Keiner kann nach oben. Wir schlagen den Durchbruch zum Nachbarkeller auf.«

Neue Einschläge ließen das Gewölbe erzittern, Mörtel rieselte, das Mauerwerk ächzte, die Luft glühte.

Jupp nahm den bereitstehenden Pickel und begann den Fluchtweg aufzubrechen. Hinter ihm schaffte Paule die losen Gesteinsbrocken zur Seite. Endlich brach die Wand, zugleich ging eine neue Serie von Einschlägen über sie nieder, ein grässliches Heulen, dann ein Schlag wie der Weltuntergang.

»Gebenedeit ist die Frucht deines Leibes, Jesus …«

»Jetzt hier durch!«, rief Jupp. »Alle, sofort.« Er half Leuten durch das Loch, trug die alte Frau auf seinen Armen zum Mauerdurchbruch. Sie schrie gellend auf, ließ ihre Tasche los, Brille, Geldbeutel, ein umhäkeltes Taschentuch, ein Fläschchen Kölnisch Wasser flogen über den Boden. Paule bückte sich nach den Sachen.

»Lass liegen«, schrie Jupp. »Nimm den Alten!«

Der Mann hing über der Stuhllehne, der Helm war ihm schief über die Augen gerutscht. Paule duckte sich unter den Alten, nahm ihn über die Schulter und richtete sich aus der Hocke auf.

Wankend steuerte er mit seiner Last auf den Durchbruch zu. Er rang nach Luft, die heißen Rauchschwaden erstickten ihn fast.

»Paule, wo bist du?«, hörte er Jupp schreien.

»Ich komm nicht weiter!«, schrie er zurück.

Gleich darauf vernahm er neue Pickelschläge auf der anderen Seite des inzwischen halb verschütteten Durchbruchs, Steine sprangen heraus, Hände griffen nach ihm. Ein Luftstoß traf ihn, schleuderte ihn zu Boden. Der alte Mann hing über ihm im Durchbruch, verschwand im Loch. Paule hob mit an, schob und drückte. Urinnässe, Kot schmierten ihm durchs Gesicht. Dann war er auf der anderen Seite.

Wieder heulte es, rüttelte an den Mauern. Steine lösten sich aus dem Gewölbe und klatschten zu Boden. Zusammen mit Jupp schleppte Paule den Alten zum nächsten Durchbruch, von einem Hauskeller zum anderen. Vor ihnen tauchte Feuerschein auf, der Umriss von Menschen.

»Gleich haben wir's geschafft«, rief Jupp. »Da geht's raus zum Main.«

Am Durchbruch zum Main legten sie den Mann schließlich ab. Jupp beugte sich über die zusammengefallene Gestalt, tastete nach dem Puls. »Er ist tot«, sagte er und richtete sich auf.

Sie traten auf die Uferstraße. Die Welt stand in Flammen. Menschen stürzten an ihnen vorbei, fielen, schrien. Paules Ohren brausten. Ein Orkan aus glühender Luft riss an ihm. Sein Schweiß floss in Strömen, verklebte die Augen, rann in den Mund.

»Runter ans Wasser!«, schrie Jupp und zerrte ihn über die Straße. Funkenregen gingen auf sie nieder, Eisensplitter, glühende Holzteile hagelten vom Himmel. Die ganze Stadt brannte, saugte alles in ihren feurigen Schlund, sandte aufheulend immer neue Feuergarben in die schwarz glühenden Wolken.

Der Flakbeschuss hatte aufgehört, die Detonationen waren verstummt.

»Fort hier«, drängte ihn Jupp. »Den Main entlang.«

Mit ihnen versuchten hunderte von Menschen den Flammen auf diesem Weg zu entkommen. In der Fahrbahn, auf den Wegen steckten Brandbomben, die unter der aufheulenden Menge explodierten. Blutrot, wie ein Lavastrom, begleitete sie der Main. Brennender Phosphor troff von den Trägern des Eisernen Steges, sandte ihnen ätzende Dämpfe entgegen. Das Fauchen, Kreischen und Heulen der Flammenböen steigerte sich zu einer donnernden Brandung aus jaulenden Schmerzenstönen.

»Weiter, weiter«, drängte Jupp.

»Einen Moment stehen bleiben«, keuchte Paule, griff sich an die Seite.

»Der Osthafen brennt, die Kohlenhalden«, rief Jupp. »Los, da vorn sind die Anlagen.« Er zerrte Paule gewaltsam mit sich. Über ihnen flammten jetzt die Bäume auf, brennende Sträucher wirbelten, vom Feuersturm angesogen, in die Höhe.

»Auf die Schwellen der Hafenbahn«, schrie Jupp, umfasste Paule, schleifte ihn zu den Schienen.

Das Nizzaschwimmbad tauchte vor ihnen auf. Jupp zog Paule rechts hinüber, Stufen und Treppen nach oben. Sie hatten die Altstadt hinter sich gelassen, der Feuersog ließ nach.

»Noch ein Stück geradeaus, dann sind wir in der Moselstraße«, hörte Paule Jupps Stimme wie durch einen Nebel.

Löschzüge ratterten durch die Straße, und als sie die Moselstraße erreicht hatten, verkündeten die Sirenen Entwarnung.

Das untere Ende der Kronprinzenstraße mit ihren Läden und den riesigen Mietshäusern stand in Flammen, aber ihr Haus war unversehrt geblieben.

Jupp hetzte die Treppe hinauf, Paule rannte hinterher.

Else stand in der Wohnungstür, angestrahlt vom Flammenschein. Sie schloss Jupp in die Arme und streckte auch Paule die Hände entgegen.

Er drückte sich einen Augenblick an sie und stürmte dann ins

Bad. Die Handbrause ließ nur ein dürftiges Rinnsal über ihn plätschern, aber das Wasser war warm, war sauber. Mit Elses Seife schäumte er sich ein, befreite sich von der ekligen Schmiere im Gesicht und an den Händen, wusch den durchdringenden Brandgeruch aus den Haaren. Nackt lief er in sein Zimmer und zog frische Kleidung an, seine alte Hose, den schafwollenen Pullover.

Jupp drehte sich nach ihm um, als er in die von einer Kerze beleuchtete Küche trat. »Else hatte es noch bis in den Bunker geschafft«, berichtete er. »Es sind Briefe von Inge und Hilde gekommen, deshalb ist sie noch mal zurück.«

»Und was schreiben sie?«, fragte Paule mechanisch.

»Hier hast du die Briefe«, sagte Jupp. »Ich muss weg ins Werk, damit wir den Bahnbetrieb wiederherstellen können. Und du geh bitte gleich morgen früh aufs Postamt und ruf Hilde an. Und Inge schickst du ein Telegramm, dass wir leben.«

»Das mach ich«, sagte Paule.

Else umarmte Jupp, brachte ihn an die Treppe und kam weinend zurück. Paule fasste nach ihrer Hand. Sie fiel ihm um den Hals und schluchzte.

Es war ein Uhr, als Paule den Wecker stellte und aufs Bett sank. Vier Stunden erst waren vergangen, seit sie ins »Roseneck« aufgebrochen waren. Nur vier Stunden – es war kaum zu glauben.

Paule schlief wie betäubt. Als er aufstand, wartete Else in der Küche. Zwei flackernde Teelichter standen auf der Anrichte. Der Strom war immer noch weg.

»Ich habe dir Brote gemacht«, sagte sie. »Es kann lange dauern, bis du zurück bist.«

»Danke«, sagte Paule. »Hat Vater mir die Telefonnummer von Hilde aufgeschrieben?«

»Hier auf dem Zettel«, sagte Else.

Im Flur verabschiedete sie ihn mit einem Kuss. »Bis später

dann«, sagte sie. »Schade, dass du die Mädchen nicht auch von mir grüßen kannst. Aber sie wissen noch nichts von mir und Joffi.«

»Er sollte es ihnen schreiben«, sagte Paule. »Es ist nicht richtig so.«

Er war in Gedanken noch bei Else, als er auf die Straße trat, aber dann ließ ihn der Anblick der zerstörten Stadt alles andere vergessen. Die Straßenbahnen verkehrten nicht. Auf der Kaiserstraße war die Fahrbahn übersät mit Balken und Steinen, die Oberleitungen waren herabgerissen, am Roßmarkt stand ein ausgebrannter Straßenbahnwagen. Überall hasteten Menschen. Bei einem Löschfahrzeug auf dem Gehsteig hockten rußgeschwärzte HJ-Jungen von der Feuerwehrschar, übernächtigt und stumm. Über den Platz an der Hauptwache kurvte ein Sanitätswagen.

Beim Postamt brannte immer noch das untere Stockwerk eines riesigen Häuserblocks. Mehrere Feuerlöschzüge hielten die Brandmauer nass, um ein Übergreifen der Flammen zu verhindern. Die Schalterhalle hatte jedoch trotz der Löscharbeiten geöffnet. Lange Schlangen standen vor den Telegramm- und Fernsprechschaltern. Paule ordnete sich am Telegrammschalter ein. Die Schlange wand sich in Bogen durch den Schalterraum. Die Zeiger der großen Uhr auf der Ausgangsseite zeigten auf zehn Uhr drei. Sie war in der Nacht stehen geblieben. Als Paule an der Reihe war, hatte er über eine Stunde gewartet.

Keine Sorge, wir leben. Jupp und Paule, schrieb er auf das Telegrammformular. Anschließend stellte er sich bei der Schlange am Fernsprechschalter an. Sie wand sich spiegelbildlich zur ersten durch die Halle und schien noch länger zu sein. Rotkreuzschwestern gingen an den Wartenden entlang, verteilten Käsebrote, BDM-Mädchen folgten ihnen und boten Tee an. Mittlerweile war es nach zehn.

»Vor Zelle 3«, sagte die Schalterbeamtin, als Paule ihr Hildes Nummer nannte. »Ihre Nummer wird aufgerufen.«

Vor seiner Zelle standen schätzungsweise zwanzig Leute. Jetzt erst fiel Paule auf, wie still es in der Halle war. Nur von draußen hörte er Motorpumpen tuckern, Stimmen, die Einsatzbefehle riefen, unter dem Wasser zerknallende Steine, weiter weg detonierende Spätzünderbomben. Rauchschwaden hingen in der Luft, schwebten durch die Halle. Die Menschen starrten stumm vor sich hin. Hauptsächlich Frauen jedes Alters, ein paar Kriegsversehrte mit leerem Ärmel oder am Stock, alte Männer, nur wenige junge Leute in seinem Alter oder auch darunter. Es war heiß. Paule hatte schon längst seinen Pullover ausgezogen, am liebsten wäre er noch sein Hemd losgeworden.

Dann wurde plötzlich seine Nummer aufgerufen: »Konstanz, 847.«

Paule stürzte in die Zelle, presste den Hörer ans linke Ohr. »Hallo, Hilde«, rief er.

»Ja, wer spricht denn da?«, kam ihre Stimme durch das Rauschen.

»Ich, Paule«, rief er. »Ich bin bei Papa in Frankfurt. Uns ist nichts passiert.«

»Gott sei Dank!«, sagte Hilde. »Aber wieso bist du bei Papa?«

»Eine lange Geschichte«, rief er. »Tschüs, hier wartet noch eine ganze Schlange.«

Er kam aus der Zelle. »Wo muss man bezahlen?«, erkundigte er sich.

»Das ist doch gebührenfrei«, bekam er zur Antwort. »Überlebensmeldung.«

Von den Stufen des Postamts aus konnte er die Domruine sehen, das abgedeckte Dach, den noch immer fast unversehrten Turm. Die Häuserzeilen dazwischen lagen in Schutt und Asche.

Paule versuchte über die Altstadt zur Moselstraße zu gelangen. Schon weit vor dem Domplatz wehten ihm glühende Ascheteilchen und Funken entgegen. Schief hängende Giebel, senkrecht aufsteigende Kaminzüge ragten drohend über meterhohen

Schutthalden auf, eine Glocke glutheißer Luft hing über den Ruinen. Auf einem Gehsteig lagen Tote aneinander gereiht, zerrissene Leichen, manche verkrümmt und merkwürdig zusammengeschrumpft, die Haut zu Leder verbacken. Gegenüber an der Straßenzeile arbeiteten Rettungsmannschaften und suchten nach Verschütteten, Sträflinge im gestreiften Drillich, bewacht von bewaffneten Aufsehern, Ostarbeiter mit dem großen OST auf Brust und Rücken, Uniformierte vom Regiment Speer. Die armen Toten würden hier noch lange liegen, dachte Paule. Und wären er oder Jupp darunter, hätten Hilde und Inge nicht mal mehr ein Grab von ihnen.

Jupp war noch nicht wieder daheim, als er in der Moselstraße ankam. Auch abends erschien er nicht.

»Mach dir keine unnötigen Gedanken«, beruhigte ihn Else. »Joffi schläft manchmal im Werk. Die haben da jetzt alle Hände voll zu tun. Und ich bin heute auch für eine Sonderschicht fällig. Leg dich nachher mal früh ins Bett.«

Das tat er auch. Noch bei Tageslicht verkroch er sich unter die Decken, hatte keine Lust mehr zu lesen, wollte auch kein Radio hören und Opas Swingplatten erst recht nicht.

Nachts um drei riss ihn Voralarm aus dem Schlaf. Schlaftrunken begab er sich ans Radio, um die Drahtfunkdurchsage abzuhören.

Der Flugmeldedienst hatte seit einiger Zeit das Reich in alphabetische Planquadrate aufgeteilt und Jupp hatte einen handgeschriebenen Plan davon mitgebracht.

Das Metronom, das die Durchsagen unterbrach, tickte. Dann kam die Stimme der Ansagerin: »Fünfzehn Mosquitos im Raum Paula/Richard.« Das musste ungefähr Limburg sein. »Weiterflug nach Quelle/Richard«, das bedeutete Wiesbaden und war schon fast nahe genug für Vollalarm. Doch es blieb ruhig. »Mosquitos drehen ab in den Raum Paula/Quelle, Ende der Durchsage«, kam noch mal die Stimme der Ansagerin. Paule schaltete aus, legte sich wieder ins Bett und hörte beim Einschlafen die Entwarnung.

Mittags um halb zwölf saß er dann mit Else im Hauptbahnhofbunker. Es war Paules achtundzwanzigster Alarm, seit er in Frankfurt war. Die Menschen standen diesmal bis in die Gänge.

»Im Schumann-Theater, am anderen Ende vom Bahnhofsplatz, hat die Stadt jetzt eine Notunterkunft für siebenhundert Menschen eingerichtet«, erzählte Else. »Die kommen jetzt auch noch in die Bahnhofsbunker. Wenn das mal eine Panik gibt! Vor einiger Zeit sind oben auf dem Bahnhofsvorplatz Bomben runtergekommen und da haben sich hier im Bunker Leute totgetrampelt.«

»Ich möchte möglichst bald weg«, sagte Paule. »Aber das kann ich doch nicht, ohne Papa Auf Wiedersehen gesagt zu haben.«

»Nein, das kannst du nicht, Paule«, sagte Else.

Nach anderthalb Stunden kamen sie aus dem Bunker. Auf dem Bahnhofsvorplatz erfuhren sie, dass ein fünfminütiger Bombenregen auf Offenbach niedergegangen war.

Abends endlich erschien Jupp. Er marschierte wortlos ins Bad und ließ Wasser einlaufen. Schrecklich grau sieht er aus, dachte Paule.

»Guten Abend, ihr beiden«, begrüßte er sie. »Tut mir Leid, aber ich habe nur wenig Zeit. Gleich um zehn muss ich wieder im Werk sein. Und vorher will ich noch eine Runde schlafen. Wir mussten noch Leute nach Offenbach abgeben.«

»Wenn du aus dem Bad kommst, hab ich eine Buttermilchsuppe für dich«, sagte Else. »Das ist ein leichtes Essen. Danach kannst du ins Bett.«

Jupp nickte und zog die Badezimmertür hinter sich zu.

»Die Arbeit bringt ihn noch um.« Else seufzte. »In den letzten Tagen sollen hunderttausend Leute Frankfurt verlassen haben, aber das würde Joffi nie tun. Selbst wenn er's könnte.«

»Das ist auch nicht einfach für ihn«, meinte Paule.

»Nein«, sagte Else. »Einfach ist das nie. Ich sehe ja auch zu, dass ich meine Arbeit ordentlich mache. Ich mach's nicht für die da oben, sondern für die Leute, verstehst du?«

»Das verstehe ich«, sagte Paule.

Beim Essen berichtete Jupp. Er war nach der Arbeit kurz in der Kleinen Fischergasse gewesen. Ja, das Haus stehe noch, aber Fenster und Türen seien rausgeflogen, das Dach sei abgedeckt und in der Wohnung vom Windsog alles kurz und klein geschlagen.

»Ich habe das Durcheinander so gelassen, wie es ist«, sagte er. »Nur das Fotoalbum habe ich mitgenommen. Bilder von euch Kindern, wie ihr klein wart, von Mama, ihrem Grab in Oberhausen.«

Von den anderen Parteien habe er nichts gehört. Das Haus stehe jetzt leer, an der Haustür habe eine Umzugsanschrift für die Briefträgerin gestanden. Er werde dem Kriegsschädenamt Totalschaden melden. Morgen, übermorgen, je nachdem, wie er Zeit dazu finde.

»Ja, so ist das«, fuhr er müde fort. »Einmal ausgebombt in Oberhausen, jetzt wieder hier. Von dreißig Jahren Arbeit nichts mehr da.«

Stumm löffelte er weiter. Dann legte er mit einem Ruck den Löffel aus der Hand, griff nach dem Taschentuch und schluchzte.

»Joffi, was ist denn?« Else stand auf und setzte sich auf seinen Schoß. »Klar, alles ist hin. Wie beim lieben Augustin. Aber du hast die Kinder, Joffi, du hast mich. Da zählt alles andere nicht.«

Jupp schnäuzte sich und legte seinen Kopf an Elses Brust. »Ich war am ›Roseneck‹, der ›Altdeutschen Bierstube‹, unserem Lokal. Das Regiment Speer hat mit schwerem Räumgerät den Keller aufgebrochen. Sie fanden acht verkohlte Menschen, Pappert und seine Gäste. Es sollen Blutspuren und Kratzer an den Wänden gewesen sein. Sie müssen aus lauter Verzweiflung versucht haben, sich mit bloßen Händen einen Ausgang zu graben.« Er weinte wieder, ließ seinen Tränen freien Lauf.

Paule trat hinter ihn und hielt seine Schultern. Else rutschte von Jupps Schoß. »Nun leg dich mal hin, Joffi«, sagte sie. »Damit du noch ein bisschen Schlaf kriegst. Den Wecker brauchst du nicht zu stellen, wir gehen später zusammen aus dem Haus.«

Jupp nickte, aber bevor er sich zurückzog, griff er in die Tasche und legte ein Faltblatt auf den Tisch. »Ein Flugblatt von Samstag«, sagte er. »Ein Kollege hat's aus Oberursel mitgebracht.« Damit verschwand er in Elses Schlafzimmer.

Paule faltete das Papier auseinander. Papas Kollege hätte das Flugblatt natürlich bei der Polizei abgeben müssen, doch das taten jetzt nicht mehr viele Leute. *Totaler Krieg! Totaler Selbstmord!,* las er. Es folgten Zitate aus Hitlers Neujahrsansprache, die Paule in Zürs gehört hatte, und Fotos von zerstörten Städten. Und als Schlusssatz der Kommentar: *Jeder Tag, den der verlorene Krieg weitergeht, macht den Weg zurück zu einem normalen, friedlichen und anständigen Leben länger und härter für jeden Deutschen. Aber Hitler weiß: Kriegsende ist sein Ende. Darum verlängert er den verlorenen Krieg.* Paule atmete tief durch. Das entsprach haargenau seinen eigenen Gedanken, nur hatte er sie sich bisher noch nie in solcher Klarheit eingestanden. Aber hier stand es: Er hatte ein Recht, am Leben zu bleiben, statt sich mitverheizen zu lassen.

In zwei oder drei Tagen, wenn sich das Leben in Frankfurt wieder normalisiert hatte, wollte er aufbrechen. Für unterwegs brauchte er einen neuen, größeren Brustbeutel, in dem er seine Habseligkeiten verstauen konnte. Es wurde Zeit, dass er sich an die letzten Vorbereitungen machte.

Er holte sich die Lederreste, die Else ihm überlassen hatte, und begann, die einzelnen Stücke zusammenzunähen. Es war weiches Leder und vor allen Dingen schön zart.

Else kam ins Wohnzimmer und sah ihm über die Schulter.

»Hübsch sieht das aus«, meinte sie. »Und eine feste Naht aus Hexenstichen. Wer hat dir das beigebracht?«

»Inge«, sagte er und lächelte Else zu. »Und in der Kinderlandverschickung habe ich natürlich noch mehr Übung bekommen.«

»Dann ist der Verein ja wenigstens zu etwas gut gewesen«, sagte sie.

»Ich fand es eigentlich ganz toll in der KLV«, sagte Paule. »In der Tschechei sind wir tagelang auf Holztransportflößen unterwegs gewesen, auf einem Wildfluss durch die Wälder. Dabei habe ich überhaupt erst richtig schwimmen gelernt. Und in Zürs sind wir Ski gefahren. Mit Kumpels zusammen zu sein, Abenteuer zu erleben – das hat mir gefallen.«

Else nahm ihren Nähkorb auf den Schoß und fädelte eine Nadel ein. »Warum bist du denn dann weg?«, fragte sie.

»Wegen der Schikane«, sagte er. »Im Lager ist das nämlich so: Dir geht es gut, solange du nicht unangenehm auffällst. Aber wenn du erst mal eine Meldung verpasst bekommst, dann geht es dir schlecht. Mir ging es zuletzt so.«

»Wegen des Mädchens?«, fragte Else.

»Nein, Ulla hat damit nichts zu tun«, sagte Paule. »Sie kam nur gerade zur rechten Zeit, dass ich den Absprung bekam.«

»Und du willst sehen, ob Ulla inzwischen wieder in Duisburg ist?«, fragte Else.

»Ja«, sagte er. »Und dann fahre ich zum Hof von Lüttgenmayer. Am liebsten wär's mir, wenn Ulla gleich mitkäme.«

Else warf ihm einen raschen Blick zu. »Das hört sich fast an wie verheiratet«, meinte sie.

»Das ist es nicht«, sagte er. »Ich möchte nur, dass Ulla nichts passiert. Dass wir beide überleben.«

Die Frage war allerdings, ob Ullas Mutter damit einverstanden war und ob Ulla selbst überhaupt mit ihm kommen wollte. Er stellte es sich jedenfalls unglaublich schön vor, mit ihr zusammen auf dem Hof zu arbeiten, in der Hase zu schwimmen, melken zu gehen. Aber darüber wollte er nicht reden, auch mit Else nicht.

»Ich hätte den Brustbeutel gern zum Zuknöpfen«, sagte er stattdessen. »Aber ich weiß nicht, wie ich das Knopfloch nähen soll, ohne dass es ausreißt. Das Leder ist nämlich so weich. Können Sie mir's zeigen?«

Else steckte ihre Nadel ins Nähkissen und sah ihn an. »Paule«, sagte sie, »kannst du nicht allmählich das alberne Siezen bleiben lassen? Du kennst mich inzwischen doch gut genug, oder?«

»Doch«, sagte Paule, »ich glaube, jetzt geht es.«

»Dann komm mal hier rüber«, sagte Else. »An meine Seite. Der Knopflochstich geht so: eine Schlinge ziehen, dann wieder einstechen und die Stiche eng aneinander setzen. Das ist alles.«

»Gut, das probiere ich mal«, sagte Paule.

»Ach was«, sagte Else. »Gib schon her. Beim ersten Mal wird doch nichts Gescheites daraus.«

Als Else und Jupp gegangen waren, nähte Paule den Brustbeutel fertig, schnitt feine Streifen aus Leder und flocht sich ein langes Band zum Umhängen. Er war mit seiner Arbeit zufrieden. Und mit dem Pullover darüber sah man den Hubbel auf dem Bauch kaum. Von ihm aus konnte die Reise losgehen.

Am nächsten Morgen schnitt er sich ein paar Brote ab und legte Else einen Zettel auf die Anrichte: *Liebe Else, Ersatzmama, ich fahre mit der 24 zur Hohemark in den Taunus. Ich muss mal hier raus und das Wetter ist schön. Bis abends, Paule.*

In der Anlage am Schauspielhaus stieg er über ein steiles Trittbrett in den Motorwagen des Zuges. Die Bahn war fast leer und er konnte sich seinen Platz aussuchen. Die dunklen, bequem geschwungenen Holzsitze, die Messinggriffe und -beschläge und die Spiegel zwischen den Fenstern verliehen dem Zug etwas altertümlich Gediegenes und Vornehmes.

Paule lehnte sich gemütlich zurück und sah an dem stehenden Fahrer vorbei durch die Frontscheibe des Wagens. Die Sonne war heute, am Tag des Frühlingsanfangs, schon ein ganzes Stück in den Himmel gestiegen, obwohl es erst acht Uhr war. Ganz bewusst versuchte Paule, die Trümmerfassaden und die endlosen Schutthalden aus seiner Wahrnehmung auszuschalten, die frisch aufgefüllten Bombenkrater in den Straßen, den von brennendem Phosphor ausgeglühten, verkrümelten Asphalt. Er musste endlich mal wieder etwas anderes sehen. Ob im Taunus bereits der Holunder ausschlug, an den Birken die ersten Knospen aufbrachen?

An der Endstation war Paule mit einem Sprung vom Trittbrett, schaute sich die Rückfahrtzeiten an und marschierte dann auf die ersten Baumwipfel zu. Die Frühlingssonne leuchtete grell zwischen den nackten Ästen der Laubbäume, es duftete nach Moosen, den braunen, absterbenden Blättern, ja, unverkennbar lag eine Spur von Frühling in der Luft. Ohne auf Weg, Richtung und Ziel zu achten, lief Paule eine Steigung hinauf, schlenderte einen Hang entlang, der den Blick in ein Tal freigab, schaute zwei schaukelnden Zitronenfaltern nach und blieb stehen, um sich von einem Reh in Augenschein nehmen zu lassen.

Allmählich nahm ihn die Waldstille gefangen. Nach stundenlangem Laufen setzte er sich auf einen Wurzelstock, ruhte aus, sammelte Kräuter und belegte damit seine Brote.

Um die Mittagszeit trat er gemächlich den Rückweg an. Unterwegs sammelte er Wildgemüse, legte das Einkaufsnetz, in dem er die Brote transportiert hatte, mit Papier aus und füllte es bis über die Hälfte mit Giersch, Huflattich und Vogelmiere und den ersten Löwenzahnblättern. Mit dem »Chattanooga Choo Choo« auf den Lippen erreichte er am frühen Nachmittag wieder seine Haltestelle an der Hohemark und wenig später fuhr die 24 kreischend in die Umkehrschleife.

Das war der Abschiedsausflug, sagte sich Paule auf dem Heimweg. Heute Abend würde er mit Jupp über seinen endgültigen Abfahrtstermin reden.

Else legte den Finger an den Mund, als er die Wohnung betrat. »Pst«, sagte sie. »Joffi macht ein Nickerchen.« Sie zog ihn in die Küche und schaute in das Netz, das er auf den Tisch legte. »Was hast du da für wunderbare Sachen mitgebracht!«, rief sie aus.

»Salat, frisch von der Wiese«, sagte er.

»Paule, du bist ein Schatz«, sagte Else. »Also, das meiste kenne ich, aber was ist denn das?«

»Brunnenkresse, von einem warmen Fleck«, sagte er. »Die ersten Spitzen.«

»Prima, prima«, sagte sie. »Daraus machen wir gleich eine grüne Soße.«

»Du willst sie doch nicht etwa kochen?«, fragte Paule entsetzt.

»Nein, nein«, beruhigte sie ihn. »Das ist eine helle Soße, in die man Kräuter hineinschneidet. War schon ein Leibgericht vom alten Goethe. Lass mich nur machen. Später deckst du den Tisch und weckst deinen Papa.«

Wie elend er aussieht, dachte Paule, als er Jupp zurückgesunken in seinem Sessel liegen sah. Er hatte den Mund halb offen und schnarchte leise. Wenn Else nicht wäre, müsste er wirklich Angst um seinen Vater haben. Sie sollte ihn überreden, sich mal krankschreiben zu lassen.

Paule deckte den Tisch und fasste Jupp an die Schulter. »Papa«, sagte er sacht. »Wir können essen.«

Jupp schnellte nach vorn, kam zu sich und lachte.

»Ich muss eingenickt sein. Du bist zurück, Junge? War es denn schön?«

»Und wie«, antwortete er. »Das würde dir auch mal gut tun.«

Else trug auf. Sie hatte sogar eine Nachspeise aus Kirschen und Magerquark gezaubert. Aber die grüne Soße schmeckte eindeutig am besten, herb und frisch. Mit den heißen Kartoffeln dazu war das ein Essen, das sich mit nichts vergleichen ließ.

»Papa«, sagte Paule, nachdem Jupp sich die Pfeife gestopft hatte. »Übermorgen fahre ich los.«

»Ja«, sagte Jupp, »das muss wohl sein. Am liebsten würde ich allerdings sagen, bleib doch einfach hier.«

»Auf die Dauer wäre das zu gefährlich«, sagte Paule. »Und so ohne jedes Programm – das würde mir nicht gefallen. Bei Lüttgenmayer habe ich meine Arbeit. Ställe ausmisten, melken und so. Das macht mehr Spaß, als nur so rumzuhängen.«

»Das hätte dein Vater auch sagen können«, fiel Else ein. »Ihr seid doch beide aus demselben Holz.«

»Aber ich würde mich nicht kaputtmachen lassen, wie Jupp das tut«, widersprach Paule.

»Es ist ja nicht ständig so«, verteidigte sich Jupp. »Nun gut, du fährst also. Und wie hören wir von dir? Ich werde beim Kriegsschädenamt die Moselstraße als neuen Wohnsitz angeben, so ist es mit Else abgesprochen. Du musst also vorsichtig sein, wenn du hierher schreibst.«

»Da sind noch Opa und Oma in Groß-Bieberau«, sagte Else. »Paule kann dorthin schreiben, wenn etwas Wichtiges ist. Irgendwie kommt die Nachricht dann schon hierher.«

»Und ich schreibe an Lüttgenmayer«, sagte Jupp. »So bleiben wir in Verbindung.«

Else seufzte. »Es war schön mit dir«, sagte sie. »Wir werden dich vermissen, Paule.«

»Und ich euch«, sagte er. »Auch dich, Else.«

Für Else wurde es wieder Zeit zum Nachtdienst. Sie verabschiedete sich und Paule wünschte bald darauf Jupp eine gute Nacht.

»Schlaf schön, Paule«, sagte sein Vater. »Die versprochenen Sachen habe ich dir in die Schublade vom Nachtschränkchen gelegt.«

»Danke«, sagte Paule. Sonst wusste er nichts mehr zu sagen.

Mit Plattenhören, Lesen, Mundharmonika füllte Paule seinen letzten Vormittag in der Moselstraße aus. Dann fettete er die Wanderschuhe ein, packte seinen Brustbeutel, schärfte das Taschenmesser an Elses Wetzstein, schraubte zuletzt die Mundharmonika auseinander und reinigte sie behutsam. Er war reisefertig. Ein flaues Gefühl überkam ihn, und er war froh, als abends Jupp erschien und Else von ihren Besorgungen zurückkehrte.

»Du musst Lüttgenmayer schreiben, wenn Hildes Baby da ist«, sagte er zu Jupp.

»Das tu ich, sofort«, versprach er.

Else, das Tablett in der Hand, stieß die Tür mit dem Fuß auf. »Jetzt kommt die Henkersmahlzeit«, rief sie. »Jupp, nimm mir mal das Tablett ab. Paule, du deckst.«

Else bestand sogar darauf, dass Jupp eine Kerze anzündete und den Fliederstrauß dazuholte. Sie hatte von den Kirschen, die sie gestern zurückbehalten hatte, einen Auflauf gemacht, der mit seiner goldgelben Kruste lecker aussah und köstlich duftete. »Das Geschirr weicht ihr nachher einfach ein«, sagte sie. »Es ist euer letzter Abend zusammen. Setzt euch …«

Mitten in ihrem Satz legte die Flak los, Bombenteppiche heulten und gingen ohne jede Vorwarnung auf die Stadt nieder. Das Haus schaukelte, das Wohnzimmerfenster brach aus der Wand und knallte in den Raum, Glassplitter klirrten, die Kerze und das Licht erloschen.

»In den Keller!«, schrie Else.

Unter dem Hagel neuer Einschläge stürzten sie aus dem Wohnzimmer. Paule griff nach seinem Brustbeutel, seinen Wollsachen, sprang mit einem Satz die halbe Treppe hinab. Schreie gellten durchs Treppenhaus, und jetzt erst gingen die Alarmsirenen los, heulten im Verein mit den Bomben, die vom Himmel regneten.

Keuchend lehnten sie sich an die Kellerwand, während zwei Männer die Luftschutztür verriegelten. Kerzen flackerten zögernd auf. Dann ächzte das Haus in seinen Fundamenten.

Das ist das Ende, dachte Paule. Er drückte sich an Jupp und spürte Elses Arm um seine Schultern. Lieber so sterben, dachte er, als unter fremden Leuten, die einem egal sind. Er betrachtete die mit Holzstempeln abgestützte Kellerdecke. Dass die einen Volltreffer aushielt, war nicht anzunehmen.

Wie schon so oft dachte er an Ulla, an seine Schwestern und an das Baby. Wenn es nur schnell ging. Nicht verschmoren wie Pappert im Keller, mit Blut an der Wand.

Neue Heultöne waren zu hören, drei, vier Detonationen dicht beieinander.

»Paule«, rief ihm sein Vater ins Ohr, »nur gut, dass wir noch mal zusammen waren.«

Der Angriff dauerte knapp eine Stunde, zwanzig Minuten später erfolgte die Entwarnung. Die Menschen im Keller sahen sich an und konnten es nicht fassen, dass sie noch am Leben waren.

In der Wohnung waren alle Fenster zersplittert. Eine Brandbombe war ins Bad geschlagen, hatte aber nicht gezündet. Sie ließen alles stehen und liegen und rannten auf die Straße. Gegenüber und links von ihnen bis zur Zeil fielen brennende Häuserblocks in sich zusammen. Die ganze Nacht hindurch halfen sie bergen, löschen, wurden auseinander gerissen, zogen Tote aus den Trümmern, schleppten Sanitätstragen. Erst in den frühen Morgenstunden fanden sie in Elses Wohnung wieder zusammen und sanken mit ihren Kleidern ins Bett. Durch die leeren Fenster warf die von zehntausend Bränden gepeinigte Stadt flackernden Feuerschein auf ihre Gesichter.

Mit einem Gefühl von Panik wachte Paule nach kurzem Schlaf auf, stürzte aus dem Bett und horchte.

An die Wohnungstür hämmerten Fäuste, anhaltend, krachend laut.

»Pizolka! Pizolka!«, rief eine Männerstimme.

Paule erstarrte. Glas knirschte unter seinen Schuhen. Dann hörte er die Schlafzimmertür, Vaters Schritt.

»Ja, ja, ich komm ja schon!«, rief er durch den Flur.

Die Wohnungstür knarrte.

»Mensch, Schröder, Erwin – du?«, rief Jupp.

»Pizolka«, sagte die Stimme hastig. »Das Reichsbahnausbesserungswerk ist völlig ausgebrannt. Die ganze Idsteiner Straße. Ich geh und sammle unsere Leute ein. Komm gleich mit. Unten warten Karl und Otto.«

»Ich bin gleich so weit«, hörte er Jupp rufen.

Paule ging aus seinem Zimmer, stand einem rußgeschwärzten Mann gegenüber.

»Morgen«, grüßte der. »Da könnt ihr aber von Glück sagen, dass euer Haus noch steht. Buchstäblich die ganze Stadt liegt flach.«

»Ja«, sagte Paule. Er spürte, wie die Anspannung langsam von ihm wich. »Soll ich einen Kaffee machen?«, fragte er Jupp.

»Kein Wasser, kein Strom«, sagte der Mann in der Tür.

Inzwischen war auch Else dazugekommen. »Tschüs, Joffi«, sagte sie und schloss ihn in die Arme.

»Tschüs«, sagte auch Paule. »Ich fahre nachher. Mit irgendeinem Zug komme ich schon aus der Stadt.«

»Tu das«, sagte Jupp müde. Sie umarmten sich. Dann schlug die Wohnungstür zu.

Else liefen die Tränen übers schmutzverschmierte Gesicht.

Paule ging ins Bad, probierte das Wasser. Es tröpfelte noch etwas aus dem Kran. Notdürftig begann er sich sauber zu machen, schöpfte dazu noch den Wasserkasten überm Klo aus, wusch sich weiter und hatte danach das Gefühl, den Geruch von Brand und Ruß halbwegs losgeworden zu sein. Zuletzt kämmte er sich noch den Glasstaub aus den Haaren.

Als er aus dem Bad kam, saß Else am Küchentisch, hatte die Arme aufgestützt und die Hände vors Gesicht geschlagen.

»Else«, sagte Paule behutsam. »Ich geh jetzt zum Bahnhof. Schick Jupp mal zum Arzt, zu Doktor Mylius, wenn es den noch gibt. Der soll Papa krankschreiben. So geht das nicht mit ihm weiter.«

»Tu ich, Paule«, sagte Else und hob den Kopf.

»Und nimm dir selbst auch mal frei«, sagte Paule. »Fahrt zusammen in den Taunus.«

»Das wäre schön«, sagte sie. »Und du willst jetzt wirklich los?«

»Ja«, sagte Paule. »Ich mach mir nur noch ein paar Brote.«

Else ging an den Küchenschrank.

»Hier ist noch ein Beutel mit Nüssen«, sagte sie. »Von der Weihnachtszuteilung.«

»Danke«, sagte Paule.

Er strich die Brote, wickelte sie in Zeitungspapier, ging ins Bad, steckte die Zahnbürste ein, die Else ihm besorgt hatte, holte die Mundharmonika, hängte sich den Brustbeutel um und kam zurück in die Küche. Stumm blieb er vor Else stehen.

Sie sah zu ihm hoch, zog seinen Kopf an sich und küsste ihn. Dann ging sie mit Paule bis zur Haustür, wartete und winkte ihm nach, während er um die Ecke der Kronprinzenstraße bog.

An Bombentrichtern vorbei, über Schutt, verkohltes Holz, zerbrochene Möbel und Glasscherben erreichte er den Hauptbahnhof.

Nach Jupps Kursbuch sollte um zwölf Uhr einundfünfzig ein Eilzug nach Duisburg gehen, Ankunft achtzehn Uhr einundzwanzig. Bestimmt aber lief heute nichts nach Fahrplan.

Zwei Schalter waren geöffnet. Paule stellte sich in die Schlange, erstand seine Fahrkarte. *Duisburg Hbf, 286 km, 3. Klasse, 11,44 RM*, las er auf dem braunen Pappstück. Was würde ihn in Duisburg erwarten?

Vorher musste er noch Hilde Nachricht geben, dass Jupp und er noch lebten, und für Inge ein Telegramm abschicken.

Am Fernmeldeschalter wartete niemand.

»Sind die Leitungen tot?«, erkundigte er sich.

»Seit eben wieder in Betrieb«, antwortete die Beamtin. »Welche Nummer soll es sein?«

»Duisburg 6359«, sagte er automatisch. »Halt, das war nicht

richtig«, verbesserte er sich. »Oder doch, Duisburg 6359, und dann ein zweites Gespräch nach Konstanz 847, bitte.«

»Drüben die Zelle«, sagte die Beamtin. »Ich will sehen, ob wir durchkommen.«

Es klingelte, er nahm ab. Durch die Leitung kam das gewohnte Rauschen, Knacken und Pfeifen, dann war die Verbindung hergestellt.

»Ursula Wessling, wer spricht?«, hörte er Ullas Stimme.

Er fuhr zusammen. »Ulla«, rief er. »Du bist es? Hier ist Paule.«

»Paule? Paule – du? Du bist es?«, kam es durch die Leitung. »Sag das noch mal!«

»Ja, doch!«, rief er zurück. »Ich bin es, Paule in Frankfurt.«

Er hörte sie laut schniefen.

»Ulla, sag doch was«, rief er.

»Erst du«, sagte sie. Er konnte sie kaum verstehen. »Erzähl einfach was, Paule.«

»Du, Ulla«, rief er. »Ich fahre heute nach Duisburg. Kann ich dich sehen?« Er spürte, wie ihm der Schweiß ausbrach. Seine Stimme versagte.

»Ich hol dich ab«, rief sie. »Mit dem Fahrrad. Ruf an, wenn du in Duisburg bist. Aber nicht morgens zwischen sechs und sieben und auch nicht abends nach sechs, ja?«

»Ich merk es mir«, versprach er.

»Oh, Paule, mach ganz schnell«, rief Ulla.

»Ja, und tschüs dann«, sagte Paule und hängte ein.

Er lehnte sich an die Wand. Sein Herz raste zum Zerspringen. Draußen warteten inzwischen mehrere Leute.

Wieder klingelte es in der Zelle. »Hier Suhr«, meldete sich Hilde.

»Paule ist hier«, sagte er. »Hilde, wir hatten in Frankfurt wieder einen Angriff. Aber wir sind gesund. Nur Papa ist ziemlich am Ende. Schreib ihm mal, er soll ausspannen und sich erholen.«

»Gott sei Dank, dass euch nichts passiert ist«, sagte Hilde. »Aber – ach, Paule, ich habe so lange nichts mehr von Klaus gehört.«

»Arme große Schwester«, sagte Paule.

»Weißt du schon von dem Baby?«, erkundigte sie sich.

»Papa hatte es mir geschrieben«, sagte er. »Geht's ihm gut?«

»O ja, sehr«, sagte Hilde. »Im Augenblick tritt er mich ins Kreuz, der Bengel. Der ist springlebendig, der kleine Strampelkerl.«

»Jupp hat eine Frau, bei der er jetzt lebt«, erzählte Paule. »Else heißt sie. Die wird dir auch gefallen. Bei ihr hat Papa seine neue Anschrift. Von der Kleinen Fischergasse ist nämlich nicht mehr viel übrig.«

»Papa hat eine neue Frau?«, fragte Hilde dazwischen. »Ehrlich?«

»Ja«, bestätigte er. »Schreib dir die neue Adresse auf. Moselstraße 23. Die Frau heißt Else Schüttler.«

»Moselstraße 23«, wiederholte sie.

»Jetzt muss ich Schluss machen«, sagte Paule. »Hier warten sicher noch zwanzig Leute. Lass es dir gut gehen, große Schwester, dir und dem Baby.«

Paule hielt dem nächsten Wartenden die Tür auf, lief zum Schalter, bezahlte und reihte sich in die Schlange am Telegrammschalter ein.

Nachdem er sein Telegramm aufgegeben hatte, studierte er in der Empfangshalle den Streckenplan. Er musste nach Mainz und dann irgendwie weiter, den Rhein entlang ins Ruhrgebiet. Das konnte lange dauern. In der Bahnsteigvorhalle drängten sich hunderte, aberhunderte von Menschen. Paule hockte sich zwischen sie auf den Boden und wartete auf die Lautsprecherdurchsage.

Frischer Brandgeruch hing in der Luft und über den zerborstenen Glasdächern der Halle wälzten sich schwarze Qualmwolken am Himmel. Dazwischen tauchte für Augenblicke die Sichel des abnehmenden Mondes auf. Fast genau vor vier Wochen war er mit Ulla in Zürs unterwegs gewesen, die Flexenstraße hinunter nach Langen. Und unter der Lawinengalerie hatte er Ulla zum ersten Mal geküsst.

Sein Herz klopfte immer noch bis zum Hals. Er konnte es nicht fassen, dass Ulla jetzt tatsächlich in Duisburg auf ihn wartete. Wenn nur endlich ein Zug käme!

Das Gewühl wurde immer unübersichtlicher. Leute lagen sich in den Armen, nahmen Abschied. Eine Tenderlok schob voll beladene Wagen mit Schutt vor sich her und stäubte dicke Rußflocken über die Menge auf den Bahnsteigen. In Paules Nähe kletterte eine NSV-Helferin mit einem Kind im Arm über Kisten und Kasten, Koffer und Kartons, hastete auf die Schalterhalle zu. Von einer Streife war weit und breit nichts zu sehen. Es bestand also keine Gefahr, dass man ihn jetzt noch vor der Abfahrt wegfangen würde. Das Chaos war einfach zu groß.

Nach endlosem Warten wurde schließlich für Gleis 11 ein Zug in Richtung Mainz angesagt. Noch während der Einfahrt wurden die Wagen gestürmt und beim Einsteigen bildeten sich dichte Menschentrauben um Fenster und Türen. Mit viel Glück fand Paule noch Platz in einem Abteilwagen, so eng gegen ein Fenster gepresst, dass er froh war, überhaupt noch Luft zu kriegen. Irgendwann setzte sich der Zug endlich in Bewegung, rumpelte über Weichen und Schienenstöße auf die Mainbrücken zu. Rechts im Bahngelände standen Brandsäulen, in denen Feuerflammen himmelhoch in die Luft schlugen. Das musste das Bahnausbesserungswerk sein, wo Jupp arbeitete. Tschüs, Papa, sagte Paule in Gedanken, und danke für alles.

Duisburg

Hinter dem Main kam der Zug allmählich in Fahrt, hielt kurz in Kelsterbach und stand dann lange in Rüsselsheim. Plötzlich heulten die Sirenen der Stadt, und die Reisenden wurden aufgefordert, sich im Sammelschutzraum in Sicherheit zu bringen. Die Luft in dem Raum war stickig, das Gedränge qualvoll. Mitten in der gedrückten Stimmung stieg ein Landser auf die Bank, zog seine Mundharmonika hervor und begann zu spielen. Nach kurzem Zögern fiel Paule auf seinem Instrument mit ein und begleitete den schlaksigen jungen Mann: »In der Nacht ist der Mensch nicht gern alleine ...« – »Du trägst ein entzückendes Kleidchen, du hast ein so liebes Gesicht ...« Die Leute klatschten Beifall, einige Paare fanden sogar Platz zum Tanzen und der schlaksige Soldat blinzelte Paule vergnügt zu.

Die Sirenen unterbrachen sie mit dem Signal zur Entwarnung. Jeder griff nach seinen Habseligkeiten, und alles hastete zurück in den Zug, der bereits zur Weiterfahrt pfiff.

Eine Stunde später lief der Zug im Mainzer Hauptbahnhof ein. Nach weiterem Warten kam nachmittags die Durchsage für einen Anschluss Richtung Köln/Düsseldorf und in den frühen Morgenstunden des nächsten Tages stand Paule auf dem Bahnsteig in Duisburg.

Die Bahnsteiguhr zeigte zwanzig nach drei. Mit steifen Beinen stieg Paule die Stufen in die Unterführung hinunter, suchte nach der Toilette, wusch und kämmte sich und putzte sich die Zähne. Vor halb acht konnte er Ulla nicht anrufen und vielleicht fand er ja im Wartesaal einen Platz zum Schlafen.

Aber obwohl dort noch ganze Bankreihen frei waren, hielt es ihn nicht lange auf seinem Platz. Er wickelte sein Brot, das er gerade ausgepackt hatte, unberührt wieder ein, weil er mit einem

Mal das Gefühl hatte, keinen Bissen herunterkriegen zu können. Lieber wollte er sich noch die Beine vertreten, bevor er Ulla traf.

Kreuz und quer durchstreifte er die nachtschlafende Stadt. Sie zeigte noch immer die Wunden der Angriffe vom April und Mai des vergangenen Jahres. Die Schuttberge waren zwar beiseite geräumt, Fenster hatten wieder Glas bekommen und Bauzäune sperrten die Ruinengrundstücke ab, doch Paule konnte das Gefühl nicht loswerden, als warteten die der Zerstörung entronnenen Häuser, Straßen und Läden nur auf einen neuen, den letzten vernichtenden Schlag.

In der Mainzer Straße huschten zwei Ratten vor seinen Füßen in ein Kellerloch, und kurz darauf sah er seine Schule vor sich auftauchen, den klobigen Bau des Landfermanngymnasiums. Auch hier hatte man den Schutt beiseite geschafft, aber es war nicht zu erkennen, ob das beschädigte Gebäude inzwischen zu anderen Zwecken genutzt wurde.

Ein Stück weiter ragte die Ruine des Stadttheaters düster in den Nachthimmel und verdeckte das Sternbild der Jungfrau im Südwesten. Schließlich kam Paule beim Burgplatz an. Rathaus und Salvatorkirche lagen in Trümmern, inmitten von meterhohen, mit Brennnesselgestrüpp bestandenen Schutthalden. Mit einem Mal fühlte sich Paule sterbenselend. Übernächtigt, verloren zwischen den Ruinenfeldern, kam er sich selbst wie ausgebrannt vor. Hatten Ulla und er überhaupt die geringste Chance, etwas aus ihrem Leben zu machen? Würde es je wieder Frieden geben? Langsam machte er sich auf den Weg zurück zum Bahnhof. Vor seinem Anruf sollte er sich lieber doch noch mal hinsetzen, sich aufwärmen und ausruhen. Vielleicht gab es im Speisesaal ja bereits Kaffee. Danach würde er sich wieder besser fühlen.

Punkt halb acht stand er in der Fernsprechzelle, wählte mit angehaltenem Atem und bekam sofort Anschluss.

Ehe er sich melden konnte, hörte er schon Ulla. »Paule, bist du das?«, rief sie.

»Ja«, sagte er. »Ich bin am Bahnhof, draußen ist gutes Wetter. Kommst du?«

»Ich bin gleich bei dir«, rief sie. »Das Rad steht schon im Garten. Wir treffen uns am Ausgang gegenüber vom Mercator-Haus.« Damit hängte sie ein.

Die nächsten Minuten wurden zur Ewigkeit. Paule versuchte sich ihr Gesicht vorzustellen, gab es aber bald wieder auf. Die Gedanken jagten ihm durch den Kopf. Vielleicht hätte er ihr ein Geschenk mitbringen sollen? Und sollte er nicht noch einmal in die Unterführung gehen, sich waschen und kämmen? Doch wenn Ulla inzwischen eintraf, würde sie nach ihm suchen. Also blieb er vor dem Bahnhofsgebäude stehen. Ein Mädchen mit hellem Trenchcoat und türkisfarbener Kappe winkte ihm vom Fahrrad aus zu. Das konnte aber nicht Ulla sein. Die Ulla in seiner Erinnerung lief in Skihosen herum, trug eine Trachtenjacke und eine bunte Wollmütze.

Doch dann stand sie atemlos vor ihm und war es doch.

»Ulla«, rief er, wusste nicht, wie er sein Einkaufsnetz loswerden sollte, und musste unvermittelt über sich selber lachen. Dann nahm er ihr Fahrrad am Lenker, drückte Ulla an sich, küsste und streichelte sie.

»Nicht so stürmisch, mein Edelgermane«, flüsterte sie. »Überall sind Leute. Komm, wir wollen hier nicht anwachsen. Ich habe mir zwei Sachen überlegt: Entweder machen wir zuerst einen Bummel übern Kaiserberg und frühstücken dann bei mir …«

»Oder?«, fragte Paule.

»Das Ganze umgekehrt«, sagte sie, und obwohl sie sich so übermütig gab, sah sie Paule an, als wolle sie gleich in Tränen ausbrechen.

»Du«, sagte er sacht. »Am liebsten würde ich als Erstes mit dir losgehen. Wohin, ist mir egal.«

Sie nahm ihm das Rad ab, schob es hinüber zu den Ständern bei der Post und kettete es an. »Fertig«, sagte sie. »Und was ist mit deinem Netz? Willst du das in der Hand behalten?«

Er schüttelte den Kopf.

»Dann klemme ich das Ding auf den Gepäckträger, und wehe, jemand kommt auf die Idee und klaut es«, sagte sie.

Hand in Hand gingen sie durch die Unterführung zur anderen Bahnhofsseite und dann die Mülheimer Straße entlang in Richtung Kaiserberg. Plötzlich blieb Paule stehen, nahm Ullas rechte Hand, beugte sich darüber und betrachtete sie. Zwischen den beiden Handknochen vom Ringfinger und dem kleinen Finger verlief eine blaurote Wundspur. Er hob die verletzte Hand hoch und drückte sie an seine Backe.

»Weißt du, dass du mir das Leben gerettet hast?«, fragte er.

»Ich, wieso?«, fragte sie zurück.

Er legte ihre Hand in seinen Nacken. »Spürst du?«

»Eine dicke Narbe«, sagte sie. »Du auch? Lass sehen.«

»Vom selben Splitter«, sagte Paule. »Wäre nicht deine Hand dazwischen gewesen, wäre mir das Ding direkt in den Hals geknallt.«

Sie zog seinen Kopf an sich und küsste ihn. »Ich hab mich so gesehnt«, sagte sie. »Nach uns beiden. Es war so eine trostlos lange Zeit.«

Schweigend gingen sie weiter. Paule sah sie von der Seite aus an, zeichnete mit den Augen ihr Profil nach, die Stirn, ihre Wim pern, die Stupsnase, den Mund. Ihre Blicke begegneten sich schließlich und Ulla lächelte ihm zu. »Genug gesehen?«, fragte sie wie damals in der Kirche von Lech.

»Nie«, sagte er.

»Dann ist es ja gut«, meinte sie. »Komm, da vorn ist der Botanische Garten, da gibt es Bänke. Wir setzen uns hin und erzählen.«

Sie traten durch ein schmiedeeisernes Tor ein, folgten einem

Rundweg, der sie an abgedeckten Beeten und an Bäumen mit exotischen Namen vorbeiführte. Märzbecher blühten im Rasen, die ersten Schlüsselblumen schauten hervor. Noch waren sie die einzigen Besucher und hatten den ganzen Garten für sich allein. Ulla zog Paule auf eine sonnenbeschienene Bank und schmiegte sich an ihn.

»Du riechst nach Schaf«, sagte sie. »Dein Pullover. Ein bisschen ranzig.«

Paule nahm ihre rechte Hand, streichelte sie und betrachtete das Narbenloch in der Herzlinie ihrer Innenhand. »Tut es noch weh?«, fragte er.

»Nein, eigentlich nicht«, antwortete sie. »Es juckt nur manchmal, dass es kaum zum Aushalten ist. Und ich bekomme zweimal die Woche Massage, weil der kleine Finger manchmal so komisch schnappt. Das liegt an der Sehne. Aber jetzt erzähl du mal!«

»Nein, erst du«, bat er. »Was haben sie denn mit dir in Ulm gemacht? Als sie dich in die Chirurgie verfrachtet hatten?«

»Ich bin in einen Operationsraum gekommen und dort wurde der Splitter herausgeschnitten«, erzählte Ulla.

»Hast du etwas davon gemerkt?«

»Überhaupt nichts«, sagte sie. »Ich hatte ja eine Narkose. Und als ich aufwachte, hat die Schwester gesagt, dass Mutti kommt. Das war gut. Denn die Hand entzündete sich, schwoll an und eiterte. Eine Blutvergiftung oder so. Ich bekam ziemlich hohes Fieber.«

»Und deine Mutter war dann schon da?«, fragte er.

»Gleich am übernächsten Tag«, sagte sie. »Mutti hat so lange im Hotel gewohnt, bis ich einigermaßen wieder auf den Beinen war. Dann sind wir beide nach Stuttgart gefahren, wo meine Oma lebt. Vorigen Sonntag sind wir nach Duisburg zurückgekommen.«

»Jetzt wird mir einiges klar«, sagte Paule. »Ich habe von

Frankfurt aus dauernd versucht, bei dir anzurufen, und bekam einfach keinen Anschluss. Die Frau am Schalter kannte mich schon und fragte nur: ›Wieder dieselbe Nummer?‹ Und als ich dich dann am Apparat hatte, bin ich fast durchgedreht.«

»Mir ging es doch auch so«, meinte Ulla. »Am Montag habe ich von Frankfurt in der Zeitung gelesen und gestern kam es wieder im Radio. Ich hatte so eine entsetzliche Angst, dass dir etwas passiert sein könnte. Du wolltest doch zu deinem Vater nach Frankfurt. Aber dann dachte ich, du bist vielleicht längst nicht mehr da. Und ich wusste nicht, wie wir uns überhaupt wiederfinden sollten.«

Paule nahm ihr Gesicht in seine Hände, rieb seine Backe an ihrer Nase und fragte: »Weißt du auch, was heute für ein Tag ist?«

Ulla kuschelte sich noch tiefer in seinen Pullover. »Am vierundzwanzigsten hast du mich einfach geküsst«, sagte sie. »Das möchte ich noch mal.«

Sie küssten sich, lachten und drückten sich aneinander, bis Ulla sich aus seinen Armen wand.

»Nicht so viel auf einmal«, sagte sie. »Sonst kippe ich noch um und dann hast du die Bescherung. Du sollst sehr behutsam mit mir sein, hat der Doktor gesagt. Denn ich brauche noch dringend Schonung.«

Paule rubbelte ihren Rücken und blies ihr einen Kuss zu.

»Uns geht es ganz gut«, sagte Ulla nach einer Weile. »Meinst du, dass das immer so bleibt, so gar nicht zum Aushalten? Vielleicht sollte ich dich auffressen, dann hätte ich meine Ruhe vor dir.«

»Du Menschenfresserin«, beschwerte er sich.

»Doch, ehrlich«, sagte sie und knabberte an seinem Ohrläppchen. »Du schmeckst nämlich ziemlich gut, weißt du. Und es gibt dich ohne Marken. Meine Sonderzuteilung sozusagen.« Sie strubbelte durch sein Haar, ringelte sich die Strähnen um die

Finger. »Verboten lang«, meinte sie. »Wie bei einem Tangojüngling.«

Dann lagen sie sich wieder in den Armen, küssten sich atemlos, streichelten einander.

Diesmal rückte Paule beiseite.

»Ich kann nicht mehr«, sagte er. »Mir tut alles weh vor lauter Lieb-gehabt-Werden.«

»Wir sollten wohl auch besser gehen«, sagte Ulla. »Einer von den Gärtnern da drüben grinst schon die ganze Zeit zu uns herüber.«

An den Schlüsselblumen und Märzbechern vorbei verließen sie den Garten und stiegen die gewundenen Wege des Kaiserbergs zum Kaiser-Wilhelm-Denkmal hinan, schauten über die Stadt mit ihren Häusern, Gärten, Ruinenfeldern und Straßen, machten eine Runde über den Ehrenfriedhof und gingen den Fahrweg zum Tiergarten entlang. Unterwegs berichtete Paule von Else und seinem Vater, von Pappert, dem Wirt der »Altdeutschen Bierstube«, der mit seinen Gästen im Keller verkohlt war, sprach von Leichenreihen an den Straßen, dem zerbombten Dom, erzählte von Inge und vertraute Ulla an, wie viel Angst er um die Schwester in Polen, um Jupp in Frankfurt hatte und dass Hilde im Sommer ein Kind bekam.

Inzwischen waren sie auf dem Wolfsburgweg angelangt, bogen am Haus Hartenfels zum Duisburger Forsthaus ab und beendeten ihre Runde am Sportplatz hinter dem HJ-Heim.

»Und du bist immer noch ohne Ausweis, ohne Karten und Papiere?«, fragte Ulla.

Paule zog die Schultern hoch und nickte.

»So kannst du doch auf die Dauer nicht leben«, meinte sie besorgt.

»Ich weiß«, sagte er. »Jedenfalls hier nicht. Ich fahre von Duisburg aus weiter zu einem Bauernhof in Norddeutschland. Der Bauer heißt Lüttgenmayer. Er und mein Vater kennen sich aus der KZ-Zeit. Dort tauche ich unter. Früher war ich fast in jeden Ferien bei ihm auf dem Hof.«

»Und hier in der Stadt?«, erkundigte sie sich. »Wo willst du zum Beispiel schlafen und so?«

»Vielleicht finde ich irgendeinen Keller in einem ausgebombten Haus«, sagte Paule.« Ich würde jedenfalls gern noch ein bisschen bei dir bleiben, wenn du magst.«

»Wenn ich mag ...«, echote sie. »Lieber Gott, ich kenne keinen Menschen, der so schwer von Begriff ist wie dieser Kerl, der mich ständig ungefragt küsst.« Sie hob ihm ihren Mund entgegen. »Siehst du, du machst es dir schon regelrecht zur Gewohnheit«, sagte sie triumphierend, als Paule sie wieder losließ. »Also, ich habe mir etwas ausgedacht. Meine Tante Erna ...«

»Das klingt wie ein Klein-Erna-Witz«, fiel Paule ihr lachend ins Wort.

»Sie hieß aber tatsächlich so«, erklärte Ulla. »Und sie war wirklich aus Hamburg. Dann hat sie hier Muttis Onkel geheiratet und bei uns in der Nähe hatte sie einen Schrebergarten. Aber nun ist sie ja tot, die Tante. Und in dem Garten steht eine Laube, ein richtig schönes, massives Häuschen. Dort kannst du zuerst mal bleiben.«

»Meinst du?«, fragte er zweifelnd. »Und deine Mutter?«

»Die kriegt doch überhaupt nichts davon mit«, sagte Ulla. »Im Übrigen hat sie jetzt auch gar keine Zeit mehr für Bohnen und Kartoffeln. Als Neuestes hat sie nämlich in der Thyssenhütte nachts noch Luftschutzbereitschaftsdienst aufgebrummt bekommen. Dann schleppt sie bei Alarm Thyssens kostbare Schreibmaschinen in den Keller. Nein, Mutti erfährt davon nichts. Und wenn schon, mir wär das auch egal.«

»Es hört sich jedenfalls ganz gut an«, meinte Paule. »Aber ich möchte es mir trotzdem vorher angucken. Neulich war ein Mann vom Sicherheitsdienst bei meinem Vater und wollte ihn über mich ausquetschen. Der SD hat mich also in seinem Fahndungsbuch und das ist kein so schöner Gedanke.«

Ulla nickte.

»Gerade deswegen«, sagte sie. »Du wirst sehen. Die Laube liegt in einem großen Schrebergartengelände. Da kommt keine Polizei hin. Aber deine Haare sind wirklich zu lang! Schon deswegen kannst du einer Streife auffallen. Nachher zu Hause werd ich dir deine Strähnen zurechtstutzen.«

»Wie meine Mutter früher«, beklagte sich Paule. »Das sah dann ganz verboten aus.«

»Wenn der Krieg vorbei ist, kannst du dir die Haare meinetwegen bis auf die Schultern wachsen lassen«, sagte Ulla und damit war das Thema beendet.

Sie gingen zur Haltestelle am Botanischen Garten und fuhren mit der Linie 2 durch die Innenstadt nach Hochfeld. Beim Aussteigen blieb Paule unvermittelt stehen. »Was ist denn nun mit deinem Fahrrad?«, fragte er.

»Es steht am Bahnhof«, sagte Ulla. »Mit deinem Netz. Und bestimmt wird es geklaut. Ich hol es heute Nachmittag, dann haben wir jetzt noch Zeit zum Essen. Wir sind gleich da.« Sie blieb an einer Straßenecke stehen und zeigte nach vorn. »Das ist unser Bunker. Der Klotz mit der Uhr und den drei Adlern oder was die schrägen Vögel sonst darstellen sollen. Und das hier ist die Dickelsbachstraße. An ihrem anderen Ende stößt sie genau auf die Musfeldstraße.«

Nach einigen Minuten standen sie vor einem doppelgeschossigen Zweifamilienhaus, das zurückgesetzt in einem großen Vorgarten lag. Die Tür in der roten Klinkerfassade war mit schönem hellem Sandstein eingefasst. Drei geschwungene Stufen führten zu dem grünen Türflügel hinauf, den ein mächtiger Messingknopf zierte.

Ulla schloss auf und zog Paule hinter sich in die Diele.

Er pfiff bewundernd durch die Zähne.

»Du kommst aus gutem Haus«, meinte er. »Eine richtige höhere Tochter.«

»Gehört den Stadtwerken«, sagte sie wegwerfend. »Bis mein Vater eingezogen wurde, war er eine Art Betriebsleiter bei dem Verein. Und nun mach schon, Paule. Es ist bald zwölf und wir haben nicht mehr viel Zeit bis Nachmittag!«

»Ich komme ja schon«, sagte er und folgte Ulla in ein geräumiges, mit Stilmöbeln ausgestattetes Wohnzimmer, dessen Fensterfront den Blick auf ein Gartengrundstück mit anschließendem Parkgelände freigab.

So etwas hatte Paule bisher nur im Kino gesehen. Ihm fiel die Mietwohnung in Oberhausen ein, dritter Stock, vom Himmel regnete Ruß, und plötzlich kam er sich wie ein Eindringling in Ullas Haus vor.

Sie fasste ihn beim Arm.

»Es ist alles ein bisschen protzig, ich weiß«, sagte sie. »Aber ich hab es mir schließlich nicht ausgesucht. Guck dich noch etwas um, wenn du willst. Ich mache uns inzwischen was zu essen.«

Paule folgte Ulla in eine blitzweiße Küche mit hellem Linoleumboden. »Ich weiß nicht, was du willst«, meinte er. »Ich finde, ihr habt es hier sehr schön.«

»So musst du dir meine Mutter vorstellen«, sagte sie. »Schick und energisch.«

»Ihr wird das nicht recht sein, wenn du einfach jemanden mit hier ins Haus bringst«, sagte Paule.

»Du bist nicht einfach mitgebracht und du bist auch nicht irgendjemand«, gab sie gereizt zurück. »Komm, ich decke uns hier den Tisch. Ich stell nur eben noch die Kaffeemaschine an.«

»Was, so ein Ding habt ihr auch?«, fragte Paule.

Plötzlich heulte Ulla los, drückte ihr Gesicht in seinen Pullover und schluchzte jämmerlich.

»Was ist denn?«, fragte Paule betroffen und legte den Arm um sie. Ihr Rücken zuckte, und sie brauchte eine Weile, ehe sie antworten konnte.

»Ich halte das nicht aus«, sagte sie schließlich. »Wie Piksieben stehst du hier rum. Als müsstest du dich entschuldigen, geboren zu sein. Hör auf damit, Paule. Und tu es nicht wieder, bitte!«

»Ich bin halt anders groß geworden als du«, entschuldigte er sich matt.

Ulla zog die Nase hoch, fuhr sich mit dem Ärmel übers Gesicht. »Ist ja schon gut«, sagte sie und lief aus der Küche.

Paule setzte sich. Eine elektrische Uhr tickte an der Wand, das Wasser in der Kaffeemaschine blubberte. Sie hat ja Recht, dachte er und ärgerte sich über sich selbst, über seine Unbeholfenheit, seine Minderwertigkeitsgefühle. Aber nachdem er seit Jahr und Tag in Lagern und Notunterkünften gehaust hatte und gerade dem Feuersturm in Frankfurt entkommen war, hatte ihm die heile Welt hier im Haus einen Schock versetzt.

Er wollte gerade aufstehen und nachschauen, wo Ulla geblieben war, als sie mit einer Schere in der Hand erschien.

»Bis der Kaffee durchgelaufen ist, mach ich mich an deine Haare«, sagte sie.

»Wenn es unbedingt sein muss«, sagte Paule ergeben.

Ulla lachte. »Es muss«, sagte sie. »Unbedingt.«

Als sie fertig war, schickte sie ihn ins Bad. »Deine Haare riechen nach Ruß, Brand und Rauch«, sagte sie. »Und draußen in der Laubenkolonie gibt es nur eine Pumpe mit kaltem Wasser.«

Es war ein unglaublich wohliges Gefühl, in der Wanne unter der Brause zu stehen, Seifenschaum zu riechen, warmes Wasser auf der Haut zu spüren, den ganzen Dreck loszuwerden. Hinterher frottierte er sich, bis die Haut glühte, und betrachtete dann seine Haare im Spiegel. Ulla hatte sie tatsächlich fast auf die vorgeschriebene Streichholzlänge gestutzt. Paule schnitt sich eine Grimasse, schüttelte die Haarfussel aus der Wäsche, zog sich an und ging in die Küche hinunter.

Ulla hatte Brot aufgeschnitten, Butter und Kunsthonig dazugestellt, eine Schale mit Äpfeln. Neben Paules Gedeck lagen auf einem Stück Papier ein paar von seinen Haarsträhnen.

»Was soll ich denn damit?«, fragte er.

»Willst du sie nicht?«, fragte Ulla. »Dann behalte ich sie. Die hattest du nämlich schon auf deinem Kopf, als wir in Lech beim Zahnarzt saßen, stimmt's? Und ich denke, keiner hat sie so oft gestreichelt wie ich, oder?«

»Bestimmt nicht«, sagte Paule und lachte. »Also, dann guten Appetit.«

Er langte hungrig zu, aß eine Schnitte nach der anderen, während Ulla an einem Apfel knabberte. »Iss mal weiter«, sagte sie. »Ich lauf mal schnell ins Bad und seh nach, ob alles so ist, dass Mutti nichts auffällt. Bei ihr hat nämlich alles seinen bestimmten Platz.«

Während Paule den Brotkorb leerte, begann sich in seinem Kopf ein Bild von Ullas Mutter zu formen. Ob er mit ihr zurechtkommen würde? Schon nach dem wenigen, was er von ihr wusste, konnte er sich nicht vorstellen, dass sie Ulla einfach so mit ihm zu Lüttgenmayer fahren ließ. Aber was dann? Er konnte ja nicht die ganze Zeit in Duisburg untertauchen, sonst würde er sicher irgendwann auffliegen. Und dann war vielleicht alles aus.

Nachdenklich räumte er das Geschirr zusammen, spülte es unter warmem Wasser und unterdessen erschien Ulla mit einem Packen Decken unterm Arm.

»Die sind vom Dachboden«, sagte sie. »Damit du nicht frierst, wenn ich nicht bei dir bin. Dann nehmen wir noch Kerzen mit, Handtücher und Seife. Fällt dir sonst noch was ein?«

Paule schüttelte den Kopf.

»Aber mir«, sagte sie und holte sich einen Kuss.

Mit zwei Bündeln verließen sie das Haus. Bis zur Laubenkolonie brauchten sie nur eine halbe Stunde. Zaun und Hecke umgaben das Anwesen, gegenüber der Pforte lag das Vereinshaus.

Ulla zog ein grünes Holzbrettchen mit drei Schlüsseln hervor und öffnete.

Notdürftig aufgefüllte Einschlagtrichter zwischen den Gartengrundstücken erinnerten auch hier an die vorjährigen Luftangriffe. Die Bomben hatten vermutlich der parallel verlaufenden Bahnstrecke gegolten. Das Vereinshaus sah übel mitgenommen aus und im Mauerwerk verschiedener Lauben hatten Splitter tiefe Scharten und Risse geschlagen. Doch viele Gärten waren bestellt, Reihen von Feldsalat und jungem Spinat zogen sich über die Beete. Andere Parzellen lagen offenbar seit längerem brach, waren mit Gänsefuß, Brombeergestrüpp, Efeu und Disteln zugewachsen.

»Da, das Stück mit dem Pfirsichbaum am Tor, das ist Tante Ernas Garten«, sagte Ulla.

Sie kramte von neuem ihre Schlüssel hervor. Er knirschte im Schloss und das Törchen ließ sich nur mit Gewalt aufrucken. Auch die links und rechts angrenzenden Grundstücke machten einen verwilderten Eindruck.

Über einen Klinkerweg, dessen Steine sich teilweise aus dem Verbund gelöst hatten, erreichten sie das Häuschen, an dem die Rollläden herabgelassen waren. Die Tür öffnete sich mit einem schabenden Geräusch in einen kleinen Vorraum mit Gartengeräten. Eine zweite Tür führte in den Hauptraum. Es roch nach Erde und feuchter Luft.

»Versuch mal einen von den Rollläden«, sagte Ulla. »Am besten den hier links. Dort ist die Laube am wenigsten einzusehen.«

Es quietschte und kratzte gewaltig. Anscheinend war der Laden seit Jahren nicht mehr bewegt worden.

Ulla warf ihr Deckenbündel aufs Bettsofa in der rechten Wohnecke, zog mit dem Fuß den massiven Holzsessel herbei und ließ sich mit einem Plumps auf den Sitz fallen. »So, jetzt wollen wir mal sehen, was wir hier alles haben«, begann sie mit einem unternehmungslustigen Gesicht und zählte der Reihe nach auf:

»Eine Pumpe im Garten, hier die Petroleumlampe, sicher ohne Sprit, einen Karbidkocher, zwei Eisentöpfe, eine Waschschüssel, Gartengeräte im Vorraum, ein Bett, einen Tisch mit vier heilen Beinen, Holzdielen, ein Wandbord mit zwei Schöpflöffeln, das Bücherregal, stapelweise alte Zeitschriften und mich und dich. Reicht eigentlich fürs Erste, oder nicht?«

»Du vergisst die beiden Bilder«, sagte Paule.

»Richtig, die haben wir auch noch«, sagte sie. »Also, einen Schutzengel mit schönen flauschigen Flügeln, der unseren armen kleinen Jungen durch den dunklen Wald nach Hause bringt, und daneben lässt unser Führer und Reichskanzler grüßen.«

Paule warf einen Blick in die Runde und nickte. »Hier halte ich's ganz gut aus«, sagte er. »Nur etwas zu essen wäre natürlich ganz schön.«

»Das habe ich glatt vergessen«, meinte Ulla und betrachtete ihn sorgenvoll.

»Ach, ich finde schon was«, sagte Paule. »Von Else hab ich noch ein paar Lebensmittelmarken – ach du liebe Zeit!«, unterbrach er sich. »Ich habe die Adresse von Opa und Oma im Odenwald vergessen!«

»Ist das denn so schlimm?«, fragte sie.

Paule schüttelte den Kopf. »Zumindest nicht im Augenblick«, sagte er. »Das erklär ich dir später mal.«

»Ja, aber was zu essen brauchst du«, sagte Ulla.

»Ich habe Geld«, beruhigte er sie. »In den Kneipen gibt's Stammgerichte ohne Marken. Und dann ist sicher Wald in der Nähe, da finde ich Wildgemüse. Also, ich komme schon zurande.«

Ulla sah auf die Uhr. »Ich wollte dir noch beim Saubermachen helfen«, sagte sie, »aber ich muss bald zum Bahnhof, mein Rad holen. Mutti kommt kurz vor sechs.«

»Lassen wir doch alles stehen und liegen und gehen gleich los«, schlug Paule vor und ließ sich die Schlüssel geben.

»Zu treuen Händen, mein Sohn«, sagte Ulla.

»Ja, Mama, ich verlier sie schon nicht«, versprach er.

Als er zugesperrt hatte, sagte Ulla: »Diesmal gehen wir hintenrum; da ist ein Loch im Zaun. Dahinter ist der Schießstand und dort ist auch gleich die Haltestelle von der Buslinie 14. Die geht direkt bis zum Stadttheater. Von da sind es nur ein paar Schritte zum Bahnhof.«

Sie stiegen in den fast unbesetzten Bus, der sich in Hochfeld jedoch füllte. Paule machte einer Frau Platz, hielt sich an der Halteschlaufe und betrachtete Ullas Haar, das unter ihrer türkisfarbenen Kappe hervorsprang, sah ihren Fingern zu, die mit dem Fahrradschlüssel spielten. Im Bus konnten sie nicht miteinander reden, und dabei gab es so vieles, was Paule sie gern gefragt hätte. Im Grunde wusste er noch so wenig von ihr, und er setzte alle Hoffnung darauf, dass sie jetzt in Duisburg endlich Zeit füreinander haben würden.

Das Rad stand noch an seinem Platz. Auch Paules Netz hatte keiner geklaut.

»Siehst du«, sagte Ulla. »Man muss nur Vertrauen haben.«

»Aber auch nicht zu viel«, widersprach er.

»Darauf komme ich bei Gelegenheit zurück«, sagte Ulla. »Aber jetzt, wie weiter? Ich lasse dich nicht wieder einfach so verschwinden wie damals bei Ulm. Was hast du heute Abend noch vor?«

»Dich begleiten«, antwortete er.

»Dann wird's für mich zu spät«, sagte Ulla. »Das musst du verstehen. Meine Mutter ist die nächsten Tage immer nur für Stunden zu Hause, weil sie noch zusätzlich diesen blöden Nachtdienst übernehmen muss. Ich will also pünktlich sein.«

»Dann laufe ich erst mal in die Stadt und sehe zu, dass ich was zu essen finde«, sagte Paule. »Und wann sehen wir uns wieder?«

»Im Böningerpark gleich hinter unserem Haus sind so schöne Bänke«, sagte sie. »Da sitzt zum Beispiel am Parkeingang ein junger Mann und wartet auf seine Freundin. Wer weiß, nach zehn kommt sie ja eventuell vorbei und guckt, ob der Ärmste noch immer da hockt. Und weil sie dann Mitleid kriegt, nimmt sie ihn vielleicht mit auf ihr Zimmer. Wie wäre denn das?«

Damit schwang sie sich auf ihr Rad und fuhr davon, ohne sich noch einmal umzusehen oder zu winken. Paule sah ihr nach und brauchte einen Augenblick, bis er begriff. Verglichen mit Ulla kam er sich manchmal richtig lahm vor. So atemlos wie jetzt hatte er sich jedenfalls noch nie gefühlt.

Er bummelte die Kö hinauf und hinunter, durchkreuzte die Altstadt, die Reste, die von ihren gemütlichen Gassen und Straßen noch übrig waren. In einem kleinen Laden erstand er ein Steckschachspiel mit hübschen Figuren, in einem Buchladen aus dem Antiquitätenangebot ein Büchlein für Schachanfänger. Dann meldete sich unwiderstehlich der Hunger. Nicht weit vom Hafenbahnhof setzte sich Paule in eine Speisegaststätte und bestellte das Stammgericht.

Holländische Matrosen und Schiffsleute saßen hier mit Schweizern, Deutschen und Franzosen am Tisch, tranken, aßen oder spielten um Geld. Ein Mann mit Schifferklavier stand zwischen den Gästen und spielte Shantys, Märsche, schräge Schlager. Ein Milieu, das Paule ansprach, in dem er sich wohl fühlte. Auch das Essen war lecker und reichlich: Frühlingskräutersuppe, ein Kartoffel-Zwiebel-Gericht mit Chicoréesalat, und zum Nachtisch servierte die Kellnerin Buttermilchspeise, der ein kräftiger Schuss Rum beigemixt war. Mit einem Glas Bier dazu kostete ihn das nur eine Mark siebzig. Er ließ der Bedienerin das Wechselgeld auf zwei Mark.

Es war bereits dunkel, als er aus dem Lokal kam, aber es war noch nicht mal neunzehn Uhr. In einem Café am Sonnenwall fand Paule einen ruhigen Platz, bestellte Tee und vertiefte sich in das Schachbuch. Dabei musste er an Henner in Zürs denken, der ihm die ersten Grundbegriffe vom Schach beigebracht hatte. Wie mochte es ihm gehen? Paule holte sein Steckspiel heraus, stellte die Figuren auf, legte das Buch daneben und versank im Spiel.

Mit Spiel und Buch im Einkaufsnetz machte er sich später auf den Weg zum Böningerpark. Der Abend war sternklar und mild, eine Wohltat in diesem März, der so viele nasskalte, sonnenlose Tage gebracht hatte. Und sogar von Alarm waren sie heute verschont geblieben.

Am Parkeingang hinter Ullas Straße fand Paule eine Reihe von Bänken. Auf seiner Uhr war es kurz vor zehn, und einen Augenblick darauf vernahm er eilige Schritte, erkannte Ullas Silhouette. Vor seiner Bank verlangsamte sie ihren Schritt und schlenderte auf ihn zu.

»Ulla«, rief er leise, sprang auf und ging ihr entgegen.

Sie blieb mit einem Ruck stehen und fragte entrüstet: »Wie können Sie es wagen, ein schutzloses Mädchen in der Dunkelheit anzusprechen!«

Paule fasste nach ihrer Hand und lachte.

»Augenblick«, flüsterte sie. »Sagen Sie, junger Mann, sind Sie etwa einer meiner zahlreichen Liebhaber? Ihre Stimme kommt mir so bekannt vor – hatten wir etwa für heute Abend eine Verabredung?«

Dann fiel sie ihm in die Arme. »Paule«, flüsterte sie, bedeckte sein Gesicht mit Küssen, rieb ihren Kopf in seiner Halsbeuge. »Paule, ich kann's noch gar nicht glauben, dass du jetzt wirklich da bist. Eben im Haus hatte ich einen Moment das schreckliche Gefühl, alles nur zu träumen.«

Sie zitterte.

»Ist dir kalt?«, fragte er.

»Ja, ich komme grad aus dem Warmen«, sagte sie, »und da will ich auch wieder hin. Sehen wir zu, dass wir in mein Zimmer kommen.« Sie hakte ihn unter, steuerte auf das Haus zu und schob ihn im Flur die teppichbelegte Treppe hinauf ins Obergeschoss.

»Hier, rechts die Tür. Es ist der schönste Raum im Haus, mit Balkon und Blick über den Park.«

Paule registrierte ein weiß lackiertes Eisenbett mit Messingknäufen, Bücherregale, ein Koffergrammophon, eine Blumenkrippe mit blühenden Kakteen, Filmschauspielerporträts überm Bett: Lil Dagover, Zarah mit einem unmöglichen Turban, ein Mann mit Schnurrbärtchen und Schlafzimmeraugen, die hübsche Gisela Uhlen. Ein heller Teppich lief über die ganze Länge des Zimmers. An der Balkontür stand ein zierlicher antiker Schreibtisch.

»Gefällt's dir bei mir?«, fragte sie.

»Ja, sehr sogar«, sagte er. »Es sieht ganz nach dir aus und es riecht nach dir, nach deinen Haaren, nach deiner Haut.«

»Ich rieche nichts«, sagte Ulla.

Gemeinsam ließen sie sich auf dem Teppich nieder. Paule griff hinter sich zu dem Plattenstapel. Lauter Schlager, die nicht seinem Geschmack entsprachen. Nur ein Titel von Benny de Weile, »Harry und seine Trommel«, versprach Besseres. »Legst du die auf?«, bat er.

Ulla kurbelte den Aufziehmechanismus an und legte die Platte mit Fingerspitzen auf den Teller.

Nach einem furiosen Auftakt folgten swingende Rhythmen, ein heißes Trommelsolo. Ein wenig wie Benny Goodman, dachte Paule.

Als die Platte abgelaufen war, zog er seine Mundharmonika hervor und sagte: »Noch mal dieselbe.« Mit gespitztem Mund improvisierte er in die Melodie hinein. Auch nachdem die Platte abgelaufen war, spielte er weiter, während Ulla ihm zuhörte, ihn ansah.

»Genug?«, fragte er schließlich und klopfte sein Instrument aus.

»Du hast den Kopf voll Musik«, sagte Ulla. »Und ich hatte keine Ahnung davon. Komm, setz dich zu mir, gemütlich gegen meinen Bauch, und spiel einfach weiter.«

Paule gab alles zum Besten, was ihm gerade in den Sinn kam. Erfundenes, Gehörtes, Hot und Swing, die beiden »Königskinder« aus dem Volkslied, Blues, »Oh, when the saints go marching in« und zum Schluss: »Bei mir bist du schön, please let me explain ...« Dann hielt er inne und meinte: »Schade, dass du so fade Platten hast. Ich würde sonst gern noch was hören.«

Ulla hob die Schultern. »Meine Mutter würde mich aus dem Haus werfen, wenn ich mit solcher Musik ankäme, wie du sie machst«, sagte sie.

»Hol doch mal Löffel, eine Reibe zum Ratschen, etwas zum Trommeln«, schlug Paule vor. »Wir legen deine Harry-Platte auf und machen was draus!«

Es wurde eine richtig schöne Jam-Session, Ulla strahlte und ihr Gesicht glühte. Dann brach sie mitten im Trommeln plötzlich ab.

»Heute Nachmittag habe ich vor dem Spiegel gestanden«, sagte sie und war mit einem Mal ganz ernst. »Ich habe gedacht, man muss es doch sehen, was mit mir los ist. Dass nichts mehr ist, wie es früher war, seit du mir mit deinen blauen Norwegern über den Weg gelaufen bist.«

Sie umarmten sich, küssten sich mit geschlossenen Augen, suchten sich mit ihren Händen.

»Hast du die Handschuhe eigentlich noch?«, erkundigte sich Paule zwischendurch.

»Was denkst denn du?« Ulla lachte. »Deine blauen Norweger haben die ganze Zeit im Krankenhaus neben mir auf dem Nachtschränkchen gelegen. Und ich hatte meinen Kampf, dass sie da blieben. Mutti wollte sie ständig wegräumen. Natürlich hat sie gesehen, dass es Jungenhandschuhe waren. Von wem ich die denn hätte, wollte sie wissen. Ich hab ihr nur gesagt, dass die Handschuhe ein Andenken sind. Vielleicht hätte ich was Schlaues erfinden können. Aber ich wollte nicht. Die Norweger waren doch das Einzige, was ich überhaupt von dir hatte.«

»Ich mag dich sehr. Ich liebe dich«, sagte Paule.

Ulla drückte sich an ihn, setzte sich plötzlich auf, zeigte auf seinen Pullover und sagte: »Ich frage mich jetzt schon den ganzen Tag, was du unter deinem Pulli hast. Dauernd drückt mich da was.«

Er zog den Pullover aus und zeigte ihr seinen Brustbeutel. »Ich habe ihn mir in Frankfurt aus Lederresten zusammengenäht«, sagte er. »Mein Koffer.«

»Da will Muttern mal gucken, ob du auch schön gepackt hast«, sagte Ulla und zog Paule die Lederschnur über den Kopf. »Ein prima Knopfloch«, meinte sie bewundernd.

»Else hat das gemacht«, sagte er.

»Was für eine Stange Geld!«, rief Ulla. »Liebe Zeit, ich hab mir einen Millionär geangelt! Junge, hör auf dein Mütterchen, geh sparsam damit um. Spare in der Zeit, dann hast du in der Not. Und was haben wir da noch? Streichhölzer, Deutsche Zündwaren Monopolgesellschaft. Ein Notizblock, überreicht von *Panflavin*. ›Bayer *Panflavin*-Tabletten schützen vor Erkältung, Halsentzündung, Grippe.‹ Hoffentlich stimmt's auch.«

»Nun lass mal«, sagte Paule.

»Finger weg, Junge«, sagte Ulla. »Muttern sieht alles!« Mit spitzen Fingern zog sie die Verhütungspäckchen aus dem Seitenfach. »Und was haben wir da?«, fragte sie. »Fromms Männerschutz. Wovor muss sich mein Kleiner denn schützen?«

Plötzlich schien sie zu begreifen.

»Ulla …«, sagte Paule, spürte die Röte im Gesicht und suchte nach Worten. »Ulla, du musst das nicht falsch verstehen …«

»Muttern versteht schon«, sagte sie. »Du willst das arme Mädchen vor dir schützen. Da tust du auch recht dran, mein Junge. Aber dass du dich überhaupt mit solchen Sachen abgibst, das hätte ich nicht von dir gedacht …«

Paules Gesicht brannte wie Feuer. »Es sieht alles so verkehrt aus«, sagte er.

»Wie Verführung Minderjähriger«, sagte sie, ließ den Brustbeutel fallen und warf sich Paule an den Hals. »Es ist doch alles gut«, sagte sie zärtlich. »Und du siehst so süß aus, wenn du rot anläufst. Aber vielleicht brauchen wir die Dinger ja wirklich mal. Damals im Zug war mir schon alles egal. Hinterher aber war ich heilfroh, dass nichts passiert war. Ich weiß über die ganze Sache so wenig Bescheid. Und du?«

Paule vergrub sein Gesicht an ihrer Schulter, spürte ihre Halsschlagader pochen.

»Auch nur, was Jungens so reden«, sagte er. »Neulich in Frankfurt, da lag in einem Schaufenster ein Büchlein, wie Mann und Frau innen drin aussehen. Aber ich hab mich nicht getraut, so was zu kaufen.«

Sie zog seine Hand an ihre Brüste.

»Streichle mich«, bat sie. »Aber ganz sacht. Und nicht auf der Haut.«

Wie das für mich ist, kann sie nicht wissen, dachte Paule, der sein Glied schmerzhaft drängen spürte. Ich mag es ihr auch nicht sagen. Es sieht dann wieder so verkehrt aus. Ich will ja auch nicht. Sie streicheln ist schöner. Ich könnte ewig so mit ihr liegen, sie festhalten, küssen, ihre kleinen Ohren mit den angewachsenen Ohrläppchen begucken.

»Du bist sehr lieb zu mir«, sagte Ulla leise. »Ich möchte am liebsten so einschlafen, mit dir neben mir. Weißt du was, ich hol uns einen Wecker, ja?« Sie stand auf, bückte sich zu ihm, zeichnete mit den Fingerspitzen die Narbenspur in seinem Nacken nach, küsste sie und verschwand aus dem Zimmer. Mit einem großen Blechwecker kam sie zurück.

»Fünf Uhr?«, schlug sie vor.

»Das ist gut«, sagte Paule. »Dann wird es gerade hell und ich finde leichter zu meiner Laube.«

»Dann geh schon mal nebenan ins Bad«, sagte Ulla. »Ich richte uns derweil das Bett.«

Alles das passiert mir jetzt zum ersten Mal im Leben, dachte er, als Ulla später zu ihm unters Deckbett schlüpfte, sich an ihn kuschelte. Eigentlich sollte ich jetzt die ganze Nacht wach bleiben.

»Erinnerst du dich an die Kriemhild-Sage?«, fragte Ulla im Dunkeln. »Gunther und Brunhild hatten im Bett ein Schwert zwischen sich.«

»So ist es bei uns nicht«, sagte Paule und strich mit der Hand über ihr Nachthemd, unter dem sich die Rundungen ihrer Schenkel abzeichneten.

Sie fuhr mit ihrem Fuß seine Beine entlang, schnupperte an seiner Haut, und er merkte, dass sie lächelte.

Das Alarmsignal des Weckers riss ihn aus einem merkwürdigen Zustand zwischen Wachen und Träumen. So hatte er die ganze Nacht verbracht, war sich Ullas Nähe ständig bewusst gewesen.

Verschlafen murmelte sie: »Jetzt haben wir unsere erste Nacht nachgeholt, Paule. Ich habe es dir ja gesagt, wir holen alles nach!«

Er nahm sie in den Arm, warf sein ganzes Gewicht auf sie und küsste sie mit geschlossenen Augen.

»Hilfe, der Kerl vergewaltigt mich«, sagte sie und biss ihn in die Schulter, dass er aufschrie.

Sie knipste die Nachttischlampe an und triumphierte: »Denk nur nicht, dass sich ein schwaches Mädchen nicht zu helfen weiß. So, jetzt los, raus aus dem Bett. Gleich kommt Mutti und serviert ihrer Tochter das Frühstück.«

Unten in der Küche steckte sie Paule ein paar eilig gestrichene Brote zu. »Wo hast du dein Netz?«, fragte sie.

Paule rannte die Treppe hinauf und war mit ein paar Sätzen wieder unten. Ulla wartete an der offenen Haustür. Es regnete.

»Heute Vormittag muss ich zur Massage«, sagte sie. »Ich komme abends zu dir, einverstanden?«

»Im Dunkeln?«, fragte er. »Gruselst du dich nicht?«

»Ich bin bis jetzt auch ohne dich am Leben geblieben«, sagte Ulla. »Also bilde dir bloß nichts ein.«

Sie umarmten sich, dann lief Paule durch den regennassen Park zu seiner Laube.

Vor vierundzwanzig Stunden hatte er von dem, was gestern alles passiert war, noch nichts gewusst. Im ersten Augenblick hatte er Ulla nicht einmal erkannt. Dabei war gestern der erste Tag vom Rest seines Lebens gewesen, seines Lebens mit ihr, dessen Ende er sich nicht vorstellen konnte.

Es fröstelte ihn in dem Nieselregen und er rannte das letzte Stück zur Laubenkolonie »Heimaterde« im Dauerlauf.

Der Laden klemmte aufs Neue. Als Paule ihn endlich oben hatte, sah er sich gründlich um. Das Hitlerbild hängte er ab, legte es mit dem Gesicht nach unten auf das Fliegendrahtschränkchen.

Die nächste Stunde verbrachte er damit, die Pumpe wieder in Gang zu bringen, die Laube auszukehren, zu putzen und das Fenster nach Norden zu säubern, so gut es mit kaltem Wasser ging. Vor den Fenstern, die zum Weg hin lagen, ließ er die Rollläden geschlossen.

Bei der Arbeit war ihm warm geworden, doch in der Laube war es kalt. Die Wände waren klamm, an einer Stelle schien das Dach nicht dicht zu sein. Dort liefen schwarze Wasserstreifen die braune Tapete hinunter. Paule untersuchte den Karbidkocher. Mit diesen Dingern hatten sie auch im HJ-Zeltlager gekocht und dabei war einiges an Wärme freigesetzt worden. Das Gerät schien in Ordnung zu sein. Es musste nur Karbid her und Petroleum für die Lampe.

Also machte er sich nach Hochfeld auf. In der Heerstraße 109 fand er eine Drogerie, bekam ohne Umstände das Verlangte und entdeckte im Weitergehen ein Kino, das sich »Hochstädter Theater« nannte. Es zeigte einen italienischen Spielfilm an,

Mein Leben für dich, für Jugendliche verboten. Schräg gegenüber von Ullas Bunker war ein Friseurgeschäft, daneben lag ein Buchverleih und dann kam eine Fleischerei. In den Buchverleih hätte Paule gern einmal hineingesehen, verschob das aber auf später.

Der Regen war inzwischen stärker geworden, und Paule beeilte sich, zurück in seine Laube zu kommen.

Der Karbidkocher brannte mit weißer Flamme hell auf und schon bald schien die Luft nicht mehr so klamm zu sein. Er setzte Wasser auf, lief vor die Laube und brach junge Brennnesseltriebe. In fünf Minuten hatte er heißen Tee, der ihn so erwärmte, dass er seinen Pullover auszog und aufs Bettsofa warf. Dann machte er sich an die Petroleumlampe, zerlegte sie in ihre Bestandteile, reinigte alles und brachte die Lampe tatsächlich zum Funktionieren. So hatte er doch abends Licht zum Lesen.

Das Leben hier ließ sich aushalten. Irgendwann musste er mit Ulla reden, sie fragen, ob sie mit ihm zu Lüttgenmayer kommen wollte, aber das war jetzt nicht mehr ganz so eilig. In der Laubenkolonie fühlte er sich zunächst einmal sicher.

Das plötzliche Sirenensignal kam wie ein Schock. Es war zunächst nur Voralarm, wenig später aber folgte der auf- und abschwellende Heulton für Vollalarm. In der Glitschiner Straße, auf dem Hochfelder Markt, hatte er auf dem Rückweg vom Einkaufen einen Bunker entdeckt, doch selbst wenn er jetzt losrannte, würde er mindestens zehn Minuten brauchen.

Angst stieg in ihm hoch. Östlich, Richtung Oberhausen, meldete sich die Flak. Ich muss hier bleiben, sagte sich Paule. Es bleibt mir nichts anderes übrig. Hoffentlich hatte Ulla in der Stadt rechtzeitig Schutz finden können. Natürlich war er im Grünen sicherer als in der Stadt zwischen den Häusern, aber die Bahnstrecke nebenan beschwor trotzdem Gefahren. Schon ein einzelner Splitter konnte genügen, und weit und breit gab es keinen Menschen, der ihm dann hätte helfen können. Wieder spürte Paule, wie die Angst ihn überflutete.

Das Flakfeuer kam immer näher, jetzt schoss sich auch die Duisburger Flugabwehr ein. Die Luft schien zu bersten.

Langsam ließ sich Paule im Sessel nieder. Das kitschige Schutzengelbild an der Wand spendete auf einmal Trost. Wie gut, dass es jetzt allein an der Wand hing, ohne das Führerbild daneben. Draußen hörte er Flaksplitter sirren, klatschend auf Metall treffen.

Wenn er wenigstens im Radio die Luftlagemeldung hören könnte! Seine Muskeln verkrampften sich. Dann aber sah er sich plötzlich selbst hier sitzen, verängstigt, halb in Panik, und er kam zu sich, fand seine Selbstkontrolle wieder.

Mitten unter den Detonationen zwang er sich aufzustehen, ins Bücherbord zu greifen, sein Schachbuch zu holen. Den Kopf auf den Arm gestützt, ging er die Eröffnung durch, die er gestern im Café am Sonnenwall nachgestellt hatte. Anders konnte er hier nicht leben. Wenn er bei jedem Alarm in Panik geriet, würde er daran kaputtgehen. Schließlich war es allein sein eigener Entschluss, der ihn in diese Situation gebracht hatte. Und dazu musste er stehen, eine andere Chance hatte er nicht. Also, den Damenläufer nicht ziehen. Stattdessen eine Verteidigung aufbauen. Zum Beispiel den Springer ins Spiel kommen lassen, S g1 – f3. Ja, das sieht gut aus, dachte er und schaute im Lehrbuch nach. Es empfahl an dieser Stelle einen Bauernzug. Auch gut, fand er. Sogar noch einfacher!

Als zehn Minuten später die Sirenen Entwarnung meldeten, achtete er kaum darauf.

Bis zum Abend war es in der Laube fast gemütlich geworden. Im Topf stand für Ullas Empfang Tee bereit und die frisch gesäuberte Petroleumlampe warf warmes Licht in den Raum.

»Fein hast du's hier«, meinte Ulla, nachdem sie Mantel und Mütze über einen Stuhl geworfen hatte. »Und ich habe dir auch etwas mitgebracht. Erstens Äpfel, zweitens unseren Wecker und drittens – schau mal selbst in der Tasche nach.«

Sie hockte sich mit hochgezogenen Knien in den Sessel und sah Paule zu, der aus ihrer Tasche einen Schuhkarton und eine dicke Rolle mit Antennenlitze herausholte.

»Ich hoffe, du kennst dich mit dem Ding aus«, sagte sie, während er den Karton öffnete.

»Mensch, ein Detektor ist das!«, sagte er überrascht. »Mit allem, was dazugehört, Kopfhörer, Antenne, der Kristall zum Abtasten. Ein Radio, und es funktioniert ohne Strom. So ein Ding hatte ich mir in Oberhausen auch mal gebastelt. Bei den Hausaufgaben hatte ich ständig die Hörer auf den Ohren. Abends bin ich manchmal damit sogar eingeschlafen. Am nächsten Morgen wachte ich dann regelmäßig mit einem Brummschädel auf. Woher hast du den Detektor?«

»Von meinem Bruder«, sagte Ulla. »Aus Arthurs Zimmer.«

»Toll, einfach toll«, sagte Paule hingerissen. Er musste nur den Antennendraht ausspannen, erden, die feine Metallspitze auf dem Kristall justieren, und schon war er auf Empfang. Zumindest den nächsten Sender, Langenberg zum Beispiel, musste er damit reinbekommen.

»Und der Wecker sagt dir wohl gar nichts?«, fragte Ulla. »Es eilt ja auch nicht damit, von mir Notiz zu nehmen. Du kannst ruhig den ganzen Abend mit deinem Radioding verbringen. Derweil stopfe ich zum Beispiel Strümpfe. Nimm dir also ruhig Zeit. Ich dränge dich nicht. Denn ich gedenke, die ganze Nacht hier zu bleiben.«

Paule grinste, fasste Ulla unter, stemmte sie hoch und fing sie wieder auf. »Du mit deinem spitzen Mundwerk«, sagte er. »Ich musste doch erst mal dein Mitbringsel besichtigen!«

»Solltest du ja auch«, meinte Ulla. »Oder was denkst du, warum ich das Ding durch Nacht, Wind und Regen hier anschleppe?«

»Was ich auch mache, es ist alles verkehrt«, stellte Paule fest. »Willst du das sagen?«

»Klar doch«, bestätigte sie. »Das ist nun mal deine Rolle. Besser, du gewöhnst dich beizeiten daran.«

»Wenn alles egal ist, ist auch alles erlaubt«, erklärte er mit schadenfrohem Grinsen. »Auch das!«

Damit warf er sie aufs Sofabett, legte sich dazu und küsste sie ab, bis ihm die Luft wegblieb.

»Lass mich sofort los, du Ungeheuer«, protestierte sie und schmiss ihn mit Schwung von der Kante auf den Boden.

Ein verbissener Nahkampf um das Sofa begann. Sie küssten sich mit glühenden Gesichtern und fuhren von neuem aufeinander los, sobald sich der andere sicher glaubte.

»Ich kann nicht mehr«, keuchte Paule schließlich. »Ich ergebe mich. Von mir aus kannst du das ganze Ding für dich alleine haben.«

»Will ich doch überhaupt nicht«, rief sie. »Wozu habe ich denn den Wecker mitgebracht? Du hättest bescheiden und höflich darum bitten können, neben mir Platz nehmen zu dürfen. Aber was tust du? Du knallst mich auf die Matratze wie … wie …«

»Wie einen Kartoffelsack«, half er aus.

»Genau«, sagte sie. »Also, eine Spur von Einsicht zeigst du immerhin doch. Wenn auch natürlich reichlich spät. Bitte, serviere mir den Tee. Mein Hals ist wie Schmirgelpapier.«

»Der Tee ist aber höchstens noch lauwarm«, sagte Paule. »Und da schmeckt er nicht mehr.«

»Nur her«, befahl sie. »Ich muss ihn ja wohl probieren, wenn ich wissen will, womit du dich vergiftest.«

Sie kostete schluckweise von dem Brennnesseltee, roch daran und trank dann den Becher in einem Zug aus.

»Noch mal vom selben«, sagte sie. »Ich möchte doch rauskriegen, ob das Zeug wirklich nach grüner Schmierseife schmeckt.«

Später lagen sie friedlich nebeneinander und verzehrten Ullas Äpfel.

»Du«, fragte Paule plötzlich, »hat deine Mutter gestern nichts gemerkt?«

»O doch«, sagte Ulla. »›Kind‹, hat sie gesagt, ›wie siehst du nur um den Mund aus! Schrecklich, dieses nasskalte Wetter. Tu mal Nivea drauf.‹ Du siehst, Mütterchen ist nicht blind. Hüte dich also.«

Sie langte nach Paule und küsste ihn ab, während er noch an seinem Apfel kaute. Dann verschwand sie nach draußen vor die Laube. Als sie zurückkam, nahm sie zwei Kerzen, steckte sie an und klebte sie nebeneinander auf den Tisch. Anschließend drehte sie den Docht der Lampe herunter, schob den Sessel vors Sofa, nahm Platz und legte die Beine hoch.

»Erzähl mir was«, bat sie. »Aber ohne Jux. Sag mir, wie es ist, du zu sein.«

»Wie stellst du dir das vor?«, sagte Paule. »Ich weiß nicht, wie ich das machen soll.«

»Versuch's bitte, mir zuliebe«, sagte sie. »Verstehst du, ich möchte einfach wissen, wie du mit dir auskommst.«

Paule stützte sich auf seinen Ellenbogen, schaute über Ullas Schulter ins nachtdunkle Fenster.

»Na ja, so im Großen und Ganzen komme ich einigermaßen gut mit mir zurecht«, sagte er. »Also, ich fühle mich selten so richtig mies, wenn es das ist, wonach du fragst. Jedenfalls liege ich nicht ständig mit mir quer und das ist die Hauptsache.«

»Und die anderen Leute, wie können die mit dir?«, fragte Ulla weiter.

Paule sah sie an. »Wie soll ich das wissen?«, fragte er zurück.

»Zum Beispiel im Lager, in Zürs«, sagte sie.

Er sah wieder zum Fenster hinüber und überlegte. »Also, ich hatte Freunde und es gab Kumpels«, sagte er. »Das war schon in Ordnung. Und bei den Lehrern kam es eben drauf an, das kennst du ja selber. Mit den HJ-Pimpfen und mit der Lagerleitung – da gab es allerdings Ärger.«

Ulla hörte ihm aufmerksam zu, sah ihn abwartend an. Paule dachte an Pistor und seine Schikanen, die Demütigung mit dem Spruch: *Dein Körper gehört deiner Nation* … Wieder stieg die Wut in ihm auf. Und Maiers Spindappell …

»Es ist so, ich lasse mir nichts gefallen«, sagte er endlich. »Wenn ich's einsehe, kann ich nachgeben. Aber sonst schalte ich auf stur. Und das nehmen dir die HJ-Pimpfe übel. Für die hatte ich nicht die richtige Dienstauffassung. Nur, ich hatte ganz schlicht das Gefühl, denen passe ich nicht, wenigstens nicht so, wie ich bin, verstehst du?«

»Aber du kommst mit dir zurecht?«, fragte Ulla.

Paule nickte. »Jedenfalls besser als manche Leute mit mir«, meinte er. »Und wie ist das mit dir? Wie verträgst du dich mit dir?«

Ulla zog ihre Knie an die Brust und sagte: »Nicht so besonders. Sicher nicht so, wie du mit dir klarkommst.«

Paule sah sie verwundert an. »Versteh ich nicht«, sagte er nach einer Pause. »Du hast doch ein wahnsinniges Glück, so zu sein, wie du bist.«

»Es hört sich blöd an«, sagte Ulla. »Aber da ist zum Beispiel meine Stupsnase.«

»Ich mag sie aber«, sagte Paule und zielte mit dem Finger auf ihre Nasenspitze.

»Lass das«, sagte sie. »Es ist doch etwas anderes, ob sie mir oder dir gefällt, oder?«

»Akzeptiert«, sagte er.

»Und dann die anderen Leute«, fuhr Ulla fort. »Meine Mutter zum Beispiel. Wir sind ja meist ein Herz und eine Seele, aber dann passiert etwas, so wie mit den Handschuhen in der Klinik, die sie dauernd wegschaffen wollte, und da könnte ich sie glatt an die Wand knallen. Mit Erika im Lager war das nicht anders.

Also, mir geht das ziemlich an die Nieren. Und dann kann ich mich nicht ausstehen. Manchmal kommt das einfach so über mich und ich kann nicht dagegen an.«

»Dabei flachst du ständig mit mir herum«, sagte Paule.

»Verstehst du nicht?«, fragte sie und kauerte sich noch tiefer in den Sessel. »Ich muss mich vor dir schützen. Ich will nicht, dass du mich an die Wand drückst, und nachher steh ich allein da und heule.«

Paule schwieg.

»Sag doch was«, bat sie.

»Was soll ich schon sagen«, meinte Paule. »Mit dir verglichen, komme ich mir oft richtig lahm vor. Du hast ständig neue Einfälle. Aber von mir kriegst du vielleicht was anderes dafür. Und so ist doch alles gut, oder?«

»Ja«, sagte Ulla. »Ich darf gar nicht daran denken, wie es ohne dich wäre. Aber das macht mir dann auch Angst, verstehst du? Wenn ich merke, dass ich dich so brauche.«

»Komm«, bat er. »Leg dich zu mir.«

Ulla stand auf, zog Jacke, Bluse, Rock, Schuhe aus und kam an seine Seite. »Ich möchte wieder so einschlafen wie gestern«, sagte sie. »Stellst du uns den Wecker?«

Paule krabbelte aus dem warmen Bett, nahm sich den Wecker vor, legte Streichhölzer bereit und pustete die Kerzen aus.

»Und was wird, wenn's Alarm gibt?«, fragte er, als sie beisammenlagen.

»Nichts«, sagte Ulla. »Wir bleiben hier und ziehen uns die Decke über die Köpfe. Was denn sonst?«

Bald hörte er ihren Atem tief und ruhig gehen. Ich möchte für eine Sekunde nur mal sie sein, dachte Paule. Komisch, dass er sie so anders sah als sie sich selbst.

Am Morgen weckten ihn Ullas Hände. Sie streichelte ihn und flüsterte: »Gleich geht der Wecker. Die Michaeliskirche in Wanheim hat schon fünf geschlagen.«

Er hörte Ullas Füße über die Holzdielen tappen, der Tisch ruckte, dann strich sie ein Streichholz an. Das Licht blendete seine Augen.

»Komm schon.« Sie stieß ihn an. »Ich möchte meinen Tee ans Bett.«

»Gleich«, knurrte er. »Erst möchte ich noch mal geweckt werden.«

Sie hopste auf ihn und gab ihm einen Kuss. »So, und jetzt an die Arbeit!«

Paule tastete nach seinen Schuhen, tappte nach draußen, wo die Brennnesseln standen, pflückte im Halbdunkel und verbrannte sich, aber nur so, dass es kribbelte, ohne zu schmerzen. Im Fenster erschien grelles, weißes Licht. Ulla setzte den Kocher in Gang.

Am Tisch machten sie Pläne für den Tag und schlürften das heiße Getränk.

»Morgen ist Muttis letzter Nachtbereitschaftsdienst«, sagte Ulla. »Wir können also noch eine Nacht für uns haben. Möchtest du?«

»Ja«, sagte er.

»Auf die Dauer wird es schwierig für uns«, meinte sie. »Schon wegen der Nachbarn. Wenn sie dich zum Beispiel bei uns klingeln sehen.«

»Daran denke ich auch«, sagte Paule.

»Aber heute haben wir auch noch den Tag für uns«, sagte Ulla. »Willst du zu mir kommen? So um acht? Wir frühstücken dann zusammen.«

»Um acht bin ich bei dir«, sagte er.

»Dann will ich mal durch den Zaun.« Ulla seufzte tief auf. »Bringst du mich noch bis hinters Haus?«

Sie schlossen die Laube hinter sich ab, gingen Hand in Hand zum Zaun. Vom Böningerpark aus kehrte Paule direkt zu seiner Laube zurück. Als er die Tür aufschloss, roch es nach Karbid, aufgebrühtem Tee und Äpfeln. Dazwischen, kaum wahrnehmbar, nach Ullas Haut. Er fragte sich, was Jupp jetzt wohl an seiner Stelle täte. Ulla direkt fragen, ob sie mit ihm zu Lüttgenmayer käme? Aber konnte sie das überhaupt entscheiden? Am Ende hing doch alles von ihrer Mutter ab. Trotzdem, er musste mit Ulla reden, und zwar schon bald. Lange würden sie auch hier in der Laube nicht sicher sein. Schlimmstenfalls konnte Ullas Mutter ihm sogar die Polizei auf den Hals schicken. Ulla wurde ja erst im Juni sechzehn. Es war scheußlich, sich auszumalen, was alles passieren konnte. Mit ihm, mit ihnen beiden.

Es war noch vor acht, als er sich auf den Weg machte, aber Ulla wartete bereits im Park auf ihn.

»Wir gehen hinten durch den Garten«, sagte sie. »Die Nachbarsfrau putzt gerade ihre Fenster. Ich habe die Terrassentür zu Vatis Arbeitszimmer offen gelassen.«

Sie schloss ein schmales Tor auf, drückte sich mit Paule am Haus entlang und zeigte auf die Tür.

»Da hinein«, sagte sie, rannte zurück und ging vorn durch die Haustür.

»Frau Schmechel, die Nachbarin, hat mich gefragt, was ich so früh schon draußen mache«, berichtete Ulla, als sie zu Paule ins Zimmer trat. »Ich hab ihr gesagt, ich mache Frühsport im Park. Das Kanutentraining geht wieder los.« Sie lachte.

»Du flunkerst die Leute an, dass sich die Balken biegen«, sagte Paule.

»Gar nicht wahr«, verteidigte sie sich. »Erstens habe ich vorhin tatsächlich eine Runde gedreht und zweitens bist du noch anstrengender als Frühsport. Gib's nur zu. Du hältst mich ganz schön in Trab.«

Dann winkte sie Paule zu einem kleinen Ecktischchen hinüber. »Da siehst du meinen Vater und Heinz und Arthur«, sagte sie. »Ihre Fotos.«

Paule bückte sich über die Stehrahmen. Eins der Bilder trug eine Trauerschleife. »Das war Arthur«, sagte Ulla. »Er war bei der Flak, als Schüler. Arthur war damals gerade siebzehn. Und das sind seine letzten Sachen, die sein Kompaniechef Mutti aus Düsseldorf geschickt hatte.«

Ein Notizbuch, eine Armbanduhr, ein Kamm in der Hülle, ein Döschen Nivea und das HJ-Leistungsabzeichen in Silber lagen vor Arthurs Bild. Gegen den Rahmen lehnte eine Karte mit dem Text: *Wir von der Flak stehn als rechte Soldaten / Treu zu des Führers Gebot. / Ruft er uns zu befreienden Taten, / Folgen wir ihm bis in den Tod.*

»Und das ist Heinz«, sagte Ulla. »Sechs Jahre älter als ich. Seit 42 ist er bei Charkow verschollen. Hoffentlich ist er in Gefangenschaft. Obwohl, bei den Russen weiß man nicht, was besser ist. Auch was mit Vati passiert ist, wissen wir nicht so richtig.« Sie zeigte auf das dritte Bild. »Er ist vermisst. Wie Heinz. Ich hab's dir schon erzählt. Am 28. September, bei Salerno.«

Herr Wessling blickte sehr gerade in die Kamera. Es war ein Brustbild, das ihn in Hauptmannsuniform zeigte, dekoriert mit mehreren Orden, darunter die beiden Eisernen Kreuze.

Zwischen den drei Bildern stand eine Porzellanvase mit Märzbechern, und über dem Ecktischchen hing, schräg dem Betrachter entgegengeneigt, ein Hitlerbild in Öl, gefasst in einem schweren Goldrahmen.

Paule spürte, dass er jetzt eigentlich etwas sagen müsste. Über die Brüder, den Vater, die für Volk und Führer gekämpft hatten. Aber er fand keine Worte und wandte sich stumm ab.

Beim Kaffeetrinken wurden sie von den Sirenen aufgeschreckt.

»Den Drahtfunk anstellen«, rief Ulla. Sie rannte ins Wohnzimmer. Der Saba brummte und plötzlich kam die Stimme der Ansagerin: »… achtzehn Thunderbolt in Otto. Starke Verbände B 46 in Nordpol. Spitze Kurs Ida/Otto …«

Ulla zog Paule mit sich. »Wir sind hier Ludwig/Otto«, rief sie. »Wir müssen in den Bunker. Ich nehme Muttis Luftschutztasche. Findest du den Weg zum Bunker, den an der Heerstraße mit den drei Adlern?«

Paule nickte.

»Dann los«, sagte sie. »Geh zur Terrasse raus. Ich mach hinter dir zu. Im Bunker kennt jeder jeden. Da müssen die Leute uns nicht zusammen sehen. Ich hol dich nach der Entwarnung wieder im Park ab.«

Paule wartete ein paar Minuten bei den Parkbänken, bevor er losging. Aus der Ferne dröhnte schon das Sperrfeuer der Flak, und als er die Friedensstraße erreicht hatte, lösten die Sirenen gerade Vollalarm aus. Unter den letzten Leuten, die der Bunkerwart einließ, schob er sich durch die Luftschleuse und blieb im Treppenhaus stehen.

Neben ihm schaukelte eine junge Frau ihr Kind. Es war noch ein Baby, schrie anhaltend und laut, bewegte die roten Fäustchen vor dem kleinen Gesicht. »Pscht, pscht«, machte die Frau. »Mama ist ja bei dir.« Sie legte sich das Kind gegen die Schulter und klopfte ihm beruhigend den Rücken.

Paule lehnte sich zurück gegen die Wand. *Auf Plündern steht Todesstrafe*, drohte ein Plakat im Treppenaufgang. Das Sperrfeuer der Luftabwehr war bis durch den Beton zu vernehmen. Es wurde stärker.

Jetzt hätte er bei Ulla sein müssen. Und sie bei ihm. Wenn etwas passierte, waren sie auch noch voneinander getrennt. Hilflos starrte er an die Wand und spürte zugleich die Wut in sich hochsteigen. Dieses Gefühl hasste er wie kein anderes, diese Mischung aus Hilflosigkeit und Wut. Wenn sie aus dem Bunker waren, musste er mit Ulla reden. Er würde alles besprechen, anders ging es nicht.

Nach einer Stunde kam Entwarnung. Paule trat beiseite, ließ Leute an sich vorbei. Ulla kam aus dem ersten Stock hinunter, das Luftschutzgepäck unterm Arm. Ihr Blick streifte ihn und glitt weiter.

Langsam löste sich Paule von der Wand.

Bei den Bänken im Park wartete Ulla bereits auf ihn. Sie küsste ihn stumm, stieß das Gartentor auf und betrat mit ihm durch den Terrasseneingang das Haus. Sie gingen in Ullas Zimmer hinauf, setzten sich auf den Teppich und Ulla zeigte ihm Bilder aus den Familienalben.

»Vatis und Muttis Hochzeitsbilder«, sagte sie.

Rudolf Wessling, sehr viel jünger als auf dem Kriegsfoto, mit forschem Gesicht und in Hab-Acht-Stellung. Seine Frau Lili schmiegte sich an ihn, hielt graziös den Brautstrauß im Arm und sah sehr jung, aber dennoch jeder Zoll wie eine Dame aus. Ihre Augen blickten fast ein wenig spöttisch in die Kamera. Das war sie also, Ullas Mutter. Sie sieht wirklich so aus wie die Frau, von der Ulla erzählt, dachte Paule. Schick, elegant und resolut, eine Frau, die weiß, was sie will.

»Und das ist Vati mit fünfzehn«, fuhr Ulla fort. »Schon in Uniform, bei einem Wehrsportverein, glaube ich. Und hier, darauf war Vati immer so stolz: ein persönlich signiertes Foto von Hitler, Bochum 1926. Hier auf dem Bild unser früheres Haus in der Dickelsbachsiedlung. Und das bin ich als Baby, im Taufkleidchen. Sehe ich nicht süß und knuddelig aus?«

»Jetzt noch immer«, sagte Paule und rieb seine Backe an ihr.

Sie blätterte ein neues Album auf. »Das war 1929. Da ist der Rhein zugefroren und Vati geht mit Heinz, Arthur und dem Kinderwagen auf dem Eis spazieren. In dem Wagen sitze natürlich ich. Hier siehst du den Hitler-Tag im Duisburger Stadion. Ein Bild von der Wahlkundgebung 1932. Auf dem nächsten Bild die Hakenkreuzfahne auf dem Duisburger Rathaus. Vati war dabei und hat sie mit hochgehisst. Machtübernahme 1933. Auch 1933, Vati als SA-Mann vor einem Judengeschäft. Und jetzt Heinz als Jungvolkjunge auf dem Fahrrad, mit einem Freund. Als ich zwölf war, hab ich mal sehr für ihn geschwärmt. Werner hieß er, das weiß ich noch. Jetzt ein Autogramm von Erich Metze, ein Radsportler, fünfmal deutscher Meister. Und auf dem Bild hier unten ist Vati mit den Kameraden von der SA-Motorstaffel M 74, Spatenstich für die Autobahn. Nun kommt der letzte Band. Leidest du schon?«

»Mach nur weiter«, sagte Paule.

»1935, Vati arbeitet jetzt bei den Stadtwerken, Betriebsausflug. Wieder ein Autogrammfoto, Anni Steuer, Olympia-Silber 1936. Das hier wurde im Tiergarten am Kaiserberg aufgenommen, wo wir beide vorgestern vorbeigegangen sind. Ich bin acht Jahre und habe ein verpflastertes Knie. Da, Mutti mit Hakenkreuzwimpel, mit einem Schiff von ›Kraft durch Freude‹ auf der Ostsee. Da oben unser Duisburger Oberbürgermeister, er hat wie Vati das Goldene Parteiabzeichen. Und das ist unser Auto.«

»Ford Eifel 20 C«, sagte Paule. »Cabrio Limousine, 34 PS, zweiter und dritter Gang synchronisiert. Wo ist der Wagen geblieben?«

»Eingezogen, irgendwann '39 vorm Polenfeldzug«, sagte Ulla. »Und da haben wir die letzten Fotos. Vati, mit Wasserski auf der Ruhr. Toll, was? Noch ein Schnappschuss von uns allen zusammen, 1940, auf einem Schiff von der Weißen Flotte auf dem Baldeney-See. Heinz in Arbeitsdienstkluft und dann im Krieg, in Kiew vor einer Kirche. Und hier ich, 1942 mit den BDM-Kanuten am Regatta-See.«

»Ein süßer Pummel«, sagte Paule.

»Einfach grässlich«, kommentierte Ulla. »1943, Arthur als Luftwaffenhelfer, und da siehst du Erika, meine Freundin. Wir stehen zusammen in Lech vor der ›Post‹.«

Sie klappte den Band zu, nahm den Packen Alben in den Arm und fragte: »Was machen wir jetzt?«

»Laufen und reden«, schlug Paule vor. »Das Wetter sieht ganz erträglich aus.«

»Einverstanden«, sagte Ulla. »Ich bringe nur noch schnell den Stapel zurück in Muttis Zimmer. Geh du schon mal durch den Garten.«

Paule wartete vor dem Zaun auf sie, den Kopf voll mit Bildern und Eindrücken von Ullas Familie, die so ganz anders war als seine. Sport, viel Sport und Technik und Hitlerbegeisterung. Bei Hilde war das allerdings auch so, wenigstens früher. Sie hatte sogar einen SS-Mann geheiratet. Aber trotzdem, Ullas Vater mit seinem Plakat: *Deutsche, wehrt euch! Kauft nicht bei Juden!* Um die gleiche Zeit hatte Jupp im KZ Esterwegen Torf gestochen. Ich kriege das alles in meinem Kopf nicht zusammen, dachte Paule. Ulla, ihre Familie, mich und Jupp. Irgendwann tut's einen Knall und ich gehe zu Bruch.

Eng umschlungen liefen sie durch den Stadtwald. Hier hatten sie wenigstens keine Sirenen und Alarm zu fürchten. Noch mal so eine Situation wie eben im Bunker, dachte Paule, das halte ich nicht aus.

»Ich muss dir was sagen«, fing Ulla schließlich an. »Meine Mutter will, dass ich ab April wieder in die Schule gehe. Das Herumlungern, sagt sie, bekommt mir nicht. Sie hat mich schon angemeldet.«

Paule sah sie erstaunt an. »Ich denke, alle Schulen sind ausgelagert?«

»Aber nicht die Höhere Handelsschule«, sagte Ulla. »Mutti hat mit dem Direktor telefoniert. Und der nimmt mich, obwohl für die Schule eigentlich das Einjährige verlangt wird. Die jungen Leute müssen von der Straße weg – so was Ähnliches hat der Direktor zu Mutti gesagt. Vormittags können wir dann nicht mehr zusammen sein.«

Paule ging stumm neben ihr weiter.

»Warum sagst du denn gar nichts?«, fragte Ulla.

»Du, ich muss sowieso bald hier weg«, sagte Paule nach einer weiteren Pause. »Ich komme mit dem Versteckspielen einfach nicht zurecht. Erst war es nur die Streife, vor der ich Angst haben musste, jetzt sind es die Nachbarn, die Leute im Bunker, deine Mutter. Im Grunde kann ich mich nirgends mehr blicken lassen. Das halte ich auf die Dauer nicht aus.«

Ulla blieb stehen, fasste Paule am Arm, sah ihn an.

»Paule, du kannst nicht weg«, sagte sie. »Mich gibt es doch auch noch. So wie in Ulm, dass du einfach verschwunden bist – das will ich nicht noch mal erleben.« Ihre Augen standen voller Tränen.

»Meinst du etwa, ich wollte weg von dir?«, sagte er. »Wie wär das, wenn du mit mir kämst?«

»Wohin denn?«, fragte Ulla. »Auf diesen Hof? Geht denn das überhaupt?«

»Ganz bestimmt«, versicherte Paule. »Lüttgenmayer braucht immer Leute. Im Juni ist Heuernte, das macht riesigen Spaß. Und du kriegst zu essen, so viel du willst. Mit Fliegern und Bomben ist da oben auch nichts. Also, bei Lüttgenmayer wären wir auf alle Fälle gut untergebracht, bis der Krieg vorbei ist.«

Sie zog ihn an sich, lachte und strahlte. »Von mir aus können wir gleich fahren, wenn du meinst, dass der Bauer mich auch wirklich nimmt«, sagte sie. »Weißt du, Paule, seit du da bist, habe ich ständig Angst davor, dass du wieder weggehst. Heut Nacht, als wir in der Laube schliefen, wurde ich zwischendurch wach und dachte, du bist nicht mehr da. Dann merkte ich, dass du neben mir lagst, aber ich hab einfach nur heulen können.« Sie lief zu einem Baum, lehnte sich dagegen und winkte Paule zu sich. »Ich fall sonst gleich um«, sagte sie. »Und nun küss mich.«

Er spürte, wie sich ihre Zähne in seine Lippe gruben, küsste sie wieder und wieder, streichelte sie und wischte ihre Tränen ab.

Es begann zu regnen. Langer, dünner Bindfadenregen fiel vom Himmel. Ulla hatte den Knirps dabei, den Zusammensteckschirm ihrer Mutter, und sie fanden beide darunter Platz.

»Gehen wir zurück?«, fragte Paule.

»Doch nicht wegen dem bisschen Regen«, sagte sie. »Da muss es schon schütten.«

Schütten tat es nicht, doch der Regen hielt an, troff von den Ästen, warf in den Pfützen Blasen.

»Und du denkst, dass deine Mutter dich fahren lässt?«, fragte Paule. »Sie hat dich doch aus dem Lager geholt, damit du in Duisburg bei ihr bist.«

»Keine Bange, ich krieg sie schon rum«, sagte Ulla. »Ganz so schnell geht das natürlich nicht. Aber du kannst mir ja helfen. Mit ihr reden, ihr von deinem Bauernhof erzählen.«

»Ich?«, fragte Paule entsetzt. »Du meinst, ich soll zu ihr gehen, einfach so, und fragen, ob ihre Tochter mit mir in die Ferien fahren darf?«

»So ähnlich stell ich mir das vor«, sagte Ulla. »Natürlich braucht das alles seine Anlaufzeit. Als Erstes werde ich ihr erzählen, dass ich neuerdings einen Freund habe.«

»Und wie wird sie reagieren?«, fragte Paule.

Ulla grinste.

»Sie wird sagen: ›Kind, wie schön für dich‹, und so weiter. Wir sind ja nicht altmodisch, verstehst du? Natürlich würde sie dich gern erst unter die Lupe nehmen. ›Aber, Mutti‹, werde ich ihr sagen, ›das kannst du nicht machen. Damit vergraulst du ihn mir!‹ Klar, genau das möchte sie am liebsten, aber das darf sie natürlich nicht zugeben. Schließlich bin ich bald sechzehn. Also werd ich ihr erst mal von dir erzählen.«

»Aber kein Wort, dass ich aus dem Lager abgehauen bin«, sagte Paule.

»Ich bin doch nicht blöd«, sagte Ulla. »Damit wärst du bei ihr sowieso schon unten durch. Ich werde ihr erzählen, dass du hier aus Wanheim bist und Ingenieur werden willst, wie Vati. Mit der Zeit gewöhnt sie sich dann daran, vor allem, wenn ich schön brav meine Schularbeiten mache und ihr versichere, dass du nicht so bist wie die anderen Jungs. Natürlich wird sie Pelle, diesen Wunderknaben, auch mal kennen lernen wollen.«

»Und dann kreuze ich also eines Tages bei euch auf und erzähle von Lüttgenmayer und so«, sagte Paule. »Und du meinst tatsächlich, sie lässt dich ziehen?«

»Ich bin ja auch noch da«, sagte Ulla. »Wenn sie mich nicht weglässt, mach ich einen Aufstand.«

»Deine arme Mutter«, sagte er teilnahmsvoll.

»Was kann ich denn dafür, wenn sie so stur ist«, protestierte Ulla. »Ich fahre jedenfalls mit, Schluss, Punkt. Allein kommst du nicht von hier weg, das sag ich dir.«

Sie waren mittlerweile bei der Mühlenberg-Heide angekommen. Jetzt gingen in Duisburg und Mülheim gleichzeitig die Luftschutzsirenen los.

»Wir gehen einfach weiter«, sagte Ulla. »Denkst du, ich bleibe hier im Regen stehen? Wir laufen rüber zum Entenfang und von dort nach Wedau. Bis dahin ist der Alarm zu Ende und du lädst mich zum Essen ein.«

Der Regen war allmählich in nieselnde Nässe übergegangen. Paule fühlte sich zum Auswringen nass, aber das war immer noch besser, als im Bunker zu hocken.

So schlimm schien es diesmal auch nicht zu werden. Es war kein Flakfeuer zu hören und bereits nach einer halben Stunde erfolgte Entwarnung.

Der Entenfang war ein großer Baggersee neben der Autobahntrasse. Es trieben sogar Enten darauf, die Schnäbel im Gefieder versteckt, als wären auch sie den ewigen Regen leid.

Ulla zeigte schräg übers Wasser.

»Da drüben liegt die Laubenkolonie und daneben ist unsere Regattabahn. Mit dem Rad sind das nur ein paar Minuten. Früher sind wir nach Dienstende manchmal an den Entenfang geradelt. Verbotenerweise, denn am Entenfang trieben sich die Edelweißpiraten rum. Du weißt schon, die Jungs, die sich nicht gleichschalten ließen und den HJ-Leuten die Fresse polierten, besonders dem Streifendienst. Gab's bei euch in Oberhausen auch Edelweißpiraten?«

»Doch, schon«, sagte Paule. »Aber ich hab keinen von ihnen gekannt und weiß nicht, wie viele das waren.«

»Hier in Duisburg gab es Edelweißpiraten in Mengen«, erzählte Ulla. »Im Böningerpark haben sie sich getroffen, gleich hinter unserem Haus. Mutti hat sich furchtbar darüber aufgeregt. Manchmal hat sie sogar die Polizei angerufen, weil man ihre Klampfen bei uns auf der Terrasse hörte. Aber Mutti hatte vor allem deshalb so einen Hass auf die Leute, weil die unseren Arthur mal verdroschen hatten. Der war nämlich beim Streifendienst.«

»Und du?«, fragte Paule. »Hast du was mit den EPs gehabt?«

»Gar nichts«, sagte Ulla. »Ich fand das aufregend, dass die vor niemandem Respekt hatten, auch nicht vor der Polizei. Aber natürlich habe ich zu Mama und Arthur gehalten.«

»Und heute, was denkst du jetzt?«

Ulla rieb sich die regennasse Nase. »Da bin ich mir nicht mehr so sicher, seit ich weiß, wie das für dich ist«, sagte sie dann. »Wie ich dir unsere Fotos gezeigt habe, ist mir zum ersten Mal aufgefallen, dass die Wesslings so eine richtig braune Familie sind. Eigentlich ist es ja komisch, dass ausgerechnet wir beide zusammen sind. Arthur hätte dich nämlich auch verdroschen.«

»Oder ich ihn«, meinte Paule. »Ich bin nicht dauernd so schwach wie bei dir.«

»Mir reicht's auch so schon«, sagte Ulla. »Ich traue dir jede Schandtat zu. Deswegen müssen wir das mit Mutti auch sachte einfädeln. Aber wer weiß, vielleicht sind wir schon bald auf deinem Hof und die Kühe schlenkern uns beim Melken den Schwanz ins Gesicht.«

Paule lachte und drückte sich an sie. Aus dem verkorksten Tagesanfang im Bunker war doch noch ein guter Tag geworden.

Und wenn Ulla wirklich mit zu Lüttgenmayer käme – das wäre unvorstellbar schön, dachte Paule.

»Auf der anderen Seite von Wedau erreichen wir die Linie 14«, sagte Ulla in seine Gedanken hinein. »Mit der fahre ich nach Hause. Ich muss noch beim Gemüsemann und beim Fleischer anstehen, und bis ich das hinter mir habe, ist Mutti zu Hause.«

»Sehen wir uns heute Abend noch mal?«, fragte Paule.

»Klar doch«, sagte Ulla. »Ich bringe auch den Wecker mit.«

Gemeinsam warteten sie auf Ullas Bus. Die Sonne zeigte sich zwischendurch, Schmetterlinge trieben an ihnen vorbei. Es klarte noch weiter auf, und sogar der Busfahrer, der ihre Haltestelle anfuhr, hatte ein freundliches Gesicht.

In seiner Laube packte Paule den Detektor-Empfänger aus und machte sich an die Arbeit. Die Erdleitung war eine einfache Sache: Er führte durchs Fenster eine Litze bis an die Wasserpumpe, schabte an ihrem Fuß das Gussmetall sauber und wickelte unter kräftigem Zug den Draht mehrmals darum. Und auch für die Antenne fand er bald eine Lösung. Von der Laube des rechten Grundstücks zog er die Luftleitung über sein Häuschen bis an die Vorlaube der nächsten Parzelle, isolierte die Antenne mit zwei Porzellaneierbechern aus Tantes Schrank und damit war alles geregelt.

Als er den Abtaststift über den Kristall führte, fing er gleich einen Sender ein, der so laut kam, dass er den Hörer ein wenig vom Ohr wegschob. Es war unfassbar, aber er hatte jetzt sein Radio. Ohne Röhren, ohne Strom! Und sicher waren da auch noch andere Sender reinzuholen. Vielleicht meldete sich sogar London mit seinen Programmen, mit Nachrichten, mit Swing. Paule konnte sein Glück kaum fassen.

Er holte sich einen Stapel alter Illustrierten vom Bücherbord und setzte sich damit, den Kopfhörer übergestülpt, an den Tisch. Schlager am laufenden Band, dann Nachrichten. Während das Oberkommando der Wehrmacht von starkem Druck der Sowjets an der deutschen Abwehrfront berichtete, las Paule in der *Berliner Illustrirten* von 1940 eine Fotoreportage über die erfolgreiche wirtschaftliche Zusammenarbeit zwischen Deutschland und Russland im Rahmen ihres Nichtangriffspaktes. Ein anderer Reporter hatte den Führer auf einer Fahrt durch das besiegte Frankreich begleitet.

Inzwischen hatten die Alliierten die Lufthoheit über Frankreich zurückerobert. Wie kamen sich diese Berichterstatter, die damals so laut in die Siegesposaune gestoßen hatten, heute wohl vor? Paule fiel auf, dass die Hefte der späteren Jahrgänge immer bescheidener im Umfang wurden. Das letzte Heft der *Berliner* war nur noch sechs Seiten stark. Papierknappheit. Oder weil es keine schönen Bilder mehr gab.

Der Sprecher des Reichssenders war inzwischen dazu übergegangen, einen Artikel von Goebbels zu verlesen, dem Reichspropagandaminister: Der Feind stehe weit draußen vor den Grenzen des Großdeutschen Reiches und die Gesamtlage sei somit weit weniger bedrohlich als etwa 1933.

Paule fragte sich, ob Goebbels das eigentlich selber glaubte. Er legte die Zeitschriften beiseite und versuchte, einen anderen Sender einzufangen. Draußen dunkelte es schon und jetzt am Abend verbesserte sich die Empfangsleistung seiner Antenne. Mindestens drei oder vier andere Stationen kamen durch, teils gestört oder mit zeitweiligem Schwund, aber immerhin. Mit feinen Bewegungen führte Paule den Abtaster weiter über den Kristall und da hatte er wirklich London. Der Sender brachte Musik von Perry Como und den tollen Andrews Sisters, und Bing Crosby sang einen Titel, der neu für Paule war: »Don't fence me in …«

Was für ein Sound, was für ein Text!

Erst als Ulla zur Tür hereinkam, nahm Paule den Hörer ab. Die Zeit war im Nu verflogen, aber gleichzeitig hatte er das Gefühl, eine Ewigkeit von Ulla getrennt gewesen zu sein. Sie fielen sich in die Arme, küssten sich und kuschelten sich dann auf dem Bettsofa aneinander.

»Morgen bin ich wieder bei meiner Massage«, sagte Ulla. »Und beinahe wäre ich heute Abend nicht gekommen.«

Er setzte sich auf. »Ist etwas passiert?«, fragte er erschrocken.

Sie zog ihn wieder zu sich.

»Reg dich nicht auf«, sagte sie. »Nichts ist passiert, nur was Normales. Ich habe meine Tage.«

Paule schaute sie an und verstand nicht. »Deswegen wolltest du nicht kommen?«, fragte er. »Tut es denn weh?«

»Ein wenig«, sagte sie. »Aber es ist zum Aushalten. Und danach kriege ich immer eine riesig gute Laune. Ich könnte glatt Bäume ausreißen.«

»Warum wolltest du dann nicht kommen?«, fragte er noch mal.

»Du dummer Kerl«, sagte sie. »Ich muss zwischendurch meine Einlagen wechseln, mich waschen. Da störst du mich.«

»Ich kann ja so lange rausgehen«, sagte Paule. »Du hast eine Schüssel und wir haben Wasser. Nur mit Handtüchern ist es knapp.«

»Die habe ich mitgebracht«, sagte Ulla. »Und ich will auch nicht, dass du extra vor die Tür gehst. Das ist ja dann schon fast wieder wie im Bunker. Du sollst dir nicht so abgestellt vorkommen.«

»Aber das ist doch was ganz anderes«, wandte er ein.

»Stört es dich denn nicht?«, fragte sie.

Paule küsste ihre Augen. »Es hat doch was mit Kindern zu tun«, sagte er. »Warum sollte es mich stören?«

»Du bist lieb«, sagte Ulla. »Deswegen bin ich auch trotzdem gekommen. Aber hopse nicht ständig auf mir rum wie gestern Abend, du barbarischer Vollgermane.«

»Nein, nicht Vollgermane«, widersprach er. »Mit ostischem Einschlag.« Er legte den Kopf zwischen ihre Brüste, spürte ihre

Hand, die in seinen Nackenausschnitt glitt, seinen Rücken hinunterfuhr. Plötzlich sah er Ulla auf dem Heuwagen vor sich, wie er ihr mit der Forke das frische Heu zureichte. Es duftete nach Sommer, Blumen, den schwitzenden Pferden vorm Wagen. Abends würde er mit Ulla an die Hase laufen. Über die Weidezäune klettern, ins Wasser springen und später dann am Tisch sitzen, mit Lüttgenmayer, Tante Anna, Hermann und Opa, und sie würden sich vor niemandem verstecken müssen.

»Woran denkst du?«, fragte Ulla.

»An uns«, sagte er. »Und ob das alles wahr wird, was ich mir vorstelle. Heute vor einer Woche war ich mit Jupp und Else im Keller und dachte, gleich ist es aus. Dann sind wir herausgekrochen und alles brannte. Der Asphalt, Menschen, Bäume. Ich rieche es noch. Und jetzt sehe ich dich auf dem Heuwagen stehen und denke, das wird niemals sein, dass wir zusammen bei Lüttgenmayer sind.«

»Wir versuchen es aber«, sagte Ulla. »Und wir haben uns jetzt.«

»Dann kann ich ja weiterträumen«, sagte Paule.

»Tu das«, sagte sie, glitt mit der Hand über seinen Rücken, fuhr mit den Fingernägeln sacht über seine Haut. »Aber träume laut«, fügte sie hinzu.

»Ich schlage Pfosten für den Weidezaun ein«, erzählte er. »Du bringst mir mit dem Rad das Frühstück, hast eine Margeritenblume, zupfst an den Blütenblättern: Er liebt mich, von Herzen, mit Schmerzen, ein klein wenig, gar nicht … Und immer kommt etwas Verkehrtes heraus.«

»Dann probier ich's halt wieder«, sagte sie. »So lange, bis es klappt. Was wäre denn das richtige Ergebnis?«

»Mit Schmerzen«, sagte er.

»Ganz schön eingebildet bist du«, sagte Ulla. »Aber ich werd dich bessern.«

Paule lachte. »Ob du das schaffst?«

»Ich bemühe mich jedenfalls«, sagte sie. »Jetzt schon sechs Tage.«

»Du zählst schon die Tage«, sagte Paule.

»Keine Sorge«, meinte Ulla. »Ich wusste, dass ich mit dir eine Lebensaufgabe übernehme. Du kommst nicht wieder los, wenn du das meinst.«

»Will ich auch nicht«, sagte er.

»Dann erzähl weiter«, bat sie. »Aber vom Frieden, nicht vom Krieg.«

»Wir werden in Deutschland Kartoffeln pflanzen statt Panzer bauen«, sagte er. »Das ist beschlossene Sache zwischen den Alliierten. Aber immer bloß Kartoffeln, das ist auch keine schöne Aussicht. Schließlich möchte ich Ingenieur werden. Und wenn die Zeiten nicht so wären, wie sie sind, würde ich eine Rakete bauen und dir vom Mond aus zuwinken. Daraus wird aber wohl nichts werden, so oder so.«

»Du hast heute deinen trüben Tag«, sagte Ulla. »Das erinnert mich an den Grund, weshalb ich beinah nicht gekommen wäre. Jetzt ist es so weit. Ich verschwinde mal einen Moment.«

Paule küsste sie, bevor sie aufstand. Dann hörte er ihr Kleid rascheln, Wasser plätschern. Sie ging zur Pumpe hinaus, der Schwengel quietschte, wieder Wasser, die Tür, dann lag Ulla wieder bei ihm.

In dieser Nacht schlief Paule unruhig und flach. Sein Kopf wollte keine Ruhe geben. Zwischendurch merkte er, wie Ulla aufstand und vor die Tür ging. Danach schlüpfte sie zu ihm zurück, legte den Kopf auf seine Schulter, schlang Arm und Bein über ihn und schlief gleich wieder ein.

Am Morgen standen sie mit dem Weckerrasseln auf. Als Paule sich an der Pumpe gewaschen hatte und zurück in die Laube kam, hatte Ulla bereits Tee angesetzt und packte Brote aus.

Wie gut, dass Ulla immer an Brot dachte. Sonst kam Paule mit dem Essen gut zurecht, aber Brot würde ihm fehlen und die Marken von Else waren verbraucht. Vielleicht gab es irgendwo Brotmarken im Schwarzhandel, aber dazu müsste er sich genauer auskennen, sonst war das zu riskant.

»Wo bist du denn mit deinen Gedanken?«, fragte Ulla. »Du schläfst wohl noch halb. Weißt du eigentlich, dass du nachts laut sprichst? Ich bin davon aufgewacht.«

»Das ging mir im Lager auf jeder Stube so«, erzählte er. »Die Leute mit mir im Zimmer haben ständig darüber gemeckert. Und was habe ich heute Nacht von mir gegeben?«

»Ich weiß nicht mehr«, sagte Ulla. »Nur noch einen Namen. Möllenkamp. Den habe ich mir gemerkt, weil Muttis Chef so heißt.«

»Möllenkamp ist ein Kumpel von mir«, sagte Paule. »Aus dem Lager. Weißt du nicht mehr, worum es ging, was ich sonst noch gesagt habe?«

»So genau hab ich nicht hingehört«, sagte sie. »Ich wollte schlafen, meine Ruhe haben!«

Möllenkamp, dachte er. *Dein Körper gehört deiner Nation.* Damit bin ich wohl immer noch nicht fertig.

Ulla stieß ihn an, lachte. »Du bist schon wieder ganz woanders«, meinte sie. »Ich habe eben gesagt, dass ich jetzt meine Koffer packe. Wenn ich mich beeile, schaffe ich nämlich noch den Bus.«

Sie krabbelten hintereinander durch den Zaun. Paule wartete mit an der Haltestelle. Schwere Wolken trieben am Himmel. Ein nasser, windiger Tag zog herauf. Als Ulla in den Bus gestiegen war, kam Paule eine Idee, wie er die Zeit herumbringen konnte. Er ging in den Buchverleih, den er in der Nähe des Bunkers entdeckt hatte.

Ein kleiner, zierlicher Mann mit einer großen Hornbrille stieg von seiner steilen Bücherleiter herunter, um Paule nach seinen Wünschen zu fragen. »Zukunftsromane? Abenteuerromane?«, wiederholte er. »Da sind wir gut sortiert, gerade für junge Leser.«

Er machte eine Handbewegung durch den Raum, der außer Kasse und Ablage nichts als Bücherregale enthielt, die bis an die Decke reichten. Es roch nach Staub, Papier und ein wenig nach den Talg- und Fettspuren, die häufiges Blättern auf den Buchseiten hinterließ.

Paule mochte den unverwechselbaren Geruch von Büchern, der etwas von der großen weiten Welt, ihren Abenteuern und Geheimnissen ahnen ließ.

»Vielleicht haben Sie einen Vorschlag?«, sagte Paule.

Der Buchverleiher turnte eilig die Leiter hinauf und hinunter und kam schließlich mit einem ganzen Arm voll Büchern an die Theke.

»Ein paar Anregungen«, meinte er. »Jules Verne: *Der Kurier des Zaren.*«

»Das kenne ich schon«, sagte Paule.

»Hier ein Zukunftsroman. *Tuzub 37*, von Paul Gurk, interessanter Inhalt, spannend geschrieben«, empfahl der Buchverleiher als Nächstes.

»Wovon handelt das?«, fragte Paule.

»Es geht um einen Turm, der hundert Stockwerke hoch ist«, sagte der Mann. »Das Zentrum einer Weltdiktatur. Gebirge werden planiert, Meere verdunstet, man versucht, Menschen industriell herzustellen. Planwirtschaft für den ganzen Globus. Aber die Leute lassen sich das nicht gefallen und revoltieren. Ein echter Gurk … Oder hier, ein Reiseabenteuer: *Mit 5,40 Mark um die Welt.* Ja, und dann natürlich Tom Sawyers Abenteuer.«

»Die habe ich auch gelesen«, sagte Paule.

»Dann würde ich dir, falls du's noch nicht kennst, *Moby Dick* empfehlen, von Melville, einem amerikanischen Autor.«

»Und um was geht es da?«

»Um einen Mörderwal, Moby Dick, einen weißen Wal. Ein Walfangkapitän macht Jagd auf ihn, Kapitän Ahab. Das ist sehr fesselnd geschrieben, ein gutes Buch, du wirst sehen, ein richtiger

Schmöker, mit Segelschiffen, Harpunen, Wilden, was man sich nur wünschen kann.«

»Das hört sich doch gut an«, meinte Paule. »Das nehme ich dann.«

»Eine gute Wahl«, bestätigte der Mann und schaute durch seine Hornbrille zu Paule empor. »Ich bin neugierig, wie's dir gefällt. Die Leihgebühr beträgt dreißig Pfennig, das Buchpfand fünf Mark.«

Paule bezahlte, steckte das Wechselgeld in den Brustbeutel und bedankte sich. Ein freundlicher Mann, dachte er, als er die Tür zuzog, die einen Gruß hinter ihm herbimmelte. Hoffentlich bekam er das dicke Buch überhaupt durch, bevor er mit Ulla nach Norddeutschland abreiste.

Aus einem Bäckerladen strömte der süße Geruch von frischem, knusprigem Brot auf die Straße. Sein Magen krampfte sich schmerzhaft zusammen. Lass mal, sagte Paule zu seinem Bauch, ich koch gleich einen heißen Tee. Da hörst du dann auf, dich zu beschweren.

In der Drogerie füllte er seinen Karbidvorrat auf. Es war eine ziemlich teure Angelegenheit, mit einem Kocher zu heizen. Doch bei dem ewig nasskalten Wetter blieb ihm keine andere Wahl.

In der Laube warf er sich aufs Bett, kuschelte sich unter die Decken und begann zu lesen. Gleich beim ersten Kapitel las er sich fest, vergaß sogar den Tee, ließ auch den Kopfhörer liegen. Der Buchverleiher hatte nicht zu viel versprochen. *Moby Dick* war eine fesselnde Lektüre, genau das Richtige für einen windigen, dunklen Tag wie diesen.

Als Ulla kam, klapperte sie mit den Zähnen. »Ist das lausig kalt«, sagte sie. »Hier, deine Wäsche. Und nun lass mich zu dir. Hoffentlich hast du's warm.«

»Komm«, sagte Paule. »Wärm dich an mir.« Er rubbelte sie, küsste ihren Mund, drückte sie an sich.

»Nicht so fest gegen den Bauch«, sagte Ulla. »Und was unternehmen wir?«

»Wir lesen uns vor, wie wäre das?«, fragte Paule und zeigte auf *Moby Dick*.

»Nicht schlecht«, meinte Ulla. »Vor allen Dingen, wenn ich zuhören kann. Wo hast du den Schmöker her?«

»Da ist eine Leihbücherei in der Heerstraße, gegenüber von eurem Bunker«, sagte er.

»Mit einem schmächtigen Brillenmännchen?«, fragte Ulla. »Den kenn ich. Und um was geht's in dem Buch?«

»Ich bin erst beim zweiten Kapitel«, sagte Paule. »Da schläft Ismael, ein Schiffsjunge, nachts neben einem tätowierten Wilden. Im selben Bett. Er hat Angst vor dem Mann, der übrigens ein Menschenfresser sein soll. Natürlich gruselt's ihn, wie der Riesenkerl zu ihm ins Bett steigt. Aber es ist auch sehr lustig. Ich denke, die beiden werden sogar Freunde.«

»Dann lies nur«, sagte sie.

»Ich fang noch mal vorn an. Beim ersten Kapitel«, bot Paule an.

»Aber das kennst du doch schon«, sagte Ulla.

»Macht überhaupt nichts«, sagte er. »Ich lese gern Sachen zweimal.« Er stopfte Kissen hinter sich, setzte sich aufrecht hin und Ulla drückte ihr Gesicht in seinen Pullover.

»Gemütlich haben wir's hier«, sagte sie. »Es kann losgehen.«

Er begann stockend, las dann aber flüssig und schlug einen geheimnisvollen Tonfall an: »Ihr könnt mich Ismael nennen. Vor einigen Jahren – wann genau, tut nichts zur Sache –, als ich kaum noch was im Beutel hatte und mich an Land nichts zu fesseln vermochte, kam mir der Gedanke, ein wenig auf dem Meer herumzufahren und mir den nassen Teil der Welt zu besehen …«

Paule sah die Hafenstadt New Bedford vor sich auftauchen, an der Pier hatten kleine Schaluppen und majestätische Segler festgemacht, Masten und Rahen knarrten in der Dünung. Dann betrat er mit Ismael das Gasthaus »Zum Walfisch«, machte Bekanntschaft mit Quiqueg, dem Walharpunier …

»Ulla«, unterbrach er sich, »hörst du überhaupt zu oder schläfst du?«

»Natürlich schlaf ich nicht«, sagte sie. »Ich höre deiner Stimme zu. Mit dem rechten Ohr hör ich dich draußen, mit dem linken aus deinem Zwerchfell. Das ist sehr gemütlich. Aber noch nicht weiterlesen! Stell unsere zwei Kerzen auf den Tisch und ich leg mich auf die andere Seite und kann beim Zuhören in die Lichter schauen.«

Sie rutschte von ihm, Paule stand auf, rückte den Tisch heran. Die Kerzen verbreiteten warmes Licht und draußen prasselte der Regen.

»So ist es sehr, sehr schön«, meinte Ulla mit einem behaglichen Seufzer. »Und jetzt weiter von deinem Wilden mit den spitz gefeilten Zähnen.«

Paule las, vergaß die Zeit darüber und hörte erst auf, als die Kerzen völlig niedergebrannt waren.

Ulla atmete tief.

»Du«, sagte er sacht. »Schläfst du jetzt richtig?«

Sie gab keine Antwort.

Behutsam rutschte er tiefer, schob das Buch auf den Tisch, schloss die Augen und streichelte Ullas Rücken, ihr Haar und ließ seine Gedanken schweifen, während unter seinem Kissen die Herden von Robben und Walen weideten.

Als Ulla ihn weckte, brauchte er lange, um zu sich zu kommen.

»He, Menschenfresser«, flüsterte sie ihm ins Ohr. »Paule, wach doch auf!« Sie küsste ihn wach, nahm sein Gesicht zwischen ihre Hände. »Weißt du, wie spät es ist?«, fragte sie. »Gleich drei. Viel Zeit ist nicht mehr.«

»Und heute Nacht muss ich ohne Wecker schlafen«, murrte er.

»Nörgel nicht an allem herum«, sagte sie. »Ich hab's dir ja versprochen: Wir holen alles nach, alles. So, jetzt muss ich mich neu einpacken und dann geht's zum Einkaufen.«

»Schon?«, fragte er unglücklich. »Eigentlich wollte ich doch mit dir essen gehen.«

»Das kannst du heut Abend alleine machen«, sagte Ulla. »So hältst du auch dein Geld zusammen.«

»Geld zusammenhalten«, echote Paule. »Wo hast du das schon wieder her?«

»Von Mutti«, sagte sie. »Wir sind nämlich knausrig. Aber du darfst mich mal ins Kino einladen.«

»Wann?«, fragte er.

»Zum Beispiel Sonntag«, sagte sie. »Ich werd zu Hause sagen, dass mich ein Freund mit ins Kino nimmt.«

»Gut, ich lade dich also hiermit ein«, sagte Paule. »Und wo geht's hin?«

»Das sehen wir in der Samstagszeitung«, sagte Ulla. »Die bringe ich vorher mit.« Sie nahm die Blechschüssel und ging an die Pumpe.

Paule blätterte in seinem *Moby Dick.*

»Hör dir das an«, rief er ihr zu, als sie wieder ins Zimmer kam. »Da steht: ›Die Leber dieses Wales war zwei Wagenladungen groß.‹ Kannst du dir das vorstellen?«

»Da konnten die ihren Kindern ja eifrig Lebertran füttern«, rief sie zurück. »Hast du dieses ekelhafte, weißliche Zeug auch nehmen müssen?«

Paule schüttelte sich. »Und erst der Nachgeschmack!«, sagte er. »Also, meine Kinder kriegen das später mal nicht.«

»Misch dich nicht in meine Angelegenheiten«, protestierte Ulla. »Was gut für unsere Gören ist, das bestimme immer noch ich. Wenn sie groß und stark von dem Zeug werden, sollen sie Lebertran schlucken wie ich.«

»Arme Würmchen«, sagte er mitleidig. »Was musste euer Vater aber auch diese Frau heiraten.«

»Du!«, rief sie drohend und kam auf ihn zugeschossen. »Du wirst mich doch nicht vor den Ohren unserer unschuldigen Kinder schlecht machen!«

Paule duckte sich lachend, fuhr im nächsten Augenblick aber zusammen und hielt den Kopf schräg. »Alarm«, sagte er. »Das sind die Sirenen von Mülheim.«

Es war immer das Gleiche: Das Heulen schnitt nicht nur in die Ohren, es alarmierte seinen ganzen Körper, ließ ihm den Atem stocken, jagte seinen Herzschlag hoch.

»Jetzt sind es die Duisburger Sirenen«, sagte Ulla. »Aber nur Voralarm. Dabei kann ich aber natürlich nicht einkaufen. Also darf ich hier bleiben, da ist das Ganze wenigstens für etwas gut.«

»Ich könnte probieren, ob ich den Drahtfunk in den Detektor bekomme«, sagte Paule.

»Nein«, sagte Ulla. »Wir können sowieso hier nicht weg.«

Sie horchten nach draußen. Vor zehn Monaten hatte Duisburg seine schlimmen Bombennächte gehabt. Seitdem hatte kein Großangriff mehr stattgefunden. Umso eher war es denkbar, dass schon der nächste Alarm das Schlimmste ankündigen konnte.

»Lies mir noch was vor«, bat Ulla.

»Ich kann nicht«, sagte er. »Dahinten schießt bereits die Flak. Und da kommt auch schon der Vollalarm.«

»Komm zu mir«, sagte Ulla und zog ihn aufs Bettsofa. »Weißt du noch, wie wir uns aneinander festgehalten haben, als die Tiefflieger über uns waren? Du lagst auf mir und ich dachte: Wenn es jetzt aus ist, war es trotzdem schön.« Sie legte sich zu ihm, ließ ihre Hand in seinen Pullover gleiten und fuhr über seine Haut. »Sie ist warm und ganz glatt«, sagte sie. »Ich fasse dich sehr gerne an.«

Paule schloss die Augen und spürte, wie die Angst seinen Körper losließ.

Fünfzig Minuten später kam Entwarnung.

Am Montag begann für Ulla die Schule. Nun konnte sie nur noch nachmittags für ein paar Stunden zur Laube kommen, manchmal auch nur auf einen Blitzbesuch, wenn sie noch Besorgungen zu erledigen hatte.

Paule wurde die Zeit lang ohne Ulla. Wäre nicht der Stadtwald in der Nähe gewesen, hätten nicht bei der Rückkehr von seinen ausgedehnten Streifzügen *Moby Dick*, das Schachspiel, sein Detektor auf ihn gewartet, wäre er in den endlosen Stunden durchgedreht. Wenn er nur wenigstens an Jupp hätte schreiben können. Aber Jupp war unerreichbar. Paule spielte mit dem Gedanken, ihm über Hilde in Konstanz zumindest ein Lebenszeichen zukommen zu lassen. War aber zufällig Klaus auf Urlaub und bekam seinen Brief in die Hand, konnte das unter Umständen schlimm ausgehen. Dem SS-Mann von Hilde traute Paule alles zu.

So schrieb er Briefe in seinem Kopf: Papa, ich sitze noch immer hier. Ulla sagt, es braucht Zeit, ihrer Mutter klar zu machen, dass sie mit mir wegwill. Sie fürchtet sich richtig vor ihr, auch wenn sie das nicht so sagt. Vielleicht wäre Frau Wessling aber auch tatsächlich fähig, ihr die Polizei hinterherzuschicken. Ulla bittet mich, nicht ungeduldig zu werden. Aber das ist leichter gesagt als getan. Manchmal bin ich ganz mutlos. Ich denke, es hat keinen Sinn, noch länger zu warten. Aber ich kann Ulla doch nicht allein zurücklassen. Das ist alles sehr schwierig für mich. Bei jeder Uniform kriege ich Herzklopfen. Das kennst du ja auch. Und daran denke ich. Darum lasse ich mich auch nicht hängen. Papa, ich denk so viel an dich, an dich und Else in Frankfurt. Du hast sie sicher sehr lieb. Deshalb wirst du auch verstehen, wie mir zumute ist. Tschüs, dein Paule.

Solche Kopfbriefe an Jupp verfasste Paule, wenn er durch den Stadtwald lief. Eigentlich war es nur ein einziger Brief, an dem er ständig weiterschrieb, und der wurde von Woche zu Woche länger.

In der Laube war es sein *Moby Dick*, der ihm durch die Tage ohne Ulla hindurchhalf. Paule hatte bald gemerkt, dass dies kein Abenteuerroman von der üblichen Sorte war. In dem Buch passierten zwar die haarsträubendsten Abenteuer, aber die Hauptsache waren die Menschen, die Melville seinen Lesern vorstellte: Da war Quiqueg, der gutmütige Menschenfresser, da gab's die unheimlichen Malaien unter Deck, die mit Kapitän Ahab verbündet waren. Dem Kapitän war auf seiner letzten Fahrt von Moby Dick, dem weißen Wal, das Bein zerschmettert worden und deshalb hatte er ihm ewige Rache geschworen. Auf seine Walbeinprothese gestützt, hatte Ahab eigenhändig eine Harpune für den weißen Wal geschmiedet, hatte sie in Satans Namen mit dem Blut seiner Harpuniere getauft und die ganze Schiffsmannschaft unter Eid genommen, seine Rache an Moby Dick mitzuvollziehen. »Wer Anstalten macht, über Bord zu springen, den spieße ich auf«, hatte Ahab seinen Leuten angedroht. »Bildet euch nicht ein, ihr wäret Menschen! Ihr seid meine Arme und Beine und habt zu gehorchen.« Dabei hätte es solcher Drohungen gar nicht bedurft. Die Schiffsmannschaft der *Pequod* war von Ahabs Rachefieber so angesteckt, dass alle zusammen nur noch dieses eine Ziel verfolgten.

Je länger Paule las, desto stärker schwankte er in seiner Einschätzung des Kapitäns, der nur auf Sieg oder Untergang gesetzt hatte. Paule war fasziniert von ihm, empfand aber auch Horror und er fieberte dem weiteren Verlauf der Geschichte entgegen. Wie würde die Jagd auf den weißen Wal ausgehen? Hoffentlich gut für die *Pequod*. Doch hatte Moby Dick, dieses herrliche Tier, ein »Mammut des Weltmeers, grausig und gewaltig wie ein Gebirge«, es verdient, zu Lebertran verkocht zu werden? War nicht der weiße Wal ein Sinnbild für alles freie Leben, für die ungebundene Natur, an der sich der Mensch verging? Auch Ismael, der Berichterstatter des Buches, schien sich das insgeheim zu fragen.

Jede Nacht begleiteten Ahab und der weiße Wal ihn bis in die Träume, Himmel und Luft bauschten sich wie riesige Segel, die ganze Welt fuhr vorm Wind, Wasservögel umschwärmten ihn mit lautem Gekreisch, tauchten und putzten sich, Jungwale kamen an das treibende Traumboot geschwommen, umschnupperten den Eindringling und Paule strich ihnen sacht über den Kopf. Über diesen Leseabenteuern verstrich die Zeit, ohne dass Ulla sich getraut hätte, mit ihrer Mutter zu reden. Am 20. April wurde Hitlers Geburtstag, der »Tag des Führers«, groß begangen. Adolf Hitler wurde fünfundfünfzig, die ganze Stadt präsentierte sich im Flaggenschmuck und die Partei paradierte. In der *Nationalzeitung* konnte Paule in riesiger Aufmachung lesen: »So hart die Last sein mag, die auf jedem von uns ruht, sie ist gering gegenüber der Last, die der Führer trägt ... Wenn es die schwersten und entscheidendsten Entschlüsse zu fassen gilt, kann er mit niemandem die Verantwortung teilen. Das sind die Stunden, in denen er einsam ist, wie niemand unter uns einsam sein kann. Dann müssen wir unsere Liebe zu ihm senden.«

Bei diesen Zeilen musste Paule unwillkürlich an Kapitän Ahab denken, wie er mit seinem Stelzbein nachts seine einsamen Runden drehte. Solche Übereinstimmungen machten Melvilles Buch nur noch spannender. *Moby Dick*, das Abenteuerbuch, wurde für Paule fast zu einer Art Zukunftsroman, aus dem er den Ausgang auch seiner Geschichte erfahren konnte.

Am 1. Mai, dem Tag der Arbeit, saß Paule in der Gaststätte am Marienufer. Dort fiel ihm auf, wie gut gelaunt die Gäste in dem überfüllten Lokal waren. Dankbar schon für einen einzigen freien Tag, den die Führung ihnen zugestanden hatte. Widerspruch, Gehorsamsverweigerung, Rebellion war von solchen Leuten nicht zu erwarten – das wurde Paule jetzt von neuem klar. Die Geburtstagsfreude am »Tag des Führers« war aufrichtig gewesen, war ihnen vom Herzen gekommen. Die Deutschen waren zum Durchhalten entschlossen, vielleicht weil sie befürchteten, dass nach Hitler nur noch Schlimmeres kommen konnte.

Tags darauf, am 2. Mai, erklärte der Sprecher des Londoner Rundfunks: »Goebbels und seine Partei haben Angst vor dem Schicksal, das ihnen bevorstehen würde, wenn der politische Wille des deutschen Volkes frei zum Ausdruck käme.« Das hörte sich an, als folgten die Deutschen nur gezwungenermaßen ihrer Führung. Paule glaubte das nicht. Er konnte sich Göring, Hitler, Goebbels nicht vor einem deutschen Kriegsgericht vorstellen. Nein, die Leute am Marienufer in Wedau beispielsweise würden bis zum letzten Augenblick an Deck stehen, um ihre Pflicht zu erfüllen. Ein Ausreißer wie er, wie Paule, konnte in deren Augen nur ein Verräter an der gemeinsamen Sache sein, ein Volksschädling eben. Vielleicht war er das sogar. Er wusste es nicht genau.

Paule wusste nur, dass er entschlossen war, am Leben zu bleiben. Aber die Situation wurde immer bedrohlicher. Am 5. Mai verordnete der Reichsminister der Justiz, dass nicht mehr nur bei Landes- und Hochverrat auf Todesstrafe zu erkennen sei, sondern bei sämtlichen Delikten, die eine »Zersetzung der Wehrkraft« bedeuteten. Und das betraf Paule direkt. Er machte sich der Fahnenflucht und somit der Zersetzung der Wehrkraft schuldig, indem er sich den Meldebehörden entzog.

Von der Verschärfung des politischen Strafrechts erfuhr Paule durchs Radio. Plötzlich fühlte er sich in der Laube wie eingesperrt und die Unruhe trieb ihn hinaus in den Duisburger Stadtwald. Er lief über die Wedauer Brücken, rannte sich die Seele aus dem Leib und hetzte weiter, bis er sich keuchend an einen Baum lehnen musste. Während er darauf wartete, dass Herzschlag und Atem sich beruhigten, nahm er allmählich seine Umgebung wieder wahr. Die Buchen waren dabei, ihre Knospenhüllen zu sprengen. Einzelne Äste zeigten schon seidig behaartes Junglaub. Hummeln summten über die gelben Sterne des Scharbockskrauts, Waldschlüsselblumen blühten. Die letzten Tage waren warm und sonnig gewesen und der Frühling brach mit Macht hervor.

Paule bückte sich nach den Scharbocksblättern, pflückte, aß und dachte nach, noch immer mit den Nachrichten beschäftigt. Bisher hatte er bei Ergreifung schlimmstenfalls mit Arbeitslager, Strafkompanie oder Ähnlichem gerechnet. Und da würde er versuchen auszubrechen, immer wieder, solange sich eine Gelegenheit bot. Jetzt aber fühlte er sich an seinem Leben bedroht.

Sicher, er war noch minderjährig. Übermorgen wurde er siebzehn. Aber ob das tatsächlich strafmildernd wirkte? Die Todesstrafe war im Reich auch schon an Jugendlichen vollstreckt worden. Langsam nahm Paule seine Wanderung wieder auf, versuchte seine Gedanken zu ordnen.

Es schien sich immer deutlicher abzuzeichnen, dass sein Ausbruchsversuch zum Scheitern verurteilt war. Auf Dauer war es einfach unmöglich, sich versteckt zu halten. Ohne Karten, ohne Ausweis. Bisher hatte er noch das Geld von Jupp. Aber wenn das mal zu Ende ging? Vielleicht war es wirklich das Vernünftigste, sich den Behörden zu stellen. Was aber würde dann passieren? Mit Samthandschuhen würde man ihn gewiss nicht anfassen. Und womöglich würde dann auch noch Jupp Schwierigkeiten bekommen.

In einem großen Bogen kehrte Paule zur Laubenkolonie zurück. Bald würden die Leute in ihren Gärten arbeiten. Nach den Eisheiligen, wenn kein Nachtfrost mehr drohte, mussten Lauch und Tomaten ausgepflanzt, Gurken und Bohnen gesät werden. Dann war er in seiner Laube nicht mehr sicher. Doch der Weg durch den sonnendurchtränkten Frühlingswald hatte ihn ruhiger gemacht und er war immerhin zu zwei Entscheidungen gekommen: Den Behörden stellen würde er sich nicht, das konnte er schon Jupps wegen nicht tun. Und ob Ulla mitkam oder nicht, musste sich unbedingt bald klären.

Ulla wartete schon im Sessel auf ihn, als Paule die Tür aufschloss. »Ich habe das Fenster aufgedrückt«, sagte sie zur Erklärung.

Paule trat hinter sie, nahm ihr Gesicht zwischen die Hände und küsste ihre Nasenspitze. »Wie lange kannst du bleiben?«, fragte er.

Sie legte den Kopf in den Nacken und bot ihm ihren Mund.

»Zwei Stunden haben wir Zeit«, sagte sie zwischendurch. »Betriebswirtschaftslehre fiel aus.«

»Ich muss mit dir sprechen«, sagte Paule und zog den Stuhl heran. »Die Gartenarbeiten fangen an. Heute früh sind schon ein paar Frauen am Törchen vorbeigekommen. Die Laube ist nicht mehr sicher für mich. Ich muss hier verschwinden.«

»Kannst du auch«, sagte Ulla. »Und zwar mit mir. Das wollen wir jedenfalls hoffen. Bei mir hat sich nämlich was getan. Mutti hat mich gestern gefragt: ›Warum nimmst du deinen Freund nicht mal mit auf dein Zimmer, Kind, da habt ihr's doch schön, könnt Platten hören. Ich backe auch einen Kuchen, wenn ihr wollt, und dann trinken wir zusammen gemütlich Kaffee.‹« Sie lachte siegesgewiss. »Kurz und gut, sie lädt dich ein. Nicht zur Besichtigung, sondern einfach so.«

»Ehrlich?«, fragte Paule.

»Bestimmt«, sagte Ulla. »Nicht dieses Wochenende, aber nächstes. Egal wann du kommst, der Kuchen steht auf dem Tisch.«

»Toll, das ist ganz toll«, sagte Paule erleichtert. »Und sie hat nichts gegen deinen Freund?«

»Wie sollte sie«, meinte Ulla. »Ich erzähl ihr ja auch nur das Beste von dir. Übrigens ist sie mit siebzehn auch schon mit Vati gegangen und mit achtzehn war sie verheiratet und schwanger. Da kann sie bei mir schlecht was sagen.«

»Gut dann«, sagte Paule. »Am übernächsten Samstag.«

Ulla gab ihrem Sessel einen Schubs, setzte sich auf Paules

Schoß, drückte sich an ihn. »Jetzt haben wir's bald geschafft«, sagte sie. »So wie es jetzt mit uns geht, verkrafte ich's auch nicht länger.«

Paule küsste sie stumm.

»Übrigens habe ich dir was zu essen mitgebracht«, sagte Ulla nach einer Weile. »Vier Schnitten mit Quark, magst du?«

»Ich habe schrecklichen Hunger«, gestand er. »Darf ich gleich?«

Er biss heißhungrig in die Brotschnitten, kaute kaum und aß das ganze Brotpaket auf einen Sitz auf.

»Ich würde dir gern mehr mitbringen«, sagte Ulla, die ihm beim Essen zusah. »Aber, weißt du, wir haben nur Marken für zwei Personen. Und Schwarzkäufe lehnt Mutti aus Prinzip ab. Sie hat gemerkt, dass unsere Brotration neuerdings so schnell alle wird. ›Verstehe ich nicht‹, hat sie neulich gesagt, ›du futterst tagsüber ganz schön was weg, trotzdem wirst du immer weniger. Musst du vielleicht zum Arzt, Kind?‹ Ich bin richtig rot geworden.« Sie sah Paule unglücklich an.

»Das war deine Ration – die ganze Zeit?«, fragte Paule entsetzt. Die Scham überkam ihn wie ein körperlicher Schmerz.

»Ich bin eine blöde Gans«, sagte Ulla, als sie sein Gesicht sah.

»Es tut mir Leid«, murmelte er.

Ulla versuchte ihm zu helfen. »Nun lass aber gut sein«, sagte sie. »Und steh nicht so in der Gegend herum. Das macht mich ganz nervös und dabei habe ich dir noch was Gutes zu erzählen. Am Wochenende fährt Mutti zu Freunden nach Herdecke. Das ist in der Nähe von Witten. Und wir beide haben dann viel, viel Zeit für uns. Von Samstagmittag bis zum Sonntagabend. Na, wie ist das?«

Der Schock am Radio, Frau Wesslings Einladung, Ullas Brot und jetzt die Aussicht auf ein ganzes Wochenende mit Ulla – das war zu viel. Paule brach in Tränen aus, drückte sein Gesicht an ihre Schulter und konnte nicht aufhören zu schluchzen.

»Das hier ist eine schlimme Zeit für dich«, sagte Ulla und wiegte ihn in ihren Armen.

Paule schniefte, suchte nach einem Taschentuch. »Alles ist so schrecklich schwierig«, sagte er. »Und ich liebe dich so sehr.«

»Ich weiß«, sagte sie. »Aber morgen machen wir's uns schön.«

Sie hielt ihn weiter in ihren Armen, drückte ihn an sich und küsste sein Haar, seinen Nacken.

Nach einer Weile bat sie: »Komm, hol deine Mundharmonika, spiel was.«

»Kann ich jetzt nicht«, wehrte Paule ab.

»Probier's, mir zuliebe«, sagte sie.

Er setzte sich auf, suchte nach seinem Instrument und fand es neben Melvilles Buch auf dem Tisch. Mit geschlossenen Augen begann er zu spielen. Die Blues kamen wie von selbst, aber dann fand er unversehens zum Swing.

Ulla streifte ihre dicken Schuhe ab, tanzte durch die Laube, drehte immer mehr auf. Paule konnte den Blick nicht von ihr abwenden.

Und natürlich durfte auch »Bei mir bist du schön ...« nicht fehlen. »I could say bello, bello, even say wunderbar ...«

Lachend warf sie sich in seine Arme, zog Paule die Mundharmonika von den Lippen und küsste ihn, dass er nach Luft schnappte und Ulla kitzelte, damit sie ihn losließ.

Sie sprang auf, schaute nach ihrer Uhr. »Jetzt wird's aber Zeit für mich«, rief sie. »Und wie ist es morgen? Willst du in die Musfeldstraße kommen?«

»Komm du lieber zu mir«, bat Paule.

»Schön«, sagte Ulla. »Ich muss dann nur vorher heim und Mutti verabschieden, dann bin ich bei dir. Komm, bring mich an den Bus.«

Als Paule von der Haltestelle zurück in die Laube kam, sah er das zerknüllte Butterbrotpapier auf dem Boden. Er hob es auf, strich es glatt und fühlte nochmals Scham in sich hochsteigen.

Wie hatte er nur so blind sein können, nichts davon zu merken, dass er Ulla die ganze Zeit um ihre Brotration gebracht hatte? Paule presste die Lippen zusammen, ballte die Fäuste in den Taschen. Dass er sich so einfach bei ihr bediente, durfte ihm nicht noch mal passieren. Das schwor er sich.

Doch gleich am nächsten Nachmittag zeigte sich, dass ihm gar nichts anderes übrig blieb. Als Ulla kam, trug sie eine Aluminiumkanne in der Hand, offenbar mit etwas Essbarem darin.

Paule hatte an der Bushaltestelle auf sie gewartet. Der erste Bus war ohne Halt vorbeigefahren, im zweiten war sie auch nicht gewesen, aber aus dem dritten Bus stieg sie dann aus.

»Das ist lieb, dass du mich abholst«, sagte sie. »Du wusstest ja nicht, wann ich komme.«

»Ich hab es halt einfach probiert«, sagte er.

»Nimm mir mal die Kanne ab«, bat sie. »Aber pass auf, dass nichts überschwappt.«

In der Kanne war Kartoffelsuppe, dick, sämig, mit gewürfelter Fleischwurst und frischen Kräutern.

»Mutti hat sie gekocht«, erzählte Ulla, während sie die Kanne in Paules Kochtopf entleerte. »Steck mal den Kocher an.«

Bald roch es nach leckerer Suppe in der Laube.

Sie denkt nicht mehr an die Geschichte mit den Broten, dachte Paule. Aber das machte ihm die Sache nicht leichter.

»Ich habe dir auch was mitgebracht«, sagte er.

Es war ein zierlich gedrehtes, unter dem rauen Rand weich ausgepolstertes Vogelnest mit zwei grünlichen, dunkel gesprenkelten Eischalen darin. Nest und Schalen hatten heute früh auf einem Waldweg gelegen.

»Danke«, sagte sie. »Ich stell mir's neben mein Bett aufs Schränkchen.«

»Wahrscheinlich von einer Amsel«, meinte Paule. »Man hört sie jetzt morgens und nachmittags stundenlang singen. Sie machen einen richtigen Spektakel.«

Ulla stellte den Topf auf den Tisch und legte zwei Löffel dazu. »Nun komm schon«, sagte sie, als Paule sich nicht von der Stelle rührte. »Das kann ich schließlich nicht alles allein aufessen.«

Die Kartoffelsuppe war so heiß geworden, dass Paule sich fast den Mund daran verbrannte. Er aß zunächst nur zögernd, aber Ullas Mutter hatte die Portion tatsächlich sehr reichlich bemessen, und vor allem, dachte Paule, braucht man für Kartoffelsuppe wenigstens keine Brotmarken.

»Deine Mutter kocht prima«, sagte er, als er aufatmend den Löffel weglegte.

»Sie backt auch guten Kuchen«, sagte Ulla. »Das wirst du nächste Woche schon sehen.«

»Wichtiger wär mir, dass wir endlich Klarheit kriegten«, meinte Paule, »wie es mit uns weitergeht.«

»Ja«, sagte sie. »Aber jetzt sind wir erst mal hier. Komm, wir kuscheln und überlegen, was wir zusammen anstellen.«

Sie streifte ihre Strohsandalen von den Füßen und legte sich aufs Sofabett.

»Da fällt mir gleich was ein«, sagte Paule, legte sich zu ihr und knabberte an ihrem Ohrläppchen.

Sie streichelten einander und küssten sich, bis sie vor Hitze glühten.

Ulla sprang auf, zog ihn mit hoch und flüsterte: »Komm, knöpf mich auf.« Sie zeigte auf die Knopfleiste ihrer Bluse.

Paule spürte, wie ihm das Blut in den Kopf drang. Mit steifen, ungeschickten Fingern nestelte er an den kugeligen Knöpfen.

Ulla schaute ihm zu. »Wenn ich morgens beim Anziehen auch so viel Zeit brauchte, käme ich nie aus dem Haus«, flachste sie und warf die Bluse von sich. Paule küsste den Ansatz ihrer Brüste über dem Halter, ihre Bauchhaut.

»Mach schnell«, sagte sie. »Soll ich erfrieren? Jetzt den BH.«

Er suchte nach einer Schnalle zum Aufmachen.

Ulla lachte, nahm sein Gesicht zwischen ihre Handflächen,

küsste ihn und flüsterte ihm zu: »Hinten auf dem Rücken, du dummer Kerl. Da sind kleine Häkchen.«

Paule fand sie schließlich und Ulla streifte sich den Halter ab.

Jetzt sah er zum ersten Mal ihre freien Brüste.

»Wie schön du bist«, sagte er, küsste die rötlichen Spitzen, umfasste sie sacht und küsste sie wieder.

Ein Zittern überlief sie.

»Hast du endlich genug gesehen?«, fragte sie.

»Nie«, antwortete Paule.

Ulla legte ihm ihren Arm um den Hals, befreite sich mit der anderen Hand von Rock und Schlüpfer. »Da bin ich nun«, sagte sie. »Gefall ich dir?«

Die Erregung schoss in ihm hoch, sein Glied wurde hart und drängte.

»Jetzt du«, sagte Ulla. »Ich helfe dir.«

»Männer sind nicht so schön«, stammelte er, schaute auf ihren Bauch, das Haar zwischen den Beinen. Die Erregung schüttelte ihn.

»Dieser Pullover«, schimpfte Ulla, als sie ihm den Pulli über die Ohren zog. »Der Ausschnitt ist so verdammt eng. Wie kriegst du das Ding eigentlich an?« Sie zog ihm das Hemd aus, öffnete ihm den Gürtel. »Weiter bist du jetzt dran«, sagte sie.

Er stieg aus Hose, Unterhose und spürte ihren Blick.

»So bist du da«, sagte sie. »Es sieht sehr aufregend aus. Darf ich's anfassen?«

Er nickte.

»Tut es weh, wenn ich drücke?«, fragte sie.

»Nein«, sagte er. »Es tut gut.«

Sein Körper spannte, und sein Samen entlud sich mit einem Ruck, pulste mit drei, vier Schüben aus seinem Glied, während er bebend dastand.

»Es tut mir Leid«, sagte er und drückte den Kopf in Ullas Halsbeuge.

»Das ist das also«, sagte sie. »Und wenn es jetzt bei mir im Bauch wäre, würde daraus unser Kind. Es kommt einfach so, du kannst nichts daran machen?«

»Ich konnte nicht mehr«, sagte Paule. »Und dann kam's von selbst.«

Ulla schloss ihn in ihre Arme und küsste ihn lange. »Im Bett ist's warm«, sagte sie dann, nahm sein Hemd und wischte sich trocken. »Ich möchte dich jetzt richtig haben.«

Sie streichelten sich von oben bis unten, liebkosten einander, besahen und bewunderten sich. Dann schliefen sie zum ersten Mal miteinander.

Den ganzen Rest des Tages verbrachten sie zusammen auf dem Sofabett, und als es dunkel wurde, stellten sie zwei Kerzen auf, träumten, ruhten sich aneinander aus und liebten sich wieder.

»Jetzt weiß ich erst wirklich, wer du bist«, sagte Ulla zu ihm. »Und ich liebe dich noch mehr als vorher. Wenn das überhaupt geht.«

»Du«, sagte Paule zärtlich. Und nach einer Pause erzählte er: »Beim Zahnarzt in Lech hing an der Wand ein Spruch: *Dein Körper gehört deiner Nation*. Ich habe schon immer gewusst, dass das nicht stimmt. Und jetzt weiß ich auch, wieso.«

»Wir gehören uns«, sagte Ulla.

»Ja, das meinte ich«, sagte Paule.

»Ich bin so fürchterlich müde«, sagte Ulla und gähnte zweimal, dreimal hintereinander. »Aber ich mag nicht schlafen und von dir weg sein. Lies mir noch was vor. Deine Stimme kommt dabei so tief aus dem Bauch. Such uns eine schöne Stelle aus.«

Paule griff nach seinem *Moby Dick*, blätterte und fand bald die Stelle, die er suchte, die Beschreibung, wie Ismaels Boot in eine riesige Walherde gerät.

»Tief unter dieser wundersamen Welt tat sich jedoch noch eine andere Welt auf, die uns noch viel größere Wunder erschloss.

Denn als wir über Bord schauten, trieben vor unseren Augen die säugenden Walmütter freischwebend durch das Wassergewölbe, zusammen mit jenen, an deren riesigem Leibesumfang zu erkennen war, dass sie bald Mutter werden würden. An dieser verzauberten Stelle enthüllten sich uns die verborgenen Geheimnisse des Meeres. Vor unseren Augen hielten die jungen Leviathane Hochzeit.«

»Wie machen Wale das denn?«, fragte Ulla. »Wie wir?«

»Dazu gibt's eine Anmerkung«, sagte Paule. »Und dort heißt es: ›Wenn die Wale vor gegenseitiger Zuneigung überschäumen, nähern sie sich einander *more hominum*‹ – also, wie die Menschen.«

Ulla lachte. »Stell dir das vor. Die beiden sind zwanzig oder dreißig Meter groß, so hoch wie Kirchtürme. Und sie haben kein Bett.«

»Ich würde den Text gern auf Englisch lesen«, sagte Paule. ›Wenn die Wale vor gegenseitiger Zuneigung überschäumen …‹ Melville muss seine Wale sehr lieb haben, wenn er so zärtlich von ihren Gefühlen spricht. Und mit dem Überschäumen ist das bei mir genauso. Ich weiß mich nicht zu lassen vor lauter Glücklichsein …«

»Mein Moby«, sagte Ulla ihm ins Ohr. »Denkst du, bei mir wäre es anders? Bilde dir also nur nichts auf deine Gefühle ein. Ich habe nämlich genau dieselben.«

Wohlig erschöpft fielen sie schließlich in Schlaf. Wie in einem Schwebezustand fühlte Paule den Schlaf kommen und ließ sich davontragen in jenes Reich, wo Mensch und Wal zusammen zu Hause sind.

Als er morgens aus dem Bett fand, stand Ulla schon über der Schüssel und wusch sich. Die Augen noch vom Schlaf verklebt, ging er draußen an die Pumpe und setzte den quietschenden Schwengel in Bewegung.

In der Laube warf Ulla ihm ihr Handtuch zu. »Zieh dich an«,

sagte sie. »Und dann hol uns ein paar Blumen für den Tisch. Aber nimm aus keinem Garten mehr als eine.«

In Wanheim läuteten die Sonntagsglocken, die Luft war klar, sehr frisch. Paule stieg über Zäune, zwängte sich durch Hecken und ging die halbe Laubenkolonie ab, bis er einen richtigen Strauß beisammenhatte.

Als er in die Laube kam, duftete es nach Kaffee, ein großer Teller mit Streuselkuchen prangte auf dem Tisch.

Ulla lief auf ihn zu. »Das sollst du ja noch gar nicht sehen!«, sagte sie. »Aber ich kann mich schließlich nicht um alles kümmern und dir auch noch die Augen zuhalten. Also, gib mir die Blumen und dreh dich zur Tür.«

Er hörte sie hantieren, ein Streichholz anreißen, und dann kam Ulla, stellte sich vor ihn und rief: »Herzlichen Glückwunsch zum Geburtstag!«

Sie strahlte, als sie Paules überraschtes Gesicht sah, und zog ihn an den Tisch. Zwei Kerzen brannten nebeneinander, Kaffee und Kuchen dufteten und um Paules Platz lag eine Blumengirlande.

»Ich hatte meinen Geburtstag ganz vergessen«, sagte Paule fassungslos. »Und du hast daran gedacht?«

»Nun setz dich mal«, sagte Ulla. »Bei jeder Gelegenheit stehst du im Gelände herum. Jetzt wird gemütlich gefrühstückt.«

Beim Hinsetzen zupfte sie ein blaues Stiefmütterchen aus seiner Girlande und legte es an ihren Platz. »Mein Mitgeburtstag«, sagte sie. »Denn ab heute bin ich keine Jungfrau mehr.« Dann schob sie Paule den Kuchenteller zu. »Nun iss mal tüchtig. Du wirst es brauchen.«

Wann hatte er zuletzt Streuselkuchen gegessen? Paule konnte sich nicht erinnern. Aber er glaubte plötzlich den Duft von Mutters Backofen zu riechen und auch den Kakao – Streuselkuchen mit Kakao. Kinderfesttage, und er und Inge stritten sich um die plustrigen warmen Heferandstücke.

»Wie bist du nur an den Kuchen gekommen?«, erkundigte er sich mit vollen Backen.

»In meiner Klasse sitzt ein Bäckerssohn«, sagte Ulla. »Für Schwarzmarktpreise kannst du bei dem alles kriegen. Der Kuchen ist mein Geburtstagsgeschenk für dich.« Sie kam um den Tisch, rutschte Paule auf den Schoß, schmiegte sich an ihn. »Wie konnte ich's nur sechzehn Jahre aushalten ohne dich«, sagte sie.

»Fünfzehn Jahre und elf Monate«, verbesserte er sie.

»Egal«, meinte Ulla. »Es gibt eine Menge nachzuholen. Bis wir damit fertig sind, hocken wir als Oma und Opa da, du wirst sehen.«

»Also machen wir's andersrum«, schlug Paule vor. »Nehmen wir das Schöne vorweg.«

»Du hast ein schlaues Köpfchen«, sagte Ulla. »Aber außerdem gibt's ja noch die Gegenwart. Uns beide, hier und jetzt. Was machen wir damit?«

Er küsste sie zwischen den Brüsten.

»Du hast ganz schön ausgefallene Ideen«, meinte sie. »Doch ich stimme zu. Und erst um fünf muss ich wieder daheim sein. Bis dahin will ich deine überschäumende Zuneigung genießen.«

Sie verbrachten den ganzen Tag in der Laube. Mit Paules Mundharmonika, mit sich und *Moby Dick*.

Ulla weinte, als sie sich abends im Böningerpark Auf Wiedersehen sagen mussten. »All diese vielen, vielen Tage, die nie wieder nachzuholen sind«, schluchzte sie. »Ich möchte bei dir bleiben. Jetzt komme ich zu uns ins kalte Haus und du bist nicht da. Morgen sitze ich in der Schule unter diesen blöden Affen und du bist wieder nicht da!«

»Danke für den Geburtstag«, sagte er.

»Danke für meinen Mitgeburtstag«, flüsterte sie, riss sich los und lief weg.

Von einer Stelle des Parkwegs aus konnte er Ullas Fenster, ihre Balkontür sehen. Paule wartete darauf, dass sich eine Gardine bewegte, Ullas Schatten auftauchte, doch das Haus blieb tot und stumm. Aber immerhin, in der nächsten Woche würden Ulla und er endlich wissen, wie es mit ihnen weiterging.

Aus dem Besuch am Samstag wurde jedoch nichts. Ullas Mutter musste den Luftschutzbereitschaftsdienst einer erkrankten Kollegin übernehmen.

Als neuer Termin wurde der folgende Dienstag ins Auge gefasst. Wieder musste Paule warten.

Am Dienstagnachmittag schließlich stand er vor dem Haus Musfeldstraße 153 und drückte den Elfenbeinknopf der Klingel. Frau Wessling öffnete. Sie war ganz in Schwarz gekleidet und ihr langes blondes Haar wurde von einem ebenfalls schwarzen Seidenband gehalten.

»Sie sind Pelle?«, begrüßte sie Paule freundlich. »Ihren richtigen Namen weiß ich gar nicht.«

»Sagen Sie bitte auch Pelle zu mir«, sagte er.

Frau Wessling bat ihn in die Diele und rief ins Treppenhaus hinauf: »Ulla, dein Bekannter ist da.« Sie lächelte Paule zu. »Sie entschuldigen mich bitte noch für einen Augenblick ...«

»Ich bin ein wenig früh«, sagte Paule.

»Macht nichts, Ulla wartet schon«, sagte sie. »Ulla, wo bleibst du denn?«, rief sie zum zweiten Mal durchs Haus.

Ulla kam mit einem Handtuch um den Kopf die Treppe hinunter. »Tag, Pelle«, sagte sie. »Ich bin noch am Haarewaschen.«

»Nimm ihn doch bitte mit nach oben, bis ich alles gerichtet habe«, sagte Frau Wessling und verschwand in der Küche.

Ulla ging vor Paule die Treppe hinauf, bückte sich in ihrem Zimmer nach dem Föhn und begann sich die Haare zu trocknen.

»Fehlt nur noch Fliegeralarm und das Chaos ist perfekt«, sagte sie laut, um den rasselnden Föhn zu übertönen. »Ich musste Mutti noch helfen. Aber ich wollte mich doch noch schön machen für dich.«

»Ich hätte später kommen sollen«, meinte Paule.

»Nein, du bist ja pünktlich«, sagte Ulla mit einem Blick auf ihre Uhr. »Wir sind nur nicht über die Runden gekommen. Und wenn Mutti eins hasst, dann ist es Unpünktlichkeit.«

Paule trat auf den rot gefliesten Balkon hinaus. Drüben lag der Park, zwei Leute gingen eingehakt in Richtung von Böningers Mühle. Plötzlich fiel ihm ein, dass er keine Blumen mitgebracht hatte. Über ein Sträußchen für den Tisch hätte sich Frau Wessling sicher gefreut. Aber er hatte einfach nicht daran gedacht.

»Paule«, sagte Ulla hinter ihm. »Mutti ruft zum Kaffee.«

Sie musterte ihn, während er zurück ins Zimmer kam, zupfte seinen Pullover zurecht und drückte ihm ihr feuchtes Frotteetuch in die Hand. »Fahr dir damit über die Schuhe«, sagte sie leise.

Frau Wessling erwartete sie an der Terrassentür im Arbeitszimmer. »Der Kuchen braucht noch etwas zum Auskühlen. Ich bin nicht eher vom Dienst weggekommen«, entschuldigte sie sich. »Fühlen Sie sich wie zu Hause, Pelle. Meine Ulla hat mir schon viel von Ihnen erzählt. Es freut mich, Sie jetzt persönlich kennen zu lernen.«

Paule verbeugte sich stumm.

»Sehen Sie sich ruhig erst ein wenig um. Da drüben sind unsere Männer«, sagte sie und zeigte hinüber zu dem Ecktischchen unterm Führerbild. »Kommen Sie, Pelle, ich zeige Ihnen meinen Mann und Ullas Brüder.«

Er trat mit ihr an das Tischchen, beugte sich über die Bilder und hasste das Spiel, auf das er sich da einließ.

»Ulla hat mir erzählt, dass Ihr Mann vermisst ist«, sagte er.

»Ja«, bestätigte Frau Wessling. »Aber ich hoffe, er lebt noch. Es scheint, dass er bei Salerno in amerikanische Gefangenschaft geraten ist. Und das ist Heinz, in Russland vermisst. Und Arthur ist bei einem Luftangriff bei Düsseldorf gefallen. Ich vermisse ihn sehr. Arthur war ein tapferer Junge, ein richtiger Idealist. Er glaubte so sehr an den Führer, an das Vaterland. Wir sind stolz auf ihn, nicht wahr, Ulla?«

Ullas Blick begegnete seinem. Sie war blass vor Anspannung.

»Ja, Mutti«, antwortete sie und ging ins Wohnzimmer hinüber.

Frau Wessling sah ihr nach. »Sie ist in der letzten Zeit nicht ganz obenauf«, sagte sie leise. »Ich mache mir Sorgen um sie. Ulla verliert Gewicht und manchmal ist sie so fahrig. So kenne ich sie sonst gar nicht. Vielleicht können Sie helfen, das Kind aufzumuntern, Ulla auf andere Gedanken zu bringen.«

»So oft sehen wir uns ja nicht«, sagte Paule.

»Ja, ihr jungen Leute habt es heute nicht leicht.« Ullas Mutter seufzte. »Wie alt sind Sie eigentlich, Pelle?«

»Sechzehn geworden«, sagte er. »Dieses Jahr geht's zu den Luftwaffenhelfern.«

»Wie unser Arthur«, sagte sie. »Und nun kommen Sie mal, der Kaffee wird mittlerweile auch durchgelaufen sein.«

Sie nahmen am Wohnzimmertisch Platz, auf dem drei Gedecke aus Elfenbeinporzellan mit Goldrand warteten. Auf der rechten Tischhälfte hatte Frau Wessling die Kaffeemaschine postiert, eine Porzellanfigur, zwei Windhunde mit langen schwarzen Flatterohren, zierte die Mitte der Tafel, daneben brannte eine schlanke Kerze auf einem silbergetriebenen Tafelleuchter.

»Wir haben jetzt so selten Gäste«, sagte Ullas Mutter. »Da machen wir's uns gern gemütlich, wenn Besuch da ist.«

Ulla kam mit einem goldbraun gebackenen Kuchen ins Zimmer.

»Hierhin, Liebes«, sagte Frau Wessling und zeigte neben die Porzellanfigur. »Nehmen Sie doch bitte Platz, Pelle«, forderte sie Paule auf. »Hier rechts von mir. So, und dann wollen wir sehen, wie unsere Kartoffelapfeltorte geraten ist. Ulla, das Vorschneidemesser bitte, und jetzt darf ich Ihnen, Pelle, zuerst geben.« Paule reichte ihr seinen Teller. Es duftete nach Zimt und in der Apfelfüllung steckten Rosinen.

»Solange Krieg ist, müssen wir mit einfachen Dingen vorlieb nehmen«, meinte Frau Wessling. »Lasst es euch trotzdem gut schmecken.«

Die Apfeltorte war sehr lecker. Paule bemühte sich, langsam und gemessen zu essen. Einen flüchtigen Augenblick lang kreuzte sein Blick den Ullas, dann schaute er wieder zu Frau Wessling hinüber. »Sie arbeiten bei Thyssen, hat Ulla erzählt. Das ist sicher eine anstrengende Arbeit.«

»Ich habe mich dazu gemeldet«, sagte sie. »Wenn wir nicht alle mithelfen, kann Deutschland den Krieg nicht gewinnen. Zu viele Frauen drücken sich einfach. Da müsste viel härter durchgegriffen werden.«

Paule kaute auf seinem Bissen herum und hoffte, dass Ulla etwas sagen würde. Aber sie schwieg und im Zimmer wurde es still.

»Habe ich nicht Recht, Pelle?«, fragte Frau Wessling.

Jetzt konnte Paule nicht mehr ausweichen. »Ich weiß nicht«, sagte er vorsichtig. »Aber meiner Ansicht nach haben wir den Krieg sowieso schon verloren.«

»So etwas dürfen Sie nicht sagen«, sagte Ullas Mutter tadelnd. »Es sieht momentan nicht gut für uns aus, das stimmt. Aber das ist nur eine Prüfung, der Gegenschlag wird kommen. Alle die Opfer, die wir gebracht haben – das kann nicht umsonst gewesen sein.«

»Es wird aber doch nur immer schlimmer«, sagte Paule. »Der Führer müsste Schluss machen, solange noch Zeit ist.«

»Ja, sollen wir etwa kapitulieren?«, fragte Frau Wessling. Ihr Gesicht hatte sich gerötet. »Das kann der Führer unmöglich tun.«

Ein warnender Blick von Ulla hielt Paule zurück. Er schwieg, obwohl es ihm schwer fiel, sich die Meinung von Ullas Mutter unwidersprochen anzuhören. Aber es stand zu viel auf dem Spiel.

»Denkt man sogar bei euch in der Hitlerjugend schon so?«, fuhr Frau Wessling nach einer Gesprächspause fort. »Jedenfalls sind Sie auf dem Holzweg, junger Mann. Kapitulieren, das wird der Führer nie. Das kann er einfach nicht tun.«

»Umso schlimmer für ihn«, meinte Paule.

»Was soll denn das nun wieder?«, fragte Ullas Mutter gereizt.

Jetzt konnte Paule nicht mehr an sich halten. »Wenn Hitler nicht aufgeben kann«, sagte er, »dann ist er entweder verrückt oder ein Feigling.«

Frau Wessling schob mit einem Ruck ihren Stuhl zurück und stand auf. »Junger Mann«, sagte sie, »das lasse ich mir nicht länger bieten. Bitte, verlassen Sie mein Haus auf der Stelle. Und dir, Ulla, verbiete ich jeden weiteren Umgang mit diesem Menschen.«

Paule erhob sich. Das Zimmer begann sich zu drehen, wirbelte immer schneller.

»Mutti«, schrie Ulla. »Das kannst du doch nicht machen! Du kannst Pelle doch nicht einfach vor die Tür setzen, nur weil dir seine Ansichten nicht passen.«

»Du bist still«, fuhr ihre Mutter sie an. »Schlimm genug, dass du dir solche Freunde suchst. Arthur hat dem Führer sein Blut gegeben, er würde sich schämen für dich.«

»Aber es können nicht alle Leute so Hundertfünfzigprozentige sein wie du«, schrie Ulla sie an und stampfte mit dem Fuß auf.

»In Notzeiten kann keiner aus der Reihe tanzen«, erwiderte Frau Wessling kühl. »Jetzt muss man zum Führer halten. Wir müssen an den Endsieg glauben, das ist unsere Pflicht. Also bitte, junger Mann. Sie kennen den Weg zur Haustür. Und Ulla bleibt hier.«

Wie betäubt kehrte Paule zur Laubenkolonie zurück. In den Gärten wurde noch gearbeitet und so traute er sich nicht in Tante Ernas Laube. Er durchstreifte die anschließenden Sportanlagen, lief zur Regattaanlage hinüber. Hier hatte Ulla früher trainiert. Mit ihren BDM-Kanuten. Das Bild aus dem Album der Wesslings tauchte vor ihm auf. Ulla, ein paar Jahre jünger, blickte lachend in die Kamera und winkte fröhlich mit dem Paddel.

Paule setzte sich ans Wasser, zog die Knie unters Kinn, starrte über die Bäume des Stadtwalds in den bleigrauen Himmel. Lange verharrte er so, in sich zusammengekauert, die Arme um seine Beine geschlungen. Dann ließ ihn der scharfe Abendwind frösteln und er machte sich auf den Weg in die Laube.

Alles war noch, wie er es zurückgelassen hatte. Der Melville lag auf dem Tisch, aufgeschlagen, mit dem Einband nach oben, die Wasserschüssel lehnte an der Anrichte, Detektor, Kopfhörer, seine frisch gewaschene Unterwäsche, die Mundharmonika, das Taschenmesser – seine Siebensachen waren über den ganzen Raum verteilt. Mechanisch machte er sich ans Aufräumen, säuberte die beiden Töpfe, kehrte aus und baute zum Schluss sein Bett, faltete die Decken, legte sie Kante auf Kante zusammen. Doch die Unruhe wollte nicht weichen.

Er ging zum Böningerpark, lief langsam durch den dunkel gewordenen Abend. Aus Ullas Zimmer drangen schmale Lichtstreifen durch die Seiten der Verdunklung. Paule wartete lange, hoffte darauf, dass sie noch mal hinaus auf den Balkon gehen würde, doch dann erlosch das Licht. Niedergeschlagen kehrte er zur Laube zurück.

Schon vor Tagesanbruch wartete er am Parkeingang, um Ulla auf dem Schulweg abzufangen. Er sah, wie Frau Wessling das Haus mit dem Fahrrad verließ. Sie radelte an seinem Versteck hinter den Holunderbüschen vorbei. Aber Ulla erschien nicht. Paule entschloss sich, dennoch weiter zu warten. Vielleicht hatte sie ja die erste Stunde frei und musste erst später los. Mit einem Mal sah er Frau Wessling auf ihrem Rad zurückkehren. Sie ließ es unverschlossen am Gartentor stehen, er hörte die Haustür schlagen. Nach ein paar Minuten erschien sie wieder, wechselte einige Worte mit der Nachbarin und bestieg von neuem ihr Rad.

Schließlich traute Paule sich aus seinem Versteck hervor und ging den Gehsteig am Haus entlang. Frau Schmechel von nebenan arbeitete im Vorgarten, er hörte sie den Spaten säubern. Ullas Klingel blieb unerreichbar.

Im Verlauf des Vormittags versuchte Paule von mehreren Telefonzellen aus, Anschluss an die 6359 zu bekommen. Doch niemand hob ab.

Nach einem kargen Stammgericht in Hochfeld saß er am Laubentisch und wartete, ob Ulla nach der Schule bei ihm vorbeischaute. Sie ließ sich nicht blicken. Abends stand er wieder im Park. In Ullas Zimmer brannte Licht.

Hatte Ulla von ihrer Mutter Zimmerarrest verpasst bekommen? Das konnte er sich nicht vorstellen. Und Ulla hätte dann ja auch immer noch über den Balkon klettern können. Oder war es Frau Wessling etwa gelungen, Ulla davon zu überzeugen, dass sie den Kontakt zu ihm abbrechen sollte? Nein, das war undenkbar, daran konnte Paule unmöglich glauben. Doch was war dann mit Ulla?

Nach endlosem Warten kehrte Paule schließlich in die Laube zurück. Wie er diesen Weg allmählich hasste! Jeden Stein, jeden Gully, den Bahnübergang, das Loch im Zaun, das quietschende Geräusch des Schlüssels in der Tür, die braunen feuchten Wände. Er stellte sich unter die Pumpe und wusch sich in der frostigen Dunkelheit von oben bis unten ab. Zähneklappernd verkroch er sich unter den Decken und schlief, ohne richtig warm geworden zu sein, endlich ein.

Das Geläut der Wanheimer Glocken weckte ihn morgens. Richtig, er hatte ganz vergessen, dass in diese Woche der Himmelfahrtstag fiel. Ullas Mutter würde also wahrscheinlich arbeitsfrei haben. Nun konnte er heute nicht mal telefonieren. Den ganzen Tag über nicht. Vor Verzweiflung kamen ihm die Tränen. Vielleicht schaffte es Ulla aber doch irgendwann, zu ihm zu kommen? Dann sollte er am besten in seinen vier Wänden bleiben. Während er wartete, montierte er zwischendurch das Antennenkabel ab. Jetzt, wo die Leute angefangen hatten, ihre Gärten zu bearbeiten, war das Kabel mit den Eierbechern zu auffällig im Gelände.

Ulla ließ sich auch an diesem Morgen nicht blicken. Der Hunger trieb Paule mittags aus seinem Laubenversteck. Er ließ das Fenster offen, legte einen Zettel auf den Tisch und machte sich zum Marienburger Ufer auf.

Als er ins Lokal eintreten wollte, fiel ihm ein Plakat ins Auge, das »zur gefälligen Kenntnisnahme unserer werten Gäste«, wie es darauf hieß, neben dem Eingang des Restaurants angebracht war. Der Wirt teilte darauf mit, dass Gaststätten dem jüngsten Erlass der Behörden zufolge künftig berechtigt seien, 100 g Brot- oder bis zu 50 g Nährmittelmarken von ihren Gästen zu verlangen, sofern die markenfreien Lebensmittel nicht ausreichten, um das Stammgericht anzubieten.

Paule brauchte einen Augenblick, um zu begreifen. Dann aber wurde ihm schlagartig klar, dass ihm mit diesem Erlass die Essensversorgung abgeschnitten war. Die Formulierung war allerdings so unbestimmt gehalten, dass er sich entschloss, sein Glück doch wenigstens zu versuchen. Zu seiner großen Erleichterung bekam er tatsächlich noch ein Stammgericht markenfrei serviert. Es reichte allerdings kaum, um auch nur den schlimmsten Hunger zu stillen.

Auf dem Heimweg durch das Waldstück am Kalkweg fiel Paule ein Satz von Melville ein: »Alle Menschen tragen von Geburt an eine Schlinge um den Hals.« Genauso fühlte Paule sich. Und die Schlinge zog sich enger zu.

In der Laube suchte er gleich die Stelle in seinem Buch. Nach einigem Blättern fand er sie auch. Es war das Ende vom 60. Kapitel.

Er streckte sich auf dem Bettsofa aus und las weiter. Inzwischen war er bis ans 119. Kapitel gekommen und näherte sich dem schon absehbaren grässlichen Ausgang des Buches. Ein Taifun zog auf, und »als die Dunkelheit hereinbrach, brüllten Himmel und See, wurden vom Donner zerfetzt und flammten vor Blitzen, in deren Schein an den ohnmächtigen Masten noch ein paar Fetzen flatterten, die der Sturm in seiner ersten Wut übrig gelassen hatte …«. Doch Ahab kapitulierte nicht. Besessen von seiner Rachsucht, spottete er aller Warnzeichen, peitschte seine Mannschaft zum Durchhalten auf. Und die Schiffsleute folgten ihm tatsächlich, diese in tausend Gefahren erprobten, von Wind und Wetter gestählten Großwildjäger der Meere. Sie erlagen Ahabs magnetischer Kraft, der Macht seiner Rede, die sie zu einer blinden Gefolgschaft zusammenschweißte.

Paule musste an Frau Wessling denken. Er dachte ohnehin kaum an etwas anderes. Selbst beim Lesen ließ ihn der Gedanke an Ulla keinen Augenblick los. Er quälte, verfolgte ihn bis in den Schlaf. Seine Decken rochen noch nach ihrer Haut.

Am nächsten Tag kam endlich ihre Stimme durch den Hörer, eine kleine, klägliche Stimme, die sich mit »Ursula Wessling« meldete.

»Ulla«, rief er. »Leg bitte nicht auf. Ich bin's, Paule.«

»Paule«, sagte sie schwach. »Gott sei Dank. Komm zu mir. Durch den Garten. Die Terrassentür ist auf.«

Dann klickte es in der Leitung, das Gespräch war zu Ende.

Zehn Minuten später stand Paule in ihrem Zimmer, vor Ullas Bett.

»Ulla«, sagte er erschrocken, »was ist los? Nun sag doch was!«

Schluchzend wies Ulla auf ihren Halswickel. »Angina, Mandelentzündung«, brachte sie schließlich hervor. »Schon als du kamst, war mir nicht gut. In der Nacht stieg das Fieber. Fast vierzig Grad. Der Doktor war da. Mir geht es nicht gut, Paule.«

»Und was meint der Arzt?«, fragte Paule.

Sie zeigte auf die Medizin. Zwei Döschen mit Tabletten standen auf dem Bettschränkchen. *Mercurius bijodatum D 10,* stand auf dem einen, auf dem anderen *Mercurius solubilis D 10.*

»Und die helfen?«, fragte Paule.

Ulla zuckte die Schultern. »Die eine Sorte für die linke, die andere für die rechte Mandel«, sagte sie. »Und Mutti hat noch eine Schachtel *Pyramidon* in der Apotheke aufgetrieben.«

Paule setzte sich zu Ulla auf die Bettkante, nahm ihre Hand und küsste sie.

»Ich wusste, dass du anrufen würdest«, sagte Ulla. »Aber bis ich die Treppe unten war, schwieg das Telefon schon wieder. Dreimal. Und dann konnte ich nicht mehr. Wegen dem blöden Fieber.«

»Ich bin so froh, dich zu sehen«, sagte Paule.

»Und ich erst«, flüsterte sie. »Du Armer, jetzt bist du ganz allein. Geh, mach dir ein Brot. Doch. Ist ja von meinem und ich krieg nichts runter. Es tut so verdammt weh.«

Paule nickte stumm. Er hatte dennoch ein schlechtes Gewissen, als er in der Küche Brotscheiben vom Laib schnitt und sie dick mit Margarine beschmierte. Aber er konnte nicht anders. Schon auf der Treppe kauend, ging er wieder nach oben. Ulla war eingeschlafen. Er hockte sich vor ihrem Bett auf den Boden, legte seine Hand an ihre Wange. Sie war fiebrig heiß.

Irgendwann musste auch er eingenickt sein. Aber er wachte auf, als Ulla den Kopf zur Seite drehte.

»Ich muss was trinken«, bat sie.

Paule reichte ihr das Glas vom Schränkchen.

»Es war schlimm am Dienstag«, sagte sie. »Mutti hat mich sogar geschlagen. Ich geh weg von ihr. Mit dir, wenn ich wieder gesund bin.«

Paule nickte.

»Acht Tage, hat der Arzt gesagt. Heute ist Halbzeit.« Sie zählte an ihrer Hand vier Finger ab und hielt sie hoch. »Wartest du so lange auf mich?«

Paule nickte wieder, nahm ihre vernarbte Hand, legte sie in seinen Nacken. »Wir gehören zusammen«, sagte er.

»Ja«, sagte sie. »Und wir holen alles nach.«

Sie sank ins Kissen zurück, schloss die Augen. Paule holte ein feuchtes Tuch aus dem Bad und wischte ihr die Stirn.

»Das tut gut«, sagte sie leise. »Aber morgen kannst du nicht kommen. Mutti nimmt sich frei. Dann kommt Sonntag und am Montag rufst du an, ja?«

Paule blieb bis nachmittags. Dann schlich er sich aus dem Haus. Ulla schloss hinter ihm die Terrassentür.

Am nächsten Morgen zählte er seine Barschaft. Von Jupps Scheinen war nicht mehr viel übrig. Insgesamt kam Paule auf einundsechzig Mark und einundachtzig Pfennig. Nach Quakenbrück mochten es gut zweihundert Kilometer sein. Das machte für eine einfache Fahrt ohne Zuschlag zehn Mark. Wenn Ulla wirklich mitkam, verdoppelte sich der Betrag. Dreißig Mark musste er also als Reserve zurückbehalten.

Nachdem Paule sein Geld wieder verstaut hatte, kochte er sich Tee und ging anschließend über die Wedauer Brücke in den Stadtwald. Morgen, Sonntag, war Muttertag. Paule hatte beschlossen, heute das Grab seiner Mutter in Oberhausen zu besuchen. Die Schlüsselblumen waren schon am Verblühen, doch er brachte noch einen dicken Strauß zusammen. Zwischendurch pflückte er Kräuter, um seinen knurrenden Magen zu beruhigen. Am Rand einer Lichtung fand er schließlich noch rot blühenden Lerchensporn und blaue Leberblümchen, steckte sie zwischen die Schlüsselblumen und band alles mit einem Grasfaden zu einem bunten Strauß zusammen.

Über Neudorf suchte er sich zum Duisburger Hauptbahnhof durch, löste am Schalter eine Rückfahrkarte, kaufte die Zeitung und wartete auf den nächstbesten Zug in Richtung Oberhausen. Das Bahnhofsgebäude, vor einem Jahr von Bomben beschädigt, war zugig und fast menschenleer. Der Berufsverkehr war schon vorbei. Paule fand eine bequeme Bank im Wartesaal und schlug die Zeitung auf.

Der Wehrmachtsbericht sprach von Abwehrkämpfen im Osten, nannte Beispiele »heldenmütigen Ausharrens, kühnen Angriffsgeistes und opferfreudiger Kameradschaft«. Die Lage war also schlecht. Der Leitartikel war dem Muttertag, besonders den Soldatenmüttern, gewidmet: »An diesen Müttern hat sich das Wort von der ›stolzen Trauer‹ gebildet, das wir so häufig in den Gefallenenanzeigen lesen«, hieß es da. Und die Zeitung fuhr fort: »Den Müttern der Gefallenen gilt am heutigen Muttertag vor allen anderen unser Gedenken und unser Dank. Das ganze Volk schart sich im Geiste um sie und umfängt sie mit seiner Kindesliebe ...«

Paule musste an Ullas Mutter denken. Frauen wie sie konnten solche Sätze vielleicht trösten. Doch wie viele Mütter mochte es geben, die am Muttertag nur weinen konnten? Frauen, die mit ihren Männern zusammengelegen hatten wie er mit Ulla, die empfangen, ihr Kind ausgetragen, unter Schmerzen zur Welt gebracht, es gestillt und aufgezogen hatten, nur um es im nächsten Krieg zu verlieren. Stolze Trauer empfanden die bestimmt nicht.

Er blätterte, suchte nach den Gefallenenanzeigen, fand sie auf Seite acht. Siebzehn waren es, zählte er. An einem Tag, in einer Stadt.

Der Zug nach Oberhausen wurde angesagt und lief, bespannt mit einer guten alten P-8-Lok, ein. Es war mollig warm in dem schwach besetzten Abteil. Paule vertiefte sich weiter in die *Nationalzeitung*. Tatsächlich, da gab es eine, aber auch nur diese eine Anzeige, die in »stolzer Trauer« den Verlust eines Angehörigen bekannt gab: »Kurt Poppe, Inhaber des EK 2. Kl., Tapferkeitsmedaille und anderer Auszeichnungen (33 Jahre). Er fiel in unwandelbarer Treue zu unserem Führer und im festen Glauben an den Sieg Deutschlands. In stolzer Trauer, Frau Kurt Poppe, Kati, geb. König; Maria-Luise und Kurti als Kinder.«

Die übrigen Anzeigen aber waren in einer anderen Sprache gehalten, bekundeten »tiefe Trauer und unsagbaren Schmerz«, oder es hieß schlicht nur »in tiefer Trauer«, was schließlich genügte.

Paule legte die Zeitung ins Gepäcknetz, nahm seine Blumen in die Hand und sah zum Fenster hinaus. Er war gleich da. Der Zug fuhr gerade am Stellwerk des Oberhausener Hauptbahnhofs vorbei.

Die Linie 4 brachte ihn vom Bahnhofsplatz aus quer durch die von Bombenschäden gezeichnete Stadt zum Westfriedhof. Die Anlage hatte sich im Lauf der Jahre nicht geändert. Das Grab seiner Mutter befand sich in der Nähe der Emscherstraße, im neuen Friedhofsteil. Viele Gräber, an denen er vorbeikam, waren ohne Blumenschmuck. Wildkräuter, Gräser, Moose hatten die weißen Kiesschüttungen aufgebrochen, manche Grabsteine hatten sich gesenkt, standen schief, einzelne lagen umgestürzt auf den Gräbern, wurden von Schling- und Klettergewächsen überwuchert.

Dann stand er vor Mamas Grabstätte. Die Wacholdersträucher waren im Lauf der Jahre hoch über die Steinfassung hinausgeschossen, Efeu rankte um die Namenstafel. Paule schob ein paar Ranken beiseite und las: *Martha Pizolka, geb. Holm, 4. Dezember 1899 – 1. Oktober 1938*. Erwins Namen war vom Efeu verdeckt.

Paule setzte sich mit dem Waldblumenstrauß auf die Umfassung, hörte wieder Mutters Stimme, wenn sie ihn von der Straße hoch zum Essen rief, sah ihr Gesicht mit dem lustigen Leberfleck an der Oberlippe vor sich, ihre Augen. Ulla hatte so ähnliche Augen. Das wurde ihm erst jetzt bewusst.

Lautlos, in seinem Inneren, begann er mit seiner Mutter zu reden, schilderte ihr seine Situation und erzählte von Ulla, beschrieb sie ganz genau, so gut er es nur konnte. Als er unmittelbar hinter sich Schritte hörte, fuhr er zusammen und stand auf.

Eine Frau in mittleren Jahren, den Gartenrechen in der Hand, hielt an und betrachtete ihn.

»Du musst doch Marthas Paule sein«, sagte sie. »Oder nicht?«

»Doch«, sagte er, »der bin ich.«

Sie lächelte ihm zu. »Kennst du mich nicht mehr?«, fragte sie. »Emma vom Milchwagen. In eurer Straße habe ich zehn Jahre lang Milch ausgefahren. Du wolltest Benno, unseren guten alten Gaul, immer streicheln, wenn du mit deiner Milchkanne ankamst. Hast du das vergessen?«

Einen Augenblick sah Paule die Frau in der blauen Kittelschürze verdattert an. Dann war mit einem Schlag die Erinnerung wieder da.

»Tante Emmi!«, rief er. »Natürlich. ›Für drei Zehner Milch‹, habe ich immer gesagt. Lebt Benno noch?«

»Ach nein«, sagte sie. »Der hat's hinter sich. Und Milch ausfahren tun wir auch schon lange nicht mehr.« Sie betrachtete ihn erneut. »Ja, guck an, der Paule!«, wiederholte sie. »Was machst du so? Und dein Papa, Hilde und Inge?«

»Da gibt es viel zu berichten«, sagte Paule.

»Komm doch auf einen Sprung mit ins Haus«, schlug die Frau vor. »Dann können wir uns erzählen. Du hast doch ein bisschen Zeit?«

»Klar, Tante Emmi«, sagte er. »Ich komm gern.« Er nahm den Strauß und steckte ihn hinter die Efeuranken an den Grabstein.

»Da würde sich die Gute freuen«, sagte Tante Emmi, »wenn sie dich sähe, Junge. So groß und rank, wie du geworden bist. Und an den Muttertag hast du auch gedacht. Na, dann komm mal mit.«

Sie gingen durch den Friedhof, dann die Hamborner Straße entlang. Vor einem Häuschen in der Liricher Straße zog Tante Emmi ihren Schlüsselbund heraus. »Hier wohnen wir nun«, sagte sie beim Hineingehen. »Seit wir ausgebombt sind. Setz dich zu mir in die Küche.«

Hinten auf dem Kohlenherd köchelte eine Erbsensuppe vor sich hin, duftete verlockend.

Paules Magen tat weh vor Hunger.

Tante Emmi ging ans Brotfach, schnitt eine dicke Scheibe ab, legte ein Stück Schinkenspeck dazu. »Iss erst mal was, Junge«, forderte sie ihn auf. »In deinem Alter hat man ständig Hunger.«

Paule biss bedächtig ins Brot, schnitt ein dünnes Scheibchen vom Speck und steckte es in den Mund. Tante Emmi setzte sich zu ihm.

»Ich steh manchmal am Grab deiner Mutter«, erzählte sie. »Wir haben doch das Grab von den Zwillingen gleich um die Ecke. Ja, und da frage ich mich dann, was aus euch allen wohl geworden ist. Deine Mutter und ich haben uns nämlich gut gekannt. Ich hab's nie verwunden, dass sie so früh gehen musste. Aber nun iss mal erst weiter, nachher gibt's noch einen tüchtigen Schlag Suppe. Und der Jupp, ist denn der noch da?«

Paule berichtete von sämtlichen Familienmitgliedern und fühlte sich wohl. Tante Emmi stellte den Suppentopf auf den Tisch, langte selbst kräftig zu und erzählte von früheren Zeiten. Während sie redete, sah Paule die Straßen seiner Kindheit vor sich, hörte die Feuerwehr bimmeln, roch gebratenen Panhas in der Pfanne und spürte das warme Schnauben von Benno, der immer schon mit dem Huf scharrte, wenn Paule in die Hosentasche langte, um ihm ein Stück Würfelzucker zu geben.

Zum Abschied drückte Tante Emmi ihm einen Kanten Brot und eine kräftige Scheibe Speck in die Hand. »Von unserem schwarzgeschlachteten Schweinchen«, sagte sie und zwinkerte Paule zu. Er umarmte sie und gab ihr einen dicken Kuss.

Mit Straßenbahn und Zug kehrte er nach Duisburg zurück. Es hatte gut getan, bei Tante Emmi zu sitzen und rundherum satt zu sein. Morgen würde es Brennnesselspinat mit ausgelassenem Speck und Brot geben. Mit dieser Aussicht sah die Welt gleich freundlicher aus.

Am Sonntag las Paule sich durch die letzten Kapitel von Melville. Das Buch hatte ihn wochenlang begleitet, fast die ganze Duisburger Zeit, und mit den letzten dramatischen Seiten kamen nun auch die letzten Tage in der Laubenkolonie.

Kapitän Ahab rief die Schiffsmannschaft zum letzten Kampf gegen Moby Dick in die Harpunenboote und ließ sich selbst, sein Walknochenbein schwingend, unter die Leute hieven, um dem verhassten Leviathan der Meere eigenhändig den Todesstoß zu versetzen. Paule zitterte und bangte um Ahab, als dieser seinem Feind zuschrie: »Hier komme ich, du zerstörerischer Wal, der dennoch nicht siegen kann. Bis zum bitteren Ende ringe ich mit dir, noch aus der tiefsten Hölle stoße ich nach dir, meinen ganzen Hass speie ich dir mit meinem letzten Atemzug entgegen …«

Es war, als säße Paule mit in Ahabs Boot, die Fäuste an den Riemen, den Rücken gebeugt, alle Muskeln gestrafft. Er sah Moby Dick in seiner grässlichen Schönheit auftauchen und hielt gemeinsam mit den Männern den Atem an, als der Riesenleib, eingehüllt in dünne, wallende Nebelschleier, aus der See emporschoss, einen Augenblick lang in der von Regenbogen durchzogenen Luft schweben blieb und dann in die Tiefe stürzte.

Das war noch nicht das Ende.

Ahab wurde von seinem eigenen Harpunenseil ins Meer gerissen, das gerammte Schiff sank, ein Boot nach dem anderen zerschellte. Am Schluss war nur noch ein einziger am Leben: Ismael, der auf der Seekiste, dem Sarg seines Menschenfresserfreundes Quiqueg, in einer linden See übers Wasser trieb. Aufgespart als Berichterstatter, als Zeuge von Ahabs Untergang: »Ich allein bin entronnen, um die Botschaft zu überbringen …«

Paule schloss das Buch, rückte die Lampe beiseite und trat ans Fenster. Inzwischen war es Nacht geworden, halb elf. Das Sternbild der Kassiopeia, das über den Gärten stand, erinnerte ihn an Henner, an Zürs. Vor einem Vierteljahr hatte der Feldwebel vom Wehrbezirkskommando seine Personalien aufgenommen, dann war er mit Ulla durch den Schnee nach Langen gelaufen und war zum Deserteur, zum Flüchtling geworden. Trotzdem, dachte Paule, ich würde es wieder so machen, jetzt sogar erst recht. Es ging nicht um Sieg oder Untergang, sondern einfach um Leben.

Lange stand er da und atmete tief die kühle Nachtluft ein, bis ihn Sirenengeheul aufschrecken ließ. Er schaute auf die Leuchtziffern seiner Uhr, stellte fest, dass es sechzehn Minuten vor eins war. In diesem Augenblick setzte das Sperrfeuer der Flak ein.

Paules erster Gedanke galt Ulla. Konnte sie es denn überhaupt bis zum Bunker schaffen? Und wenn sie alleine war, wenn ihre Mutter Luftschutzbereitschaftsdienst hatte? Er ließ alles stehen und liegen und stürmte zur Laube hinaus, hetzte quer durchs Gelände in Richtung Musfeldstraße davon. Über Schienen, durch leere Straßen, noch mal über Eisenbahngleise, die Brücke am Hochfelder Güterbahnhof.

Scheinwerfer tasteten über den Himmel. Als Paule den Hochfelder Bunker hinter sich hatte, fielen die ersten Bomben. Der Luftstoß traf ihn, er taumelte, seine Ohren dröhnten. Die ersten Feuer flammten auf, es roch ätzend nach brennendem Phosphor, nach Sprengstoffdämpfen. In einem Eckladen waren die Schaufenster eingedrückt und er rettete sich mit einem Sprung ins Innere. Gegenüber schlug Feuer über den Dachstühlen empor, die ganze Straße tauchte in ein Flammenmeer. Ein neuer Bombenteppich ging in der unmittelbaren Nachbarschaft nieder, die Luft wurde von schrillem Kreischen durchschnitten. Paule duckte sich hinter die Ladentheke, kroch auf die Tür zum Hausinnern zu. Sie war verschlossen.

Dann schien die erste Angriffswelle vorbei zu sein. Hastig schaute Paule sich um. Er war in einen Bäckerladen geraten. Neben der Kasse lagen Bögen mit aufgeklebten Brotmarken. Paule riss sie an sich, entdeckte ein Brötchen, stopfte es sich in den

Mund, zog zwei Brotlaibe aus einem Fach, klemmte sie unter den Arm und stürzte zum Ausgang.

Draußen traf ihn grelles Scheinwerferlicht. Für einen Sekundenbruchteil nahm er die Umrisse von zwei uniformierten SA-Leuten wahr, dann sprang er von der obersten Stufe einen der beiden an. Mit ihm zusammen ging er zu Boden, rollte durch zersplittertes Holz und Glasscherben, kam hoch und wurde von hinten in den Würgegriff genommen.

»Keine Bewegung, oder ich schieße«, schrie die Stimme hinter ihm. »Karl, ist dir was passiert? Los, die Handschellen her!«

Paule versuchte freizukommen, schlug wild um sich, doch dann wurde sein rechter Arm hochgerissen, es klickte und seine Hände waren gefesselt.

»So, du Dreckskerl«, schnauzte ihn der eine SA-Mann an. »Auf frischer Tat ertappt. Karl, nimm das Brot, das kommt mit.«

Plötzlich legte die Flak wieder los, dazwischen erneut herannahendes Motorengeräusch.

»In die Bäckerei«, schrie der Mann, der die Pistole gezogen hatte.

Paule wurde das Treppchen in den Ladeneingang hochgestoßen, auf den Boden geworfen. Hinter ihm gingen die Leute von der SA-Streife in Deckung. Brandbomben zischten, neue Bombenlagen gingen weiter weg nieder, Luftstöße wirbelten durch den Laden. Ein Regal krachte von der Wand, knallte auf den Tresen. Paule spürte Glasstaub im Mund, zwischen den Zähnen.

Der zweiten Angriffswelle folgte die dritte unmittelbar. Der Boden bebte, sengend heiße Luft fuhr in den Raum. Dann erstarben die Motorengeräusche, das Flakfeuer rückte in die Ferne. Keuchend versuchte Paule seinen Oberkörper aufzurichten.

Ein Stiefel traf ihn ins Kreuz. »Liegen geblieben!«, schrie einer der SA-Streifenmänner ihn an.

»Wohin jetzt mit ihm?«, fragte der andere.

»Präsidium, Düsseldorfer Straße. Wenn wir durchkommen. Die ganze Stadt brennt.«

Paule wurde hochgerissen. Unter Stößen und Tritten trieben ihn die beiden Männer durch die Straßen. Er stolperte über herabgerissene Äste, wich ausbrennenden Stabbrandbomben aus. Ein Tanklastwagen verglühte am Straßenrand, beißende Chemieschwaden wehten ihnen entgegen. Paule verlor das Gleichgewicht und landete auf dem Pflaster. Tränen schossen ihm in die Augen, flossen die Backen hinunter, seine Schleimhäute glühten. Er wurde weitergeschleift, tappte blind Treppenstufen empor, wurde in einen Raum gestoßen, mit dem Gesicht gegen eine Mauer gestellt.

»Sperrt ihn in die Aufnahmezelle«, hörte er eine neue Stimme hinter sich. Hände fuhren über seine Sachen, seine Taschen wurden entleert.

»Brotmarken, zwei Bögen voll«, stellte die Stimme fest. »Keine Papiere, kein Geld. Ein Taschenmesser, Taschentücher und hier die Armbanduhr. Das wär's. So, Wachtmeister, nun weg mit ihm!«

Über neue Treppenstufen, die über zwei Absätze hinunterführten, landete Paule in einem dunklen Raum, die Tür fiel hinter ihm ins Schloss, ein Schlüssel knirschte.

Seine Augen brannten wie Feuer, schmerzhafter Husten schüttelte ihn.

»Kumpel, wo haben sie dich denn rausgefischt?«, fragte eine Stimme aus dem Dunklen.

»Der Gestank ist ja nicht zum Aushalten«, beschwerte sich ein anderer. »Komm mir nur nicht zu nahe!«

»Was ist denn das für Zeug?«, fragte die erste Stimme.

»Chemie«, brachte Paule krächzend hervor.

Eine zittrige Stimme wandte sich an ihn. »Was hast du draußen gesehen? Ist viel kaputt in der Stadt?«

»Alles brennt«, sagte Paule. Er ließ sich zu Boden gleiten. Die

Stahlfessel ratschte an der Zellentür entlang, scheuerte, schnitt in die Gelenke.

»Überall brennt's, hat er gesagt«, wiederholte die Zitterstimme.

»Nur nicht das Präsidium«, sagte der Erste und lachte.

»Denk nur nicht, die hätten dich rausgeholt«, sagte jemand, der eine auffallend tiefe Stimme hatte. »Uns hätten die glatt verschmoren lassen.«

»Meine Augen jucken«, sagte der Mann mit der zittrigen Stimme. »Das muss dieses Chemiezeug sein. Klopf mal einer. Die sollen den Mann verlegen.«

»Dann klopf mal selbst, Opa«, sagte jemand. »Ich tu's nicht.«

Paule hustete, gurgelte Schleim. Seine Augen brannten und juckten, dass es nicht zum Aushalten war. Panik überkam ihn.

»Ist es hier dunkel?«, fragte er. »Oder ist was mit meinen Augen?«

»Quatsch, nichts ist mit deinen Augen«, brummte der Mann mit dem Bass. »Und nun halt mal die Schnauze. Ich will schlafen.«

Es wurde eine qualvolle Nacht. Die gefesselten Hände schwollen an und schmerzten. Hals und Nase brannten ebenso schlimm wie die Augen, und Paule konnte sich nicht mal den Rotz abwischen, der ihm bis übers Kinn lief. Aus der Stadt klangen, durch die Mauern gedämpft, noch immer Explosionen. Wenn nur Ulla noch lebte!

Im Gang hinter der Zellentür lärmte es. Genagelte Stiefel rannten. Laute Stimmen, Befehle, klatschende Schläge. Ein Mann schrie gellend auf. Dann wurde die Tür aufgerissen. Paule kippte um und rollte in die Türöffnung. Füße stolperten über ihn, ein Mann fiel in den Raum, fluchte, schlug um sich. Die Tür beförderte Paule zurück in die Zelle, knallte hinter ihm zu. Nur mit Mühe konnte er sich wieder in eine sitzende Stellung bringen. »Hier stinkt es wie die Pest«, sagte der Neue. »Wie

Katzendreck und faule Eier.« Er stieß Paule an. »Bist du das, Kumpel?«

»Ich hab Chemie abgekriegt«, sagte Paule. »Von einem Tankwagen.«

Nach endlos langer Zeit sickerte erstes Tageslicht durch den Fensterschlitz an der Außenwand. Ich kann sehen!, dachte Paule erleichtert. Aber das Sichtfeld war nicht klar. Der Raum, die Leute verschwammen zu einer undefinierbaren grauen Masse.

Jemand stand auf, ging in die Ecke neben der Tür, entleerte sich auf dem Kübel. Zwei andere Männer folgten.

Plötzlich spürte Paule den heißen Druck auf seiner Blase. Er schaffte es, sich hochzurappeln, wusste dann aber nicht weiter. Einer von den Leuten kam zu ihm. »Ich mach das schon, Kamerad«, sagte er, öffnete die Gürtelschnalle, die Knopfleiste, zog ihm die Hose bis zu den Knien herunter und knöpfte ihn hinterher wieder zu.

»Danke«, sagte Paule und kauerte sich an dem freien Wandstück zwischen Tür und Kübel wieder auf den Boden. Er streckte den Rücken, versuchte die geschwollenen Finger zu bewegen.

Als es richtig hell geworden war, ging die Tür.

»In einer Reihe raustreten, waschen«, befahl der Schließer.

Die Männer erhoben sich und verließen hintereinander die Zelle. Paule zählte fünf Leute. Ja, die Augen funktionierten. Das Blickfeld war fast wieder scharf. Er ging als Letzter an dem Beamten vorbei. Der hielt ihn am Arm fest, löste die Stahlfessel von seinen Gelenken.

»Und nun weiter«, befahl er.

Im Gehen massierte Paule sich die Hände, die Gelenke. Das Blut prickelte unter der Haut.

Sie wuschen sich mit nackten Oberkörpern über einer halb gefüllten Waschrinne.

»Mehr Wasser ist nicht«, sagte der Beamte an der Tür. »Die Stadt ist ohne Strom und Wasser.«

So gut es ging, trocknete sich Paule mit einem nassen blauen Leinentuch ab und kroch wieder in seinen Schafwollpullover. In den Fasern hielt sich noch immer der beißende Gestank, aber er war wenigstens den Rotz um Mund und Nase losgeworden.

Eine Stunde später war Frühstücksempfang. Auf einem Brett standen sechs Blechbecher, dazu gab es pro Mann zwei Scheiben Marmeladenbrot. Paule trank den heißen Kaffee in einem Zug aus und kaute dann langsam sein Brot. Dabei betrachtete er seine Zellengenossen. Alle waren weitaus älter als er, der mit der zittrigen Stimme hatte bereits schlohweißes Haar. Der Mann mit der Bassstimme trug einen blauen Monteuranzug. Ob man ihn von der Arbeit weg verhaftet hatte?

Allmählich wurde Paule bewusst, in welcher Lage er sich befand. Was würde jetzt mit ihm passieren? Auf keinen Fall durften die Behörden seine Personalien erfahren. Denn wenn man erst die Spur zum Wehrbezirkskommando hatte, würde man auch auf Jupp stoßen. Und das wäre das Schlimmste. Diesen Leuten durfte sein Papa nicht noch mal in die Hände fallen.

Sein Kopf arbeitete fieberhaft. Aber im Grunde konnte es Paule noch immer nicht fassen, dass er jetzt festsaß. Eben war er doch noch in Tante Emmis Küche gewesen. Und heute sollte er bei Ulla anrufen.

Der Gedanke an Ulla traf ihn so heftig, dass er sich in den Knöchel biss, um nicht aufzuweinen. Wie hatte sie den Angriff überstanden? Und wenn ihr nichts passiert war, wartete sie in diesem Augenblick vielleicht auf seinen Anruf.

Paule kauerte sich zusammen, legte den Kopf auf die Knie. Auch die anderen in der Zelle hockten zusammengesunken da. Niemand sprach, bis der Mann mit der tiefen Stimme, den ein anderer Scharo genannt hatte, in die Stille hinein sagte: »Ich bin bloß gespannt, wann sie uns zur Personalienfeststellung nach oben zitieren.«

»Da kannst du lange warten«, meinte sein stoppelbärtiger

Nachbar. »Nach so einer Nacht haben die Besseres zu tun, als sich mit uns zu beschäftigen. Leichen identifizieren und all das.«

»O Gott«, schluchzte plötzlich einer der Männer, der bisher unbeteiligt in der Ecke unter dem Fenstergitterschacht gesessen hatte. »Mich haben sie gestern einfach aus der Wohnung geholt. Meine Frau war mit unserer Tochter unterwegs. Die wissen nicht mal, wo ich stecke.«

»Lass gut sein, Kumpel«, sagte Scharo. »Flennen hilft da auch nicht.«

Über den Raum legte sich wieder Schweigen.

Das Mittagessen kam spät. Blechschüsseln, Löffel und ein Schlag Suppe, die aus Dörrgemüse mit Wasser bestand. Eine Scheibe Brot. Immerhin besser als nichts. Und Flüssigkeit für seinen brennenden Magen.

Paules Nase funktionierte wieder. Der Kübel rechts von ihm verpestete die Luft. Doch ein anderer Wandplatz in der Zelle war nicht frei und er war der Jüngste. Er konnte froh sein, überhaupt ein Stück Wand im Rücken zu haben.

Am Nachmittag wurde die Belegschaft der Einlieferungszelle zur Feststellung der Personalien in die oben gelegenen Revierräume geführt. Der Mann hinter dem Tresen schaute kaum auf. »Also, du bist der Strolch, der beim Plündern gestellt wurde«, sagte er. »Hier haben wir das Tatprotokoll. Tatzeit: Montag, 22. Mai 44, circa ein Uhr fünfzehn. Tatort: Bäckerei W. Fischer, Gravelotte Str. 41. Festnehmende Beamte: Georg Hechler, Karl Heil (Sturmbann I, Wanheimerort). Eingezogen wurden zwei Bögen Brotmarkenabschnitte, zwei Brote. Und die Schlussbemerkung: Leistete Widerstand bei der Festnahme.« Der Beamte hielt inne und musterte Paule. »Ist die Wiedergabe korrekt oder erhebst du Einspruch?«

Paule schüttelte den Kopf.

»Dann zu den Personalien«, sagte der Beamte. »Familienname, Vorname, geboren wann und wo, polizeiliche Meldestelle, Wohnaufenthalt, Ort und Straße. In dieser Reihenfolge.«

Paule schwieg.

»Nun mal raus mit der Sprache«, sagte der Beamte ungeduldig. »Wir haben Wichtigeres zu tun. Familienname?«

»Ich mache keine Angaben«, sagte Paule.

»Er macht keine Angaben!«, wiederholte der Mann. »Also, das haben wir gern. Du weigerst dich also, deine Personalien anzugeben?«

»Ja«, sagte Paule.

Der Mann schwieg, schaute auf sein Papier. Dann musterte er Paule. »Wie alt bist du eigentlich?«, wollte er wissen.

Paule blieb stumm.

Der Beamte schüttelte den Kopf. »Gut, damit mögen sich mal andere befassen. Überstellung an den Jugendrichter. Abführen.«

Seine Zellengenossen waren inzwischen verschwunden. Nur Scharo, der Mann im blauen Monteuranzug, war noch da.

Paule hockte sich in die Fensterecke. »Wohin kommt man von hier aus?«, fragte er Scharo.

Der lachte. »Ins Amtsgerichtsgefängnis natürlich. Und dich haben sie hier behalten?«

»Ja«, sagte Paule. »Ich komme vor den Jugendrichter.«

»Na ja, wird schon nicht so schlimm werden«, meinte Scharo. »Als Minderjähriger hast du immer noch Chancen.«

Mit Tee und Marmeladenbrot zum Abendessen schloss der Tag.

Der Ablauf wiederholte sich. Tagtäglich das gleiche Essen, der Waschraum, wechselnde Gesichter. Allmählich verlor Paule das Gefühl für die einzelnen Tage. Nur durch die Neuzugänge behielt er einigermaßen den Überblick.

Die Pfingsttage verstrichen. Es gab ein paar Mal Alarm. Paule hörte die Beamten Schutzräume aufsuchen, doch um die Gefangenen kümmerte sich selbst bei Vollalarm keiner. Inzwischen registrierte Paule die Sirenen kaum noch. Er versank in einen dämmerartigen Zustand, vermochte nicht mehr klar zu denken, weil es in seinem Kopf immer im Kreis herumging. Jeder Gedanke endete bei Ulla. Nirgends konnte sie erfahren, was mit ihm passiert war. Selbst wenn sie Erkundigungen einzog und sogar die Krankenhäuser absuchte, blieb er doch spurlos verschwunden. Das war eine entsetzliche Vorstellung, von der Paule nicht loskam. Ein paar Mal raffte er sich auf, wie früher im Kopf Schach zu spielen, doch auch damit kam er nicht weit. Ihm war, als triebe er durch den Raum, ohne Zeit, ohne heute, gestern und morgen.

Es war schon Juni, als er endlich aus seiner Zelle geholt wurde. Man brachte ihn in einen Büroraum. Ein Fenster des Raums war mit Pappe vernagelt, das andere mit Rollglas. Der Mann hinter dem Schreibtisch trug einen großen Kopfverband, sein linker Arm lag in einer Schlinge. Er hatte ein großes, etwas teigiges Gesicht und struppige schwarze Brauen. Paule begegnete stumm seinem musternden Blick.

»Ich bin der zuständige Jugendrichter«, begann der Mann. »Dann wollen wir mal sehen, was wir hier alles haben. Viel ist es ja nicht«, meinte er und hielt ein einzelnes Blatt Papier hoch. »Plünderung. Brotmarken und zwei Brote. Der Täter verweigert die Personalienfeststellung. Also, mein Junge, gehen wir die Sache mal in aller Ruhe an.« Er warf Paule einen ermunternden Blick zu, winkte ihn näher. »Willst du mir nicht etwas sagen? Zu deiner Entlastung? Und hast du dir inzwischen die Sache mit deinen Personalien überlegt?«

Paule blieb stumm.

»Warum bist du nur so stur?«, fragte der Richter. »Man könnte die Plünderung in deinem Fall doch auch als Mundraub bezeichnen, als Mundraub unter besonderen Bedingungen. Du bist in den Bombenhagel geraten und hast in Panik zugelangt. Dabei hast du kein Geld, keine Sachwerte genommen, sondern nur das

Brot. Mit den Markenabschnitten ist das allerdings schwieriger. Die lassen sich im Schwarzhandel zu allerhand Geld machen.«

»Das hatte ich nicht vor«, sagte Paule. »Ich wollte mir einfach Brot kaufen.«

»Das mag ja sein«, sagte der Beamte. »Nur, du hattest ja auch kein Geld. Hier steht es: Armbanduhr, ein Messer, mehr hattest du nicht dabei. Du warst aber in Besitz von Geld?«

Paule nickte.

»Und wo hast du's?«, erkundigte sich der Richter.

Paule biss sich auf die Lippen, zuckte dann die Schultern und schwieg.

Der Richter wartete, spielte mit einem Bleistift. »Nun hör mal gut zu, Junge«, sagte er schließlich. »Damit machst du alles nur noch schlimmer. Wenn du ein bisschen mithilfst, kommst du mit vierzehn Tagen Jugendarrest davon. Und die hast du eigentlich schon hier im Präsidium abgesessen. Denk doch auch mal an deine Angehörigen. Für die bist du einfach von der Bildfläche verschwunden. Was sollen sie denn denken? Hast du dir das schon mal überlegt?«

Paule schaute auf seine Schuhspitzen, hörte hinter sich den Wachtmeister husten.

»Ich versuche es in aller Güte«, sagte der Richter nach einer Weile, nun um eine Spur schärfer im Ton. »Deinetwegen bin ich vom Krankenhaus aus hierher gekommen. Aber auch meine Geduld hat Grenzen. Verstehst du mich überhaupt?«

»Ja«, sagte Paule. »Ich verstehe Sie.«

»Das ist doch wenigstens etwas.« Der Richter seufzte. »Dann will ich dir sagen, wie es läuft, wenn du so weitermachst. Wir können niemanden ohne Personalienfeststellung entlassen. Das heißt, dass wir dich dann irgendwohin überweisen müssen. Erstens wegen der Plünderung, zweitens wegen deiner Verweigerungshaltung. Das läuft auf Widerstand gegen die Staatsgewalt hinaus und erfordert staatlicherseits entsprechende Gegenmaßnahmen. Mit Jugendarrest ist es dann nicht mehr getan. Ist dir das klar?«

»Ja«, sagte Paule.

»Dann gebe ich dir einen Tag Bedenkzeit«, sagte der Richter. »Wachtmeister, bringen Sie den Jungen in die Zelle zurück.«

Die Metalltür seiner Zelle fiel hinter ihm zu. Paule sah, dass er den Raum für sich allein hatte. Den anderen Mann, der für einen Tag sein schweigsamer Zellengenosse gewesen war, hatte man wohl inzwischen ins Amtsgefängnis überführt.

Mit unruhigen Schritten durchmaß Paule die Zelle. Sechs Schritte hin, sechs zurück, knapp vier Schritte quer. Jedes Mal wenn er am Fensterschacht war, blickte er in die Höhe, wo ein schmaler Sonnenstreif das Glas traf. Allmählich gelang es ihm, seine Gedanken zu ordnen. Nein, er hatte keine Chance, mit Jugendarrest durchzukommen. Er war mehr als nur ein Plünderer. Vor allen Dingen war er fahnenflüchtig und drittens führte seine Spur zu Jupp. Deshalb hatte es auch keinen Sinn, eine Geschichte zu erfinden. Irgendwann würden sich Widersprüche ergeben, Halbwahrheiten führten zur ganzen Wahrheit. Ihm blieb nichts anderes übrig, als bei seinem Schweigen zu bleiben. Das war die einzige Möglichkeit. Als Paule an diesem Punkt angelangt war, fühlte er sich fast erleichtert. Er war froh, eine klare Entscheidung getroffen zu haben.

Am nächsten Tag stand er wieder vor dem Jugendrichter. Der Angriff musste schon fast zwei Wochen vorbei sein und die Fenster waren noch immer nicht wieder verglast. Lange halten die sowieso nicht mehr durch, dachte Paule. Ohne Material, ohne Fabriken. Der Krieg ist verloren und vielleicht bald schon zu Ende. Ich muss nur sehen, dass ich so lange durchhalte.

Der Richter war heute ohne Kopfverband. An der Scheitelseite war sein Haar ausrasiert, ein dicker Mullverband klebte darüber.

»Na, hast du es dir überlegt?«, fragte der Richter.

»Ja«, sagte Paule.

»Das hab ich mir gedacht.« Der Richter nickte zufrieden. »Dann sag, wo wir deine Eltern finden, damit wir sie benachrichtigen können.«

Paule blieb stumm.

Der Richter wartete. Er spielte wieder mit dem Bleistift, wechselte ihn von der linken zur rechten Hand. Dann legte er den Stift beiseite, sah Paule an und trommelte mit den Fingerkuppen auf die tintenbekleckste Schreibunterlage. »Also wird's bald«, sagte er schließlich.

»Ich habe keine Angaben zu machen«, sagte Paule.

»Sturer Hund«, sagte der Richter gereizt. »Denk ja nicht, dass du damit durchkommst. Mit deiner Verweigerungshaltung ziehst du dir automatisch Jugendschutzhaft zu. Ich habe deinen Fall mit den zuständigen Instanzen durchgesprochen. Du wirst hiermit nach Moringen überstellt. Die werden dir den Mund schon aufmachen. Wachtmeister, zum Erkennungsdienst.«

Der Polizist schloss Paules linkes Handgelenk in eine Handschelle und führte ihn ein paar Treppen höher ins Dachgeschoss. Seine Fingerabdrücke wurden abgenommen, Lichtbilder angefertigt und dann landete er wieder in seiner Zelle.

Die erkennungsdienstliche Behandlung war mit mechanischer Gründlichkeit abgewickelt worden. Jetzt hatten sie ihn in ihren Akten, seine Fingerabdrücke auf einem Normblatt, seinen Körper hinter Gittern. Aber mich habt ihr nicht, dachte Paule. Nicht, solange ich nicht will.

Er verbrachte vier weitere Tage hinter der Stahltür. Männer wurden eingeliefert, verließen die Zelle wieder, neue Gesichter tauchten auf. Paule fragte verschiedene Leute, wo Moringen lag. Keiner hatte je von dem Ort gehört.

Moringen

Nach Waschen und Frühstück wurde Paule am fünften Morgen vom Schließer aus der Zelle befohlen. Zwei Justizbeamte erwarteten ihn mit Ketten, schlossen ihm Hände und Füße ins Eisen. Er stieg die Stufen hinauf, wurde in einen vergitterten grünen Wagen verfrachtet.

Das Auto legte nur eine kurze Strecke zurück. Als die hintere Wagentür aufschwang, sah Paule, dass sie sich vor dem Duisburger Hauptbahnhof befanden.

»Los, ein bisschen plötzlich«, befahl einer der Männer. »Der Zug wartet nicht.«

Sie zogen ihn zu einem Bahnsteig, an dem der Zug schon abfahrbereit stand, und eilten die Wagen entlang. Die Ketten ruckten und spannten.

In dem überfüllten Zug war ein Abteil für die Justizbeamten reserviert. Sie schlossen die Tür hinter sich ab, zogen die braunen Vorhänge zur Gangseite zu und ließen sich auf die Holzbänke fallen. Im gleichen Augenblick verkündete eine weibliche Lautsprecherstimme: »Zum D-Zug nach Dortmund/Hamm über Mülheim, Essen, Bochum. Einsteigen, Türen schließen!«

»Das war knapp«, sagte der eine Beamte zu seinem Kollegen.

»Ja, wenn's so weitergeht, können wir von Glück sagen«, meinte sein Gegenüber. »Dreimal umsteigen! Ich wollte, wir hätten's schon hinter uns.«

Paule sah zum Fenster hinaus. Es ging nach Osten. Hochöfen, qualmende Schlote, Schrebergärten entlang der Strecke. Was für Orte lagen hinter Dortmund? Paule verfolgte in Gedanken den Streckenplan der Reichsbahn. Kassel, Göttingen, Halle, Leipzig. Und dreimal umsteigen – sicher war Moringen ein kleinerer Ort.

Während der eine Beamte Tabak und Zigarettenpapier hervorkramte, vertiefte sich der andere in die Zeitung.

»Lies mal vor, Emil, was das Blatt über die Invasion schreibt«, sagte der Zigarettendreher und ließ sein Benzinfeuerzeug aufflammen.

»Die haben eine ganze Landeflotte vor der Normandie«, erzählte Emil. »Schlachtschiffe, Zerstörer, Kreuzer. Und hier steht, dass Landungsboote ausgebrannt vor der Küste treiben.«

Paule zuckte zusammen, seine Ketten klirrten. »Die Invasion?«, fragte er heiser. »Die sind tatsächlich gekommen?«

»Das hat der im Präsidium wohl noch gar nicht mitgekriegt«, sagte Emil zu dem anderen, der gemütlich vor sich hin paffte. Dann wandte er sich zu Paule: »Also, gestern sind die Tommys und Amerikaner in Frankreich gelandet. Aber bloß keine Panik, mein Junge! Die werden ihr blaues Wunder erleben. Was denkst du, Robert?«

Der nickte zustimmend und stieß eine dicke Qualmwolke aus. Emil sah wieder in die Zeitung. »Jetzt setzen sie auch noch Fallschirmtruppen hinter dem Atlantikwall ab«, las er vor. »Die haben eben das Material.«

»Das nützt denen gar nichts«, sagte der Mann, der Robert hieß. »Gegen die Wunderwaffen vom Führer haben die nicht die geringste Chance.«

Paule hatte inzwischen versucht, die Tage zu zählen, das Datum auszurechnen, kam aber nicht weiter. »Was war denn gestern für ein Tag?«, erkundigte er sich schließlich bei seinem Gegenüber.

»Montag, der 6. 6. 44«, verkündete Robert. »Wenn das keine Schnapszahl ist.«

Der 6. Juni! Das Datum ging Paule durch und durch. Ullas Geburtstag! Gestern war sie sechzehn geworden und am selben Tag war die Invasion passiert. Wenn jetzt tatsächlich der große Vergeltungsschlag kam, wenn Hitler seinen Krieg doch noch gewann, Ahab den weißen Wal erlegte? Dann war für ihn, Paule, alles umsonst gewesen. Aber konnte er sich denn wirklich wünschen, dass Deutschland den Krieg verlor? Zur Kartoffelwüste wurde, in der man Leute wie ihn und Henner nicht brauchte? Er verfiel in finsteres Grübeln. Und immer wieder kehrten seine Gedanken zu Ulla zurück. Aber an Ulla zu denken vergrößerte seine Selbstzweifel nur noch mehr. Und was würde ihm erst in Moringen bevorstehen?

Doch die beiden Justizbeamten behandelten ihn menschlich. Nachdem sie in Hamm umgestiegen waren, zogen sie Marschverpflegung hervor, gaben Paule ein Käsebrot und zwei Äpfel und ließen ihn beim nächsten Umsteigen, in Soest, einen Toilettengang machen. In Ottbergen stiegen sie das dritte Mal um, fuhren in einem rumpelnden Bummelzug weiter.

Die Bahnstation von Moringen lag weit außerhalb. Sie gingen eine Viertelstunde, bis sie das Ortsschild erreicht hatten.

Die Moringer mussten daran gewöhnt sein, dass Menschen in Ketten durch ihren Ort geführt wurden. Niemand blieb stehen, kein Blick traf Paule, als er zwischen seinen beiden Bewachern unter lautem Klirren die schnurgerade Hauptstraße entlangmarschierte.

Vor einem lang gestreckten, mit rotem Sandstein abgesetzten Gebäude blieben sie stehen. Emil zeigte zu einer Doppeltreppe hinauf, die zum Eingangsportal führte.

»Da sind wir, junger Mann«, sagte er. »Halt dich wacker hier in dem Laden, sonst kann dich deine Mama auf dem Friedhof besuchen. Da liegen schon einige Jungs. Also, immer auf Zack sein.« Er schob Paule die Treppe empor, klopfte und einen Augenblick später schwang ein Türflügel auf.

Ein Bewaffneter in Feldgrau, am Kragenspiegel den Totenkopf der SS, trat hinaus und grüßte.

Die Justizbeamten grüßten zurück und Robert meldete: »Die Überstellung aus Duisburg.«

Der SS-Mann nickte und wies mit dem Daumen hinter sich. »Im ersten Stock. Ihr kennt euch ja aus«, sagte er.

Sie schoben Paule die Treppen hinauf. In einem hohen Flur blieb Emil als Wache bei ihm zurück, während Robert in einem Gang verschwand.

Das düstere Gebäude wirkte wie ausgestorben, und Paule spürte, wie die Kälte der Steinfliesen über seine Füße die Beine hochkroch. Die Kette rasselte so laut über den Stein, dass er unwillkürlich zusammenfuhr.

Unmittelbar darauf kamen eilige Schritte die Treppe hinauf. Ein Scharführer, Akten unterm Arm, stürmte an ihnen vorbei.

Emil nahm Haltung an und grüßte.

Der Scharführer grüßte zurück, machte auf dem Absatz kehrt und starrte Paule ins Gesicht. »Noch nie was von Grußpflicht gehört?«, fuhr er ihn an.

Paule hob mechanisch die rechte Hand, seine angekettete Linke schoss mit nach oben. »Heil Hitler«, sagte er.

»Du dreckige Laus«, schrie der Scharführer, »du wagst es, den Namen des Führers in deinen ungewaschenen Mund zu nehmen?« Er stieß Paule vor die Brust und schickte ihn kopfüber die Treppe hinab.

Paule polterte, in seine Ketten verheddert, über die Stufen, schlug gegen die Kanten und landete auf dem Treppenabsatz.

»Aufstehen und marsch, marsch zurück!«, befahl die Stimme von oben.

Mühsam rappelte sich Paule hoch, stapfte kettenklirrend die Stufen hinauf.

»Achtung, stillgestanden!«, befahl der Scharführer. »Hände lang gestreckt, Schultern zurück, Kinn höher, Mann, und mit Kopfwendung folgen. So hast du zu grüßen. Verstanden?«

»Ja«, sagte Paule und polterte zum zweiten Mal über die Stufen, schmeckte Blut im Mund, spürte im Kreuz einen stechenden Schmerz.

»So, mein Junge«, sagte der Scharführer sanft, als Paule wieder in Haltung vor ihm stand. »Du wirst noch einiges lernen müssen. Sogar, wie man richtig antwortet. Verstanden?«

»Jawohl, Herr Scharführer«, sagte Paule.

Der SS-Mann musterte ihn stumm. »Rühren«, befahl er dann, wandte sich um und ging weiter.

Paule stieß heftig die Luft aus, schaute nach den beiden Justizbeamten. Robert winkte ihn herbei und nahm ihm die Ketten ab.

»Komm mit«, befahl er. »Zum Kommandanten.«

Er schob Paule in den Gang, klopfte an eine Tür und trat zusammen mit Paule ein.

»Hier ist der neue Zögling«, sagte er.

Der SS-Führer hinterm Tisch sah Paule ins Gesicht. Der nahm Haltung an und drückte seine zittrigen Finger ans Bein.

»Rühren«, sagte der Kommandant und drehte sich zu seiner Schreibkraft um. »Sie füllen das Eingangsformular aus.«

Dann erhob er sich aus seinem Schreibtischsessel, kam um den Tisch und baute sich vor Paule auf. »Du willst dich wohl mit Gewalt unbeliebt machen«, meinte er. »Nimm gefälligst Haltung an, wenn ich mit dir rede!«

Paule gehorchte.

»Also, was haben wir da alles?«, sagte der Kommandant, langte hinter sich auf den Schreibtisch und griff nach einem graugrünen Aktendeckel. »Plünderung einer Bäckerei, Widerstand gegen die Staatsgewalt, ohne Ausweis angetroffen, Verweigerung der Personenfeststellungsangaben. Da wollen wir doch mal sehen, ob wir nicht besser mit dir zurechtkommen.« Er ging an die Tür, riss sie auf und rief in den Gang: »Blum, zum Kommandanten!«

Einen Augenblick darauf erschien der Scharführer, der Paule die Treppe hinabgestoßen hatte, und knallte die Hacken zusammen.

»Hier, lesen Sie seine Akte«, sagte der Kommandant und

wandte sich wieder an Paule. »Willst du mir mal sagen, was der Quatsch soll? Wie heißt du?«

Paule schwieg.

»Er will nicht«, sagte der Kommandant zu Blum. »Dann weiter im Text. Montag kommt der Professor, dann kann gleich die Untersuchung stattfinden. Gerti, welche Nummer kriegt der Lagerzögling?«

»1209, Sturmbannführer«, antwortete die Frau an der Schreibmaschine.

»Zwölfnullneun, das ist also deine Nummer«, sagte der Kommandant. »Und Sie, Blum, übernehmen seine Betreuung bis Montag. Danach sehen wir weiter. Bis dahin Einzelarrest, vorher der übliche Vollzug. Und bringen Sie Zwölfnullneun gleich mal auf Vordermann.«

»Geht in Ordnung, Sturmbannführer«, sagte der Scharführer.

Der Kommandant trat vor Paule hin und fasste ihn am Halsausschnitt seines Pullovers. »Zwölfnullneun, wir sehen uns wieder«, sagte er. »Du wirst schon noch lernen, dich zu fügen. Führen Sie den Lagerzögling ab, Scharführer«, schloss er und ließ Paule los.

»Zum Hinterausgang«, befahl ihm Blum auf der Treppe.

Paule betrat einen Hof, der so sauber war, als hätte jedes Krümelchen Erde zwischen den Pflasterfugen seinen vorschriftsmäßigen Platz. Das Geviert, vielleicht zweihundert mal fünfzig Meter groß, war von lang gezogenen, trüben Klinker- und Fachwerkbauten umgeben, alle mit verstrebten, vergitterten Fenstern.

Vor einer Tür des rechten Gebäudetrakts befahl Blum: »Warten!« Dann riss er die Tür auf und rief: »Talbach, heraustreten. Mit Sack und Schere!«

Umgehend erschien ein schlaksiger Junge, nahm Haltung an und meldete: »Zur Stelle, Scharführer.«

Blum zeigte auf Paule. »Zum Duschraum mit ihm, Haareschneiden, Duschen, dann Kleiderfassen.«

»Zu Befehl«, rief Talbach und trat an Paules Seite.

Als Blum ihnen die nächste Tür aufschloss, schaffte Talbach im Laufschritt einen Schemel herbei, wies Paule an, sich zu setzen, und machte sich an sein Haar, während Blum zigarettenrauchend zusah.

»Gut so«, lobte er Talbach zwischendurch. »Alles runter! Eine richtig schöne Platte. Und ein bisschen munterer, Talbach!«

Die Schere war stumpf, riss und zerrte schmerzhaft im Haar. Paule zuckte zusammen.

Blum lachte. »Lange nicht mehr beim Friseur gewesen, Zwölfnullneun, was? Nun mal los, das genügt. Kleider aus, unter die Dusche. Talbach, du kehrst gleich die Haare auf. Und die Klamotten in den Kleidersack.«

Paule lief unter einen der Duschköpfe. Blum öffnete das Zentralventil. Heißes Wasser sprühte hervor.

»Da vorn liegt Seife«, rief der Scharführer. »Einseifen«, und damit drehte er das Ventil zu.

Paule rieb mit dem rauen, schmierenden Seifenstück seine Haut ein und schon platschte wieder Wasser über ihn, diesmal eiskalt.

»Talbach, ein Handtuch«, rief Blum. »Und gib ihm seinen Kleidersack. Er kann ihn selbst tragen.«

Dann winkte er die beiden Jungen ungeduldig auf den Hof hinaus.

Den Kleidersack vor dem Bauch, lief Paule nackt über den Hof, wartete, bis der Scharführer die Kleiderkammer aufschloss, und sah zu, wie im Eiltempo Kleidungsstücke und andere Sachen herbeigeholt und vor ihn hingeworfen wurden.

»Zieh die Turnhose über, nimm deine Sachen untern Arm und komm mit!«, befahl Blum.

Paule konzentrierte sich darauf, alle Gedanken aus seinem Kopf zu verbannen und mechanisch zu gehorchen, musste jedoch feststellen, dass sich der Befehl gar nicht so ohne weiteres befolgen ließ. Erst als er unter Blums drohenden Blicken in die Holzpantinen schlüpfte und die Kleinteile wie Löffel, Becher, Blechschüssel, Zahnbürste, Zahnputzpulver und Seife vorsichtig auf die Stoffsachen packte, konnte er den Stapel aus Drillichzeug, einer runden Sträflingsmütze, Unterwäsche, Nachthemd und Handtuch auf den Armen balancieren.

»Auf den Hof mit dir«, sagte Blum und ging mit langen Schritten auf den gegenüberliegenden Gebäudetrakt zu. Dort schloss er eine Tür auf, die zu einem Zellengang führte.

»Das ist deine Zelle, Zwölfnullneun«, sagte Blum. »Leg deine Sachen ab. Einordnen kannst du später.«

Wieder lief Paule hinter Blum über den Hof. Zwischen zwei Gebäuden kamen sie auf einen roten Schlackenplatz.

»So, da sind wir«, sagte Blum, zog eine neue Zigarette heraus, steckte sie an und stieß den Rauch aus. »Hier treiben wir Sport. Mannschafts- und Einzeltraining. Und damit du einen Begriff davon kriegst, erst mal zwanzig Laufrunden. Los, und zwar hurtig!«

Paule rannte los, bemühte sich, keine Ecken des etwa vierzig mal zwanzig Meter messenden Gevierts zu schneiden, das Tempo gleichmäßig beizubehalten. Nach der Endrunde blieb er schwer atmend vor Blum stehen.

»Liegestütze«, befahl der Scharführer. »Du zählst laut mit, Zwölfnullneun. Bis fünfzig.«

Nach dem dreißigsten keuchte er. Seine Arme begannen zu zittern. Mühsam stemmte er sich weiter auf, bis er nach dem fünfundvierzigsten schließlich liegen blieb.

»Weiter, weiter«, befahl Blum. »Keine Müdigkeit vorschützen. Fürs Unterbrechen zehn zusätzliche dazu.«

»Ich kann nicht mehr«, japste Paule.

»Was du aushältst, bestimmen wir, nicht du«, sagte Blum und stieß ihn mit der Stiefelspitze ins Gesäß. »Los, es fehlen noch fünfzehn. Keiner wird vergessen! Auf und nieder, auf, nieder …«

Nach dem fünfzehnten Liegestütz wackelten Paules Arme wie Pudding.

»Aufstehen!«, schrie Blum ihn an. »Mach den Hasen, schön hopsen, weiter, weiter. Und hältst du wohl die Arme ausgestreckt, Zwölfnullneun! Eine Extrarunde!«

Jetzt musste sich Paule keine Mühe mehr geben, das Denken auszuschalten. Mit zunehmender Erschöpfung spürte er, wie sich sein Kopf in eine warme breiige Masse auflöste, die außer Befehlen nichts mehr registrierte.

»Halt, stopp«, rief ihm der Scharführer zu, als er wieder bei dessen blitzenden Stiefelschäften angekommen war. »Zum Schluss nur noch ein bisschen Härtetraining für unsere zukünftigen Sportstunden. Leg dich aufs Kreuz, ja, hinunter mit dir in die Schlacken. Die Jungs nennen das hier den ›Blutacker‹, und sie wissen, warum. So, Zwölfnullneun, und jetzt schwimmst du quer über den Platz, in Rückenlage, und eins und zwei und drei – willst du dich wohl bewegen!«, schrie er, baute sich über Paule auf und setzte einen Stiefel auf seine Brust. »Du kommst nicht vom Platz, bis du die Strecke hin- und zurückgeschwommen bist. Also, es geht weiter, und eins und zwei und drei, ja, weiter, und kräftig mit Armen und Beinen rudern …«

Einen Zentimeter nach dem anderen robbte Paule über die raue Schlacke. Sie riss an seiner Haut, schrammte ihn bis aufs Blut, bis auf die Nervenenden. Er stöhnte leise.

»Weiter, weiter«, befahl der Scharführer, »und eins und zwei …«

Noch bevor er die Mitte des Gevierts erreicht hatte, strömten Paule Tränen übers Gesicht. Seine Turnhose rutschte herunter, verhedderte sich an den Füßen, blieb dann irgendwo liegen. Der Hof dehnte sich bis in die Unendlichkeit aus, die Welt bestand nur noch aus Schlacke und Schmerzen.

Paule konnte es kaum fassen, als die Qual dann plötzlich vorbei war.

»Aufstehen«, kommandierte Blum.

Paule vermochte sich nicht mehr auf den Beinen zu halten. Er sackte in die Knie.

Blum schoss vor und versetzte ihm einen Faustschlag ins Gesicht. »Aufstehen«, wiederholte er. »Wird's bald. Gerade stehen, Schultern zurück, Kopf hoch, Arme und Hände lang gestreckt! So, und jetzt hol deine Hose. Und zeig deinen Rücken her. Na, der sieht ja böse aus. Wir gehen beim Sani vorbei.«

Hinter Blums knirschenden Stiefeln torkelte Paule zurück über den Hof, zog sich am Geländer die Stufen zum Haupthaus empor, während Blum auf ihn wartete, ihn im Auge behielt wie ein Insekt.

»Hier entlang«, befahl er. »Und denk nur nicht, das wäre schon alles gewesen. Wenn's erst mal richtig hart auf hart geht, schaffst du die Treppe nicht mehr allein.«

Vor Paules Augen flimmerte es.

Blum klopfte an eine Tür. Ein weiß gekleideter Mann, eine Uniform, Stiefel, eine neue Stimme, die ihm befahl: »Hosen runter!« Dann fuhr ihm eine Jodquaste über den Rücken.

Paule schrie gellend auf.

»Zur Arrestzelle«, befahl Blum. Dort angekommen, stieß er Paules Tür auf. »Neunzehn Uhr Abendessen«, sagte er. »Anschließend kannst du hier Ordnung schaffen. Ich komme und nehme den Raum ab.«

Die Tür fiel ins Schloss.

Paule sackte wimmernd auf die Dielenbretter, kroch dann zum Waschschüsselständer, rappelte sich mühsam hoch und kühlte sein glühendes Gesicht. Das Wasser schmeckte nach Rost, war schal und abgestanden, aber er trank in gierigen Zügen. Dann versuchte er sich zu säubern, seine Hände, die geschundenen Arme, die Füße, Brust und Bauch.

Er war mit dem Waschen noch nicht fertig, als Schritte laut wurden, ein Schlüsselbund klirrte. Die Tür schwang auf, ein neuer SS-Mann stand im Raum, hinter ihm drei Jungen mit Essenskübel und Brottablett.

»Was ist das für ein Saustall hier?«, fragte der SS-Mann drohend.

Paule nahm Haltung an. »Zögling Zwölfnullneun zur Stelle.«

»Zum Essensempfang«, verbesserte ihn der SS-Mann. Er zog ein Büchlein hervor und machte einen Eintrag. »Zwölfnullneun, Sonntag zwei Stunden Strafstehen. Und dass ich den Raum nicht wieder so antreffe! Das nächste Mal kommst du über den Schemel! Jetzt los, Essen fassen.«

Paule trat mit der Blechschüssel an den Essenskübel. Ein Junge füllte ihm einen Schlag Suppe auf, ein anderer reichte ihm eine Doppelschnitte Brot. Als Paule nach dem Brot griff, rutschte ihm die Schüssel aus der Hand, knallte auf die Dielen. Der Inhalt platschte ihm über die Füße, spritzte gegen die Stiefelschäfte des SS-Manns.

»Sauber machen«, befahl der.

»Womit?«, fragte Paule verzweifelt.

Der Mann zeigte stumm auf gestapeltes Zeitungspapier neben dem Toilettenkübel. Paule legte sein Brot aus der Hand, putzte die Stiefel ab, sammelte Kohlblätter, gewürfelte Karotten, Rübenschnitzel auf, beförderte alles in den Toilettenkübel, wischte die Dielen trocken. Der Mann und die Jungen rührten sich nicht.

»Gebt ihm noch einen Schlag in den Napf«, befahl der SS-Mann. »Und nach dem Essen ans Aufräumen. In einer Stunde ist Bettruhe!«

Er stiefelte an Paule vorbei und zog die Tür hinter sich zu.

Auf die Tischplatte gestützt, kaute Paule sein Brot, löffelte die Suppe. Seine Zähne klapperten gegen den Löffel.

Nach dem Essen wusch er den Napf aus, scheuerte mit Sand nach, wischte und polierte mit Papier hinterher, schwenkte das Gefäß noch mal mit Wasser aus, rieb es trocken. Dann räumte er seine Sachen aufs Wandbord, jedes Teil genau in Linie ausgerichtet. Zum Schluss streifte er sein Drillichzeug über, steckte die wunden Füße in die Holzpantinen.

Als Scharführer Blum erschien, nahm er Haltung an und meldete: »Lagerzögling Zwölfnullneun angetreten zum Stubenappell.«

»Rühren«, sagte Blum. »Dann wollen wir mal sehen, ob du begriffen hast.«

Er prüfte die Spindordnung, begutachtete den Essnapf, Löffel, Waschschüssel, die kerzengerade ausgerichteten Kanten des Zeitungspapiers neben dem Toilettenkübel.

»Schuhe vorzeigen«, befahl er.

Paule stieg aus den Pantinen.

Blum zog einen Nagelreiniger hervor und fuhr mit der Spitze den Falz zwischen dem Oberleder und der Holzsohle entlang. Einige Krumen Erde kamen zum Vorschein. Der Scharführer ließ den Schuh fallen, hielt Paule die Nagelreinigerspitze unter die Augen.

»Und was ist das?«, fragte er.

»Erde«, sagte Paule. »Aber die Schuhe kommen aus der Kleiderkammer.«

»Mund halten«, befahl Blum. »Du redest nur, wenn du gefragt wirst, verstanden?«

Paule nahm Haltung an. »Zu Befehl«, sagte er.

»Und jetzt dein Bett«, fuhr Blum fort. »Schau's dir genau an. So will ich es morgen wieder sehen. Die Kante vom Strohsack verläuft exakt im rechten Winkel, glatt wie ein Bügelbrett, das Betttuch liegt straff an. Die Karos vom Bettüberzug verlaufen schnurgerade in das Karomuster vom Kopfkissen hinein. Und die Decke da wirft kein Fältchen. Ist das alles klar, Zwölfnullneun?«

»Jawohl, Scharführer«, sagte Paule.

Blum ließ sich rittlings auf dem Schemel nieder. »Ich habe dir einen kleinen Vorgeschmack von dem gegeben, was hier abläuft,

Zwölfnullneun«, sagte er. »Je eher du kapierst, umso besser. Für dich und für uns.« Damit stand er auf, befahl: »Weitermachen!«, und marschierte hinaus.

Wenig später vernahm Paule von der Hofseite ein hartes, schepperndes Geräusch. Das musste das Signal für die Bettruhe sein. Er zog sich aus, legte seine Sachen säuberlich gefaltet und gestapelt auf den Schemel, schlüpfte in das raue Nachthemd und legte sich bäuchlings auf den Strohsack. Draußen war es noch hell, vielleicht neun Uhr, schätzte Paule. Ob man ihn nachts in Ruhe ließ? Sie konnten ihm auch den Schlaf noch wegnehmen, aber nicht ganz. Der Körper würde ihn sich irgendwann holen. Und wenn er schlief, gehörte er sich selbst.

Zweimal schepperten nachts die Schlüssel, ging die Tür. Ein Lichtstrahl traf sein Gesicht, wanderte im Zimmer umher, dann schlug die Tür wieder ins Schloss. Doch Paule schlief so fest, dass er die Nachtkontrolle nur am Rand seines Bewusstseins registrierte.

Noch vor dem Weckzeichen war er aus dem Bett.

Ächzend ließ er sich auf die Dielen nieder, ging in den Liegestütz und begann auf und ab zu pumpen, immer wieder, bis an die Grenzen seiner Kraft. Jeder Muskel protestierte, schickte ihm stechende Schmerzsignale zu. Er zwang sich weiterzumachen, ging zu Kniebeugen über, mit dem Schemel in den Händen, bis ihm die Arme versagten und der Schemel auf den Boden schlug. Tränen standen ihm in den Augen, als er seine Gelenke ausschüttelte.

Während er sein Bett baute, kam das Wecksignal. Im Wehrertüchtigungslager hatte Paule den vorschriftsmäßigen Bettenbau so oft geübt, dass er die einzelnen Handgriffe wie im Schlaf ausführte. Das Stroh im Sack aufschütteln, Gott sei Dank war seiner wirklich prall gestopft. Jetzt das Stroh gleichmäßig verteilen, in die Ecken schieben, die Kante festklopfen, das Betttuch straffen. Dann die Decke mit dem karierten Überzug auflegen, glatt streichen, dass das Muster wie mit dem Lineal gezogen verlief. Ans Fußende zuletzt die zweite Decke, millimetergenau auf Kante gelegt – ›geschlichtet‹, wie die Ausbilder das nannten.

Als er sich gewaschen und den Drillichanzug angelegt hatte, setzte er sich an den Tisch und stellte im Kopf die Schachfiguren auf. Er begann die Eröffnungspartie mit dem Königsbauern, um seinem Läufer Luft zu machen: e2 – e4. Bevor er wieder zu Zwölfnullneun wurde, wenn man ihn hinausrief, musste er erst wieder Paule, er selbst gewesen sein. Nur so konnte er hoffen, den Tag zu überstehen.

Er wurde jedoch nicht zum allgemeinen Lagerzählappell auf den Hof kommandiert. Blum selber erschien an der Tür.

Paule stand stramm. »Zögling Zwölfnullneun zur Stelle«, meldete er.

»Rühren«, sagte Blum. Er trat ans Bett, zog eine Kordel aus der Waffenrocktasche, ließ Paule das andere Ende nehmen und zog sie straff über die Strohsackkante, dann über die Karodecke.

»Sauber«, kommentierte er. »Wenigstens für den Anfang. Wo haben sie dir das beigebracht?«

»Im WE-Lager«, antwortete Paule.

»Ja, das sind tüchtige Jungs«, meinte der Scharführer. »Wenn ich mir dagegen ansehe, mit was für Menschenmaterial unsereins arbeiten muss … Also, dann mal raus zum Frühsport. Nicht mit der Lagermannschaft, sondern schön allein mit mir. Anzug ausziehen, Turnzeug an. Und dann raustreten.«

Paule folgte Blum über den Hof.

Dort waren ein paar hundert Jungen angetreten. Trillerpfeifen schrillten, Kommandos ertönten: »Auf! Nieder! In die Knie! Rumpf beugt, Hände flach auf die Erde. Die Knie durchdrücken, wollt ihr wohl gerade stehen!«

Die Jungen bewegten sich so präzise wie ein Uhrwerk, wurden durch Trillerpfeifen und Kommandos zu einer einzigen Maschine zusammengeschweißt.

Blum steuerte mit ihm auf den Schlackenhof zu, den Blutacker. Ein anderer SS-Führer hatte dort bereits Aufstellung genommen und jagte zwei Jungen über den Platz. Einer von ihnen, sah Paule, war Talbach.

»Bewegt eure müden Knochen ein bisschen schneller!«, rief der SS-Mann. »Talbach, nun mal hurtig! In deinem Essnapf will ich mich heute Abend spiegeln können, verstanden? Spiegeln und rasieren.«

»Na, lauf mal gleich mit, Zwölfnullneun«, sagte Blum. »Und sieh zu, dass du das Tempo der Jungs mithältst.«

Paule zählte die Runden mit, jedes Mal eine neue, wenn sie bei den Zigaretten rauchenden SS-Leuten vorbeikamen, die scheinbar unbeteiligt an der Hausmauer standen.

»Siebendreizwo«, schrie der Mann neben Blum nach der sechzehnten Runde, »die drei letzten Runden gefälligst mit mehr Tempo, oder ihr dreht heute Abend noch ein paar Ehrenrunden!«

Nach drei weiteren Runden verschwand der andere SS-Mann mit seinen Zöglingen. Paule war mit Blum allein auf dem Platz.

»Seitenstechen?«, fragte der Scharführer. »Daran gewöhnst du dich, keine Bange. Und jetzt auf den Bauch, hin und zurück übers Karree robben. Tempo, Tempo! Und pass auf, dass du die Hose nicht verlierst, das tut nämlich sonst weh. Ja, ja, und zurück, nicht nachlassen, ein bisschen Beeilung, oder du kommst zu spät zum Frühstück und der Topf ist leer. Flach runter mit dir, verdammt noch mal …«

Am Rand des Schlackenplatzes blieb Paule wie ein nasser Sack liegen, schnappte nach Luft.

»Mach hier kein Theater!«, donnerte Blum ihn an. »Aufstehen, mitkommen!«

Wieder ging's hinauf ins Revier, wo Paule eine neue Jodddusche verpasst bekam. Die braune Flüssigkeit vermengte sich mit dem Blut, das ihm aus seinen Schürfwunden über die Haut rann.

Nach dem Reviergang schloss Blum ihn wieder ein. Von draußen rief er Paule zu: »Zur Arbeitszeit bist du fertig angezogen! Und stell den Kübel an die Tür!«

Keuchend stützte sich Paule mit den Armen an der Wand ab. Er gierte nach Wasser, aber die Kanne war leer. Nach dem Aufstehen hatte er alles Wasser zum Waschen verbraucht. Vorsichtig tastete er nach seinem linken Ellenbogen. Dort war bestimmt die ganze Haut abgeschürft. Selbst die leiseste Berührung ließ ihn zusammenfahren.

Unter Schmerzen gelang es ihm, sich anzuziehen. Das Frühstück musste gleich kommen, Brot und Kaffee, heißer Kaffee für seinen ausgedörrten Mund. Doch er wartete vergeblich. Die Frühstücksrunde war offenbar schon vorbei.

Und Blum hatte das natürlich gewusst.

Auf dem Hof ging wieder das Signal. Paule wurde aus der Zelle geholt und in einen Arbeitsraum gebracht. Verstohlen sah er sich um.

An mehreren großen Arbeitsflächen standen Reihen von Lagerzöglingen, falzten und klebten Papiersäcke. Keiner warf ihm einen Blick zu. Es raschelte, ratschte, Papier rauschte, sonst war es beklemmend still in dem großen Saal. Stapel von fertigen Papiersäcken lagerten neben dem Eingang. Über allem lag eine Wolke von durchdringendem Kleistergestank, der Paule an den Chemietankwagen in Duisburg erinnerte.

Der Arbeitsaufseher, ein Rottenführer, winkte ihn zu sich. »Zwölfnullneun, stell dich hier neben Anton. Der soll dir die Sache mal vorführen«, befahl er.

Anton, ein junger Mann von vielleicht zwanzig Jahren, zog Paule an den Tisch. »In diesen Papierschlauch«, erklärte er, »fährst du mit beiden Händen rein, bis über die Handgelenke. Aufbiegen und dann die beiden Seitenhälften in der Mitte zusammenlegen. Kapiert? Jetzt die spitzen Enden zur Mitte. Dann feste die Knickstellen glatt streichen. Mit dem Falzbein, wenn's sein muss, aber mit den Fingern geht's schneller. Dann ist der Sack so weit fertig, dass er zu den Leuten mit dem Kleber kann. Das ist alles.«

Er wandte sich wieder seinem Stapel zu und hatte in weniger als dreißig Sekunden einen Sack geknickt, gefalzt und auf dem Stapel neben sich abgelegt.

»Dort drüben ist ein freier Tisch.« Der Rottenführer wies mit der Reitgerte auf eine Arbeitsfläche in der nächsten Reihe. »Hundert Stück die Stunde sind die Norm, tausend pro Tag. Arbeitsverweigerung wird bestraft.«

Paule begann mit seiner Arbeit. Nach ein paar weniger erfolgreichen Versuchen schaffte er es, die Sackschläuche in die richtigen Falzlagen zu knicken. Stumm und verbissen arbeitete er vor sich hin, mühte sich mit dem sperrigen Material ab. Es hatte ganz einfach ausgesehen, wie Anton den Sackschlauch aufs vorgeschriebene Format brachte. In Wirklichkeit war es Knochenarbeit. Die Papiersäcke mussten dem Lager allerhand Gewinn einbringen.

Paule arbeitete sich durch die Vormittagsstunden, vergaß sogar seinen Hunger, nahm sich nicht mal die Zeit, zwischendurch seine Stückzahl zu kontrollieren. Das Soll, hundert in der Stunde, schaffte er sowieso nicht. Der Rottenführer blieb mehrmals an Paules Arbeitsplatz stehen und wippte mit der Gerte gegen seine Stiefelschäfte, sagte aber nichts und spazierte anschließend weiter durch die Gänge.

Als das Mittagssignal ertönte, ordneten die Jungen hastig ihre Plätze und stürzten mit klappernden Pantinen zur Tür. Paule jedoch wurde vom Rottenführer zurückgehalten.

»Zwölfnullneun, du wartest, bis der Scharführer dich holt«, befahl er. »Bleib an der Arbeit und hol was von deinem Rückstand auf.«

Paule falzte weiter. Aufbiegen, gegeneinander legen, die spitzen Enden zur Mitte, über die Bruchstellen mit dem Falzbein, der nächste Schlauch. Sollte er die Falzerei wirklich mal in den Griff kriegen, würde das irgendwann wie im Tran gehen und er konnte bei der Arbeit an alles Mögliche denken. Jedenfalls gab es Schlimmeres. Also weiter, aufbiegen, gegeneinander legen, die spitzen Enden zur Mitte, Falz brechen, der nächste. Hoffentlich würde Blum ihn nicht vergessen. Beim bloßen Gedanken an Essen verwandelte sich Paules Magen in ein schmerzendes schwarzes Loch.

Der Scharführer vergaß ihn nicht. Er sperrte auf, befahl ihn nach draußen, brachte ihn zurück in die Arrestzelle.

»Na, schöne Verschnaufpause gehabt, Zwölfnullneun?«, fragte er. »Da konntest du zur Abwechslung mal eine ruhige Kugel schieben, was?«

Er wartete keine Antwort ab, sondern schlug gleich die Tür hinter sich zu.

Paule stürzte sich auf den Wasserkrug. Das Wasser war frisch aufgefüllt. Die Kanne an den Mund gesetzt, schüttete er in gierigen Schlucken das Wasser in sich hinein. Dann setzte er ab, hob den Toilettenkübeldeckel. Das Gefäß war inzwischen entleert und mit einer körnigen Substanz ausgestreut worden, die durchdringend roch. Wahrscheinlich Chlorsalz.

Auf seinem Schemel, Löffel und Essnapf vor sich, erwartete Paule die Essenträger. Und als endlich die Tür aufging, sprang er auf, meldete sich: »Zwölfnullneun angetreten zum Essenempfang.«

»Rühren und vortreten«, befahl der SS-Mann. »Gebt ihm seinen Schlag.«

Wahrscheinlich war er als Letzter drangekommen, denn das Essen war nicht einmal mehr lauwarm. Dafür aber war es dickflüssig und sättigend. Das übliche Dörrgemüse, »Stacheldrahtverhau«, wie sie es in Zürs genannt hatten. Und es gab drei Kartoffeln dazu, matschig und blau vor Alter. Paule aß sie in der Schale, ließ den Gemüsekleister löffelweise im Mund durchfeuchten und leerte seinen Napf in winzigen Portionen. Dann putzte er Napf und Löffel sauber, polierte das Metall auf Hochglanz und ordnete das Essgeschirr in den Spind. Danach war kaum Zeit für eine kurze Ruhepause mit dem Kopf auf dem Tisch, bis Blum ihn wieder in die Sackkleberei brachte.

Kaum hatte er den ersten Zementsack gefalzt, stand der Aufseher vor ihm. »Ich seh mir das schon den ganzen Morgen mit an, Zwölfnullneun«, sagte er. »So kommst du im Leben nicht auf dein Soll. Ich rate dir, lass das Falzbein weg. Das spart dir jedes Mal vier Handgriffe. Vier Handgriffe weniger sparen dir zwei Sekunden, zwei Sekunden mal hundert Säcke sind zweihundert Sekunden, also etwas über drei Minuten pro Stunde, und das wären in der Stunde mindestens fünf Säcke mehr. Die meisten Jungs brechen deswegen den Falz mit der bloßen Hand. Mir ist egal, wie du's schaffst, aber ich lass mir von dir meine Stückzahl nicht kaputtmachen. Also, dann mal ran!«

Paule legte das Falzbein beiseite und begann das raue, widerspenstige Papier mit den Fingern glatt zu streichen. Nach dem hundertsten Sack quoll Blut aus den Fingern.

»Aufhören«, befahl ihm der Rottenführer. Er brachte eine Rolle Klebeband zum Vorschein und warf sie ihm zu. »Verpflastere dir deine Griffel. Es darf kein Blut an die Säcke kommen. Sollen die im Werk denken, dass ihr bei der Arbeit Marmeladenbrot esst?«

Mit den Fingern ging es tatsächlich schneller als mit dem Falzbein und das Pflaster schützte ein wenig. Dennoch glühten Paules Fingerspitzen bei jedem Strich, als tauchte er sie in flüssiges Blei.

Der Nachmittag zog sich in die Länge.

»He, Kumpel, wo bist du her?«, raunte sein Nachbar ihm zu, während der Aufseher über einen Jungen am andern Ende des Raums ein Donnerwetter losließ.

»Aus Duisburg«, antwortete Paule leise.

»Da hat's mal wieder gekracht, was?«, flüsterte sein Nachbar zurück. »Ich bin auch aus dem Kohlenpott.«

Paule hetzte sich weiter durch die Arbeit.

Sein Stapel wurde zwischendurch von den Klebern abgeholt und seine Stückzahl auf einem Karton vermerkt. Er sah, dass seine Zahlen anstiegen.

Am späten Nachmittag wurde es unruhig im Saal. »Ruhe«, verlangte der Rottenführer und knallte mit der Peitsche. »Bis achtzehn Uhr dreißig sind es noch fünf Minuten. Das sind sieben, acht Säcke im Soll.« Er schlenderte zu Paule hinüber, nahm dessen Stückzahlkarton und rechnete zusammen. »Ich will dir keine Meldung verpassen«, sagte er dann. »Du bist weit im Rückstand, aber du hältst dich ran. Morgen weiter so. Dann bist du in ein paar Tagen auf dem Soll. Wenn die anderen raustreten, bleibst du hier. Arbeitest weiter, bis der Scharführer dich holt. Aber lass deinen Platz nicht wieder wie ein Misthaufen liegen. Guck dir bei den anderen Jungs die Ordnung ab.«

Bald darauf erschien Blum. »Wir machen ein paar Extrarunden als Ausgleich«, verkündete er, als er abgeschlossen hatte. »Zur Abwechslung im großen Hof. Da laufen schon ein paar. Sobald die vorbeikommen, schließt du dich an, verstanden?«

Paule riss die Pantinen zusammen, stand stramm. »Zu Befehl«, sagte er.

Wenigstens geht's nicht auf den Blutacker, dachte er. Und nach der endlosen Steherei machten ihm ein paar Runden nichts aus.

Doch er merkte schnell, dass er sich da verschätzt hatte. Die Jungen waren die tägliche Hatz, den Strafsport gewohnt, waren besser durchtrainiert als er. Er musste das Äußerste aus sich herausholen, um nicht den Anschluss zu verlieren.

Als die vier Leute mit ihrem SS-Mann abtraten, rief ihm Blum zu: »Eine Runde Häschenhüpfen, Zwölfnullneun. Arme vor und runter mit dem Arsch, der muss bis auf die Hacken stoßen.«

Unter ständigen Kommandos begleitete er Paule zweihundert Meter vom Geviert, die Längsseite entlang, vierzig Meter über die Schmalseite.

Nach weiteren hundert Metern fiel Paule um. Es wunderte ihn selbst, dass er urplötzlich so dalag. Er war einfach umgekippt und Blums Stimme schien wie aus einer anderen Welt zu kommen. Paule sah den brüllenden Mund nur verschwommen und auch Blums Tritte waren weit weg. Er lag auf dem Boden, nahm hoch oben Blums Gesicht wahr, darüber die Schäfchenwolken am Himmel. Morgen gibt's schönes Wetter, dachte er. Dann kehrten mit einem Schlag sein Bewusstsein, das Gehör, das Gefühl zu ihm zurück. Er lag im Hof, krümmte sich unter Blums Stiefeln, seine Stimme dröhnte ihm in den Ohren.

»Aufstehen!«, schrie der Scharführer ihn an. »Ich sag's nicht noch mal. Schluss mit dem Theater! Du machst deine Runde fertig oder du schläfst heute Nacht hart. Also los!«

Paule rappelte sich auf die Füße, hielt mühsam das Gleichgewicht und hüpfte weiter den Hof entlang.

»Also, wer sagt's denn«, rief Blum hinter ihm. »Da ist noch massig Reserve im Tank. Man muss nur wollen. Und genau das wirst du bei uns lernen, Zwölfnullneun. Und weiter, eins und zwei und eins und zwei …«

Als Paule vorm Zellentrakt angekommen war, kommandierte Blum: »Aufstehen, stillgestanden!« Er ging um Paule herum und baute sich dann direkt vor ihm auf, den Daumen in sein Pistolenkoppel gehakt. »So, du bist jetzt vierundzwanzig Stunden hier«, begann er. »Dass wir kein Mädcheninternat sind, wirst du inzwischen gemerkt haben. Ich habe mir angesehen, wie du dich hältst, Zwölfnullneun, und ich denke, du hast auch ein paar positive Seiten. Man merkt die gute Schule, bei der Wehrerziehung zum Beispiel. Aber ob du aus innerer Überzeugung so spurst, muss sich erst herausstellen. Ich hoffe es sehr für dich. Denn andernfalls bist du einer von den Renitenten, den Unbelehrbaren, und für die haben wir noch ganz andere Lager. So, das war's. Abtreten.«

Fünf Minuten später kam sein Abendessen.

Nachdem er gegessen und die Stube in Ordnung gebracht hatte, schaute Paule zu dem winzigen Himmelsausschnitt hinauf, den sein Fenster ihm freigab. Schäfchenwolken zogen dort oben. Unsichtbar und doch vorhanden öffnete sich dahinter der Kosmos. Sterne und Sonnen schwebten durchs All, die Planeten wandelten auf der Ekliptik, Saturn mit dem Ring, Jupiter mit seinen Monden. Und vom Mars oder einem anderen Ort aus den Tiefen des Alls betrachteten vielleicht gerade jetzt im Moment andere Lebewesen seinen Stern hier, die Erde. Und mit einem Mal wusste Paule, dass seine Bewacher ihn nicht fertig machen konnten, nicht Blum, nicht die ganze SS. Er würde sich weigern, innen im Kopf klein beizugeben, diesen Leuten seine Gedanken und Gefühle zu opfern, sich auszuliefern. Denn das würde bedeuten, mit ihnen gemeinsame Sache zu machen. Blum hatte diese versteckte Auflehnung gespürt, war sich aber wohl nicht sicher, wie weit sein Widerstand ging.

Ich muss aufpassen, dachte Paule, während er den sonnenleuchtenden Wolken nachblickte, ich muss sehr aufpassen. Die können mich nicht kleinkriegen, wenn ich nicht will. Aber wenn sie das merken, habe ich keine Chance mehr. Dann lassen die mich verrecken. Ich muss mich hinter mir selbst verstecken, damit mich keiner sieht. Nur so komme ich hier wieder raus.

Während der nächsten Tage verschonte Blum ihn mit seinem Kraftsport und ließ Paule mit den anderen zum Frühsport antreten. Gemessen an Blums Schleiferei, war das fast eine Erholung. Auch mit der Arbeit kam Paule immer besser zurecht, je mehr er dazu überging, einfach seinen Händen zuzusehen und die nötigen Griffe rein mechanisch auszuführen. Langsam näherte sich seine Stückzahl dem vorgeschriebenen Soll. Der Rottenführer traktierte ihn zwar trotzdem mit Fußtritten und zog ihm die

Reitpeitsche über die Hand, aber allmählich lernte Paule, Schmerzen besser zu verkraften.

Bei der Arbeit kreisten seine Gedanken nur um die Frage, wie er aus dem Lager herauskommen konnte. Gab es draußen Stacheldraht? Wachtürme vielleicht, Scheinwerfer bei Nacht? Hunde? Er erinnerte sich plötzlich, auf dem Blutacker das Anschlagen von Hunden vernommen zu haben. Mit Hunden musste er also rechnen. Und natürlich mit den Leuten von der Wachmannschaft, die morgens ihre Karabiner schulterten und die Pistolen durchzogen, wenn sie die Außenarbeitskommandos aus dem Lager nach draußen begleiteten. Wie konnte er diese Hindernisse überwinden? Darauf wusste Paule keine Antwort, aber eines war klar: Chancen hatte er allenfalls beim Außendienst. Aus dem Lager, den Häusern mit ihren vergitterten Fenstern, war ein Entkommen undenkbar. Er musste zusehen, dass er von der Sackkleberei fortkam. Ein Außenkommando musste er kriegen, selbst wenn die Arbeit dort Schwerstarbeit bedeutete.

Zwei Tage hatte sich Scharführer Blum, außer den üblichen Spind- und Bettenkontrollen, nicht weiter mit Paule befasst. In der Nacht von Samstag auf Sonntag jedoch erschien er mit einem weiteren SS-Mann in seiner Zelle. Ihre Handscheinwerfer schnitten Paule in die Augen, blendeten ihn.

Blum kommandierte: »Raustreten, Zwölfnullneun. Onaniekontrolle!«

Alkoholdunst und Nikotingestank schlugen Paule ins Gesicht. Noch bevor er es aus dem Bett geschafft hatte, traf ihn Blums Faust ins Gesicht.

»Das ist ein Befehl«, schrie er. »Raustreten, habe ich gesagt, und das heißt auf der Stelle, sofort.«

Paule stand wie angefroren vor seinem Strohsack. Der Kerl ist angetrunken, dachte er. Was hatten die beiden bloß mit ihm vor?

»Halt dein Nachthemd hoch«, befahl Blum. »Nein, doch nicht

so. Dein Pissgeschirr wollen wir gar nicht sehen. Sag du's ihm, Warmbrunn.«

»Das Hemd wie eine Schürze vorstrecken«, sagte Warmbrunn. »Wie Mama unterm Apfelbaum.«

Paule hielt sein Nesselnachthemd vor sich ausgebreitet und Blum leuchtete es mit dem Scheinwerfer ab. »Hab ich's mir gedacht«, sagte er. »Schau dir das an, Warmbrunn. Die Sau hat gewichst.«

»Ich weiß nicht …«, sagte Warmbrunn.

»Ich aber«, sagte Blum und rotzte Paule einen langen gelblichen Spuckefaden ins Hemd. »Ich weiß nicht nur, ich sehe auch. Was soll denn das sonst sein als Wichssoße?«

»Na ja, wenn du meinst«, sagte Warmbrunn.

Blum leuchtete Paule mitten ins Gesicht. »Zu viel überschüssige Kraft, was? Keinen Kraftsport mehr getrieben. Also, dem helfen wir ab, Zwölfnullneun. – Halt mal, Warmbrunn.« Er reichte seinem Kameraden den Handscheinwerfer. Paule hörte ein klirrendes Geräusch und im nächsten Augenblick packte Blum ihn am Arm und schloss ihm mit einer Stahlfessel die Hände auf dem Rücken zusammen. »Das wird dich lehren, an dir herumzufummeln«, sagte er. »Und nun marsch in die Furzfalle!«

Paule stieg unbeholfen ins Bett, versuchte die Decke über sich zu ziehen, während Blum ihn anleuchtete. Als Blum und Warmbrunn die Zelle verlassen hatten, krümmte sich Paule vor Scham, Ekel und Wut. Mit Blums Rotzfaden zwischen den Beinen hier liegen zu müssen war schrecklicher als alles andere. Lautlos begann Paule zu weinen.

Morgens erschien ein mürrischer, aufgedunsener Blum, schloss Paules Handfessel auf und sagte: »Ich habe vom Montag noch eine Meldung über dich: mangelnde Stubenordnung. Nach Frühstück und Stubenappell zwei Stunden Strafstehen.«

Damit war er aus der Zelle. Paule schaute ihm voll Abscheu nach. Er massierte seine Gelenke, brachte die Zelle in Ordnung und wusch zuletzt Blums Rotzfaden aus seinem Hemd. Dabei schüttelte es ihn wieder vor Ekel.

Nach dem Stubenappell musste er sich mit vier anderen Leuten auf dem Lagerhof an der Wand zwischen Heizungskeller und Duschraum stellen. Es regnete, hatte schon die letzten zwei Tage pausenlos gegossen. Das Wasser strömte aus einem kalten, eisigen Himmel. Schafskälte, im Juni ganz normal, hatte sich Paule in der Sackkleberei gesagt. Aber es war alles andere als normal, hier draußen zwei Stunden in Wind, Kälte und nieselnder Nässe zu stehen. Mit durchgedrückten Knien, die Augen zur Wand, ohne Bewegung.

Die schmutzig braunen Klinker vor Augen, begann Paule einen Brief an Ulla, seinen ersten, seit er in Moringen war. Ich mag nicht an dich denken, schrieb er ihr, weil ich Angst habe, dass ich es dann gar nicht mehr aushalte. Und doch habe ich dich die ganze Zeit im Kopf. Wenn das nicht wäre, hätten sie mich schon längst erledigt. Aber wie kannst *du* an *mich* denken? Du weißt nicht, wo ich bin, weißt nicht, ob ich überhaupt noch lebe. Und ich brauche es so, dass wir in Gedanken beisammen sind. Es gibt immer mehr, was wir nachholen müssen. Ob wir das je schaffen? Ich sollte eigentlich nicht an dich denken, Ulla. Nicht hier vor der Mauer. Sie hat einen Riss, Moos wächst darin, ein kleiner grüner Faden. Ich kenne schon jede Pore von diesem verdammten Klinker. Vielleicht sollte ich versuchen, an etwas anderes zu denken, Kopfschach zu spielen. Dir zu schreiben macht alles nur noch schlimmer. Aber ich sehne mich so nach dir, Ulla. Denkst du noch an unsere beiden Kerzen, in Lech und in der Laube auf dem Tisch? O Gott, lieber würde ich über den Blutacker robben, als diesen Stein anstarren zu müssen, den Moosfaden, den Riss. Wie lange sind zwei Stunden Strafstehen? Jeden Augenblick denke ich, gleich kommt der Abgang. Aber neben mir meine Kumpels sind noch da. Und meine Beine wackeln auch noch nicht. Also sind es vielleicht erst zehn Minuten? Nein, wir stehen schon mindestens eine Stunde hier oder sogar anderthalb. Ich bin ja schon völlig durchnässt. Ulla, kennst du jemanden, der Zwölfnullneun heißt? Hier steht er. Vor dieser Wand, dem Moos im Stein. Wenn Frieden ist und wenn's mich dann überhaupt noch gibt, komm ich mit dem Meißel und schlage diesen Stein kaputt. Ich hau drauf, dass die Fetzen fliegen. Bei Gott, das schwöre ich …

Ein plötzliches Geräusch, ein Aufschlag ließ Paule zusammenfahren. Unwillkürlich wandte er den Kopf. Der Junge links von ihm war zusammengeklappt. Niemand kam, niemand kümmerte sich darum. Ohnmächtige Wut stieg in Paule auf. Die konnten den Jungen doch nicht einfach so liegen lassen? Diese Schweine, dachte Paule. Und wenn der Bewusstlose im Regen und Dreck draufging? Die Bewacher wechselten sich ab, gingen ins Trockene, steckten sich eine Zigarette an. Der Junge blieb liegen.

Unvermittelt kam das Kommando: »Kehrt um! Stillgestanden!«

Im ersten Augenblick begriff Paule nicht. Dann drehte er sich mit den anderen Jungen mechanisch um. Blum kam auf ihn zu und versetzte ihm einen Stoß. Paule fiel gegen die Mauer, blieb unten liegen.

Der Scharführer betrachtete ihn.

»Ich warte auf dich«, sagte er sehr langsam. »Aber es macht mir wenig Spaß, im Regen zu stehen. Denkst du, ich trage dich in die Zelle? Los, auf die Beine, mitkommen.«

Schließlich schaffte es Paule, sich hochzurappeln. In der Zelle warf er sich aufs Bett. Verboten oder nicht, ihm war alles egal.

Am Montag früh erschien während der Arbeit jemand von der Wachmannschaft, grüßte und machte Meldung beim Rottenführer. Der wies mit der Reitgerte auf Paule. Der Wachmann stiefelte zu ihm und befahl: »Zur Untersuchung, los, mitkommen!«

Paule brachte seinen Arbeitsplatz in Ordnung, legte, während der Wachmann ungeduldig wartete, die Papiersäcke Kante auf Kante und wischte den Papierstaub vom Tisch. Dabei überschlugen sich die Gedanken in seinem Kopf. Was wollte man denn jetzt wieder von ihm? Was für eine »Untersuchung« stand ihm bevor? Sein Magen krampfte sich zusammen. Hoffentlich musste er nicht gleich aufs Klo.

»Wird's bald!«, fuhr ihn der Wachmann an. »Der Doktor wartet nicht. Und ich auch nicht.«

»Nun lassen Sie mal gut sein, Sturmmann«, schaltete sich der Rottenführer ein. »Der Lagerzögling soll seinen Arbeitsplatz sauber zurücklassen.«

Der Sturmmann nahm Haltung an, sagte aber nichts.

Paule legte die letzte Papiertüte gerade und folgte dann dem Wachmann über den regennassen Hof.

»Ins Haupthaus«, sagte der Sturmmann.

Es ging zwei Treppen hoch, einen Flur hinein. Sein Bewacher machte vor einer Tür Halt und klopfte an. Über die Schulter des Sturmmanns hinweg las Paule das Türschild: *Kriminalbiologisches Institut, Prof. Dr. Dr. Helmut Feltes.* Von innen ertönte ein kräftiges »Herein«, der Wachmann schob Paule durch die Tür, erstattete Meldung, wendete zackig und verschwand.

Der Professor stand mitten im Raum, neben ihm saß eine junge Frau mit einem Stenoblock in der Hand. Beide trugen weiße Arztkittel.

Dr. Feltes musterte Paule und wandte sich an die Frau. »Das also ist Lagerzögling Zwölfnullneun, Ruth. Nehmen Sie seine Kennnummer auf.«

Dann kam er auf Paule zu, ging um ihn herum und besah ihn von oben bis unten. »Kinn hoch, Schultern zurück«, sagte er. »Hände nicht anlegen, Arme frei hängen lassen. So ist es gut.« Er ging an seinen Schreibtisch, holte eine Akte hervor, blätterte und kam zu Paule zurück.

»Dann wollen wir mal«, sagte er. »Bis auf die Unterhose alles ablegen. Dort auf dem Stuhl!«

Paule zog sich aus, faltete vorschriftsmäßig die Sachen, legte sie auf Kante und stellte seine Pantinen ordentlich unter den Sitz.

»Zuerst die Körpergröße«, kündigte Feltes an. »Stell dich gerade gegen das Maß, Kinn nach vorn. – 177,4«, rief er seiner Assistentin zu. »Noch sechs Millimeter und du kannst dich bei der Leibstandarte der SS bewerben«, meinte er lachend zu Paule.

Als Nächstes befahl Feltes ihn an den Tisch. Dort lag ein Kopfmesszirkel, ein Gerät, das Paule aus dem Biologieunterricht kannte. Feltes begann Paules Kopf der Breite und Länge nach zu vermessen und rief seiner Assistentin die einzelnen Werte zu. »Kurzkopf mit ansteigendem Hinterhaupt«, stellte er fest. »Rechnen Sie den Index gleich mal aus, Ruth. Ich schätze, er liegt etwas über 80.«

»80,7«, bestätigte die Frau hinter ihm.

»Der Gesichtsindex«, fuhr Feltes fort. »Ein klarer Fall von Schmalgesicht.« Er nahm Maß und nannte wieder zwei Werte.

»92,3«, kam es von hinten.

»Personenbeschreibung fürs Protokoll«, diktierte Feltes. »Hochwüchsig, flach geneigte Stirn, hohe Nasenwurzel, ein wenig nach außen gebogene Nase, betontes Kinn. Gesamteindruck: klar gezeichnetes Gesicht. Haut: frisch, rosig-hell. Haare mit rötlichem Unterton, nach Goldblond zu.«

Er fasste in Paules kurz geschorene Haare, zwirbelte sie zwischen den Fingern. »Das einzelne Haar eher weich und dünn und, soweit man das bei dem Kurzschnitt sagen kann, ein wenig wellig. Bart: flaumiger Ansatz, reichlich. Augen graublau. Zusammenfassende rassekundliche Würdigung: nordischer Typ mit dinarischem oder östlichem Einschlag. Gesamteindruck der körperlichen Erscheinungsform positiv. Bisherige Beurteilung durch den Erzieher: Zwölfnullneun zeigt Disziplin und Ausdauer. Gesamteindruck: lernfähig. Ende. – Damit kommen wir zur Erblinie.«

Der Professor nahm in seinem Schreibsessel Platz und ließ Paule näher treten. »Also, bisher ein durchaus annehmbares Bild«, sagte er. »Wie nennen dich eigentlich deine Freunde?«

»Pelle«, sagte Paule, ohne nachzudenken.

»Pelle«, wiederholte Feltes. »Halten Sie auch das fest, Ruth.« Er machte eine Pause, blätterte in der Akte und sah dann Paule ins Gesicht. »Ja, Pelle, da fragt man sich unwillkürlich, was dich eigentlich hierher verschlagen hat.«

Der Arzt sah ihn fragend an.

Paule schwieg.

»In deiner Akte steht Plünderung. Aber wenn man's genau liest, war es wohl eher eine Art von Mundraub. – In einer Bäckerei, bei einem Fliegerangriff«, erklärte er seiner Assistentin. »Doch das ist nicht alles«, fuhr er fort. »Am schwersten wiegt deine Weigerung, die Personalien anzugeben. Du bist ohne Ausweis angetroffen worden. Nun, einiges wissen wir immerhin. Der Sprache nach stammst du aus dem Revier, Pelle nennen dich deine Kumpels und dein Alter schätze ich auf siebzehn, stimmt's?« Wieder vermied Paule jede Reaktion.

»Also, Pelle«, meinte Feltes, »du glaubst vielleicht, dass du mit diesem Verhalten durchkommst. Aber da irrst du dich. Wir werden Steinchen für Steinchen zusammentragen, bis wir alles beisammenhaben, was wir von dir brauchen. Ich will zum Beispiel wissen, wer deine Eltern sind, den Beruf des Vaters, ob du im Elternhaus aufgewachsen bist, Geschwister hast. Und dann geht es um eventuelle Erbkrankheiten in eurer Familie, Tuberkulose, Geisteskrankheiten und ob du außer den Kinderkrankheiten noch andere nennenswerte Krankheiten gehabt hast. Siehst du, Pelle, das alles möchte ich von dir erfahren. Und ich kriege es auch aus dir raus, denn ich brauche es für dich. Zu deinem eigenen Besten, um das es uns allen hier geht. Dazu muss ich natürlich auch noch einiges über deine Schul- und Lehrzeit wissen, zum Beispiel, wie du mit anderen Leuten zurechtkommst. Und ich frage nach deinen besonderen Interessen, ob du Briefmarken sammelst, bastelst, Schallplatten hörst und was so ganz allgemein deine Weltanschauung ist. Von dir über deine Eltern bis hin zu den Großeltern wollen wir alles wissen. Die Informationen werden systematisch gesammelt und jede Woche kommen wir ein Stückchen weiter voran. Du kannst dir für unsere nächste Unterredung ja schon ein paar Gedanken machen. – So, und damit Schluss für heute. Ruth, notieren Sie: Zwölfnullneun verbleibt zunächst in Einzelunterbringung, persönlicher Erzieher wie bisher Scharführer Blum.«

Feltes stand auf, ging an die Tür und rief nach der Wache. Der Sturmmann erschien und brachte Paule zurück an seinen Arbeitsplatz.

Während der nächsten Stunden hatte Paule genug Stoff zum Nachdenken. Vor allen Dingen fragte er sich, was der Professor eigentlich mit all diesen Angaben wollte. Sosehr er sich beim Falzen auch den Kopf zerbrach – er konnte keine Erklärung finden. Instinktiv aber spürte er, dass er sich vor diesem Mann in Acht nehmen musste. Feltes hatte ihm sogar auf Anhieb seinen Spitznamen entlockt. So etwas durfte ihm nicht noch mal passieren.

Paule war auf der Hut, aber in den nächsten Tagen ereignete sich nichts, was vom routinemäßigen Ablauf des Lageralltags abgewichen wäre. Er bekam keine Meldung verpasst, erfüllte seine Stückzahl beim Falzen, nahm am allgemeinen Frühsport teil.

Das Essen wechselte kaum. Morgens etwas Brot, einen Klecks Margarine, Marmelade und die »Plempe«, wie die Essenträger den Malzkaffee nannten. Mittags warme Suppe mit Gemüseeinlage, Rote Bete, Steckrüben, Kartoffeln und Kohl, und abends die gleiche Suppe mit einer Hand voll Pellkartoffeln, die um diese Jahreszeit schwarz waren und stanken. Richtig satt wurde Paule nie. Doch auch in Duisburg hatte er sich nur selten satt essen können und in Moringen hatte er wenigstens geregeltes Essen.

Als ihm am Samstag die Essenträger zu den Kartoffeln auch noch Rotkraut mit einem Schlag Gulasch in den Napf gaben, traute Paule seinen Augen nicht. Fünf richtige Fleischstücke in brauner Soße! Das war etwas ganz Besonderes. Sonst war das Essen so karg, dass Paule sich fragte, wie die Jungen überhaupt auf Dauer durchhielten. Sie alle leisteten ja Schwer- und Schwerstarbeit. Dafür gab es sonst in der Bevölkerung besondere Zulagekarten. Sein Nachbar am Falztisch hatte ihm mal zugeflüstert, dass die Leute in der Kleberei manchmal aus Hunger Kleister aßen. Den meisten wurde davon dann übel.

In der Mitte der darauf folgenden Woche wurde Paule, diesmal an einem Nachmittag, abermals zum Professor ins Hauptgebäude gebracht.

»Da ist vor allem die Frage deiner dinarischen Bastardisierung«, empfing ihn Feltes. »Es macht schon einen gewaltigen Unterschied, ob einer deiner Vorfahren beispielsweise aus Süddeutschland stammt, also aus dinarischem Erbgut kommt, oder etwa aus Polen. Was willst du später mal eigentlich werden, Pelle?«

»Ingenieur, Flugingenieur«, antwortete Paule.

Feltes nickte befriedigt. »Siehst du«, sagte er. »Das ist dein nordisches Blut. Das ruft dich. Wagemut und technische Begabung gehören zu den stärksten Seiten des nordischen Mannes. Die andere Seite der nordischen Charakterart ist eine gewisse Zurückhaltung, Kühle und Berechnung. Aber darüber habt ihr sicher schon im Biologieunterricht geredet, oder?«

»Ja«, sagte Paule.

»Dann weißt du auch«, fuhr Feltes fort, »dass die ostische Rasse eher durch eine mürrische Verschlossenheit gekennzeichnet ist, durch Misstrauen im Umgang mit ferner stehenden Menschen. Und das bringt uns wieder zu dir zurück. Woher kommt eigentlich dein ständiges Misstrauen gegenüber den Behörden? Überall Verweigerung, bei der Polizei, dem Jugendrichter, hier im Lager. Spricht da dein ostisches Blut? Oder ist es einfach Angst? Das möchte ich gern von dir erfahren.«

Er wartete auf eine Reaktion von Paule, doch der blieb stumm. »Ich habe deinen Fall mit Frau Dr. Tachau besprochen.« Feltes wies auf seine Mitarbeiterin, die auch heute mit ihrem Block dabeisaß. »Sie glaubt an deine nordisch-dinarische Bastardisierung. Ihrer Meinung nach rückst du mit deinen Personalien deshalb nicht heraus, weil du irgendwas ausgefressen hast. Das wäre immerhin möglich. Hast du zum Beispiel einen Raubüberfall auf dem Kerbholz?«

»Nein«, sagte Paule.

»Oder bist du aus der Fürsorgeerziehung ausgebrochen, aus einem geschlossenen Heim zum Beispiel?«, fragte Feltes weiter. »Du kannst dich uns anvertrauen, Pelle, wirklich. Wir wollen nur dein Bestes.«

»Ich war nicht in Fürsorgeerziehung«, sagte Paule.

»Es ist schwierig mit dir, Pelle«, meinte Feltes. Kopfschüttelnd kam er hinter seinem Schreibtisch hervor, ging um Paule herum. »Die dicke Narbe in deinem Nacken, stammt die von einer Schlägerei?«

»Die ist von Tieffliegern«, sagte Paule. »Ein Splitter.«

»Gut, gut«, sagte Feltes. »Die Wunde hätte übrigens vernäht werden müssen. Aber wir erfahren ja jetzt so manches. Kann es vielleicht sein, dass du eine Art Gedächtnisverlust erlitten hast, Pelle? Als Reaktion auf den Schock, meine ich.«

Paule schüttelte den Kopf.

»Also, wenn das alles nicht zutrifft, kann Frau Dr. Tachau ihre Theorie begraben«, sagte Feltes. »Dann werde ich wohl eher Recht behalten mit meiner Vermutung auf einen erbbedingten Charakterzug zu krankhaftem Misstrauen. Aber ich bin Wissenschaftler, ich will es genau wissen. Blum sagt, wir können es nicht aus dir herausprügeln. ›Der krepiert eher, als dass er die Zähne auseinander nimmt‹, so hat er sich ausgedrückt. Siehst du, ich bin ganz offen mit dir. Wir wollen es darum immer noch mit Güte versuchen.«

Wieder schien Feltes auf eine Reaktion zu warten. Paule senkte den Blick, wechselte das Standbein und schluckte.

»Du hast uns schon eine Menge verraten«, fuhr Feltes nach einer längeren Pause fort. »Zum Beispiel hast du wahrscheinlich bis vor kurzem eine höhere Schule besucht. Du bist darum wohl intelligent genug, auch das zu kapieren, was ich dir jetzt sage: Pelle, was du auch ausgefressen haben magst – was kann dir denn noch passieren? Moringen ist die Endstation. Ein offenes Geständnis würde uns ein wenig helfen und dir sehr viel. Das überlege dir bis zum nächsten Mal.«

Damit war Paule entlassen. Noch am selben Abend erfuhr er jedoch, wie unablässig der Professor in seiner Angelegenheit tätig war. Beim Stubenappell teilte ihm Blum mit, dass Feltes seine Verlegung aus der Arrestzelle in den Beobachtungsblock veranlasst hatte.

»Du kommst zu den anderen Jungs«, sagte der Scharführer. »Aber ich werd dich nicht aus den Augen verlieren, Zwölfnullneun – Pelle.« Er grinste. »Unser Dr. Feltes ist eben ein studierter Mann. Der holt schon noch alles aus dir heraus. Ich selbst wäre ja mehr für die einfache Tour. Nach drei Wochen Steinbruch würdest auch du singen; da sind schon ganz andere auf dem Zahnfleisch gekrochen. Aber zunächst mal kannst du dich in der Kleberei weiterhin auf die faule Haut legen und morgen nach dem Frühsport packst du deine Sachen für den Beobachtungsblock. Lange wird die Herrlichkeit ja nicht mehr dauern. Die Kommandantur stellt Ermittlungen an. Der Strick zieht sich zusammen.«

Nur mit Mühe konnte Paule eine ausdruckslose Miene bewahren, während der Scharführer die Zelle verließ. Blums Drohungen hatten ihm in aller Schärfe vor Augen geführt, wie gefährlich seine Situation war. Wenn die Lagerleitung tatsächlich den SD, den staatlichen Sicherheitsdienst, einschaltete, würde er über kurz oder lang auffliegen. Und zugleich war dann auch Jupp dran, wegen Begünstigung.

Ob es nicht doch eine Möglichkeit gab, aus dem Lager zu entkommen? Es hatte bestimmt schon vor ihm Fluchtversuche gegeben, aber er war einfach noch nicht lange genug in Moringen, um die Situation überschauen zu können. Andererseits brachte jeder Tag ihn einer möglichen Entdeckung näher. Jedenfalls war es gut, dass er morgen verlegt wurde. Vielleicht erfuhr er bei den anderen Jungen etwas, was ihm einen Hinweis auf einen möglichen Fluchtweg liefern konnte.

Am nächsten Morgen wurde Paule von Warmbrunn in den mehrgeschossigen Backsteinbau geführt, der an den Arrestzellentrakt anschloss. Die Belegschaft saß bereits im Gemeinschaftsraum an den Tischen und wartete auf die Essenträger mit dem Frühstück.

Die Jungen sprangen auf, nahmen Haltung an, als Warmbrunn erschien. Ein junger Mann erstattete Meldung: »Block B, belegt mit 53 Lagerzöglingen, zum Essensempfang angetreten.«

»Weitermachen«, befahl Warmbrunn und wandte sich an den Blockältesten. »Hier haben wir einen Neuzugang«, sagte er. »Trag ihn nachher ins Buch ein und gib ihm Bett und Spind. Zwölfnullneun arbeitet in der Sackkleberei. Alles klar?«

Der Junge stand stramm. »Jawohl, Blockführer«, bestätigte er.

Im Schlafraum, der im Dachgeschoss lag, bekam Paule ein Bett angewiesen, räumte seine Sachen in den Spind und hängte sein Handtuch und das Nachthemd auf zwei freie Haken an der Waschrinne. Dann konnte er endlich frühstücken.

Beim Essen sah er sich verstohlen um. Die meisten Jungen waren wohl in seinem Alter, ein paar aber auch darüber. Einer von ihnen musste sein Essen im Stehen einnehmen. Es war eine schweigsame Tischrunde. Für Paule war es ein merkwürdiges Gefühl, plötzlich wieder unter so vielen Leuten zu hocken. Es blieb ihm jedoch keine Zeit, sich an die neue Situation zu gewöhnen. Der Blockälteste drängte zur Eile.

»Wir müssen dich noch mit in den Zählappell reinkriegen«, sagte er und ließ Paule kaum seinen Becher leeren.

Neben der Tür hatte der Blockälteste eine eigene Ecke mit Schrank und Tisch, an dem er seine Kartei und das Appellbuch führte.

Als Erstes gab er Paule einen schwarzen Tuchwinkel. »Den nähst du während der Mittagszeit beim Drillichzeug auf die Brust«, erklärte er. »Damit die Wachmannschaft auf Anhieb weiß, wohin du gehörst. Es gibt sie in allen möglichen Farben. Alle Jungs hier im Block haben den schwarzen Winkel.« Unvermittelt stürzte er hinter seinem Tisch hervor und brüllte: »Schnauze halten, alle Mann! Wer fertig ist, wäscht ab und setzt sich zurück an seinen Platz. Stief, du bleibst stehen bis zum Arbeitsappell. Wo bleibt der Tischdienst? Und dass mir ja kein Wasserring auf dem Holz bleibt!«

Der Blockälteste kehrte zu Paule zurück und schlug seine Kladde auf. »Wie war noch mal die Lagernummer?«, fragte er.

»Zwölfnullneun«, antwortete Paule.

»Name?«

»Pelle«, sagte Paule.

»Weiter«, drängte der Blockälteste. »Zuname, wann geboren?«

»Nur Pelle, sonst nichts«, sagte Paule.

Der Blockälteste sah ihn stirnrunzelnd an. »Hör mal«, sagte er. »Ich bin der Nakko. So sagen die Kumpels zu mir. Wir sind eine gute Belegschaft und wollen uns deinetwegen keine Meldung einfangen. Also, mach keinen Ärger.«

»Du kriegst davon keinen Ärger«, sagte Paule. »Ich lauf hier schon fast vierzehn Tage ohne Personalien rum.«

Nakko machte ein Gesicht, als wolle er gleich vom Hocker fallen. »Die wissen also nichts von dir?«, fragte er ungläubig. »Wo du her bist, wie du heißt und das alles? Und du hältst das durch? Hat dich denn noch keiner in die Mangel genommen?«

»Doch«, sagte Paule.

»Und?«, fragte Nakko.

»Nichts und«, sagte Paule.

In diesem Augenblick ging das Hofsignal. Die Jungen stürzten die Treppe hinunter. Paule rannte hinterher, ordnete sich seiner Größe entsprechend in die Blockformation ein. Nur ein Junge war noch ein Stück länger als er.

Regen strömte vom Himmel, hatte inzwischen den ganzen Hof mit flachen Pfützen übersät. Die Blockführer ließen sich Meldung machen und Nakko verkündete: »Block B 2 vollständig zum Arbeitsappell angetreten. Vierundfünfzig Lagerzöglinge, darunter ein Neuzugang. Sonst keine besonderen Vorkommnisse.«

Warmbrunn musterte die in fünf Reihen gestaffelte Formation.

»Abtreten zu den Arbeitskommandos«, befahl er dann.

Die Jungen quirlten durcheinander. Innerhalb weniger Augenblicke war der Hof geräumt.

Für Paule begann wieder der normale Alltag. Stunde um Stunde stand er in der Papiersackkleberei und falzte. Erst beim Mittagessen machte sich wieder bemerkbar, dass sich an seiner Situation etwas geändert hatte. Er musste nicht in die Arrestzelle, saß mit den anderen zusammen. Wieder empfand er diese Gemeinschaft als etwas ganz Neues und doch auch Altbekanntes. Aus Zürs und früheren Lagern waren ihm gemeinsame Mahlzeiten ja vertraut, und er kannte auch den Tischspruch, den ein Junge mit zackiger Stimme aufsagte:

»Arbeit, Brot und Kraft, Segen jedem, der da schafft!«

Das Essen allerdings war eine Enttäuschung. Es war genauso kalt wie in der Zelle, das Dörrgemüse schien nur halb aufgeweicht und kaum angekocht zu sein, und die Kartoffeln waren so stinkig und faul, dass sie kaum noch genießbar waren. Die matschigste ließ Paule liegen.

Der Junge, der ihm gegenübersaß, stieß ihn unterm Tisch an: »Kann ich …?«

Paule schob ihm seinen Essnapf zu und der Junge ließ die Kartoffel mit einem Haps im Mund verschwinden.

Vielleicht gibt es am Sonntag ja wieder Rotkraut mit Gulasch, dachte Paule. Aber es war am besten, sich solche Sachen gar nicht erst vorzustellen. Das machte alles nur noch unerträglicher.

Nachdem er seinen Essnapf mit Scheuersand blank poliert hatte, setzte sich Paule an die Näharbeit. Nadel und Garn lagen in dem Gemeinschaftsspind neben der Eingangstür. Er nähte mit sorgfältigen, engen Stichen den schwarzen Winkel auf seine linke Brustseite, als solle er ewig halten. Doch mit jedem Stich dachte Paule daran, wie er hier durchgehen konnte.

Der Tag schleppte sich weiter dahin. Wie immer musste Paule hetzen, um das Soll, die vorgeschriebene Stückzahl, zu erfüllen. Der Rottenführer war jedoch ungewöhnlich guter Laune, den ganzen Tag schon. So umgänglich hatte Paule ihn noch nie erlebt. Keinen der Jungen hatte er heute geschlagen oder beschimpft. Das machte die Arbeit etwas erträglicher. Trotzdem war Paule froh, nach dem Abendessen und den anschließenden Appellen seinen Strohsack zu sehen.

Stief, der Junge, der beim Essen stehen musste, hatte das Bett über ihm.

»Hilf mir mal, den Strohsack raus in den Gang zu schaffen«, bat er.

»Mach ich«, sagte Paule. »Aber wieso?«

»Warmbrunn hat mich verdonnert«, erklärte Stief. »Weil ich beim Essenholen ein paar Kartoffeln wegpraktiziert hatte. Das hat mir eine Woche Stehkaffee, Hosentaschenzunähen und hart Schlafen eingebracht.«

Vorsichtig, damit das Stroh nicht zu sehr verknäulte, bugsierten sie den Sack vor die Tür.

»Ich bin Pelle«, sagte Paule. »Meinetwegen kannst du nachher bei mir mitschlafen.«

»Danke«, sagte Stief, »aber besser nicht. Die Nachtrunde kontrolliert. Und zwei Leute in einem Bett, das gibt drei Tage lang die Fünfzehn.«

»Was ist das?«, fragte Paule.

»Bist du so blöd oder tust du nur so?«, fragte Stief. »Fünfzehn auf den Arsch natürlich.«

Das Hofsignal schepperte, Warmbrunn machte die Runde, dann kam Nakko zur Kontrolle. Schließlich waren die Jungen unter sich. Sie flüsterten, erzählten leise, machten Witze.

»Meint ihr, dass wir hier rauskommen, wenn der Krieg vorbei ist?«, fragte Stief in die Dunkelheit hinein.

»Glaub ich nie«, sagte jemand. »Da werden wir beim Wiederaufbau verheizt.«

»Quatsch, bei all den Gefangenen«, rief ein anderer dazwischen. »Die haben's kaputtgemacht, die sollen den Kram auch wieder aufbauen …«

»Pscht«, machte es auf der Gangseite. »Nakko auf Kriegspfad.«

Sekunden später ging die Tür auf, eine Lampe leuchtete sie ab.

»Leute«, sagte Nakko, »bis ins Treppenhaus hört man euch quatschen. Haltet jetzt die Schnauze, es ist Nachtruhe angesagt.«

Die Stimmen verstummten, aber Paule lag noch lange wach. Es würde eine Ewigkeit dauern, bis er einen Fluchtweg in Erfahrung bringen konnte. Bei der Arbeit durfte man nicht reden, beim Appell sowieso nicht, beim Essen nicht und abends hörten zwanzig Leute zu. Wie sollte er da an Informationen herankommen?

Er wälzte sich auf seinem Strohsack hin und her, hörte, wie

Stief sich über ihm auf den blanken Brettern bewegte. Endlich merkte er, wie der Schlaf kam. Es tat gut, nicht mehr allein in der Zelle schlafen zu müssen.

Der Sonntagmorgen begann wie jeder Tag. Dann, nach dem Frühstück, wurden diejenigen, die Schreiberlaubnis hatten, in einem Raum versammelt und der Rest der Blockbelegschaft machte sich ans Großreinemachen. Holztische und Schemel wurden mit Sand abgerieben, die Bodendielen schneeweiß geschrubbt, die Arbeitsanzüge in Ordnung gebracht, Schuh- und Zahnbürste gesäubert, Essnäpfe poliert, der Toilettenkübel ausgescheuert, die Spindablagebretter mit der Wurzelbürste bearbeitet. Und an allem und jedem hatte Warmbrunn etwas auszusetzen. Für einen unsichtbaren Flecken auf der Tischplatte musste sich ein Junge über den Schemel legen und bekam fünf mit dem Koppelriemen übergezogen. Paule trug einen Fausthieb davon, weil Warmbrunn in der Naht von seinem Hosenschlitz mit der Stecknadel Dreck fand. Zum Schluss landete die ganze Belegschaft auf dem Blutacker, wo schon ein anderer Block Strafsport absolvierte. Eine geschlagene Stunde ging es über die Schlacken. Und zum Mittagessen gab es wieder den üblichen Dörrgemüseeinheitsbrei in die Essnäpfe.

Danach wurden sie in den Duschraum gehetzt, mussten zum Sauberkeits- und Gesundheitsappell antreten. Zu guter Letzt jagte Warmbrunn sie bis zum abschließenden Zählappell über den großen Lagerplatz. »Mit Gesangseinlage«, verlangte er. Und jemand stimmte an: »Auf der Heide blüht ein kleines Blümelein und das heißt Erika …«

Den Gesang muss man bis auf die Ortsstraße hören, dachte Paule. Und die Leute von Moringen mochten dann wohl glauben, die Jungs vom Lager hätten doch ein fabelhaftes Leben, wenn sie auf dem Lagerplatz so fröhlich ihre Lieder schmetterten.

Schließlich stand die ganze Lagermannschaft in Blöcken ausgerichtet vor der Eingangstreppe der Kommandantur. Warmbrunn trat vor sie hin.

»Es gibt einen Grund zum Feiern«, verkündete er. »Seit vorgestern läuft die Vergeltung. London und Südengland sind die Angriffsziele. Der Wehrmachtsbericht spricht von schwersten Sprengkörpern, die ganz neuartig sind. Da wird der Krieg bis Weihnachten zu Ende sein. Aus diesem Anlass wird jetzt Sturmbannführer Uhlig zu euch sprechen.«

Schöne Feier, dachte Paule. Eine Rede vom Lagerleiter! Dennoch steckte die allgemeine Begeisterung ihn an. Wenn den Deutschen ein technischer Durchbruch gelungen war, etwas wie bei Jules Verne oder Hans Dominik, dann hatten sie den Sieg in der Tasche. Vielleicht hatte der Rottenführer die Nachricht gestern im Wehrmachtsbericht gehört und war deshalb so guter Laune gewesen. Doch was ging das alles die Jungen hier im Lager an? Paule wusste das nicht und darum erwartete er gespannt die angekündigte Rede.

»Jungs, der Führer hat sich lange Zeit gelassen, um im entscheidenden Moment furchtbar zuzuschlagen«, begann Sturmbannführer Uhlig, der Lagerkommandant, mit enormem Stimmaufwand. »In diesem Augenblick ziehen über unsere Köpfe fliegende Bomben hinweg, die neuen Vernichtungswaffen des Großdeutschen Reiches. Und sie treffen die britischen Luftgangster ohne Vorwarnung. Wir werden ihre Städte ausradieren. Das hatte der Führer versprochen und jetzt ist es so weit!«

Die Stimme des Lagerkommandanten gellte über den Platz, dass es von den Mauern widerhallte. »Große Brände wüten in Südengland und London, die Invasion der Anglo-Amerikaner ist damit endgültig zum Scheitern verurteilt. Jungs, in diesem Augenblick, der uns mit heiliger Siegeszuversicht erfüllt, reicht das ganze deutsche Volk dem Führer die Hände und gelobt ihm aufs Neue fanatische Entschlossenheit. Da ist keiner, dem nicht das

Herz höher schlägt bei dieser wunderbaren Wendung, die das Kriegsgeschehen plötzlich genommen hat. Der Sieg ist in greifbare Nähe gerückt!«

Der Sturmbannführer machte eine Pause, zog sein Taschentuch hervor und schnäuzte sich umständlich. Dann reckte er sich zu voller Größe empor und rief den Jungen mit erhobener Stimme zu: »Und ich verspreche euch, den Lagerzöglingen von Moringen: Jeder von euch, der hier seine Pflicht dem deutschen Volk gegenüber erfüllt, wird seinen gerechten Lohn erhalten. Ich sehe den Tag kommen, da manche oder sogar viele von euch, den Moringer Jungs, die Hand zum deutschen Gruß erhoben, hinaus in die Freiheit marschieren. Jeder von euch kann und darf dabei sein, jeder, der heute unserem Führer mit neuen Taten sein Leben weiht. Und so grüße ich Adolf Hitler, den Führer des Großdeutschen Reiches, mit einem dreifachen Sieg Heil, Sieg Heil, Sieg Heil!«

Donnernd stimmten die SS-Führer und die Wachleute mit ein, während die Lagermannschaft wie eine lebende Mauer schweigend strammstand.

Dienstagmorgen, während sie zum Zählappell antraten, vernahmen sie über den tief hängenden Wolken das grollende Dröhnen einer riesigen Luftarmada, die Richtung Osten flog, um irgendwo auf die Städte Mitteldeutschlands oder auf Berlin ihre Bombenlast abzuladen. Die Blockführer blickten hilflos in die Höhe, ihre Befehle gingen in dem endlosen Donnern der Motoren unter. Von diesem Augenblick an wusste Paule, dass alle Wunderwaffen Deutschland nicht mehr retten konnten. Die Alliierten hatten ihre Lufthoheit ungebrochen weiterbehaupten können.

Eine Woche darauf, in der Nacht von Dienstag auf Mittwoch, fielen auf verschiedene Landgemeinden der Nachbarschaft Bomben. Der Luftkrieg hatte nun auch das Lager erreicht.

Am Mittwoch wurde die ganze Belegschaft der B-Blöcke, mit Schaufeln versehen, auf Wehrmachtslastwagen zu Aufräumarbeiten in die brennenden Ortschaften gefahren.

Paule landete mit mehreren Leuten seiner Gruppe in einem Ort, wo ein ganzer Straßenzug in Flammen aufgegangen war. Sparren, Simse, Dachrinnen, qualmendes Gebälk und zerborstene Ziegel bedeckten das Kopfsteinpflaster, Bruchstücke von angerußtem Mobiliar standen herum und noch immer wirbelten Feuergarben aus den Häusern, flogen kleinere Holzteile brennend durch die Luft. Asche stob ihnen beim Aussteigen entgegen.

Die Jungen wurden in Vierergruppen aufgeteilt und begannen unter Aufsicht ihrer Wachmänner mit der Arbeit. Männer vom Sicherheitshilfsdienst wiesen sie ein, dirigierten sie an die dringlichsten Aufräumaktionen. Paule hielt sich an Stief, zerrte mit ihm verkohlte Balken aus Hausgängen, räumte an seiner Seite verschüttete Kellertreppen frei, schaffte aus einsturzgefährdeten Häusern Eingemachtes nach draußen, Weckgläser mit Fleisch, Marmeladentöpfe, Steingutgefäße. Zusammen mit anderen Helfern hievten sie Möbel aus den Obergeschossen, stellten Vieh um.

Unter einer Tischplatte kam die Leiche eines drei- oder vierjährigen Mädchens zum Vorschein. Die Kleider angesengt, fettdurchtränkt, der kleine Mund geöffnet, die Beine in Teilen abgebrochen. Stief erbrach sich, aber die Arbeit musste weitergehen. Die Leiche der Mutter und eines alten Mannes waren unter einem riesigen Schrank begraben. Die Bergung war schwierig. Rußflocken stoben durch die Luft, reizten die Nase, verstopften die Atemwege. Kalkstaub von herunterbrechenden Hauswänden ließ die Augen tränen.

Paule hustete und spuckte, seine Hände waren von Brandblasen bedeckt, die nackten Füße kippten aus den Holzpantinen. Er trat in Splitter, Glas, verkohlte Holzreste. Den anderen ging es genauso, und doch schufteten sie unablässig weiter, ohne dazu angehalten werden zu müssen. Aber selbst in dieser Situation begleitete ihr Bewacher sie in ständiger Schießbereitschaft auf Schritt und Tritt.

Mittags fassten sie bei einer Notküche Essen, Roggennudeln mit einer braunen Pampe, die ihnen eine DRK-Schwester reichlich auffüllte. Paule hätte gern noch mal nachgefasst, doch bis er an die Kübel gekommen war, hatten die Frauen schon die letzten Essensreste herausgekratzt. Aber am Nachmittag kam eine Frau aus einem Haus in der Nähe des Ortsausgangs und brachte ihnen einen Stapel Wurstbrote.

Ein Wachmann stellte sich ihr in den Weg.

»Die Jungs haben ausreichende Kost im Lager«, hörte Paule ihn sagen.

»Aber die Kerlchen sehen ja halb verhungert aus«, protestierte die Frau.

»Die sind bloß abgearbeitet nach dem Tag«, sagte der SS-Mann.

»Eben darum«, erklärte die Frau, schob den Wachmann zur Seite, gab jedem eine Doppelstulle mit Presskopf und blieb stehen, bis die Jungen ihr Brot verschlungen hatten.

Abends hockten sie erschöpft auf einem Lastwagen, der sie über Schlaglöcherstraßen zurück ins Lager brachte. Der Holzgenerator, der den Motor betrieb, stank und gurgelte. Paule hockte Schulter an Schulter mit einem der SS-Leute, die ihre Maschinenpistolen entsichert auf den Knien liegen hatten. Eine Gelegenheit zur Flucht hatte sich den ganzen Tag nicht ergeben. Aber zum ersten Mal seit seiner Einlieferung war er zumindest draußen gewesen, hatte ein wenig freie Luft geschnuppert und das war immerhin eine Unterbrechung des täglichen Alptraums gewesen.

Paule war darum enttäuscht, dass er nicht zu dem Kommando abgestellt wurde, das drei Tage lang auf den Gütern der Umgebung die Felder nach Kartoffelkäfern absuchen sollte. Stattdessen bekam er in diesen Tagen von Warmbrunn eine Meldung bei der Lagerleitung verpasst. Der Blockführer hatte ihn während der Mittagszeit auf seinem Bett erwischt. Es gab wirklich keinen unbeobachteten Augenblick, nicht einmal in der so genannten Freizeit. Selbst wenn er auf der Toilette hockte, fühlte Paule sich ausspioniert und kontrolliert.

So war es auch unmöglich, Einzelheiten über etwaige Fluchtwege in Erfahrung zu bringen. Aus gelegentlichen Äußerungen bekam er aber so viel mit, dass es durchaus schon Fluchtversuche gegeben hatte. Die meisten Jungen schienen jedoch nicht weit gekommen zu sein, denn die Bevölkerung der Umgebung wurde bei einem Ausbruch aus dem Lager zur Mitfahndung aufgerufen und das verringerte die Chancen auf null.

Von Stief, mit dem er zum Säubern der Toilettenkübel im Arresttrakt abkommandiert war, erfuhr er noch Schlimmeres. Wen man beim Fluchtversuch ergriff, vertraute Stief ihm an, werde vor versammelter Lagermannschaft »frikassiert«, bekäme also Prügel aufgezählt. Außerdem werde er zu vier Wochen verschärftem Arrest mit hartem Lager bei Wasser und Brot verdonnert. Und der Junge müsse in Zukunft auf seinem Drillichzeug hinten die »japanische Sonne« tragen, einen großen roten Tuchflecken, »als Zielscheibe sozusagen«, wie Stief erklärte. Am schlimmsten jedoch wäre, dass die gesamte Lagermannschaft bei Fluchtalarm Strafstehen verpasst bekäme. »Auf Stunden und Stunden«, bis man den Flüchtigen wieder eingefangen habe. Es sei schon vorgekommen, dass die Jungen einen Ausreißer deswegen totgeschlagen hätten. Daraufhin hatte Paule tagelang nicht mehr ans Ausreißen denken mögen.

Am ersten Julisonntag erhielt er bei der üblichen Blockstrafrunde seine Hiebe »für unerlaubte Bettenbenutzung außerhalb der Nachtruhe«, wie ihm Warmbrunn vor dem versammelten Block verlas.

Zwei SS-Leute, darunter Blum, erschienen am Vormittag im B-Block, jeder mit einem Zinkeimer in der Hand. In dem einen Eimer steckten in Wasser eingeweichte Haselstöcke, im anderen der große Jodpinsel. Paule musste sich über den Schemel legen und sich rechts und links an den Holzbeinen festhalten, während Warmbrunn seinen Kopf zwischen die Beine nahm. Einer der beiden SS-Leute straffte ihm die Hose, der zweite zog ihm den Stock über. Zwischen den Beinen des Erziehers musste Paule laut mitzählen. Nach dem fünften Schlag begann er zu wimmern, beim achten schrie er auf. Als die Prügeltortur beendet war, riss Blum ihn hoch. Paule musste die Hose herunterlassen und bekam Jod über die geplatzte Haut gepinselt. Der Schmerz explodierte in seinem Kopf und vor seinen Augen begann es zu flimmern.

Stief tröstete ihn, als die Strafkolonne weitergezogen war. »Jeder fängt sich mal die Fünfzehn«, sagte er. »Du denkst, das hältst du nicht aus. Aber nach ein paar Tagen denkst du nicht mehr dran.«

Anschließend nahm das sonntägliche Reinemachen seinen gewohnten Verlauf: Böden schrubben, Kamm und Zahnbürste säubern, aus Stoff- und Schuhnähten Dreck rauskratzen. Abends wurde Paule von Warmbrunn unter die Dusche geschickt. Als das heiße Wasser sein Gesäß und die Oberschenkel traf, biss er sich fast den Finger durch, um nicht gellend aufzuschreien.

Im weiteren Verlauf der Woche wurde Paule abermals zum Professor zitiert. Mit Vollmond war das Wetter umgeschlagen, der Himmel hatte endlich aufgeklart. Durch das Fenster von Feltes' Arbeitszimmer fiel warmes Sonnenlicht.

»Warte einen Augenblick, Zwölfnullneun«, sagte Feltes vom Schreibtisch her.

Paule schaute verstohlen zu der Assistentin hinüber, die, ihre langen Beine ausgestreckt, mit dem Notizblock im Sonnenlicht wartete. Sie hatte ihren weißen Kittel abgelegt und trug ein blumiges, weit ausgeschnittenes Kleid, das ihre Schultern frei ließ. Als sie Paules Blick bemerkte, lächelte sie ihn an.

»Du kannst dich schon mal entkleiden«, sagte Feltes. »Bis auf die Unterhose. Leg die Sachen einfach über die Stuhllehne.«

Dann erhob er sich und musterte Paule wiederum von allen Seiten.

»Du hast dir die Fünfzehn gefangen?«, erkundigte er sich und schaute unter die Hose. »Na, das ist nicht weiter tragisch. Es verheilt auch schon.« Er setzte sich vor Paule auf die Schreibtischkante und fuhr fort: »Ja, wir haben uns lange nicht gesehen, Pelle. Ich kam nicht eher von Berlin weg, wie das heutzutage so geht. Aber ich habe dich nicht vergessen, deinen Fall, sollte ich sagen. Du bist also sicher, ganz sicher, dass dein Kopf noch richtig funktioniert? Auch nach der Splitterverletzung?«

Paule nickte.

»Das wollen wir mal sehen«, sagte Feltes. »Also, nehmen wir mal an, du hast eine Schallplatte mit einem langen, eine andere mit einem kurzen Musikstück. Ich denke, du magst flotte Musik, oder?«

»Ja«, sagte Paule. »Wenn's nicht die üblichen Schlager sind.«

Feltes lachte. »Eher Hot und Swing und Tiger-Rag, nehme ich an. Ist ja auch egal. Also, was meinst du, wie viele Rillen passen auf so eine Platte drauf? Du kannst raten, irgendeine Zahl. Sagen wir zwischen hundert und vierhundert. Was meinst du, Pelle, wie viele Rillen sind's im Durchschnitt?«

»Das ist doch Quatsch«, protestierte Paule.

»Na, sag immerhin deine Antwort«, forderte ihn der Professor auf.

»Jede Plattenseite hat natürlich nur eine Rille«, sagte Paule, der sich über dieses blödsinnige Fragespiel ärgerte.

»Gut«, meinte Feltes. »Mehr wollte ich auch nicht hören. Und als du deinen siebzehnten Geburtstag gefeiert hast, wie viele Jahre hattest du da gelebt?«

»Sechzehn«, sagte Paule.

»Richtig. War auch keine sehr gescheite Frage«, räumte Feltes ein. »Und wenn du an eine Kreuzung kommst, wo sich fünf Straßen treffen, der Wegweiser aber im Graben liegt – wie kriegst du raus, wo's weitergeht?«

»Ich habe meinen Weg im Kopf«, sagte Paule.

»Aber nimm an, du brauchst den Wegweiser«, bohrte Feltes weiter.

Paule kam sich veralbert vor, aber dann antwortete er doch. »Ich weiß ja, wo ich herkomme«, sagte er. »Dorthin richte ich den entsprechenden Wegweiserarm. Und damit ist alles klar.«

»Intelligenz, Begriffsfähigkeit, Aufnahmevermögen normal«, bemerkte Feltes zu seiner Assistentin. »Notieren Sie bitte, Ruth.« Kopfschüttelnd ging er zu seinem Sessel zurück. »Ich verstehe dich nicht, Zwölfnullneun«, meinte er. »Denkst du wirklich, du könntest uns alle an der Nase herumführen? Von der Stapo ist leider noch keine Auskunft über dich eingetroffen. Aber das kommt noch. Und da bin ich wirklich neugierig, was wir bei dir finden.«

Er kramte in seinen Papieren. Ohne dabei aufzusehen, sagte er: »Geh mal rüber zur Frau Doktor. Sie soll deine Augen prüfen.«

Paule ging zu ihr und stellte sich neben ihre langen Beine. Der Rock war beim Sitzen ein Stück nach oben gerutscht.

»Bück dich ein wenig zu mir«, sagte sie halblaut.

Paule roch ihr leichtes Parfüm, sah ihren Ausschnitt, die halb entblößten Brüste.

Sie fuhr ihm durch die Haare. »Noch ein bisschen näher, Pelle«, forderte sie ihn auf.

»Also, das reicht wohl«, ließ sich Feltes von hinten vernehmen. »Zieh deine Hose runter!«

Paule lief rot an.

»Los, mach schon«, befahl Feltes, kam auf ihn zu und streifte ihm die Unterhose bis auf die Schenkel herunter. »Eine halbe Erektion«, stellte er fest. »Auch sexuelle Reaktion normal.«

Paule rang nach Luft. Wut und Scham erstickten ihn fast. »Das ist gemein«, stieß er hervor.

Feltes zuckte die Schultern. »Das hast du deiner Geheimniskrämerei zuzuschreiben«, erklärte er. »Los, zieh dich wieder an. Ich habe noch etwas für dich, das wird dich interessieren. Hier, ein neuer Runderlass des Justizministers. Darin wird betont, dass es Aufgabe der Rechtsprechung sei, den gesunden Volkskörper vor Seuchengefahren zu schützen, die von Kriminellen und oppositionellen Bazillenträgern ausgehen. Zwölfnullneun, vielleicht bist du so ein Bazillenträger.«

Er hielt inne und betrachtete Paule, der wieder angezogen vor ihm stand, mit nachdenklichen Blicken.

»Hör zu«, sagte er dann. »Ich gebe dir eine letzte Chance. Du bist ein ganz überwiegend nordischer Typ, zeigst Disziplin und Härte, du verteidigst deinen Stolz – alles Eigenschaften, die dich zum geborenen SS-Mann machen. Du solltest dich also freiwillig zur Waffen-SS melden. Ich verspreche dir, dass du in diesem Augenblick das Lager hinter dir hast. Nein, nein, ich will deine Antwort nicht heute, sondern beim nächsten Mal. Du sollst es dir reiflich überlegen. Aber mach dir auch klar, dass dies deine allerletzte Chance ist, die Angelegenheit noch gütlich zu regeln. Danach wird es hart für dich. Richtig hart, verstehst du? Ruth, rufen Sie bitte den Wachmann, er soll Zwölfnullneun abführen.«

Paule wandte den Blick ab, als Frau Dr. Tachau an ihm vorbei zur Tür ging. Dann folgte er dem Wachmann, der ihn über den Hof zurückbrachte. Durch den Himmel zogen sich hunderte von Kondensstreifen nach Osten.

Hoffentlich kommt ihr noch rechtzeitig, bevor wir hier alle draufgehen, dachte Paule.

Beim nächsten Morgenappell trat der Hauptscharführer vor die Belegschaft der B-Blöcke, als sich gerade die Arbeitskommandos formierten.

»Mal herhören«, rief er. »Da ist ein Landwirt, der braucht für zwei, drei Tage ein paar kräftige Burschen fürs Heumachen. Wer hat bei so was schon mal mitgemacht und kennt sich aus?«

Paule meldete sich mit fünfzehn oder zwanzig anderen.

Der Hauptscharführer ließ die Erzieher vier auswählen und fragte unterdessen: »Außerdem suche ich noch zwei Leute, die mit der Sense umgehen können. Ist da jemand, der einen sauberen Schnitt hinlegt?«

Diesmal war Paule mit seiner Meldung allein.

Der Hauptscharführer sah Warmbrunn und Blum fragend an. Die nickten.

»Also, dann du«, sagte er zu Paule. »Ihr bleibt gleich auf dem Hof und werdet abgeholt.«

Die Blockzüge lösten sich auf, Paule blieb mit seinen vier Kameraden zurück. Ihm war zumute, als hätte er das große Los gezogen, denn es ging nach draußen und bei Bauern gab es immer satt zu essen.

Bis zum Aufbruch brauchten sie nicht lange zu warten. Schon nach ein, zwei Minuten kamen zwei Wachleute mit umgehängten Maschinenpistolen auf sie zu. Sie bauten sich vor den Jungen auf, zogen ihre Handfeuerwaffen. Die Pistolen klickten, als die Patronen in den Lauf glitten.

»Ohne Tritt marsch«, befahl ihnen der ältere der beiden Wachmänner.

In der Ortsstraße vor dem Haupteingang wartete ein Laster, ein offener Borgward-Eintonner.

Der ältere Wachmann öffnete die Heckklappe, hieß sie aufsteigen und setzte sich zu ihnen auf die Ladefläche, während sein Kamerad das Steuerrad übernahm.

Der Wagen beschleunigte sofort, fuhr über die Landstraße

Richtung Nordwest, wich Schlaglöchern aus und legte auf freier Strecke an Tempo zu. Es ging durch hügeliges Gelände aufwärts. Wenig später durchquerten sie einen winzigen Ort und hielten weiter nach Nordwesten zu. Die Luft war feuchtwarm, dunstig, und in den Niederungen, die rechts an den Wald grenzten, lagen Nebelschwaden über den angemähten Heuwiesen.

Der Lastwagen überholte Bauersleute, alte Männer und Frauen, die mit Sense und Heurechen über den Schultern die Straße entlangmarschierten. Später durchfuhren sie ein großes Dorf, das von einer wuchtigen Kirche mit zwei gedrungenen Türmen beherrscht wurde. Schließlich bog der Laster links ab und fuhr auf einem Karrenweg weiter. Rechts von dem Graben, an dem sie entlangrumpelten, zog sich tiefer, dunkler Wald hangaufwärts.

Das wäre eine Gelegenheit, dachte Paule. Bei dieser Rüttelei könnte man sich auf den Mann werfen, ihm die Maschinenpistole entreißen. Doch dazu hätte er selbst festen Stand gebraucht und außerdem gab es da noch den Fahrer. Morgen aber würde er die Gegend schon besser kennen. Dann ergab sich vielleicht irgendwo der richtige Augenblick.

Der Laster hielt vor einem Gehöft mit mehreren Gebäuden, Wohnhaus, Stallungen, Scheunen. Die Heuwiese lag ein paar hundert Meter weiter. Ein junger Mann, vermutlich ein Fremdarbeiter, war schon dabei, die Haufen zum Trocknen auseinander zu reißen. Das Heu duftete. Es erinnerte Paule an Lüttgenmayers Hof, an fröhliches Lachen, an endlose Sonnentage. Sein Herz schlug bis zum Hals.

»Dieses Jahr kriegen wir unser Heu einfach nicht in die Scheune«, klagte der Bauer, als sie vom Wagen gesprungen waren. »Der ganze Juni war zu nass. Wir müssten schon seit drei Wochen mit der Heuernte fertig sein. Gut, dass der Kommandant uns Hilfe schickt. Habt ihr auch jemanden zum Mähen dabei?«

Paule meldete sich.

»Das ist die Hauptsache«, sagte der Bauer zufrieden. »Der

Grasmäher hat nämlich Getriebeschaden und weit und breit ist kein Ersatzteil aufzutreiben. Jean und ich kommen mit dem Mähen nicht allein durch.«

Die beiden Wachmänner lehnten sich gegen einen Staken vom Weidezaun und unterhielten sich leise.

Paule schaute heimlich zu ihnen hinüber. Der Ältere war ein Unterscharführer, der Jüngere, kaum mehr als zwanzig Jahre alt, ein einfacher Sturmmann.

»Ihr könnt euch heute einen schönen Tag machen«, sprach der Bauer die beiden an. Dann rief er über die Wiese: »Jean, das übernehmen jetzt die Jungs. Geh du mal das andere Stück mähen. Der eine Junge hier wird dir helfen.«

Die Wachmänner verfolgten die Arbeitsaufteilung, und als Paule mit Jean und dem Bauern zu der ungemähten Wiese hinüberging, folgte ihnen der Jüngere.

Der Bauer reichte Paule die Sense und ließ ihn zur Probe einen Schnitt vorlegen.

»Na, das geht ja wie nix«, rief er anerkennend, als er Paule mähen sah. »Mach nur so weiter. Ich geh inzwischen rüber zu deinen Kameraden.«

Nur Jean, der französische Arbeiter, und der Wachmann blieben bei Paule zurück.

Schnitt für Schnitt zog die Sense durchs Gras, Schritt für Schritt folgte Paule dem Franzosen weiter, blieb gelegentlich stehen, schärfte das Blatt neu und streckte sich. Dieses singende, klirrende Geräusch, wie gut das den Ohren tat, wenn der Wetzstein den Stahl entlangfuhr. In Paule stiegen Erinnerungen auf, vermengten sich mit Zukunftsträumen. Er dachte ans Grünfutterholen in der Frühe, den ersten Gerstenschnitt, und ständig waren Leute in der Nähe, die man mochte. Was für ein gutes Leben!

Als die Bäuerin mit dem Frühstück kam, wunderte sich Paule, dass es schon so weit war.

Jean hängte die Sense am Bart über den Zaun und rief Paule zu: »Frühstück! *Allez viens*, komm schon!«

»Gleich«, rief Paule und mähte weiter, bis er mit Jeans Anschnitt gleichauf war.

»Du machst das sehr gut«, meinte Jean, während er sich eine Zigarette drehte. »Gehn wir.«

Zu seiner Verwunderung bemerkte Paule, dass die beiden SS-Leute am Zaun beisammenstanden. Sie hatten die Jungen auf der hinteren Wiese allein mit dem Bauern arbeiten lassen. Aber klar, die vertrauten auf ihre Maschinenpistolen. Der Wald war zwar höchstens dreihundert Meter entfernt, aber wenn ein Junge ausreißen wollte, war eine Kugel allemal schneller. Das wussten die beiden, das wussten auch die Jungen.

Die Bäuerin hatte einen riesigen Brotlaib mitgebracht, einen Topf Griebenschmalz dazu und aus der Kanne gab es richtig heißen, leckeren Milchkaffee.

Die Jungen saßen mit dem Bauern im Kreis, ihre Wachmänner aßen im Stehen. Paule verschlang eine Schnitte nach der anderen. Das muss vorhalten, sagte er sich. Wenn's losgeht, dann besser nicht mit leerem Bauch.

Der Bauer freute sich über seinen Hunger. »Wie einem gehn die Backen, so gehn ihm auch die Hacken«, sagte er. »Und ein tüchtiger Schaffer ist auch ein guter Esser. Ihr beide, Jean und du, habt schon ein ordentliches Stück weggeschafft.«

Jean und Paule warfen sich einen Blick zu und grinsten.

Sie hielten den ganzen Vormittag miteinander Schritt und hatten bis Mittag die Wiese vollständig abgemäht.

Zum Mittagessen gab es heiße Erbsensuppe mit untergekochtem Schweinebauch, einen großen Topf voll. Die Jungen strahlten. Es gab für alle genug, sogar übergenug. Trotzdem stritten sie nach dem Essen darum, wer den Topf auskratzen durfte.

»Mittagsruhe«, verkündete der Bauer schließlich. »Haut euch aufs Heu. Später gibt's noch ein schönes Stück Arbeit!«

Paule legte sich neben Jean. Er schloss die Augen und genoss die Ruhelage, den süß-bitteren Heugeruch. Im nächsten Augenblick war er eingeschlafen.

Am Nachmittag machten es sich die Wachmänner an der Böschung der oberen Wiese bequem. Bei einer Pinkelpause am Zaun sah Paule, dass sie ihre Waffenröcke mit dem Pistolenkoppel abgelegt und sich die Hemden aufgeknöpft hatten. In Paules Kopf arbeitete es, während er weiterhin dem Franzosen folgte und sich dazu zwang, nicht zu den Wachmännern hinüberzusehen, nicht einmal aus den Augenwinkeln zu ihnen zu schielen.

Mit jedem Schnitt kam er näher an die Böschung heran, arbeitete sich Bahn um Bahn vor, bis er ganz in der Nähe der beiden Wachmänner angekommen war. Paule stellte sich mit dem Rücken zu ihnen und begann das Sensenblatt zu wetzen. Auch Jean hatte innegehalten und seinen Wetzstein gezogen.

Mit einem Ruck wirbelte Paule plötzlich herum, war mit zwei Sätzen bei seinen Bewachern und ließ drohend die Sense über ihnen zischen. »Hände hoch!«, schrie er. »Sofort, oder einer von euch ist hin.«

»Ma parole!«, hörte er Jean hinter sich aufschreien.

Die beiden Wachmänner hoben die Hände, sahen ihn mit schreckgeweiteten Augen an.

»Jetzt langsam hochkommen«, befahl Paule und ließ wieder die Sense über ihre Köpfe zischen. »Und die Hände in den Nacken. Jetzt kehrt, mit dem Gesicht zum Zaun. Schneller!«, brüllte er. »Und bis an den Zaun treten, weiter, weiter.«

Damit bückte er sich, ließ die Sense los, riss die nächste Maschinenpistole an sich und drückte das Magazin hinein. Es knackte. Ein lautes Knacken, das die beiden Wachmänner bestimmt hören konnten.

»Ich habe jetzt eure MP«, sagte er ihnen. »Und ich kann damit umgehen. Gelernt von euch. Bei der Wehrerziehung.«

Zum Beweis ließ er ein paar Schüsse über ihre Köpfe los.

Dann trieb er die beiden vor sich her, am Zaun entlang und über die Böschung auf die frisch gemähte Wiese. Dort befahl er ihnen, alle Kleider abzulegen, und ließ zur Bekräftigung wieder eine Salve ins Gras spritzen. Während die beiden Männer ihre Hemden und Unterhemden, Stiefel, Socken und Hosen auszogen, schaute Paule einen flüchtigen Augenblick lang zu seinen Kameraden auf der unteren Wiese hinüber. Sie waren ungefähr hundert Schritt entfernt, hatten Heurechen und Gabeln fallen lassen und starrten in seine Richtung.

»Bleibt, wo ihr seid!«, rief ihnen Paule zu. »Und du auch, Bauer. Keine Bewegung!«

Jean war nirgends zu sehen. Vielleicht hielt er sich in einem Graben versteckt. Würde ich an seiner Stelle auch tun, dachte Paule und behielt die Wachmänner weiter im Blick.

Splitternackt standen sie auf der Wiese, streckten von selbst die Hände wieder hoch. Paules Herz klopfte, als wollte es zerspringen. Dies ist meine Chance, dachte er.

Mit ein paar Sätzen war er bei den Kleidern und packte sich den Stapel, ohne dabei den Abzug der Maschinenpistole loszulassen. Rückwärts gehend zog er sich zur Böschung zurück.

»Ihr zwei geht jetzt zu den Jungs rüber«, rief er dann, schoss das Magazin über ihren Köpfen leer und legte die zweite MP griffbereit neben sich. »Lasst euch mal von ihnen begaffen. So schüchtern haben die euch noch nie gesehen.«

Während er noch redete, hetzte er bereits mit den Kleidern, den Pistolenkoppeln und beiden Maschinenpistolen zum Gatter, stieg über und rannte zum Wald hinüber, so schnell er nur konnte.

Unter den Bäumen lief er hangaufwärts, bis er einen kleinen Bachlauf kreuzte, der in einen Fisch- oder Feuerlöschteich mündete. Dort streifte er eilig sein Drillichzeug ab, zog ein Paar Socken über, eine Hose, eins von den Hemden, sogar ein Stiefelpaar passte einigermaßen. Eine Geldbörse aus der anderen

Hose, ein Taschenmesser. Genug. Die Autoschlüssel? Ins Wasser. Und den ganzen Packen hinterher. Auch die leer geschossene MP. Schade, ein schönes Ding, genau das Modell, mit dem sie im Wehrerziehungslager geübt hatten, Marke Erma, zweiunddreißigschüssiges Magazin.

Also los, sagte er sich. Er hängte sich die zweite MP über und lief in seinen neuen Stiefeln weiter durch den Wald, ließ keinen anderen Gedanken zu als immer nur laufen, laufen, rennen. Dort einen Waldweg entlang, hier über einen Hang, durch eine feuchte Senke, und immer nach Westen, wo die Sonne herkam.

Nach etwa einer Stunde verlangsamte er sein Tempo. Er musste überlegen. Was machten die beiden Wachleute inzwischen? Und was stellten sie mit den übrigen Jungen an? Vielleicht waren ja jetzt noch ein paar ausgebüchst. Auf alle Fälle mussten die beiden SS-Leute zum Telefonieren in den Ort. Also zuerst auf den Hof, Klamotten anziehen, die Sache mit den übrigen Jungen regeln. Danach ans Telefon. Wie lange brauchten die beiden Männer dazu? Eine halbe Stunde, schätzte Paule. Dann wusste man in Moringen jetzt schon Bescheid, besorgte Autos für die Suchmannschaft und natürlich würde man auch die Hunde mitnehmen. Ein scheußlicher Gedanke. Aber wenigstens hatte er Uniformstücke und Stiefel von den beiden SS-Leuten an, vielleicht half das ein wenig. Im Lager würde man für die Vorbereitungen bestimmt eine weitere halbe Stunde brauchen. Bis zum Bauernhof und der Wiese noch mal eine halbe dazu. Also hatte er Vorsprung. Und in zwei Stunden etwa war es dann bereits dunkel. Es steht nicht schlecht für mich, dachte Paule. Es stand sogar verdammt gut für ihn.

Das stark hügelige, zerklüftete, immer wieder von Bachläufen durchschnittene Gelände war schwer zu begehen. Als die Sonne aus den Baumkronen verschwand, merkte Paule, wie seine Kräfte nachließen. Doch die Liegestütze und das blödsinnige Gehopse hatten sich heute bezahlt gemacht. Trotz des anstrengenden

Arbeitstags, der hinter ihm lag, hatte er seine Muskeln bisher kaum gespürt.

Jetzt holte ihn die Müdigkeit ein, aber er zwang sich weiter vorwärts. Du läufst um dein Leben, sagte er sich und beschleunigte noch mal den Schritt. Gott sei Dank war der Mischwald nicht mit allzu viel Unterholz durchwachsen.

Nach Sonnenuntergang wurde es dann jedoch immer mühsamer, sich weiter durchs Gelände durchzuschlagen, im Waldesdunkel voranzukommen. Es hatte keinen Sinn, blindlings weiterzuhetzen. Damit verschwendete er nur seine Kraft und er verlor womöglich die Orientierung. Paule beschloss, eine Pause einzulegen und aufs erste Mondlicht und die Sterne zu warten. Am Rand einer Lichtung ließ er sich nieder, schloss die Augen und horchte in den Wald hinein.

Es dauerte eine Weile, bis das Rauschen des Blutes in seinen Ohren verstummte. Dann unterschied er einzelne Geräusche. Das Kratzen eines toten Astes, der im Wind stöhnte, weiter weg einen weichen Krötenruf. Dann wurde es wieder still in der Runde, bis sich am gegenüberliegenden Rand der Lichtung etwas bewegte. Trappen und Schnüffeln waren zu hören, wahrscheinlich ein Wildschwein. Eine Eule antwortete mit dumpfem anhaltendem Rufen. Nichts schien die Ruhe des Waldes zu stören. Paule konnte sich sicher fühlen.

Als er die Augen wieder öffnete, sah er, dass inzwischen einzelne Sternbilder am Himmel hervorgetreten waren. Im Norden der Kleine Wagen, der beinah senkrecht auf seiner Deichsel stand. Bald war wohl auch der abnehmende Mond zu erwarten.

Neben sich spürte er das kühle Metall der Maschinenpistole. Das Ding musste er bald loswerden. Im Ernstfall würde es ihm sowieso wenig helfen, und wenn, dann nur für die paar Minuten, bis er das Magazin leer geschossen hatte. Aber würde er überhaupt auf Menschen schießen? Nein, das sperrige Ding behinderte ihn nur. Und es wog außerdem seine fünf Kilo.

Mit der MP kehrten Paules Gedanken nach Moringen zurück und damit ließ sich die Frage, die schon die ganze Zeit am Rand seines Bewusstseins gelauert hatte, nicht mehr zurückdrängen: Hatte die Lagermannschaft jetzt seinetwegen Strafstehen verpasst bekommen? Standen die Jungen vielleicht gerade in diesem Augenblick im Scheinwerferlicht auf dem Appellplatz und verfluchten ihn?

Paule nahm ein trockenes Astholz auf, brach es in Stücke. Bei der bloßen Vorstellung, wie die Jungen im Hof standen, wurde ihm übel. Aber er konnte nichts an diesem schrecklichen System ändern. Einer für alle, alle für einen. Das hörte sich gut an, nach Kameradschaft und gegenseitiger Hilfe. Die Kehrseite war nur, dass jetzt alle bis zum Umfallen stehen mussten, damit unter den Jungen nur ja keine Freude darüber aufkam, dass einem von ihnen die Flucht geglückt war.

»Es tut mir Leid für dich, Stief«, sagte Paule in die Dunkelheit hinein. »Ich verstehe, dass du mich jetzt am liebsten umbringen möchtest. Aber ich musste es tun. Ich konnte nicht länger kuschen.«

Mit der Maschinenpistole unterm Arm arbeitete er sich weiter durch den Wald. In der nächsten Niederung, wo Schilf und Seggen wuchsen, riss er das Magazin aus der Waffe, schmiss es fort und begrub die Maschinenpistole im Schlamm. Es war kein schönes Gefühl, sondern fast wie Abschiednehmen von einem Freund. Schließlich verdankte er der Waffe sein Entkommen und jetzt war er allein auf sich gestellt.

Die ganze Nacht hindurch stapfte Paule weiter. Der Mond warf jetzt sein Licht durch die Bäume. Paule sah seinen eigenen Schatten vor sich über Farne gleiten, die Baumstämme entlanghuschen, über weiches Waldgras und Moose wandern.

In der Morgendämmerung hielt er Ausschau nach einem Schlafplatz. Seiner Schätzung nach musste er etwa fünfundzwanzig Kilometer hinter sich gebracht haben, in Luftlinie vielleicht zwölf. Demnach befand er sich noch immer in der Gefahrenzone, aber er brauchte dringend Schlaf. Das unwegsame Gelände hatte ihm zugesetzt. Er konnte die Augen nur noch mit Gewalt offen halten und die Füße brannten in den ungewohnten Stiefeln.

Eine mit Haselsträuchern bestandene Bodenwelle bot sich als Versteck an. Neben ihr öffnete sich der Wald für ein schmales Wiesental, durch das sich ein Bach wand. Paule sehnte sich danach, sich hinzulegen und die Augen zu schließen, aber er zwang sich dazu, erst das umliegende Gelände in Augenschein zu nehmen. Nachdem er einen großen Kreis geschlagen hatte, kehrte er mit einem Arm voll Reiser zurück. Zusammen mit altem Trockenlaub, Moos und Farnen bereitete er sich ein Lager, zog die Stiefel von den heißen Füßen, kringelte sich zusammen und schlief sofort ein.

Sonnenlicht fiel ihm warm ins Gesicht, als er erwachte. Er blieb liegen und lauschte, konnte aber keine Geräusche ausmachen, die auf Anwesenheit von Menschen in seiner Nähe hätten schließen lassen.

Mit dem Aufstehen meldete sich der Hunger. Die Nüsse an den Haseln waren noch nicht ausgewachsen, aber die grüne Schale ließ sich mit den Fingernägeln abknibbeln, und er konnte die milchig weißen, weichen Kerne essen. Sie schmeckten ein wenig säuerlich, so dass es ihm den Mund zusammenzog, stillten aber den ärgsten Hunger. Und in einer Bachschleife entdeckte er blühendes Kolbenschilf. Die jungen Fruchtstände hatten zartes Fleisch und schmeckten auch gut. Brunnenkresse und Löwenzahn mit Knospen und Blättern beschlossen seine Mahlzeit.

Es war unglaublich schön, einfach in der Sonne zu sitzen, über das kleine Bachtal zu schauen. Das viele Licht, die leuchtenden Farben betäubten ihn fast. Wie sehr hatte er sich in Moringen nach Grün und Wald, Wasser und Sonne gesehnt. Jetzt hatte er das alles in Hülle und Fülle.

Als Paule die Hand in die Tasche steckte, stieß er auf die Geldbörse des Wachmanns, die er noch gar nicht untersucht hatte. In ihren vorderen Fächern fand er etwas Kleingeld, dazu ein Fünfmarkstück, zwei Zahnstocher, einen Knopf, Rasierklingen und im hinteren Geldscheinfach zwei Zehnmarkscheine. Ein zusammengefalteter Einkaufszettel lag dabei: *Fußpuder, Bleistiftminen, Lockenwickler für Tina …* Es war ein ungutes Gefühl, in einem fremden Portemonnaie herumzustöbern, und wenn er dabei an den SS-Mann dachte, überkam ihn der Ekel. Er steckte das Geld lose in die Tasche, legte die Rasierklingen beiseite und ließ die Geldbörse im Gebüsch verschwinden. Dann nahm er die Stiefel zur Hand und schnitt die Schäfte, die ihm nur hinderlich waren, mit dem Taschenmesser über den Knöcheln ab. Anschließend kürzte er die Hemdärmel, die Hosenbeine. Jetzt stand er in kurzer Hose und Sporthemd da, ein blonder Junge mit vorschriftsmäßigem Haarschnitt, und damit war seine Verkleidung eigentlich perfekt.

Paule pfiff leise vor sich hin, als er die Stoff- und Lederreste im Schilf versteckte. In Moringen, wenn er beim Sackfalzen über seine Flucht nachgedacht hatte, war ihm die Beschaffung von Zivilkleidern und Geld als die größte Schwierigkeit erschienen. Und jetzt war alles so einfach gewesen. Er hatte sehr viel Glück gehabt. Nur eine Uhr vermisste er noch. Seine schöne Armbanduhr, die Jupp ihm zu Weihnachten geschenkt hatte, war mit Inges selbst gestricktem Schafwollpullover in Moringen geblieben. Schade, sehr schade, dachte Paule. Was man in Moringen mit den Sachen von Zwölfnullneun wohl anfangen würde?

Inzwischen war es Mittag geworden, und Paule entschloss sich, den weiteren Tag hier zu verbringen und erst im Dunkeln weiterzulaufen. Mit ausgedehnten Schlaf- und Ruhepausen und mit kleinen Streifzügen in die nähere Umgebung verbrachte er den Nachmittag. Am Ende des Wiesentals stieß er auf einen Kirschbaum, der reife Früchte trug. Er aß sich an ihnen satt und kletterte bis in die Spitze, um die süßesten, sonnendurchwärmten Früchte zu ernten.

Der ganze Wald verströmte berauschende Gerüche, bittere vom Eichenholz, süße Moos- und Vogelbeerdüfte, blühende Gräser würzten die Luft und die gelbweißen Blüten einer Linde dufteten nach Honig. Wochenlang hatte Paule den scharfen Klebergestank der Sackproduktion in der Nase gehabt. Hier oben zwischen den Baumästen wurde ihm zum ersten Mal richtig bewusst, dass er sich von dem Alptraum des Lagers befreit hatte. Er lehnte sich gegen den Stamm und atmete tief den süßen Geruch der Freiheit. Die sollte ihm niemand mehr nehmen, schwor er sich. Niemand und nichts auf der Welt.

Quakenbrück

In der Morgenfrühe des vierten Tages nach seiner Flucht aus Moringen stieß Paule am Waldausgang auf eine doppelspurige Eisenbahnstrecke. Nachdem er ihr eine Zeit lang gefolgt war, konnte er auch das erste Streckensignal ausmachen. Es war ein Einfahrtssignal, das mit seinen zwei erhobenen Armen einem einlaufenden Zug »Langsamfahrt« signalisierte. Wenige Minuten später rollte ein D-Zug an ihm vorbei. *Seesen/Soest* las er auf dem Streckenschild. Der Name Seesen sagte Paule nichts, aber Soest war ihm ein Begriff. Dort war er auf der Fahrt nach Moringen mit den beiden Justizbeamten umgestiegen. Bei dieser Erinnerung spürte er wieder die Ketten an seinen Handgelenken und Füßen. Unruhe überkam ihn. Hoffentlich war er nicht wieder in der Nähe von Moringen gelandet, denn dort wurden die Bahnstationen sicher noch bewacht.

Um festzustellen, wo er sich jetzt eigentlich befand, lief er an den Schienen entlang zu dem Bahnhof, den das Streckensignal angekündigt hatte. *Holzminden* stand am Stellwerk vor der Einfahrt.

Paule überquerte die Gleise am Bahnübergang und folgte der Straße, die ihn in ein verschlafenes Fachwerkstädtchen führte. Die Plätze und Gässchen mit den mächtigen Toreinfahrten waren noch fast menschenleer, doch einige Läden und Geschäfte hatten bereits die Rollläden hochgezogen. In einer winzigen Drogerie erstand Paule einen Aluminiumkamm, ging zum Marktbrunnen hinüber, kämmte sich und zog einen Scheitel. Er sah an sich herunter: ein Junge mit festen Beinen, Socken, kurzen Hosen und einem heidelbeerbefleckten Sporthemd – so konnte er das Bahngebäude betreten.

In der kleinen Eingangshalle orientierte er sich auf der Streckenkarte. Holzminden fand er erst nach einigem Suchen und Moringen war auf der Karte überhaupt nicht verzeichnet. Die nächstgelegenen größeren Städte waren Göttingen und Northeim. Von Holzminden aus gesehen, lag Northeim in südöstlicher Richtung, dreißig oder vierzig Kilometer entfernt. Er war also in die richtige Richtung gelaufen, er hatte es geschafft! Rasch suchte er sich die Streckenabschnitte nach Quakenbrück zu Lüttgenmayer heraus: Von Holzminden aus zuerst nach Vorwohle, dort umsteigen, mit der Kleinbahn nach Hameln, wieder den Zug wechseln, nun in Richtung Löhne, von da nach Osnabrück und weiter auf der Strecke 220b bis Quakenbrück. Alles zusammen etwa zweihundertfünfzig Kilometer. Und die konnte er mit etwas Glück vielleicht an einem Tag bewältigen.

Er trat vom Streckenplan zurück. Daneben hing das allgegenwärtige Plakat der Bahn: *In luftgefährdeten Gebieten muss damit gerechnet werden, dass Züge vorübergehend die größeren Städte nicht anlaufen, sondern um diese Städte herumgeleitet werden oder auf vorgelegenen Bahnhöfen beginnen und enden.*

In einem luftgefährdeten Gebiet befand er sich in Holzminden wohl nicht, also konnte er damit rechnen, dass die Züge einigermaßen regelmäßig verkehrten. Mit einem letzten Blick in den Spiegel des roten Personenwaageautomaten trat Paule an den Fahrkartenschalter und löste seine Karte nach Quakenbrück. Um neun Uhr fünfunddreißig ging der Zug nach Vorwohle.

Zwar nicht fahrplanmäßig, aber doch noch am selben Abend traf Paule in Quakenbrück ein. Früher hatte ihn Hermann, Lüttgenmayers Sohn, um ein Jahr jünger als Paule, meist mit dem Fahrrad am Quakenbrücker Bahnhof abgeholt und war mit ihm auf dem Gepäckträger oder vorn auf der Stange zum Hof geradelt. Oder Paule war mit dem »Pingel-Anton«, der ewig bimmelnden Schmalspurbahn, aus der Stadt gefahren. Heute war es zu spät für den »Pingel-Anton«, wie ihm ein Blick auf den Fahrplan zeigte. Also musste er laufen, eine gute Stunde, doch das tat nach der Bahnfahrt nur gut.

In der Bahnhofsstraße kam Paule ein Trupp Ostarbeiter entgegen, Russen mit den großen Buchstaben OST auf dem Rücken. Sie wurden von Wachsoldaten mit umgehängter Maschinenpistole begleitet. Paule ging auf die andere Straßenseite. Als er sich umschaute, sah er, wie einer der Russen, der etwas aus dem Rinnstein auflesen wollte, vielleicht eine Zigarettenkippe, eine Mohrrübe, von den Wachsoldaten getreten wurde.

Die Gegenwart hatte Paule wieder eingeholt. Er war auf der Flucht, musste hoffen, dass er bei Lüttgenmayer eine Zeit lang untertauchen konnte, sonst – ja, sonst war er am Ende.

Die Allee überquerte am Ausgang der Stadt die Kleine Hase, rechter Hand verliefen die Gleise der Kleinbahn, dahinter lag der Fliegerhorst. Mittlerweile hatte die Dämmerung zugenommen. Aber auch im Dunkeln blieb alles vertraut, der Kolonialwarenladen, zu dem er oft geschickt worden war, die großen Eichen, die jedes Gehöft umstanden. Goethe fiel ihm ein, bei Lohfink in Zürs gelernt: »Schon stund im Nebelkleid die Eiche, ein aufgetürmter Riese da, wo Finsternis aus dem Gesträuche mit hundert schwarzen Augen sah«, aus Paules Lieblingsgedicht »Willkommen und Abschied«. Der junge Dichter besucht Friederike, das Pastorentöchterlein in Seesenheim: »In deinen Küssen, welche Wonne! In deinem Auge, welcher Schmerz!«

Ulla – mit ihr hatte Paule hierher kommen wollen, hatte sie beide schon zusammen bei Lüttgenmayer auf dem Heuwagen gesehen. Wie anders war alles ausgegangen! Ulla musste annehmen, dass er im Bombenhagel umgekommen war. Oder dass ihn eine Streife weggefangen hatte.

Ob sie das aber wirklich glaubte?

Von Lüttgenmayer aus musste er versuchen, Ulla zu erreichen. Vielleicht kam sie ja dann doch noch zu ihm auf den Hof. Und auch seinem Vater würde er ein Lebenszeichen geben. Wenn, ja wenn ihn Lüttgenmayer tatsächlich bei sich unterschlüpfen ließ, zumindest für ein paar Tage.

Als er am Hoftor angelangt war, hatte schon nächtliche Dunkelheit eingesetzt. Aber irgendetwas war anders, so viel sah er auch im Dunkeln. Das Haus hatte nicht mehr die gleichen Umrisse wie früher. Konnte das sein? Oder hatte er sich womöglich verlaufen? Vorsichtig bewegte er sich über den Hof, stolperte über einen Splittergraben. Also gab es auch hier Alarm und Bomben?

Paule stieß die Dielentür auf, hinter der sich die Stallungen befanden. Er hörte das mahlende Geräusch des Wiederkäuens, Schnauben, Kettengerassel. Es roch nach warmer Milch, nach Kühen und frischem Mist. Im Dunkeln tastete er sich bis an die Haustür, die den Wohnteil des Hauses von der Diele trennte. Dann hatte er die Klinke gefunden, die altvertraute Messingklinke. Also hatte er sich doch nicht verlaufen. Die Tür war unverschlossen, rechts vorn fiel Licht durch eine offen stehende Tür in den Hausflur. Und da, die Stimmen: Lüttgenmayer, Hermann, Tante Anna.

Er trat in die Küche, und mit einem Mal steckte ihm ein Kloß im Hals, so dass er zur Begrüßung nur ein mühsames Krächzen zustande brachte.

Jung-Hermann sprang auf. »Paule«, schrie er. »Papa, das ist Paule!« Er kam mit einem Satz hinterm Tisch hervor, fasste Paule stürmisch an den Schultern.

Dann war auch Bauer Lüttgenmayer bei ihm, Onkel Hermann, nahm ihn in die Arme, schüttelte ihm die Hand. Mit diesen Fäusten, die einem fast die Knochen zerbrachen.

»Paule, Junge, so eine Überraschung!«, rief er. »Anna, sieh dir das an. Paule Pizolka!«

Als Paule seinen Namen hörte, war es mit dem letzten Rest seiner Fassung vorbei. Heulend fiel er ihnen um den Hals. Er hörte ihre begütigenden Worte, fühlte ihre Hände, die ihn auf die Essbank drückten, aber er konnte nur noch schluchzen. Der Druck der vergangenen Wochen, in denen er sich ständig hatte Gewalt antun müssen, brach sich gewaltsam Bahn. Es schüttelte ihn wie im Fieber.

»Hier, Junge, nun trink mal einen Klaren, dann wird dir besser«, meinte der Bauer und hielt ihm ein Schnapsglas an den Mund. »Und gleich noch einen, auf einem Bein steht sich's schlecht.«

»Nicht«, wehrte Paule ab. »Ich hab seit Tagen nichts gegessen. Sonst bin ich gleich dun.«

»Na siehst du, unser Platt hast du nicht vergessen«, sagte der Bauer.

Tante Anna, die Bäuerin, trat ans Brotfach. »Und nun erzähl mal, Paule«, sagte sie besorgt. »Ist was mit Jupp?«

Paule schüttelte den Kopf.

Und da stand auch schon Brot auf dem Tisch, ein Becher mit süßer Milch und noch eine Scheibe Brot, mit Butter und Schinken belegt, und Paule begann zu reden.

All das Schreckliche, von dem er geglaubt hatte, es niemals einem anderen Menschen erzählen zu können, sprudelte jetzt aus ihm heraus. Kreuz und quer, wie es ihm gerade in den Sinn kam, schilderte er seine Erlebnisse, berichtete von Moringen, immer wieder von Moringen und Blum und von den Jungen auf dem Appellplatz, die strafstehen mussten, weil er abgehauen war.

Erschöpft hielt er schließlich inne, schwieg und spürte, wie das Schweigen im Raum immer lastender wurde. Nur von der Diele kam ein gelegentliches Muhen, eine Kuh stieß ihr Gehörn am Futterbalken.

»Menschen«, sagte Tante Anna, »dass Menschen so was machen können.« Sie schlug die Schürze vors Gesicht und lief aus der Küche.

»Halunken«, grollte der Bauer, »das ganze braune Pack.«

»Und du bist denen abgehauen? Gerade erst vor ein paar Tagen?«, fragte Jung-Hermann. »Das musst du mir noch mal ausführlich erzählen. Du bleibst ja doch wohl, oder?«

»Darf ich?«, fragte Paule.

Lüttgenmayer lachte und packte ihn an der Schulter. »Ja, was sonst?«, rief er. »Deswegen bist du ja gekommen, oder?«

»Und ihr habt keine Angst, Onkel Hermann, dass ihr Schwierigkeiten kriegt?«, fragte Paule. »Wegen Fluchtbegünstigung und all dem?«

»Jetzt hör mal zu, mein Junge«, sagte der Bauer. »Dein Papa und ich kennen uns aus dem KZ. Ich war Stahlhelmer, er Gewerkschaftler. Ich weiß, wovon du redest. Nur hätte ich nicht gedacht, dass die sich jetzt sogar an Kindern vergreifen. Diese Lumpen, diese Lumpen … Aber auf uns, die Bauern, sind sie angewiesen. Und so abgelegen, wie wir hier sind – da mach dir mal keine Sorgen. Du bist willkommen, mein Junge. Bleib, so lange du willst.«

Die Bäuerin rief ihn vom Flur her.

»Paule, ich hab dir ein Bad gemacht. Das wird dir gut tun. Hermann, du gibst Paule dein Zimmer. Heut Nacht schläfst du mal über den Pferden.«

»Wird gemacht«, sagte Hermann, brachte Paule über den Flur ins Bad, wünschte gute Nacht und verschwand.

»Hermann muss morgen früh raus«, erklärte Tante Anna. »Er schreibt eine Arbeit. Ich bleib bei dir und wasch dir den Rücken. Wie früher, weißt du?«

»Gibt's hier noch Schulbetrieb?«, fragte Paule beim Ausziehen.

»Na ja«, meinte die Bäuerin, »wenn nicht gerade Bomben fallen, ist es bei uns noch immer ein bisschen wie im Frieden.«

Dann schrie sie leise auf. »Du bist ja nur noch Haut und Knochen«, rief sie. »Und was haben sie denn mit deinem Rücken gemacht, mit deinem Hintern? Da sind ja lauter Narben! O Gott, was sind das nur für Menschen!«

Paule zog verlegen die Schultern hoch, stieg rasch ins Wasser und wechselte das Thema. »Ich hätte euren Hof im Dunkeln bald nicht wiedererkannt«, erzählte er. »Und ihr habt sogar einen Splittergraben vor der Diele.«

»Den hat Clément, unser Franzose, gebaut«, erklärte die Bäuerin. »Und unser Hof ist voriges Jahr abgebrannt. Am 13. November. Mit achtundzwanzig anderen im Umkreis.«

»Fangen die auch noch damit an? Dass sie den Bauern ihre Höfe bombardieren, weil in den Städten schon alles flachliegt?«, fragte Paule böse.

Tante Anna schüttelte den Kopf. »Es war wohl anders«, sagte sie. »Das Zeug war eigentlich für Bremen bestimmt; das meint jedenfalls der Ortsbauernführer. Unsere Jagdflieger hatten die Bomber abgedrängt und da haben sie einfach bei uns abgeladen. Gleich in der Nachbarschaft ist ein Bomber runtergekommen. Die Piloten waren verkohlt, das ganze Vorderteil ausgebrannt. Hinter Harlings war das. Wenn du noch weißt, wo das ist.«

»Klar doch«, sagte Paule. »Ich bin ja fast hier zu Hause.«

»Das sollst du auch«, sagte sie, holte ein Stück echte Friedensseife hervor und schäumte ihm den Rücken ein. »So, und jetzt trocknest du dich mal selber ab. So ein großer Kerl, wie du geworden bist!«

Nachher saß sie bei Paule auf der Bettkante.

»Genauso haben deine Mutter und ich im alten Haus manchmal bis spät in die Nacht gesessen«, erzählte sie. »Wir haben um unsere Männer geweint. Aber seitdem ist alles noch schlimmer geworden.«

»Bald ist der Krieg vorbei, Tante Anna«, meinte er.

»Ja, das wollen wir hoffen«, sagte sie, beugte sich über ihn und gab ihm einen Kuss. »Und bis dahin bleibst du bei uns. Ein

Paar tüchtige Hände können wir immer brauchen. Gute Nacht, Paule.«

Es war ein wunderbares Gefühl, in einem richtigen Bett zu liegen.

Paule rekelte sich wohlig und dachte an Ulla. In Moringen war das nicht gegangen, ohne dass ihm vor Schmerz ganz elend wurde. Aber hier konnte er davon träumen, irgendwann wieder mit Ulla zusammen zu sein, sie anzusehen, mit ihr ins Kerzenlicht zu schauen.

Er schlief so tief und fest, dass er vom Morgenbetrieb auf dem Hof nichts mitbekam. Niemand weckte ihn, und so kam er erst zum zweiten Frühstück an den runden, mit dicken Messingnägeln beschlagenen Tisch und grüßte verschlafen.

Die stämmige junge Frau, die sich die blonden Zöpfe um den Kopf gewunden hatte, musste Schura sein, die Ukrainerin, die auf dem Hof arbeitete und wohnte. Und neben ihr, der Mann mit dem spitzen Gesicht und den Geheimratsecken im Haar, war sicher Clément.

»Da bist du ja, Paule«, begrüßte ihn die Bäuerin vom Herd aus. »Setz dich schon mal mit auf die Bank. Schura, Clément, das ist Paule. Er bleibt eine Zeit lang. Paule kennt sich bei uns aus. Früher war er in jeden Ferien auf dem Hof.«

Schura kicherte. »Er hat so lange, lange Beine und kurze Hosen«, sagte sie.

Paule musste mitlachen.

»Wir schauen nachher mal bei Hermann nach ein paar Anziehsachen für dich«, sagte Tante Anna und stellte die Pfanne mit dem Speckpfannkuchen auf den Tisch. »Dann lasst es euch mal schmecken. Und du, Clément, bringst dem Bauern nachher sein Frühstück mit.«

»Oui, Madame«, sagte Clément und schnitt sich die Hälfte vom Speckkuchen aus der Pfanne.

»Für dich auch einen?«, fragte die Bäuerin Paule.

»Schrecklich gern«, sagte er. »Daran denk ich seit Tagen.«

»Du siehst aus wie ein sehr deutscher Junge«, meinte Clément und zeigte mit der Gabel auf ihn. »Noch mehr als Hermann.«

»Meine Haare sind so kurz«, sagte Paule.

»En effet!«, stimmte Clément ihm zu. »Deine Haare, aber auch dein Gesicht. Deine Figur. Alles sehr deutsch. Will Hitler das so?«

Paule wusste nicht, was er sagen sollte. Verlegen murmelte er etwas Unbestimmtes.

»Mach dir nichts draus«, sagte die Bäuerin und setzte Paule seinen Pfannkuchen vor. »Wenn Papa und Clément zusammen sind, wird noch ärger gelästert. Gegen Clément kommt man nicht so leicht an. Er weiß auf alles eine Antwort und hat auch keine Sprachprobleme; er war nämlich Deutschlehrer in Frankreich. Aber nun iss tüchtig, Junge. Und lass es dir gut bei uns schmecken.«

Ja, es schmeckte ihm. Und er blieb am Frühstückstisch sitzen, auch nachdem Schura und Clément schon gegangen waren. Er konnte einfach nicht genug kriegen von dem leckeren Brot, der Wurst und der heißen Milch.

Als er die Bäuerin später nach Arbeit fragte, wehrte sie ab. »Erst musst du wieder was auf die Rippen kriegen«, erklärte sie. »Komm lieber mal mit, dass wir nach Anziehsachen für dich gucken.«

Es fand sich ein ganzer Stapel zusammen. Von Hermann Wäsche, Strümpfe und Hemden, von Lüttgenmayer Hosen und Schuhe. Paule zog sich gleich um, damit ihm die verhassten Uniformklamotten vom Leib kamen. Anschließend führte ihn Tante Anna durchs Haus, das im Obergeschoss teilweise noch im Rohbau stand.

»Es fehlt eben an allem«, sagte sie. »Kein Material, keine Leute, nicht mal eine Betonmischmaschine. Wir können froh sein, dass wir überhaupt so weit sind. Ohne Clément hätten wir das nicht geschafft. Aber jetzt komm, setz dich zu mir in die Küche. Wenn du willst, kannst du Kartoffeln schälen.«

Die Frühkartoffeln schälten sich gut. Und Paule bemühte sich, sie möglichst hauchdünn abzuschälen. Schon von dem guten Erdgeruch lief ihm das Wasser im Mund zusammen. Und Stief hatte sich die Taschen zunähen und auf harten Brettern schlafen müssen, weil er ein paar faulige schwarze Kartoffeln eingesteckt hatte. In Moringen war einem das ganz normal vorgekommen. Aber jetzt in Tante Annas Küche, an Lüttgenmayers großem Messingtisch, konnte Paule das, was in Moringen völlig alltäglich gewesen war, kaum selbst noch glauben. Trotzdem kam er mit dem Gefühl nur mühsam nach, dass er jetzt wirklich hier war, im Quakenbrücker Land, in seinem und Inges altem Ferienparadies.

»Wo ist eigentlich der Altbauer?«, erkundigte er sich bei Tante Anna.

Sie wusch gerade Streifrübchen fürs Mittagessen und legte Paule die Blattstiele zum Schneiden auf den Tisch.

»Opa ist doch immer früh auf«, sagte sie. »Er hat seine Buttermilchsuppe gekocht und ist schon vor dem Frühstück los. Die Gerste muss bald vom Halm. Opa macht den Anschnitt, damit der Bauer morgen mit der Maschine reinkann. Ich denke, er muss jeden Moment zurück sein.«

Den Altbauern, der Schiller und Shakespeare zitierte und sonntagnachmittags in seinem Zimmer Fontane las, hatte Paule schon immer verehrt. Er freute sich daher, als der Opa kurz vor dem Essen die Küche betrat, ihn mit Händedruck begrüßte und willkommen hieß.

»Schön, dass du gekommen bist«, sagte er mit seiner ruhigen, tiefen Stimme. »Endlich passiert hier mal wieder etwas Erfreuliches. Sonst gibt es wenig Gutes zu berichten. Unsere Mähmaschine, der Kartoffelroder, die Drillmaschine – alles geht zu Bruch. Selbst Hufeisen für unsere Pferde müssen wir uns hintenrum besorgen.« Der Altbauer nahm Paule gegenüber am Tisch

Platz und fuhr fort: »Dabei schikaniert man uns ständig mit neuen Abgabequoten, neuen Bestimmungen und Verordnungen. Eggen, Sensen, Milchkannen, überall fehlt es. Und um jeden Wagenreifen müssen wir Papierkrieg mit den Ämtern führen. Allmählich fühlt man sich zum Narren gehalten. Voriges Jahr mussten wir uns Dringlichkeitsbescheinigungen für Kartoffelkörbe ausstellen lassen. Und der Ortsbauernführer, der all diese Dinge regelt, ist dem Jungbauern sowieso nicht grün.«

»Nun lass mal gut sein, Opa«, sagte die Bäuerin. »Bisher sind wir noch immer zurechtgekommen.«

»Aber wie«, grollte der Altbauer. »Hermann arbeitet sich krumm und krank. Wenn wir Schura und Clément nicht hätten, müssten wir die Hälfte von unseren Äckern liegen lassen. Stell dir das doch mal vor, Junge.«

»Ja, da hat Opa Recht.« Tante Anna seufzte. »Wie lange der Bauer das durchhält, weiß niemand. Sein kranker Magen wird von dem ständigen Ärger nur noch schlimmer.«

Paule bot erneut seine Hilfe an. Für schwere Arbeiten mochte er tatsächlich noch nicht zu gebrauchen sein, aber er konnte sich doch immerhin auch noch anders nützlich machen als nur mit Kartoffelschälen.

»Na gut«, gab die Bäuerin schließlich nach. »Dann setz dich in die Milchkammer und stampf Butter. Die Sahne ist schon in der Kanne.«

Butterstampfen tat Paule gern. Selbst zu buttern war zwar verboten, genau wie die unkontrollierte Hausschlachtung, aber kaum jemand hielt sich daran. Woher hätte Opa auch sonst seine Buttermilch für die Morgensuppe hernehmen sollen?

Und abends machte sich Paule mit Hermann ans Melken. Wie immer, wenn er sich nach einer längeren Unterbrechung wieder unter eine Kuh setzte, bekam er bald heftige Schmerzen in den Unterarmen, besonders im rechten. Es würde ein paar Tage dauern, bis er sich wieder eingemolken hatte.

Den Eimer zwischen den Schenkeln, seinen Kopf gegen den warmen Kuhbauch gedrückt, horchte er auf die herausschießenden Milchstrahlen. Zuerst war es ein feines Zisseln an der Eimerwand, dann ging's in ein tiefes Bruddeln über, wenn der Strahl in die schaumige Milch schoss. Ob Asta, die er gerade vor sich hatte, ihn wiedererkannte? Er hatte sie schon als Kälbchen gefüttert und als Jungkuh viele Male gemolken.

»Steh still, Asta«, rief er ihr zu, als sie ihr linkes Hinterbein versetzte und ihm dabei mit der Schwanzquaste durchs Haar fuhr. »Du wirst mich doch noch kennen, Alte!«

Nach dem Ausmelken ging er an den Futterbalken und kraulte Asta zwischen den Hörnern. Dann goss er die Milch durchs Seihtuch, hockte sich mit dem Schemel unter die nächste Kuh. Nach der vierten gab er auf.

»Hermann, ich mach mal Pause«, rief er. »Sonst hol ich mir gleich eine Sehnenentzündung.«

Im Melkgang blieb er stehen und schaute Hermann zu. Er mochte ihn sehr, wie einen jüngeren Bruder, und eine Welle von Zärtlichkeit überkam ihn.

»Ich bin jetzt in der Tanzstunde«, berichtete Hermann. »Aber da passiert rein gar nichts. Wir machen bloß lauter altmodischen Kram. Walzer, Tango und so. Und die Mädchen kannst du glatt vergessen.« Er wechselte hinüber zur letzten Kuh. »Und deine Ulla, von der du erzählt hast«, fragte er beim Anmelken, »wie schaut dic aus?«

Paule lachte. »Ich glaube, wir sehen uns sogar ein wenig ähnlich. Aber vielleicht siehst du sie ja mal.«

Er nahm eine Milchkanne hoch. Jung-Hermann kam ihm später zu Hilfe. Gemeinsam schleiften sie die vollen Kannen in die Kammer, stellten sie unter fließendes Wasser, legten den Kühen Grünfutter vor und wuschen sich dann unter der großen Messingpumpe in der Aufwaschküche. Lüttgenmayers hatten doch noch einiges aus dem alten Haus retten können, den runden Küchentisch etwa oder hier die Pumpe mit dem dicken Kugelknauf am Ende des Schwengels. Alles Dinge, die Paule vertraut und heimatlich waren. Es tat gut, sie wieder zu sehen.

Zum Abendessen gab's Aufgewärmtes vom Mittag. Stielmus durcheinander, mit ausgelassenem Speck und gerösteten, in Sud aufgekochten Zwiebeln, vermischt mit gestampften Kartoffeln. Dazu gab es geräucherte Mettwürstchen und Brot mit frischer Butter.

Paule langte kräftig zu. Bei Tante Anna schmeckte es wie früher bei seiner Mutter. Und seine Mutter war eine Stielmusspezialistin gewesen.

Clément wurde bald darauf ins Kriegsgefangenenlager abgeholt, Schura verschwand nach dem Abwasch und besuchte andere ukrainische Frauen auf den Höfen der Nachbarschaft. Paule saß mit Lüttgenmayers um den weiß gescheuerten Tisch, der Bauer mit seiner unvermeidlichen Zigarette im Mund.

»Da ist noch eins, was ich fragen wollte«, sagte Paule. »Papa hat seit Wochen nichts mehr von mir gehört und macht sich bestimmt Sorgen. Ich kann ihm aber nicht schreiben, das wäre zu gefährlich. Im Reichsbahnausbesserungswerk war einer vom Sicherheitsdienst bei ihm und hat nach mir gefragt. Könnt ihr Jupp vielleicht Bescheid geben, dass ich bei euch angekommen bin?«

»Briefe schreiben tut die Mutter«, sagte der Bauer. »Da musst du dich an sie wenden.«

Tante Anna rieb sich die Nase. »Das wird gar nicht so einfach sein«, sagte sie nachdenklich. »Du meinst, die schnüffeln in Jupps Post? Dann darf in dem Brief nichts von dir vorkommen, jedenfalls nicht direkt.«

»Schreib ihm doch, dass du dich über Hildes Baby freust«, schlug Jung-Hermann vor. »Dann weiß er ja, dass Paule hier ist und uns von Hilde erzählt hat.«

Die Bäuerin nickte. »Junge, du hast einen schlauen Kopf«, sagte sie. »Dann geh ich mal gleich in die Stube und setze mich an den Brief.«

Sie verschwand, die Männer rückten zusammen und spielten Skat. Es wurde sehr lustig, auch wenn Paule ständig schlechte Karten kriegte und sich entsprechend beschwerte. Zum Schluss stand er tief im Minus, während Jung-Hermann einsam die Spitze hielt.

Gegen Morgen fuhr Paule in Panik aus dem Schlaf auf. Er glühte und zugleich schüttelte es ihn vor Kälte. Sein Bett war völlig durchnässt, schlammig aufgeweicht von einer pestartig stinkenden, jaucheartigen Flüssigkeit. Paule versuchte aufzustehen, aber als er die Beine aus dem Bett schwingen wollte, stürzte er kopfüber in die Tiefe. Sein Schädel krachte gegen Holz, dann verlor er das Bewusstsein.

Als er wieder zu sich kam, fiel Sonnenlicht ins Zimmer, aber es ging ihm immer noch nicht besser. Sein Herz raste, der Kopf dröhnte. Er zog sich am Bett hoch, kam auf die Knie und brach abermals zusammen. Eine neue Welle des entsetzlichen Gestanks schwappte über ihn und er wurde zum zweiten Mal besinnungslos.

Irgendwann hörte er in der Ferne Stimmen. Hände fassten nach ihm. Er wehrte sich wütend. Dann wieder Stimmen, hastige Geräusche, und jetzt fühlte er sich aufgenommen, schwebte und tauchte dann in warmes Wasser ein. Er erbrach sich heftig, würgte. Eklig schmeckende Flüssigkeit, breiiger Matsch füllte seinen Mund, lief in die Luftröhre, drohte ihn zu ersticken. Keuchend rang er nach Atem, hustete schmerzhaft, würgte wieder und fühlte seine Hände und Füße taub werden. Zum dritten Mal versank er im Nichts.

Plötzlich schnitten wieder Stimmen in sein Bewusstsein. Eine sehr tiefe Männerstimme über seinem Kopf sagte »Darmfäule«. Finger tasteten auf ihm herum, klopften seine Brust ab. »Gehört eigentlich ins Krankenhaus. Aber die haben keine Betten. Am besten, ihr versorgt ihn selbst. Tierisches Eiweiß ganz weglassen. Schwarzer Tee, wenn ihr welchen habt. Morgen drei Löffel Haferschleim.«

Paule versuchte die Augen zu öffnen, brachte aber nur ein mühsames Blinzeln zustande. Tante Anna und ein Mann mit rotem Gesicht standen an seinem Bett.

»Mir ist kalt«, hörte er sich sagen. Seine Zähne klapperten.

»Über vierzig Fieber«, sagte die Männerstimme. »Das muss unbedingt runter. Der Junge stirbt uns sonst unter den Händen weg. Eine Schwitzpackung wäre das Beste. Aber dafür ist er zu sehr geschwächt. Versucht es mit Wadenwickeln. Alle halbe Stunde.«

Dann war es wieder still um ihn.

Er lauschte, hörte in sich hinein. Spürte den hämmernden Puls, ein kneifendes Ziehen unter der Bauchdecke, rumpelnde Töne vom Magen.

Sie haben mich vergiftet, dachte er. Haben sie mich also doch noch erwischt, Blum und seine Leute. Jetzt lassen die mich verrecken. Und ich kann mich nicht mal wehren.

Es dauerte Tage, bis Paule erstmals wieder sein volles Bewusstsein erlangte. Hermann saß neben ihm.

»Hallo«, sagte Paule.

»Mensch, Paule«, rief Hermann. »Da bist du ja wieder, alter Kumpel. Nein, bleib liegen. Ich dreh dir nur das Kopfkissen um. Du machst vielleicht Sachen! Beinah wär's aus mit dir gewesen.«

»Gibt's hier was zu trinken?«, fragte Paule.

»Klar«, sagte Hermann mit einer Stimme, die von weit her kam, vom anderen Ende der Welt, und Paule begann wieder zu schweben.

Schweben, dachte er, wie die Waljungen schwerelos neben ihren Müttern durch das Wassergewölbe trieben. So ruhig, so still war es auf einmal. Nur die See rauschte, spülte in langen, flachen Wellen ans Land.

Gut tut das, dachte er. Ich lasse mich einfach los. Ich brauch nichts zu machen, es geht ganz leicht.

Weit weg hörte er sein Herz. Es schlug sehr ruhig. So schläfrig, als müsse es sich nach jedem Schlag erst überlegen, ob es noch einen Schlag zusetzen wollte. Ein großes Glücksgefühl überkam ihn, schwebend und schwerelos. Und irgendjemand war in seiner Nähe, das wusste er. Das Gesicht konnte er nicht erkennen. Es war wie ein farbloser Fleck. Aber es war tröstlich, dass es so nah war.

Wieder vergingen Tage, bis er sich aufsetzen konnte. Diesmal war niemand im Zimmer. Stück für Stück fügte sich die Welt wieder zusammen. Das war Hermanns Bett, Hermanns Zimmer. Da war das Fenster mit dem Korinthenbaum davor, wie sie den Baum wegen seiner kleinen, süß schmeckenden dunklen Früchte immer genannt hatten. Und die Tür kannte er auch. Die stammte noch aus dem alten Haus. Vier weiße Paneele, das innen aufgesetzte Eisenschloss, die Messingklinke … Lüttgenmayer, Tante Anna. Paule ließ sich zurücksinken, sah gegen die unverputzte Betondecke.

Lange lag er so, war bei Bewusstsein und klar, lauschte auf die Geräusche im Haus, hörte draußen das Gackern der Hühner, einen Hahnenschrei.

Die Tür öffnete sich und Schura kam ins Zimmer. Er lächelte ihr entgegen.

»Oh, du bist wach«, sagte sie. »Ich soll nach dir gucken, spricht die Bauersfrau. Da bin ich froh, dass du lachst. Oft habe ich gewickelt deine langen Beine, weißt du. Wenn Bauersfrau Erbsen im Garten abmachte. Wie geht es dir jetzt, Junge?«

»Ganz gut wieder«, meinte Paule. »Woher kannst du so gut Deutsch? Hast du das bei Lüttgenmayer gelernt?«

»In der Schule lernen wir Deutsch«, erklärte Schura. »In der Ukraine, zu Hause. Bei Kiew. Das ist eine große Stadt. Bei Mikola Timofjewitsch, das ist unser Lehrer. Vier Jahre wir lernen Deutsch. Bis eure Soldaten kamen. Die haben uns hierher geschickt. Ich spreche zu der Bauersfrau, dass dir es gut geht, ja?«

Paule lächelte ihr zu. Sie hat ein Gesicht wie eine große Sonnenblume, dachte er.

»Ja, mir geht's gut«, antwortete er, legte sich ins Kissen zurück und versank in leichten, gelösten Schlaf.

Als er aufwachte, saß die Bäuerin mit ihrem Flickkorb am Tisch.

»Tante Anna«, sagte er.

Sie ließ ihre Arbeit sinken, stand auf und kam an sein Bett.

»Jetzt fühlst du dich wieder besser«, stellte sie fest.

Paule nickte. »Bald steh ich auf«, sagte er.

Die Bäuerin lachte. »Das schlag dir mal aus dem Kopf, Paule«, meinte sie. »Daraus wird so schnell nichts. Übrigens, dein Papa hat geschrieben. Du bist inzwischen Onkel geworden. Hilde hat einen kleinen Jungen. Baldur heißt er.«

»Baldur ...«, sagte Paule gedehnt. »Was Besseres ist ihr wohl nicht eingefallen? So ein Germanenname!«

»Nun lass mal, Paule«, sagte Tante Anna. »Hauptsache, das Kind ist gut auf der Welt und gesund.«

»Und Klaus, ihr Mann?«, fragte Paule.

»Sie hat seit März nichts mehr von ihm gehört. Dein Vater schreibt, Hilde weint viel und kann auch ihr Kind nicht stillen.«

»Ist das schlimm?«, fragte Paule.

»Ach was«, meinte die Bäuerin. »Nicht für das Kind. Das kriegt sein Fläschchen. Schlimm ist es für Hilde.« Sie rückte ihren Stuhl ans Bett und nahm ihre Flickarbeit wieder auf, schnitt energisch einen Faden ab.

»Jupp weiß, dass du bei uns bist«, erzählte sie dann. »Er schreibt: ›Schön, dass ihr Richard gesehen habt, er war vorher bei mir in Frankfurt und ich hatte ihm Grüße an euch bestellt.‹ Richard, das ist einer der Kameraden von Esterwegen, der hat einen Hof am Niederrhein. Und natürlich fährt er nicht in der Weltgeschichte herum. Da wussten wir Bescheid.«

»Gut«, sagte Paule. »Dann ist ja alles in Ordnung.«

»Jetzt musst du dich nur bald wieder erholen«, sagte die Bäuerin. »Wir hatten Sorge um dich, Junge. Es sah nicht gut aus.«

»Was war eigentlich los mit mir?«, fragte Paule.

»Ja, da haben wir alle wohl nicht richtig aufgepasst«, meinte sie. »So runtergekommen, wie du warst, hättest du nicht gleich so drauflos essen dürfen. Der Doktor hat uns ausgeschimpft. ›Der Junge hat zwanzig Pfund Untergewicht und ihr stopft ihn mit Speckpfannkuchen voll! Ja, und daraus wurde eine richtige Darmfäule. Durch zu viel tierisches Eiweiß, sagte der Doktor. Eine Art Vergiftung. Jetzt tun wir erst mal schön langsam mit deinem Essen. Haferschleim, Rohes aus dem Garten, jeden zweiten Tag etwas Milch, da wird es schon wieder werden.«

»Und wie lange lieg ich schon hier?«, fragte Paule weiter.

»Die Gerste ist inzwischen eingefahren«, sagte die Bäuerin. »Vierzehn Tage sind es her, da hat dich Jung-Hermann vor dem Bett gefunden.«

»Vierzehn Tage?« Das konnte Paule kaum glauben.

»Wir haben bald Ende Juli«, sagte sie. »Du hast nur geschlafen, geschlafen, und wir haben dich zwischendurch mit Haferschleim gefüttert. ›Den Schlaf braucht er‹, hat der Doktor gesagt. ›Den braucht er zum Aufbauen.‹«

Paule lachte verlegen. »Ich könnte schon wieder schlafen«, gestand er.

»Dann tu das mal, Junge«, sagte Tante Anna. »Ich bleib noch eine Weile bei dir sitzen. Der Flickkorb wird und wird nicht leer.«

Paule nahm die letzten Worte kaum noch wahr. Er schloss die Augen und dachte daran, dass Jupp jetzt Großvater geworden war. »Opa«, würde Hildes kleiner Junge bald zu Jupp sagen. Wie sich das anhörte! Fast ein wenig zum Lachen. Und das war gut so, denn sonst gab es nicht viel Erfreuliches.

Am nächsten Tag zogen über eine halbe Stunde lang ununterbrochen Bomberverbände nach Osten. Das tiefe Dröhnen der Flugzeugmotoren klang sogar durchs geschlossene Fenster an Paules Bett.

»Das sind wieder Tausende«, meinte Hermann, der ihm nach der Schule Gesellschaft leistete. »Und von unserer Abwehr ist kaum etwas zu merken. Clément und Schura sagen schon, bald geht's nach Hause.«

»Und was tut sich sonst so?«, erkundigte sich Paule. »Was ist mit der Invasion?«

»Die Alliierten sind bis jetzt noch nicht durchgestoßen«, berichtete Hermann. »Sie sitzen in der Normandie fest.«

»Und Russland?«, fragte Paule. »Inge ist doch im Warthegau, in Polen. Wenn die Russen da durchbrechen, gibt's ein Chaos.«

»Sie haben die Weichsel erreicht, hieß es heute in den Nachrichten«, sagte Hermann. »Auch Warschau wurde genannt.«

»Du lieber Gott«, sagte Paule und spürte, wie seine Hände eiskalt wurden. »Bis nach Konin, wo Inge ist, sind das ja nur noch hundert Kilometer. Warum machen unsere Leute nicht endlich Schluss?«

»Richtig, das hast du ja überhaupt nicht mitbekommen«, rief Hermann. »Das war eine Aufregung, sag ich dir. Vorige Woche ist ein Anschlag auf Hitler verübt worden. Mitten in seinem Hauptquartier. Genau neben ihm ging eine Bombe hoch.«

»Und?«, fragte Paule.

»Er hat Glück gehabt«, sagte Hermann. »Um Haaresbreite davongekommen. Stell dir mal vor: Die Bombe hätte nur einen Schritt weiter rechts oder links hochgehen müssen, dann wäre heute der Krieg zu Ende. Jedenfalls Papas Meinung nach.«

»Und die Leute, wie haben die reagiert?«, wollte Paule wissen. »Bei euch in der Schule zum Beispiel?«

»Ach, die haben sich aufgeregt, dass so was bei uns passieren konnte. Bei Stalin oder Churchill wäre das undenkbar. Und in der Zeitung stand, das Wunder wäre ein Beweis, dass die Vorsehung mit uns sei. Das ganze Volk stehe jetzt erst recht hinter dem Führer, und all das.«

Ahabs Mannschaft probt den Aufstand, aber kaum erscheint der Kapitän wieder an Deck, kuschen alle, dachte Paule böse.

»Und wer steckte hinter dem Anschlag?«, fragte er. »Weiß man das?«

»Offiziere sollen es gewesen sein«, sagte Hermann. »Dafür ist der militärische Gruß in der Wehrmacht abgeschafft worden. Jetzt müssen auch die Soldaten mit ›Heil Hitler‹ grüßen.«

»Hoffentlich zieht einer von denen mal sein Schießeisen und legt Hitler um«, sagte Paule.

»Würdest du's tun?«, fragte Hermann. »Nur mal theoretisch angenommen.«

»Inzwischen ja, theoretisch gesprochen«, antwortete Paule.

»Und praktisch?«, fragte Hermann.

»Ich weiß nicht«, sagte Paule.

Sie schwiegen eine Zeit lang. Draußen donnerten die Motoren weiter über den Himmel. In Halle, Leipzig oder Dresden gingen jetzt vielleicht die Sirenen los.

Und dann kamen die Bomben runter, wie in Frankfurt, wie in Duisburg.

»Woran denkst du?«, fragte Hermann.

»An Ulla«, sagte Paule. »Ich hab dir ja von ihr erzählt. Und ich wollte, sie wäre hier.«

»Schreibst du ihr?«, wollte Hermann wissen.

»Geht nicht«, sagte Paule. »Ihre Mutter hat ihr den Umgang mit mir verboten.«

»Jedenfalls musst du erst mal wieder auf die Beine kommen«, sagte Hermann. »Nächste Woche darfst du schon stundenweise aufstehen.«

Paule fragte sich, wie er das wohl schaffen sollte. Bis jetzt kam er noch nicht mal aufs Klo. Und er war so mager geworden, dass er durch die Bauchdecke seine Wirbelsäule betasten konnte.

In der zweiten Augustwoche lief die Weizenernte an. Hermann hatte Schulferien und saß den ganzen Tag hinter den Pferden auf dem Bindemäher. Paule blickte ihm neidisch nach, wenn er mit dem Mäher zum Hoftor hinausrasselte. Er stand jetzt meist im Garten und pflückte Bohnen von den Stangen. Körbeweise lange grüne Bohnen, die er in der Küche durch die Schnippelmühle laufen ließ. »Das ist auch Arbeit, die getan werden muss«, tröstete ihn Tante Anna. »Sonst müsste mir Schura zur Hand gehen. So aber kann sie aufs Feld und du hilfst mir. Du magst doch eingelegte Bohnen, oder?«

Paule lachte. »Und wie!«, sagte er. »Aber ich bin jetzt erst mal vorsichtig mit allem.«

»Rohes aus dem Garten kannst du essen, so viel du willst«, erklärte die Bäuerin. »Reiß dir draußen immer mal eine Mohrrübe aus. Oder steck dir ein paar junge Erbsen in den Mund. Und heute Abend gibt's für dich Buttermilchsuppe. Du wirst sehen, bald haben wir dich wieder bei Kräften.«

Die Gartenarbeit machte Paule Spaß, auch wenn er lieber mit den Pferden auf dem Acker gewesen wäre. Und es war auch angenehm, aus der Sommerhitze ins schattige Haus zu kommen.

In der Küche standen die großen Steinguttöpfe aufgereiht. Paule drückte mit Tante Anna die geschnippelten Bohnen lagenweise mit Salz ein, und obendrauf kamen ein Tuch und ein Brettchen für den dicken Stein, der das Ganze beschwerte. So hielten sich die Bohnen bis über den Winter. Was würde dann wohl sein, im nächsten Frühjahr, wenn die letzten Bohnen aus dem Topf kamen? Im Augenblick sah alles so trostlos aus, dass man sich nicht traute, überhaupt weiterzudenken. Nur auf Lüttgenmayers Hof gab es noch ein Stückchen Frieden, wie Tante Anna gelegentlich zu sagen pflegte.

Und das stimmte auch. Wenigstens für mich, dachte Paule.

Allmählich setzte er wieder Gewicht an und seine Muskeln kräftigten sich. Bald begann er wieder zu melken, hackte Kohl im Garten und konnte sogar schon den Pflug in die Hand nehmen, um zwischen den Garbenhocken die Stoppeln umzubrechen.

Es tat ihm gut, seine Muskeln zu spüren und zu wissen, dass dieser Körper, von Moringen entgiftet, nicht mehr der Nation, sondern wieder ihm selbst gehörte.

Das Mädchen, das die Post zustellte, machte ihm schöne Augen und Paule flirtete ein bisschen mit ihr. Ingrid hatte ein liebes, süßes Gesicht mit einem verlockenden Kussmund. Ihr gefiel es, wenn Paule sie neckte, und sie schaffte es sogar, ihn zu überreden, sie nach Quakenbrück ins Kino einzuladen. *Familie Buchholz* lief, ein brandneuer Film über eine schriftstellernde Fabrikantenfrau, die nach manchen Irrungen und Wirrungen ihre beiden hübschen Töchter an den Mann brachte. Dabei konnte Paule den Krieg für ein paar Stunden vergessen.

Im Kino saßen Ingrid und er Hand in Hand nebeneinander, aber auf dem Heimweg kam es nur zu ein paar freundschaftlichen Küssen. Mehr ergab sich nicht und das war Paule eigentlich auch recht.

Tante Anna schlug Paule vor, in Kolkmanns Heuerhäuschen im Bruch überzusiedeln. »Damit Hermann wieder in sein Zimmer kann«, sagte sie. »Der schläft jetzt lang genug in der Knechtskammer über den Pferden. Das ist bei der Hitze kein Vergnügen. Kolkmann, der zuletzt als unser Heuermann in der Kate wohnte, ist ja in Afrika geblieben und seither steht das Häuschen leer.«

Es war kein verlockender Gedanke, ganz allein in einem Haus zu wohnen, einige hundert Meter vom Hof entfernt. Aber Hermann hatte natürlich ein Anrecht auf sein Zimmer, und Paule wusste nicht, wie er seine Einwände vorbringen sollte. Die Bäuerin glaubte wohl, ihm eine Freude zu machen. Und wie immer, wenn sie einen Entschluss gefasst hatte, war alles bis ins Kleinste durchdacht.

»Ich hab schon mit Hermann darüber gesprochen«, sagte sie. »Heut Abend geht ihr ins Bruch und macht in der Kate gründlich sauber, richtet alles her, bringt die Pumpe wieder in Gang. Es tut dem Heuerhaus gar nicht gut, wenn es so lange leer steht und immer weiter herunterkommt. Da soll doch wieder jemand drin wohnen, ein Heuermann, wenn wir später noch mal einen kriegen.«

Das leuchtete ein, aber der Umzug in das entlegene Häuschen wurde für Paule dadurch nicht angenehmer. Er musste an die trüben Wochen in der Duisburger Laubenkolonie denken, wo es so kalt und feucht gewesen war. Und so einsam, wenn Ulla nicht bei ihm sein konnte. Aber wenn Tante Anna sich etwas in den Kopf gesetzt hatte, dann führte sie das auch aus. Das wusste Paule, und deshalb legte er keinen Protest ein, auch Hermann gegenüber nicht, der am Abend mit ihm zum Heuerhaus ging.

Zwei Räume unten, zwei Kammern unter dem schrägen Dach, mehr hatte die Kate nicht zu bieten.

»Bloß frische Luft!«, rief Hermann und versuchte ein Fenster aufzureißen, dessen Flügel, von Spinngeweben behangen, sich jedoch kaum bewegen ließen. »Man erstickt ja vor Staub. Guck mal, da hängt noch ein Bild an der Wand. Ein Tiger-Panzer. Von denen war Kolkmann, unser Heuermann, so begeistert. Unter Rommel ist er als Panzergrenadier bis nach Tobruk gekommen. Da ist er dann gefallen. Schade, er war ein netter Kerl.«

Paule hörte kaum hin. Er besah sich die Bettstelle, den Tisch mit seinen wackeligen, roh angenagelten Beinen, die durchgesessenen Korbstühle, fuhr über den verschmutzten Spiegel über der Waschkommode. Im Raum nebenan befand sich die Feuerstelle mit einem kleinen Tischchen vor einer gemütlichen Bank mit schön gearbeiteter Lehne. Das niedrige Fenster führte auf die

Wiesen zur Hase. Draußen ein verwilderter Garten, Klaräpfelbäume, Himbeerranken, eine riesige gusseiserne Pumpe.

Paule brach sich einen Apfel ab. Der Klarapfel war reif und so saftig, dass ihm der Saft übers Kinn rann. »Schmeckt prima«, sagte er zu Hermann. »Willst du auch einen?«

Hermann schüttelte den Kopf. »Ich will erst mal die Pumpe in Gang bringen«, sagte er.

Er schüttete Wasser in den Saugstutzen, hängte sich an den Schwengel, zog mit aller Kraft. Es kreischte und ratschte, aber bereits nach wenigen Versuchen zog die Pumpe Wasser.

Nicht alles ging so schnell. Sie brauchten zwei Abende, bis sie einigermaßen Ordnung in die Kate gebracht hatten. Mit dem neuen Bettzeug, Kissen auf den Stühlen, einer hellen Tischdecke und den Büchern neben der Petroleumlampe auf dem Bord sah es jetzt doch ganz gemütlich aus. Paule schlief gut und fest in seinem neuen Zuhause, ging mit dem Käuzchenruf zu Bett und wachte mit den ersten Vogelstimmen auf. Aber so früh er auch aufstand – wenn er in Lüttgenmayers Küche kam, traf er immer schon den Opa an. Der Altbauer kochte seine Buttermilchsuppe, brockte zum Schluss Pumpernickel hinein und setzte sich mit Paule an den Tisch. Dann fuhren sie mit dem Einspänner Grünfutter holen.

Es gab jetzt alle Hände voll zu tun. Der letzte Roggen wurde, bis die Dreschmaschine auf den Hof kam, in die Feldscheune eingelagert. Zweimal ging Paule mit Opa ins Hahnenmoor, um Torf zu laden. Dann stand er tagelang mit Schura auf dem Acker, häufelte Kartoffeln und hackte Runkelrüben.

»Alles ist gut in Poltowa«, sagte Schura, wenn sie von ihrem Zuhause erzählte. »Überall sind viele, viele Storchennester. Und viele Kinder, blonde, mit blauen Augen, wie in Deutschland. Nur viel mehr.«

Und während sie nebeneinander hackten, beschrieb sie ihm die riesigen Sonnenblumenfelder der Ukraine, schilderte die

Gärten, Wege und Straßen ihres Heimatorts am Dnjepr, sprach von ihrer Babuschka und malte ihm ihr Dorf aus, mit den weißen Häusern und blauen Fensterläden, den Gänsen und Enten auf dem Teich.

Auf ihre Kolchose »Sieg des Kommunismus« war Schura nicht so gut zu sprechen. Die Kolchosleitung bestünde aus lauter »Holzköpfen«, wie sie sich ausdrückte. Aber sie habe viel Heimweh nach ihrer Mama, nach Nadja, Raja und Walja, den jüngeren Schwestern. Und Kolja, der große Bruder, kämpfe gegen die Deutschen.

»Du wirst sehen«, meinte sie lachend, »Bruder Kolja kommt in die Küche von Lüttgenmayer und fragt: ›Wo ihr habt meine Schwester? Wo ist Schura?‹ Und ich binde die Schürze ab und geh nach Hause mit Kolja. Nach Poltowa.«

»Warum bist du dann hergekommen, wenn du doch gar nicht nach Deutschland wolltest?«, fragte Paule. »Hat man dich nicht gefragt?«

»Gefragt?«, sagte sie. »Im Jahr 1942 sind sie gekommen mit Prügeln. Weinen half nicht. Nadja hat geweint. Sie wollte mit mir gehen. Deutscher Soldat hat sie umgeworfen. Aber Lüttgenmayer ist gut. Ich sitze mit am Tisch. Und das ist verboten, sehr streng!«

»Wäre Hitler tot, könntest du schon längst zu Hause sein«, sagte Paule.

»Und ihr verliert den Krieg, meinst du das?«, fragte sie.

»Ja«, sagte Paule.

Schura ließ die Hacke fallen, sprang über die Furche und gab ihm einen Kuss auf die Backe. »Du bist ein guter Junge«, sagte sie. »Und ich habe deine langen, langen Beine gewickelt. Als das Fieber da war.«

Lachend erwiderte Paule ihren Kuss, setzte ihr links und rechts einen Schmatzer auf die Backen. Er arbeitete gern mit Schura zusammen und mochte es, wenn sie von ihrer Heimat erzählte.

Dennoch freute er sich, als er bei der Halerernte zusammen mit dem Altbauern zum Mähen eingeteilt wurde. Von dem weißbärtigen, sonnengeröteten Mann ging so viel Ruhe aus, dass Paule sie beinah körperlich spürte. Sollte ich so alt werden wie Opa Lüttgenmayer, wäre ich auch gern so wie er, dachte Paule, während er Schritt für Schritt dem Sensenschlag des Altbauern folgte. So besonnen und klar, so selbstsicher im Auftreten wie dieser alte Mann, dem anscheinend vor nichts in der Welt bange war.

Es wurden zwei harte Tage, die sie bei glühender Hitze im Hafer verbrachten. Doch am Samstagabend hatten sie es geschafft. Der ganze Haferschlag stand in Hocken zusammengestellt zwischen den Stoppeln und konnte jetzt nachreifen.

Am Sonntag lag Paule auf dem Bauch an der Hase. Ingrid kauerte neben ihm und lackierte sich die Fußnägel mit geranienroter Farbe.

»Habe ich Mutti gemopst«, sagte sie. »Sieht's schön aus?« Sie hielt Paule ihre Zehen unter die Nase.

»Sehr schön«, sagte er. »Ich stell mir vor, wie du damit bei euch im Stall in einen saftigen Kuhfladen trittst.«

»Quatschkopp«, sagte sie und zupfte an seiner Badehose. »Mensch, was hast du denn da?«, rief sie dann erschrocken aus und zog seine Hose bis unter die Gesäßbacken herab. »Da sind ja lauter Narben!« Paule knurrte unwillig, zog an der Hose, drehte sich auf den Bauch. »Kleine Mädchen ziehen Jungens nicht an den Hosen«, sagte er.

»Aber ich bin längst kein kleines Mädchen mehr«, widersprach sie und warf ihm einen Kuss zu. »Oder hast du's noch nicht mitgekriegt?«

»Doch«, sagte er. »Aber lass mich bitte jetzt in Frieden. Komm, leg dich auch hin. Nachher geht's noch mal ins Wasser.«

»Erst will ich wissen, woher du die Narben hast«, sagte sie.

»Von Schlägen«, antwortete Paule. »Hat man mir in einem Heim verpasst. Und dann bin ich von da abgehauen.«

»Schläge, dass die Haut in Fetzen geht?«, fragte sie ungläubig. »Wer macht denn so was?«

»SS-Leute«, sagte er. »Die hauen so zu.«

»Armer Paule«, sagte Ingrid und drückte sich mit ihren Brüsten an ihn. »Magst du mich eigentlich ein bisschen?«

»Schon, aber nicht so«, sagte Paule und drehte sich wieder auf den Bauch. »Mir ist heiß genug.«

Ingrid legte sich über ihn. »Sei doch nicht so stur«, sagte sie. »Fühlt sich das nicht schön an für dich?«

»Ja«, sagte er. »Aber ich will trotzdem meine Ruhe haben. Du kannst dir ja weiter die Fußnägel lackieren.«

»Tu ich später«, sagte Ingrid. »Paule, komm, nun sei doch kein Langweiler. Weißt du was? Du hast doch drüben deine Kate. Wir laufen rüber und machen es uns schön.«

»Ich will aber in der Sonne sein«, sagte Paule.

»Was ist denn schon dabei«, meinte sie. »Machen jetzt doch alle. Mensch, in ein paar Monaten sind vielleicht die Russen da. Und wir haben noch nichts vom Leben gehabt. Du, Paule«, sagte sie zärtlich und küsste ihn hinters Ohr, »wir beide mögen uns doch, oder?«

Paule roch ihren Atem, spürte ihre Brüste, ihre Nähe und wie die Lust in ihm aufstieg. Aber ich will nicht, sagte er sich. Auch wenn die Russen morgen kämen. Er fühlte sich wie benutzt und das ließ er nicht mit sich machen.

Wortlos blieb er auf dem Bauch liegen, wandte den Kopf von ihr ab.

Ingrid rückte auf seine andere Seite. »Du machst so ein komisches Gesicht«, meinte sie. »Gefall ich dir denn gar nicht?«

»Doch«, sagte Paule. »Sonst wäre ich nicht mit dir hier. Aber ich will einfach nicht. Denk einfach, ich bin krank und du steckst dich an.«

Ingrid lachte und rieb ihren Kopf an seiner Backe. »Du und krank«, sagte sie. »Was für ein Quatsch. Mich machst du aber ganz schön krank, weißt du?« Sie setzte sich aufrecht und begann ihre Fingernägel zu bemalen.

Das Rot steht ihr gut, dachte Paule. Sie hat auch schöne Finger und Geranien passen zu ihr.

»Ich geh noch mal ins Wasser«, sagte er dann. »Kommst du mit?«

Ingrid ließ ihr Lackfläschchen stehen und sprang ihm hinterher. »Du Armleuchter«, schrie sie und tauchte seinen Kopf unter.

Sie schwammen noch eine Weile nebeneinanderher, stiegen dann aus dem Wasser und rannten sich trocken. Als Ingrid ihr Fahrrad aus dem Busch zog und nach Hause fuhr, machte auch Paule sich auf den Heimweg. Vor seiner Kate kühlte er sich unter der Pumpe ab. Das Wasser prickelte auf seiner Haut, aber das ungute Gefühl blieb. Irgendwas hatte er bei Ingrid verkehrt gemacht. Doch daran war nun nichts mehr zu ändern.

Montags, als sie am Mittagstisch saßen, kam der Wehrmachtsbericht durchs Radio. Nachdem die Alliierten die deutschen Verteidigungslinien in der Normandie durchbrochen hatten, befanden sie sich offenbar in ganz Frankreich weiter auf dem Vormarsch. Inzwischen hatten sie schon die Seine erreicht. Paule sah zu Clément hinüber. Der hörte angespannt zu, hob die Brauen, sagte aber nichts.

An der Ostfront schienen die Russen unmittelbar vor Ostpreußen zu stehen, drangen auf dem Balkan tief ins Hinterland vor und drohten die ganze deutsche Abwehr zu überrollen. In Italien sah es nicht besser aus. Dort rückten die Engländer und Amerikaner immer näher an die Poebene und gegen das Alpenvorland heran. Unwillkürlich sah Paule das Lager in Zürs vor sich, dachte an Henner, an die Duisburger und Essener Schulklassen am Arlberg. Ob man die evakuierte? Aber wohin?

Jede Meldung warf zahllose Fragen auf und schon fuhr der Radiosprecher fort: »Feindliche Bomber griffen bei Tage unter

Wolkenschutz einige Orte in West- und Norddeutschland, darunter Duisburg und Emden, an …«

Paule fuhr zusammen. Er legte den Löffel hin, rückte seinen Stuhl zurück. In seinen Ohren sauste es.

Dann stand er mit einem Ruck auf, hielt sich an der Stuhllehne fest und sagte: »Ich fahre nach Duisburg, sofort.«

»Junge, was willst du denn in Duisburg?«, rief die Bäuerin.

»Er hat doch sein Mädchen da«, sagte Hermann.

»Und deswegen willst du fort?«, fragte die Bäuerin. »Gerade haben wir dich einigermaßen aufgepäppelt, und jetzt willst du riskieren, dass man dich wieder schnappt?«

Sie hielt unvermittelt inne, sah mit schreckgeweiteten Augen zu Clément und Schura hinüber. Auch Paule bekam es mit der Angst zu tun. Lüttgenmayers waren gleich nach seiner Ankunft übereingekommen, dass über den engsten Familienkreis hinaus niemand erfahren sollte, woher er kam. Vielleicht wäre die Bemerkung der Bäuerin gar nicht weiter aufgefallen, aber nach den erschrockenen Reaktionen in der Runde ließ sich nichts mehr vertuschen. Unbehagliche Stille senkte sich herab.

»Ich hab schon verstanden«, sagte Clément schließlich. »Soll ich rausgehen?«

Wieder gab es einen stummen Blickwechsel, diesmal zwischen Tante Anna und Onkel Hermann. Dann schüttelte der Bauer den Kopf.

»Nein, bleib nur. Und du auch, Schura.« Mit einem tiefen Seufzer wandte er sich Paule zu. »Hast du dir das mit deiner Fahrt nach Duisburg auch gut überlegt?«

»Ich brauche nicht zu überlegen, ich muss da hin«, sagte Paule. Er hörte sich selbst wie durch Watte. Vor ihm tauchten brennende Straßenzüge auf, verstümmelte Leichen lagen aneinander gereiht vor den Häusern. Schwelender Brandgeruch, ätzende Phosphordünste trieben ihm in die Nase. Die Sirenen heulten.

»Denk daran, was Tante Anna gesagt hat«, fuhr der Bauer

fort. »Paule, du weißt, was dir blüht, wenn die dich in die Finger kriegen.«

»Ohne Ulla wär ich nicht hier«, sagte Paule. »Nur ihretwegen hab ich das alles geschafft.«

Lüttgenmayer legte seine Hand auf den Arm der Bäuerin.

»Dann musst du wohl fahren, Junge«, sagte er.

»Und wenn ich Ulla finde, darf ich sie dann mit hierher bringen?«, fragte Paule. »Wenn die Amerikaner und Tommys noch näher kommen, hauen sie doch zuerst im Ruhrgebiet alles in Klump.«

Tante Anna nickte. »Bring deine Ulla nur mit«, sagte sie. »Du weißt ja, uns fehlen überall Leute.«

»Danke«, sagte Paule. Er hätte gern noch mehr gesagt, fand aber keine Worte und hielt sich deshalb an die praktischen Fragen, die noch zu klären waren. »Dann brauche ich noch etwas Geld und Brot zum Mitnehmen. Und meine Haare müssten geschnitten werden, damit nicht gleich die erste Streife mich ins Visier kriegt.«

»Das könnte Clément übernehmen, der stutzt auch Papa das Haar«, sagte Hermann. »Armer Paule, du kannst einem Leid tun.«

»Wieso denn? Darin bin ich doch *›classe‹*«, protestierte Clément. »Ich mache Paule das Haar so, wie es bei einem deutschen Jungen sein muss.«

»Kurz und klein, wie beim Schwein«, flachste Hermann.

Und so war es auch wirklich. Am nächsten Vormittag stieg Paule frisch geschoren in die bimmelnde Kleinbahn nach Quakenbrück. Hermann stand draußen am Hoftor und schwenkte die Arme, als er vorbeifuhr. Paule winkte durchs offene Fenster zurück.

Die Eichen von Lüttgenmayers Hof verschwanden und Paule schob das Fenster hoch, legte seinen Rucksack ab und nahm auf den Holzsitzen Platz. Eine lange Fahrt stand ihm bevor.

Obwohl er versuchte, über den Ausgang der Reise keine Spekulationen anzustellen, sich weder Ängsten noch Hoffnungen hinzugeben, konnte er doch nicht verhindern, dass sein Herz laut pochte.

Bei seiner Ankunft in Duisburg zeigte die Bahnhofsuhr kurz nach fünf Uhr morgens an. So früh konnte er noch nicht anrufen. Zögernd machte er sich daher auf den Weg in die Laubenkolonie. Ob sich da noch etwas von seinen Sachen fand?

Der Zaun war inzwischen nicht ausgebessert worden und in der Laube war auf der Nordseite der Rollladen hochgezogen. Paule drückte das Fenster auf, schwang sich auf die Brüstung und sprang ins Zimmer.

Tatsächlich, da stand noch der Radiodetektor auf dem Tisch, auch die Kopfhörer lagen daneben. Doch sein Brustbeutel, *Moby Dick*, sein Buch aus der Leihbücherei, und seine Mundharmonika waren verschwunden. Nur sein zweiter Pullover lag zusammengeknäult zwischen den Kissen auf dem Bettsofa. Und auf der rissigen braunen Tischplatte entdeckte Paule Kerzenstummel, umgefallene und noch aufgeklebte, zwölf oder fünfzehn Stück, alle bis auf Zentimeterhöhe heruntergebrannt. Ulla musste hier gewesen sein und auf dem Bettsofa gelegen haben, seinen Pullover neben sich.

Paule hielt sich den Pullover an die Nase und schnupperte. Der Wolle haftete noch ganz schwach der Geruch von Ullas Haut an. Die Erinnerung an die Stunden mit Ulla hier in der Laube kam mit einem Schlag so heftig zurück, dass Paule mit den Tränen kämpfte.

Draußen wurde es rasch heller. Er stopfte den Pullover in seinen Rucksack und verließ die Laubenkolonie wieder durchs Loch im Zaun. Zu ungeduldig, um einen Bus abzuwarten, lief er los, kreuzte die Bahn, lief die Straßen entlang und kam außer Atem am Böninger Park an.

In Ullas Zimmer waren die Verdunklungsrollos hochgezogen,

ihre Balkontür stand auf. Die Unruhe erstickte Paule fast. Er steckte seine schweißnassen Hände in die Taschen und postierte sich bei den Holunderbüschen am Parkeingang, wie er es vor einem Vierteljahr so oft getan hatte. Dann vernahm er das eiserne Gartentor. Es quietschte und schlug zu. Frau Wessling schob ihr Rad auf die Straße, saß auf und radelte in Richtung Heerstraße davon. An ihrem Lenker hingen zwei Taschen. Kaum war sie außer Sicht, drückte Paule den Klingelknopf neben der grünen Haustür. Fast im selben Augenblick ging sie auch schon auf. Ulla stand, ihre Schultasche unter den Arm geklemmt, im Flur. Stocksteif verharrte sie auf der Stelle.

»Paule«, sagte sie. »Paule Pizolka.«

Dann ließ sie ihre Tasche fallen und fiel ihm um den Hals.

Paule schob sie weiter in den Flur hinein, schlug mit dem Absatz hinter sich die Haustür zu. Unfähig, einen Ton hervorzubringen, setzte er sich mit ihr auf die Treppenstufen und zog Ullas Kopf an sich.

»Sag doch was, Paule«, flüsterte sie. »Damit ich merke, dass du wirklich da bist.«

»Ich komme von Lüttgenmayer«, sagte er schließlich. »Im Radio habe ich die Meldung über Duisburg gehört und da bin ich los.«

Sie presste ihr Gesicht an seine Brust. »Und ich hatte geglaubt, du bist unter den Bomben geblieben, liegst irgendwo tot und keiner kennt dich. Du warst einfach verschwunden. Ich habe überall nach dir gesucht und bin fast daran gestorben, dass es dich nicht mehr geben sollte. Jeden Tag ein Stückchen mehr bin ich gestorben. Hunderteins Tage lang.«

»Ich bin geschnappt worden«, berichtete er. »Dann haben sie mich ins Polizeipräsidium gebracht.«

Ulla hob das Gesicht, sah Paule an und bedeckte ihn mit Küssen. »Du bist da«, sagte sie. »Du bist zurück. Sag schnell, dass du nicht gleich wieder wegmusst.«

»Diesmal ist es anders«, sagte Paule. »Ich wollte dich fragen, ob du mit mir kommst. Zu Lüttgenmayer.«

»Wann?«, fragte Ulla. »Jetzt gleich?«

»Wenn du kannst, jetzt gleich«, sagte er. »Willst du?«

Ulla sprang auf und zog ihn mit sich hoch. »Ich pack nur schnell etwas zusammen und schreibe eine Nachricht für meine Mutter«, sagte sie. »Dann bin ich so weit. Komm rauf in mein Zimmer.«

Auf halber Treppe sah sie sich um, stürzte Paule in die Arme und weinte los. »Halt mich, drück mich«, bat sie. »Ich muss doch merken, dass es dich wirklich gibt.«

Paule drückte sie so fest, dass sie aufschrie.

»Das reicht«, sagte sie zwischen Tränen und Lachen. »Jetzt bin ich sicher, dass du's bist.«

In ihrem Zimmer setzte sie sich an den Schreibtisch, suchte nach Papier, schraubte mit zittrigen Fingern ihren Füllfederhalter auf.

»Es geht nicht«, sagte sie dann verzweifelt und ließ den Halter fallen. »Guck dir meine Hände an, was die für einen Tatterich haben.«

Paule fasste nach ihrer Hand und legte die Wundnaht an seine Backe. »Komm, wir essen erst mal was«, schlug er vor. »Heute lade ich dich ein.«

Sie liefen Hand in Hand die Treppe hinunter zur Küche. Ulla füllte die Kaffeemaschine und Paule packte seine Herrlichkeiten aus. Ein Stück Rauchfleisch, Schinken, Butter in der Dose, schwarzen Pumpernickel. Ulla setzte sich ihm gegenüber, steckte Brot in den Mund, kaute und trank, ohne den Blick von ihm zu wenden.

»Noch eine Zigarette zum Schluss?«, flachste Paule. »Lüttgenmayers Opa hat mir als Schwarzmarktwährung ein paar Schachteln *Eckstein*, *R6* und *Overstolz* vermacht. Damit bin ich per Anhalter überall mitgekommen.«

»Gib mal eine her«, sagte Ulla. »Seit du weg bist, hab ich mir das Rauchen tatsächlich ein bisschen angewöhnt. Wenn mir schlecht war vor lauter Gedanken, war eine Zigarette das Einzige, was half.«

Sie holte Streichhölzer, paffte im Stehen ein paar Züge und warf die angerauchte Zigarette ins Spülbecken. Dann kam sie zu ihm, setzte sich auf seinen Schoß und kuschelte sich an.

»Du riechst nach lauter fremden Leuten«, beschwerte sie sich nach einer Weile. »Aber darunter riecht es nach dir, nach Schmusen und Küssen. Und wie gut du aussiehst. So braun und gesund. Nur deine Haare sehen verboten aus.«

»HJ-Schnitt«, erklärte er.

»Ist schon gut«, sagte Ulla. »Ich hab ja noch immer deine Kusshaare und neue wachsen nach. So, und jetzt schreibe ich den Wisch für meine Mutter und packe. Was soll ich mitnehmen?«

»Am besten nicht viel«, sagte Paule. »Was dir fehlt, kriegst du bestimmt bei Lüttgenmayers.«

Für die Sachen, die Ulla zusammensuchte, war noch genug Platz im Rucksack. Paule packte den restlichen Proviant dazu. Während er die Küche aufräumte, erledigte Ulla die letzten Vorbereitungen. Reisefertig präsentierte sie sich ihm in Wanderschuhen, blauem Rock und weißer Bluse.

»Nimmst du mich so mit?«, fragte sie. »Damit sehe ich doch aus wie dein kleines Schwesterlein, oder?« Sie warf einen abschließenden Blick in die Runde und sagte: »Es kann losgehen.«

Die Haustür fiel hinter ihnen zu, Ulla zog den Schlüssel ab und warf ihn durch den Briefschlitz in den Hausflur.

»Was hast du deiner Mutter geschrieben?«, fragte Paule, der kaum fassen konnte, dass er jetzt tatsächlich mit Ulla auf dem Weg nach Quakenbrück war.

»Dass ich weg bin und sie sich keine Sorgen machen müsse. Mir ging's gut, ich würde mich bei ihr melden und nach dem Endsieg sähen wir uns wieder«, berichtete Ulla.

»Das ist ganz schön gemein«, sagte Paule. »Besonders das Letzte mit dem Endsieg.«

»Gar nicht«, widersprach Ulla. »Mutti glaubt nämlich immer noch dran.«

»Und wird sie was unternehmen, um dich zu finden?«, fragte Paule.

»Soll sie doch«, meinte Ulla. »Da kann sie lang suchen. Ich weiß ja selbst nicht, wohin du mich entführst.«

»Immer nach Norden«, sagte Paule. »Mit der Bahn, zu Fuß oder auf einem Laster. So bin ich auch hergekommen.«

»Und jetzt?«, fragte Ulla.

»Zuerst mit der Straßenbahn, dann umsteigen in den R-Bus, Richtung Meidrich, von dort zu Fuß nach Oberhausen, dann wieder mit der Straßenbahn und schließlich mit dem Zug«, zählte Paule auf. »Auf diese Weise muss ich nicht noch mal hier an den Duisburger Bahnhof.«

Mit anderen Fahrgästen warteten sie am Brückentor auf ihre Bahn. Vorsichtig tastete Paule nach Ullas Hand. »Ich hatte solche Angst um dich«, sagte er leise. »Als ich im Radio von Duisburg hörte, hab ich mir vorgestellt, dass jetzt alles in Schutt und Asche liegt. Auch euer Haus. Vielleicht sogar da vorn euer Bunker.«

»Diesmal waren hauptsächlich Duissern und Neudorf dran«, sagte Ulla. »Aber es war auch hier in Wanheim schrecklich. Der ganze Himmel war schwarz.«

Inzwischen rumpelte die Bahn heran. Sie stiegen ein, lösten ihre Fahrscheine und blieben draußen auf der Plattform stehen. Ulla rückte dicht an Paule heran.

»Du«, sagte er. »Denk daran, dass ich dein großer Bruder bin, den du nicht ausstehen kannst.«

Sie lachte, stellte sich in die offene Tür. Der Fahrtwind zauste ihr das Haar, und Paule konnte nicht anders, als sie ständig anzusehen.

»Übrigens, du hast was in Duisburg vergessen«, sagte Ulla, als sie ausgestiegen waren und über die Brücke des Rhein-Herne-Kanals zur Ruhrorter Straße hinüberliefen.

»Ich? Wieso, was denn?«, fragte Paule erschrocken.

»Keine Angst«, sagte sie schnell. »Ich hab's bei meinen Sachen in deinem Rucksack. Deine Mundharmonika und den Brustbeutel. Nur den Melville hab ich nicht mitgenommen.«

»Schade«, meinte er.

»Gerade eben warst du noch für möglichst wenig Gepäck«, erinnerte sie ihn. »Wolltest du den dicken Schmöker etwa mitschleppen?«

»Nein«, sagte Paule. »Aber trotzdem. Hast du drin gelesen?«

»Ganz aus«, sagte sie.

»Und?«, fragte Paule.

»Na ja, es ist eben ein Männerbuch«, sagte Ulla. »Zum Beispiel kommt keine einzige Frau drin vor. Und die Männer – also die sind doch bekloppt, dass sie sich von diesem ekelhaften Kapitän verheizen lassen. Mit denen konnte ich auch nicht viel anfangen. Bis auf den tätowierten Menschenfresser. Wie heißt er doch?«

»Quiqueg«, sagte Paule.

»Genau, der Wilde«, sagte sie. »Der ist doch der einzig zivilisierte Mensch in der ganzen Runde. Er kommt mir vor wie ein an der Küste gestrandeter Wal, ein Verwandter von Moby Dick. Verstehst du, wie ich das meine?«

»Ich denke ja«, meinte Paule.

Sie mussten einem Tankwagen ausweichen, der eine stinkend schwarze Qualmwolke hinter sich herzog und die halbe Straße einnebelte. Trotzdem versuchten sie, das Gespräch weiterzuführen, wollten keine Sekunde ihres Beisammenseins vergeuden.

»Mir ist jetzt auch klar, warum du bei dem Buch ständig an Hitler denken musstest«, fuhr Ulla hustend fort. »Weil keiner auf dem Schiff gegen den Kapitän gemeutert hat.«

»Einer hat's wenigstens versucht«, sagte Paule. »Starbuck, der Steuermann. Der hätte Ahab beinah ins Jenseits befördert. Erinnerst du dich? Starbuck hatte schon die Muskete in der Hand.«

»Aber weit gekommen ist er damit nicht«, sagte Ulla. »Wie neulich bei uns, als neben Hitler die Bombe hochging. Du hättest mal meine Mutter hören sollen! Es gab einen Riesenkrach, weil ich gesagt habe, wie schade es doch wäre, dass es nicht geklappt hat, sonst wäre der Krieg vorbei. Sie hat mir links und rechts ein paar ins Gesicht geschlagen, das stell dir nur mal vor! Danach haben wir fast nichts mehr miteinander geredet. Manchmal bin ich einfach weggegangen, wenn mir die Luft zu dick war. Dann habe ich in der Laube geschlafen, auf unserem Bett.«

»Da waren noch die Kerzen«, sagte Paule.

»Ich habe immer zwei zusammen aufgestellt. Die sind dann beim Abbrennen ineinander geflossen«, erzählte Ulla. »Und jetzt hab ich dich wieder.«

Sie hatten inzwischen die Jäger Straße erreicht und Paule erkannte jenseits der Schleuse die Birken des Oberhausener Westfriedhofs.

»Da liegt meine Mutter begraben«, sagte er. »Wollen wir an ihrem Grab vorbeischauen?«

Ulla nickte.

Hinter dem schmiedeeisernen Portal folgten sie der Mauer und stießen dann auf das Gräberfeld an der Emscher Straße.

»Hier ist es«, sagte Paule.

Reste von seinem Waldblumenstrauß steckten noch vertrocknet hinter der Efeuranke.

»Als du krank warst, bin ich hier gewesen«, sagte Paule. »Einen Tag vor Muttertag. Und da habe ich meiner Mutter von dir erzählt.«

Ulla drückte sich an ihn. »Glaubst du an so was?«, fragte sie.

»Ich weiß nicht«, sagte er. »Jedenfalls soll Mama wissen, wie du aussiehst, wenn sie an mich denkt.«

»Ach du«, sagte Ulla, stellte sich auf die Zehen und küsste ihn. Paule erwiderte den Kuss, und plötzlich hatte er das Gefühl, als löse sich ein Klumpen in ihm, etwas, das er die ganze Zeit nicht losgeworden war, auch bei Lüttgenmayers nicht.

Während sie zur Straßenbahnhaltestelle an der Liricherstraße gingen, begann Paule von Moringen zu erzählen. Er fing mit den beiden SA-Männern an, die ihn vor der Bäckerei erwischt hatten, achtete aber schon bald nicht mehr auf die Reihenfolge. In hastigen, ungeordneten Sätzen beschrieb er Blum und Warmbrunn, schilderte seine Flucht und dann wieder den Blutacker und das Strafstehen an der Mauer, sprach von Dr. Feltes und seiner Assistentin, von Stief mit den zugenähten Taschen – Bruchstücke seiner Geschichte, die ihm jetzt beim Erzählen so unwirklich vorkam, als hätte sie ein anderer erlebt.

»Und ich habe nichts von alldem gewusst«, sagte Ulla. Sonst sagte sie nichts, nahm einfach nur seine Hand und hörte zu.

Es gab so viel zu berichten, so viel zu erfragen. Ihre Gespräche halfen ihnen, die endlose Zeit zu überstehen, die sie in Wartesälen und Eisenbahnabteilen verbringen mussten, bis sie am ersten Septemberwochenende Lüttgenmayers Hof erreichten. Verdreckt, übermüdet, durchgerüttelt von Schlaglöcherstraßen, kamen sie mitten in der Nacht an.

Paule pfiff vor Hermanns Fenster, warf kleine Steinchen gegen das Glas. »Ich bin's, Paule, mit Ulla«, rief er mit verhaltener Stimme, als Hermanns Kopf über ihnen erschien. »Wirfst du uns den Schlüssel zur Kate raus? Er hängt unten in der Diele.«

»Mensch, dass ihr das geschafft habt«, sagte Hermann. »Wartet einen Augenblick, ich hol euch den Schlüssel.«

Das erwies sich jedoch als gar nicht so einfach. Der Schlüssel war nicht aufzufinden, und es dauerte eine Weile, bis Paule mit einem Sperrhaken aus Hermanns Werkzeugkasten die Tür zum Heuerhaus geöffnet hatte und Ulla und er endlich ins Bett konnten.

Eng aneinander geschmiegt lagen sie da. Paule dachte daran, wie er sich vor Monaten in der Gartenlaube vorgestellt hatte, mit Ulla bei Lüttgenmayer zu sein. Damals war es ein Traum gewesen, jetzt aber war es Wirklichkeit geworden.

Ulla schlief schon, ihr Kopf lag schwer auf seinem Arm. Im Einschlafen dachte Paule noch, dass er mit keinem auf der Welt tauschen wollte. Trotz allem, was gewesen war.

Nach dem Aufstehen liefen sie barfuß durchs taunasse Gras an die Hase und schwammen, bevor sie zum Hof hinübergingen. Als sie in die Küche traten, saßen gerade alle um den Frühstückstisch. Nur Clément, der sonntags im Gefangenenlager blieb, fehlte.

Der Bauer sah sie zuerst. »Da seid ihr ja, Kinder«, rief er. »Hermann hat uns schon erzählt, dass ihr heil und gesund angekommen seid. Dann setzt euch mal gleich dazu.«

An Ullas erleichtertem Gesicht konnte Paule ablesen, dass sie sich den Empfang nicht so unkompliziert vorgestellt hatte. Bei der allgemeinen Begrüßung war sie noch etwas befangen und zurückhaltend, aber als sie erst mal am Tisch saß, taute sie auf. Sie langte tüchtig zu und redete quer über den Tisch mit Schura und dem Altbauern. Die Gespräche gingen hin und her, bis Tante Anna protestierte.

»Wir wollen alle was mitkriegen«, sagte sie. »Erzähl doch mal, Mädchen, wie ihr die Fahrt überstanden habt.«

Daraufhin zählte Ulla all die lustigen Sachen auf, die sie unterwegs erlebt hatten. Sie schilderte den Wanderzirkuswagen, in dem sie für eine Nacht untergekommen waren. Dort hatte es ein Hündchen gegeben, das auf zwei Beinen gehen konnte und dabei mit den Pfötchen »bitte bitte« machte. Im Wohnraum hatte ein alter Mann auf seiner Geige gefiedelt, lauter schräge Sachen, und mit Paule und seiner Mundharmonika war im Handumdrehn die reinste Jam-Session daraus geworden. Und an der Holzwand hatte ein buntes Hitlerbild gehangen, auf dem der Führer mit einem prächtig dicken Hängeschnurrbart geschmückt war. Mit dem Schnauzer hatte Adolf so albern ausgesehen, dass sie beide laut losgeplatzt waren.

»Die Leute waren richtig lieb«, berichtete Ulla. »Paule hat ihnen das letzte Stück vom Schinkenspeck gegeben. Die Frau hat sich so gefreut.«

Und in der Bahnhofshalle von Rheine, erzählte Ulla weiter, war Paule schrecklich eifersüchtig geworden, weil ein Soldat mit ihr getanzt hatte und sie dabei nahe an sich heranzog.

»Abgeknutscht hat er dich«, verteidigte sich Paule mit vollem Mund.

»Quatsch«, sagte Ulla. »War doch bloß Spaß. Alle Leute waren so aufgedreht, als ob morgen Frieden wäre. Bis dann die Streife kam.«

»Von deinen Zigaretten hab ich nur noch ein paar wieder mitgebracht«, sagte Paule zu Opa Lüttgenmayer. »Die Dinger haben uns sehr geholfen.«

Der Bauer warf Opa einen vorwurfsvollen Blick zu. »Ich wusste gar nicht, dass du aktive Zigaretten gehamstert hast«, sagte er. »Mich lässt du meine mit der Hand drehen.«

»Paule soll dir die restlichen geben«, sagte der Altbauer. »Ich habe noch ein paar Packungen. Aber die sind für den Notfall.«

Paule fühlte sich wohl. Es tat gut, in der Runde zu sitzen, zu erzählen und mit den anderen zu lachen, und Ulla hatte gleich Anschluss gefunden.

Nach dem Frühstück ließ er sie in der Obhut der Bäuerin zurück, die von ihren Berichten gar nicht genug hören konnte. Bis zum Melken war noch Zeit, und so holte Paule den Fuchs aus dem Stall, ritt hinaus ins Bruch und trabte bis an die Hase. Dort ließ er das Pferd an der Leine grasen und setzte sich ans Wasser. Hier hatte man einen weiten Ausblick über Hecken und kleine Gehölze, hinüber bis zum nächsten Hof, der weit weg unter riesigen Eichen lag. Abgesehen von dem wassergefüllten Bombentrichter hinterm Damm, erinnerte nichts an den Krieg.

Paule streckte sich, dehnte den Rücken. Er war noch müde von der langen Fahrt. Ulla hatte beim Frühstück nur die spaßigen Begebenheiten ihrer Reise zum Besten gegeben. In Wirklichkeit war sie zu einer Irrfahrt geraten. Nirgends ging es weiter. In den Ortschaften waren ganze Straßenzüge abgebrannt. Zweimal hatten sie im Graben gelegen, während Mustangs und Lightnings feuerspeiend über sie wegheulten. Und überall waren Menschen unterwegs, mit Rädern, Handwagen, Schubkarren, auf die sie ihre wenigen Habseligkeiten gepackt hatten. Mitten in diesem Chaos waren im Bahnhof Rheine Feldjäger aufgetaucht, die gefürchteten »Kettenhunde« mit dem Messingschild vor der Brust, und hatten Urlaubsbescheinigungen, Soldbücher und Papiere überprüft. Vor Schreck hatte Paule sich nicht rühren können. Dann aber hatte Ulla ihn untergehakt, war mit ihm auf die Feldjäger losgegangen, hatte sie um Feuer gebeten und ihnen Zigaretten angeboten. Anschließend war sie mit ihm aus der Bahnhofshalle marschiert, in die rettende Dunkelheit hinaus.

Es fiel Paule schwer, die Erinnerung abzuschütteln. Er stand auf, band den Fuchs los, saß auf. So leicht ließ sich die Vergangenheit nicht begraben. Moringen, sein Alptraum, der nicht enden wollte.

Da half nur das Beisammensein mit Ulla. Nach dem Mittagessen gingen sie zur Kate, um miteinander allein zu sein, nach der kurzen Nacht noch etwas Schlaf zu kriegen. Ulla sah ihn jetzt zum ersten Mal wieder nackt, streichelte seinen narbigen Rücken, strich über seine Striemen, küsste ihn und weinte.

»Ich möchte dich jetzt gern in mir haben«, sagte sie. »Kannst du überhaupt?«

Paule küsste sie, bettete sein Gesicht zwischen ihre Brüste und Ulla zog ihn auf sich.

»Wir wollen langsam tun«, sagte sie. »Nachholen können wir

jetzt sowieso nichts mehr. Was dazwischen war, ist zu schlimm. Aber wir können die Zeit ein bisschen anhalten. Das wäre doch auch gut, oder?«

»Ja«, sagte Paule. »Und ich liebe dich sehr.«

Als er in Ullas Armen lag, hatte er ein Gefühl wie im Wald hinter Moringen, als er im Kirschbaum stand. Nein, die Zeit im Lager ließ sich nicht aus seinem Gedächtnis tilgen, aber er war mit seinen Erinnerungen jetzt nicht mehr allein. Er küsste Ulla und sah, wie sie im Halbschlaf lächelte.

Am Nachmittag nahm Ulla die Kate in Augenschein.

»Ich sollte drüben bei Lüttgenmayers schlafen«, sagte sie. »Der Bäuerin ist es bestimmt nicht recht, wenn ich einfach bei dir einziehe.«

»Aber drüben im Haus ist kein Zimmer frei«, sagte Paule. »Die einzige Möglichkeit wäre, dass ich hier ausziehe und über den Pferden schlafe. Dann hättest du das Heuerhaus für dich.«

»Das kommt nicht in Frage«, widersprach Ulla. »Vielleicht haben Lüttgenmayers doch eine alte Bettstelle oder wenigstens eine Matratze. Dann könnte ich oben in einer von den Kammern unterkriechen. Das sähe doch wenigstens etwas besser aus. Also, ich frage einfach mal.«

Sie sah sich weiter um und war von dem Häuschen sehr angetan. Vor allem die Feuerstelle faszinierte sie.

»Da wurde noch auf offenem Feuer gekocht«, sagte sie. »Schau, an diesen Arm hängte man den Topf und schwenkte ihn hierher, über die brennenden Holzscheite. Sehr romantisch, aber nicht sehr praktisch. Und was ist unter der Klappe dahinten?«, fragte sie.

»Welche Klappe denn?«, fragte Paule.

»Die da.« Ulla zeigte auf einen Eisenring, der auf dem Boden ins Holz eingelassen war. »Da sieht man auch die Fugen.«

»Das sehe ich jetzt zum ersten Mal«, sagte Paule. »Wird vielleicht ein Keller sein.«

Ulla ruckte an dem Ring und die Holzluke ließ sich ohne Widerstand öffnen.

»Bring mal die Lampe«, sagte sie. »Das sehen wir uns an. Irgendwas muss da sein. Jedenfalls führt eine Leiter runter.«

Sie stiegen hinab. Altes Gebälk, ein paar Steinguttöpfe. In der äußersten Ecke, verdeckt von einem Brett, entdeckte Paule eine Melkmilchkanne.

»Was tut die denn hier?«, fragte er. »Tante Anna jammert jeden Tag, dass sie schon fast keine Kanne mehr für die Milchablieferung hat.«

Als sie den Deckel aufzogen, fanden sie eine Rolle deutsches Papiergeld, Tabak, Zigaretten, Schokolade, in Wachstuch geschlagene Schinken, Mettwürste, Speck. Von allem nicht viel, aber zusammen doch ein ganzer Vorrat.

»Und was jetzt?«, fragte Ulla.

»Wir legen die Sachen zurück«, sagte Paule. »Bestimmt hat Clément die Kanne hier unten versteckt. Die Schokolade und die Zigaretten sind aus England; die Gefangenen bekommen sie übers Rote Kreuz. Ich denke, Clément sorgt vor für den Fall, dass er abhauen will.«

Sie versteckten die Kanne wieder hinter dem Brett und warfen oben in der Küche die Luke hinter sich zu.

»Aber wir können doch nicht einfach den Kopf in den Sand stecken«, sagte Ulla. »Müssten wir mit ihm nicht wenigstens darüber reden?«

Paule nickte. »Seit die Kate wieder bewohnt ist, macht er sich bestimmt Sorgen um sein Versteck. Wahrscheinlich hat er deshalb auch den Schlüssel an sich genommen. Ich hatte ihn nämlich in der Diele ans Schlüsselbrett gehängt, bevor ich zu dir nach Duisburg bin. Du kannst doch Französisch. Sagst du ihm, dass wir dichthalten?«

»Ich denke, er kann so gut Deutsch?«, fragte Ulla.

»Ja, schon«, sagte Paule. »Aber ich stell mir vor, dass es angenehmer für ihn ist, wenn er das in seiner eigenen Sprache gesagt bekommt. Einen Teil der Sachen hat er ja bei Lüttgenmayers organisiert. Man könnte auch sagen: geklaut. Und mit den Leuten hier auf dem Hof kommt er doch sonst sehr gut zurecht, vor allem mit dem Altbauern. Aber von der Sache hier unten darf niemand etwas erfahren. Auch Hermann nicht.«

»Scheußlich«, sagte Ulla. »Ganz scheußlich. Hätte ich doch nur nicht meine Nase in die Luke gesteckt!«

Auch Paule hatte ein ungutes Gefühl. Für Hermanns Vater gehörte der Franzose einfach mit zu den Leuten vom Hof, und vermutlich war Lüttgenmayer noch nie auf die Idee gekommen, dass Clément von hier abhauen wollte. Und es gab eben auch Probleme, die selbst Tante Anna mit all ihrer Energie nicht aus der Welt schaffen konnte.

Als Ulla sie nach dem Abendessen auf einen Schlafplatz in der Kammer ansprach, war die Bäuerin jedoch in ihrem Element. Die Kammer sei zwar winzig, meinte sie, aber wenn Ulla das genüge, wäre das eine gute Lösung. Und damit legte sie auch schon los, trieb im Abstellraum neben Schuras Zimmer ein Bettgestell und Matratzen auf und rief nach Jung-Hermann, damit er mit anpackte.

Zu dritt brachten sie Ullas Bett in die Kate, Paule und Ulla holten später noch Bettzeug, eine Waschschüssel und Handtücher vom Hof und dann hatte Ulla ihr Reich für sich.

»Das hat Spaß gemacht«, sagte sie zufrieden. »Und auf diese Weise bin ich auch nicht ständig deinen Launen ausgesetzt. Wenn ich meine Ruhe haben will, mache ich einfach die Tür hinter mir zu.«

»Und ich habe nicht mal eine Tür«, beklagte er sich.

»Du brauchst auch keine«, sagte sie. »Weil ich nämlich immer sehr lieb zu dir bin.«

Sie wuschen sich draußen im Mondlicht. Das Wasser leuchtete silbern. Ulla hatte aus Duisburg ein Stück Friedensseife mitgebracht. Damit seiften sie sich gegenseitig ein und pumpten dann Wasser über sich.

»Jetzt ist mir so kalt, dass ich dich unbedingt brauche«, rief Ulla zähneklappernd. »Ich hab schon eine richtige Gänsehaut. Komm, wir kriechen in mein neues Bett. Es ist breiter als deins. Ich möchte dich endlich mal wieder eine ganze Nacht bei mir spüren.«

Sie rannte voraus, Paule nahm ihre Kleider mit hinein.

»Da bin ich«, sagte er, als er zu ihr unter die Decke huschte.

»Jetzt fehlen uns nur noch unsere zwei Kerzen«, sagte Ulla. Sie kuschelte sich an ihn. »Erzähl mir noch was«, bat sie. »Irgendwas, damit ich dich sehe.«

Paule erzählte ihr von seiner Mutter. Wie sie früher mit ihm im Oberhausener Kaiserpark Boot gefahren war, mit ihm im Stadion Niederrhein in der Sonne gelegen hatte. Und wie lecker es immer geduftet hatte, wenn sie Reibekuchen gebacken hatte.

»Hörst du überhaupt noch zu?«, fragte er zwischendurch und pustete Ulla ins Ohr.

»Lass das sofort sein«, sagte Ulla. »Es kitzelt ganz furchtbar. Und natürlich höre ich zu. Zuletzt waren die Reibekuchen dran. Mir läuft das Wasser im Mund zusammen. Reibekuchen mit Apfelmus, lecker. Erzähl weiter.«

Zwei Minuten später merkte Paule, dass sie eingeschlafen war. Während er ihren Atemzügen lauschte, dachte er darüber nach, wie viel Glück er doch gehabt hatte, dass Ulla und er einander begegnet waren, den Zahnarzt in Zürs am selben Tag aufgesucht hatten. Zufall, sagte sich Paule. Aber ganz so einfach war die Erklärung wohl auch wieder nicht.

Ulla, die Clément bisher noch nicht begegnet war, lernte ihn am nächsten Morgen beim Frühstück kennen, und Paule merkte, dass die beiden sich auf Anhieb verstanden. Beim Schweinefüttern ergab sich dann auch eine Gelegenheit für ein Gespräch.

Als sie die letzte Box versorgt hatten und aus den Trögen gefräßiges Schmatzen drang, zog Ulla Clément in die Ecke am Wasserhahn und redete leise auf ihn ein. Clément, plötzlich sehr ernst geworden, hörte ihr zu, sah sich nach allen Seiten um und wechselte mit Ulla ein paar hastige Sätze.

Ulla winkte Paule herbei. »Es ist so, wie du vermutet hast«, sagte sie. »Die Sachen in der Kanne sind sein Vorrat. Für den Fall, dass er abhauen will.«

»Die Alliierten rücken vor«, erklärte Clément. »Bald sind sie in Givet. Das ist ganz oben in Frankreich. An der Meuse, der Maas, dicht bei der belgischen Grenze. In Givet haben wir unser Haus.« Er zog seinen ledernen Tabaksbeutel hervor und drehte sich eine Zigarette. Paule sah, wie seine Finger zitterten.

»Da ist Claudette, meine Frau«, erzählte Clément weiter. »Sie arbeitet für die Deutschen, in der Kommandantur. Ich habe Angst, dass unsere Leute ihr etwas antun, wenn die deutschen Soldaten weg sind.«

»Du willst zu ihr?«, fragte Paule.

Clément nickte heftig. »In den nächsten Tagen«, sagte er.

»Wir halten dicht«, versprach Paule.

»Merci«, sagte Clément erleichtert. »Ihr seid gute Freunde.«

Er suchte die Futtereimer zusammen und verschwand damit in die Diele.

Paule sah Ulla an. »Das wird für Lüttgenmayers ein harter Schlag«, meinte er. »Ohne Clément ist der Bauer praktisch aufgeschmissen.«

»Aber wenigstens hat er jetzt uns«, sagte Ulla.

Es zeigte sich, dass ihre Hilfe dringend benötigt wurde. Obwohl Clément in den nächsten Tagen seine Arbeit tat wie stets, gab es für sie alle mehr als genug zu tun.

Jung-Hermann saß ununterbrochen auf dem Grasmäher, trieb Lotte und den Fuchs durch Zurufe an und ließ eine Mähspur nach der anderen hinter sich zurück. Die Grummeternte hatte begonnen. Ulla und Paule folgten dem Mäher, breiteten die Grasschwaden mit der Forke zum Trocknen aus. Der Bauer hätte sich kein besseres Wetter wünschen können. Ein leichter Wind ging, die Sonne brannte von morgens bis abends.

Zwei Tage lang wendeten sie mit den hölzernen Rechen das Gras, setzten das Grummet abends in Haufen, um es vor dem jetzt schon starken Nachttau zu schützen, und warfen es am folgenden Morgen zum weiteren Trocknen auseinander. Ulla holte sich gleich am ersten Tag Blasen an den Händen, aber sie hielt durch. Am Abend allerdings warf sie Paule aus ihrem Bett, weil sie, wie sie sagte, den ganzen Platz für sich brauchte, um ihre Knochen zu sortieren. Aber es ging ihr gut, das war ihr deutlich anzusehen. Sie war braun gebrannt, ein anderes Braun als in den Bergen, fand Paule, mehr nach Rot hin. Und ihre Sommersprossen blühten auf beiden Backen.

Es war unglaublich schön, den ganzen Tag zusammen zu sein, sich mittags, wenn die Bäuerin ihnen mit dem Rad das Essen brachte, im weichen Grummet zu rekeln, wo einem der hundertfache Duft von Gräsern und Blumen entgegenwehte, und abends müde am runden Tisch zu sitzen, miteinander zu reden und Späße zu machen, die geliebte Mundharmonika wieder dabeizuhaben.

Ja, es war eine gute Zeit und die Arbeit ging ihnen flott von der Hand.

Bereits Mitte der zweiten Septemberwoche war das Grummet bis auf einen letzten Rest eingefahren. Ein schwerer Leiterwagen nach dem anderen schwankte über die Wiesen, Paule schob mit Hermann die langen Grummetreihen zusammen und reichte die schweren Stapel hinauf auf den Wagen, wo Clément und Ulla sie in Empfang nahmen.

Während die letzten Fuhren geladen wurden, flogen mehrere Bomberpulks über sie hinweg. Schon nach Minuten vernahmen sie die Detonationen. Die Bomber mussten ihre Ladung direkt hinterm Horizont abgeworfen haben. Das dumpfe Grollen drang eine Viertelstunde lang in Wellen zu ihnen hinüber.

»Das muss Osnabrück sein«, meinte Hermann und schrie plötzlich: »Tiefflieger! Legt euch flach!«

Paule riss Ulla zu sich unter einen Grashaufen. Die Maschinen heulten mit röhrenden Motoren in der Nähe vorbei. Zitternd pressten sie sich aneinander. Die Erinnerung an den brennenden Zug vor Ulm wurde wieder wach, an die Einschläge, das Schreien der Verwundeten. Ulla weinte stumm.

Hans, das schwere Kaltblut vor dem eisernen Heurechen, scheute und brach aus, als die nächsten Maschinen unmittelbar über ihnen durch die Luft donnerten. Er stürmte quer über die Wiese und kam erst am nächsten Weidezaun zum Stillstand.

Als es ruhig wurde, krochen sie mit blassen Gesichtern aus ihrer Deckung hervor, schauten sich wortlos an. Ulla wischte sich die Tränen von den Backen.

»Kommt, wir machen weiter«, sagte Hermann schließlich. »Je eher wir fertig werden, desto schneller kommen wir vom freien Feld weg.«

Er rannte los, um das Pferd und den Heurechen zurückzuholen.

Am frühen Nachmittag hatten sie das letzte Gras zusammengerecht, aufgeladen und auf dem Hof im Heufach verstaut.

»Kinder, das habt ihr aber flott hinter euch gebracht«, lobte die Bäuerin. »Bis zum Abendessen habt ihr jetzt Auslauf. Macht euch frisch, verschnauft ein bisschen.«

»Ich fahre kurz rüber zu Christian«, sagte Hermann. »Bis zum Essen bin ich zurück.«

»Aber pünktlich«, rief Tante Anna ihm nach.

»Und wir?«, fragte Ulla und nahm Paules Hand. »Gehen wir schwimmen?«

»Ja, und zwar auf der Stelle«, rief er.

Sie rannten zur Kate im Bruch, zogen sich eilig Schwimmzeug

an und rannten weiter an die Hase. Außer Atem kamen sie an der Badestelle an.

»Erst abkühlen«, schrie Ulla, als Paule aufs Wasser zurannte. Aber er sprang kopfüber in das kühle Nass, tauchte prustend auf und rief: »Komm nur, das Wasser ist herrlich!«

Sie tollten miteinander, tauchten, ließen sich treiben, spielten Fangen. Es tat gut, den Heustaub loszuwerden, der auf der verschwitzten Haut kratzte.

Ausgepumpt kletterten sie ans Ufer. Ulla zog ihr nasses Hemd aus, legte sich ins Gras zurück und ließ sich von der Sonne bescheinen. Paule bückte sich und küsste Ullas Stupsnase, ihre Brüste, die vielen Sommersprossen. Dann legte er sich zu ihr. »Weißt du, in Duisburg, in Tante Ernas Laube, habe ich genau davon geträumt«, erzählte er. »Du auf dem Heuwagen, den ganzen Tag Sonne, und abends laufen wir an die Hase und schwimmen. Und jetzt haben wir's tatsächlich geschafft.«

Hand in Hand lagen sie nebeneinander und Paule döste ein. Er wurde davon wach, dass ein Fahrrad mit quietschenden Pedalen den Damm entlangkam. Träge stand er auf, schirmte seine Augen gegen das Licht der tief stehenden Sonne ab und erkannte Ingrid.

Er winkte ihr zu. »Hallo, Ingrid! Kommst du schwimmen?«

»Nur für ein Viertelstündchen«, rief sie ihm zu, sprang ab und schob ihr Rad mit der Badetasche das letzte Stück zu ihm hinüber.

»Tag, Paule«, sagte sie und strahlte ihn an.

Dann entdeckte sie Ulla im Gras.

»Oh, du bist nicht allein«, sagte sie langsam. »Dann will ich auch nicht stören.« Damit wendete sie ihr Rad und saß wieder auf.

»Ingrid, warte doch«, rief Paule ihr nach. »Das ist Ulla. Sie arbeitet jetzt auch bei Lüttgenmayers.«

Ingrid antwortete nicht, sondern trat nur noch fester in die

Pedale. Paule starrte hinter ihr her, bis sie hinter den Weiden verschwunden war.

»Es ist furchtbar ungemütlich, wenn du so in der Gegend rumstehst«, sagte Ulla schläfrig. »Komm doch wieder zu mir. Wer war denn das?«

»Ingrid, das Postmädchen«, sagte Paule.

»Die war aber ganz schön schnippisch«, meinte Ulla. »Hattest du mal was mit ihr?«

»Nein«, sagte Paule. »Wir sind nur mal im Kino gewesen. Und dann waren wir miteinander schwimmen. Das ist alles.«

Ulla sah auf die Uhr. »Um sieben gibt's Essen«, sagte sie. »Bis dahin haben wir noch ein paar Minuten. Da kannst du mir noch was Liebes sagen.«

Paule lachte. »Also, du hast einen lustigen Bauchnabel«, sagte er und stupste darauf. »Mit einem Knopf drin, wie bei einer Klingel. Wenn Inge, meine Schwester, an Neujahr Hefekringel gemacht hat, durfte ich immer in der Mitte das Loch ausstechen. Mit einem roten Hansaplast-Pflasterdöschen. Und das runde Hefescheibchen fühlte sich genauso an wie der Hubbel bei dir im Nabelloch.«

»Scheusal«, sagte sie. »Jetzt reicht's aber. Erst Klingelknopf, dann Hefekringel. Ich zieh mich mal wieder an. Wer weiß, was dir sonst alles noch an Vergleichen einfällt.«

»Lauter schöne Sachen«, sagte Paule.

Sie liefen zur Kate, zogen sich an und fühlten sich herrlich erfrischt. Als sie in die Küche kamen, teilte Tante Anna bereits das Essen aus.

»War's denn schön, Kinder?«, fragte sie. »Nun setzt euch mal gleich. Papa, mach die Zigarette aus, komm an den Tisch. Clément muss bald ins Lager. Er soll in Ruhe essen können.«

Sie wollten sich gerade setzen, als sie Hermann draußen in der Diele hörten. Sein Rad knallte auf den Estrich und er rief laut nach Paule.

»Himmel, was ist denn?«, sagte die Bäuerin und setzte mit einem Ruck den Topf ab.

Hermann stand außer Atem in der Küchentür. »Paule«, sagte er keuchend. »Der Ortsbauernführer kommt morgen auf den Hof. Deinetwegen.«

»Wieso?«, fragte Paule erschrocken. »Und woher weißt du das?«

»Von Christian«, sagte Hermann und ließ sich schwer auf die Bank fallen. »Und der hat's von Rolf, seinem Bruder. Rolf war bei Ingrid und hat's mitbekommen. Ingrid sagt, dass du eigentlich in den Knast gehörst. Du wärst aus einem SS-Heim abgehauen.«

In Paule stieg panische Angst hoch. »Was hat Ingrid denn mit dem Ortsbauernführer zu tun?«, fragte er.

»Mensch, das ist doch ihr Vater!«, schrie Hermann. »Wie konntest du der blöden Gans deine Geschichte auf die Nase binden?«

»Das war doch ganz anders«, verteidigte sich Paule. »Sie hat an der Hase meine Striemen gesehen und gefragt, wer das mit mir gemacht hat. Und da habe ich ihr halt was von einem Heim erzählt. Damals war ich doch noch ganz durcheinander und irgendwie muss mir das mit der SS rausgerutscht sein. Ich weiß es doch selbst nicht mehr genau.«

Lüttgenmayer schlug mit der Faust auf den Tisch. »Wir können uns alle miteinander an den Kopf fassen«, sagte er. »Paule hätte über Ingrids Vater Bescheid wissen müssen. Der ist doch der Obernazi bei uns! Das ist eine schlimme Geschichte. Und wieso platzt das Gör gerade jetzt damit heraus?«

»Sie hat dich mit Ulla an der Hase gesehen«, sagte Hermann zu Paule. »Pure Eifersucht. Ingrid ist doch schon die ganze Zeit scharf auf dich. Sag nur, du weißt das nicht.«

»Das ist jetzt nicht so wichtig«, sagte Lüttgenmayer. »Reden wir lieber davon, was wir unternehmen wollen. Wenn der Kerl uns eins auswischen kann, tut der's mit Vergnügen. Jede Wette, der steht morgen mit der Polizei auf dem Hof.«

»O Gott«, sagte Paule und schluckte hart. »Und was soll ich machen?«

»Du musst weg«, sagte der Bauer. »Verschwinden, und zwar sofort.«

»Nun setzt euch doch erst mal«, sagte Tante Anna. »Das muss alles in Ruhe besprochen werden.«

»Ich kann nicht essen«, sagte Paule. Er sah zu Ulla hinüber. Sie war weiß im Gesicht.

»Also, nun hör mal«, sagte Lüttgenmayer nach den ersten paar Löffeln. »Da gibt's immer noch Richard Arntzen. Der war mit deinem Vater und mir in Esterwegen. Richard hat am Niederrhein einen Hof. In Bienen, das liegt zwischen Emmerich und Rees. Dort bist du genauso gut aufgehoben wie bei uns.«

»In der Gegend war ich schon mal«, sagte Paule. »In Elten bin ich im Wehrerziehungslager gewesen.«

»Ja, Elten liegt ganz in der Nähe«, bestätigte der Bauer. »Dann kennst du dich ja aus. Mit dem Zug nach Rheine, von da nach Münster. Dann umsteigen nach Empel-Rees. In normalen Zeiten sind das nur ein paar Stunden.« Er stand auf und studierte den Quakenbrücker Fahrplan, der an der Küchenwand klebte. »Heut Abend geht noch ein Zug. Du solltest nach Nortrup laufen und dort einsteigen, sonst musst du am Hof von Ingrids Vater vorbei. Um einundzwanzig Uhr vierzehn geht der Zug. Also, am besten fängst du gleich an zu packen.«

Clément stand auf, murmelte einen Gutenachtgruß und verließ die Küche. Paule hätte sich gern von ihm verabschiedet, aber er war wie gelähmt. Seine Arme und Beine waren bleischwer und der Kopf dröhnte.

»Bring deinen Rucksack her«, sagte Tante Anna. »Ich pack dir was zu essen ein. Wer weiß, wie lange du auf der Bahn liegst.«

»Und ich begleite dich nach Nortrup«, sagte Jung-Hermann.

»Ich komme auch mit«, sagte Ulla.

»Ja, tut das, Kinder«, meinte die Bäuerin. »Und steckt euch die Dynamolampe ein. Bis ihr wieder zurück seid, ist es Nacht.«

Ulla schüttelte heftig den Kopf. »Ich komm nicht mit zurück«, sagte sie. »Ich bleib bei Paule.«

»Aber, Mädchen, das kannst du doch nicht machen!«, rief die Bäuerin. »Bei all den Tieffliegern unterwegs. Du hast dich doch gerade erst bei uns eingelebt. Paule, sag doch auch mal was!«

Paule sah Ulla unglücklich an. »Tante Anna hat Recht, weißt du«, sagte er dann.

»Ihr könnt reden, so viel ihr wollt«, sagte Ulla. »Erst seit vierzehn Tagen sind wir wieder zusammen und jetzt sollen wir schon wieder auseinander. Das halte ich nicht aus. Nicht noch mal.« Sie fiel auf den Stuhl zurück und schlug die Hände vors Gesicht.

»Lass die jungen Leute, Anna«, sagte Lüttgenmayer. »Sie sind alt genug, um zu wissen, was sie tun. Und vielleicht sind wir ja alle bald dran.«

Er stand auf, fuhr Ulla über die Haare und zog Paule wortlos an sich.

Groesbeek

Es war ein bedrängter, hastiger Abschied, der dem Schmerz auch noch die Worte nahm. Am Trafohäuschen sah Paule zurück und winkte Hermann zu, der ihn und Ulla noch bis zur Hofausfahrt gebracht hatte. Dann fasste Paule nach Ullas Hand.

Ein wenig später bogen sie links ab, liefen stumm die schmale Straße entlang, die nach Klein-Mimmelage führte. Vom benachbarten Bruch ließ sich bereits das Käuzchen hören.

Ulla hakte sich bei ihm ein. »Auch wenn es so langsamer geht«, sagte sie.

Paule stolperte ein paar Mal. Es dauerte eine Weile, bis sie in einen Gleichschritt hineinfanden.

Alles war so schnell gegangen, dass er noch ganz benommen war. Moringen meldete sich zurück, seine gehetzte Flucht durch den Wald. Eine plötzliche Bewegung in den Büschen ließ ihn zusammenfahren.

»Es war nur irgendein Vogel«, sagte Ulla, »ein Fischreiher vielleicht.«

Aber sein Herz raste noch lange. Erst allmählich kam er zur Ruhe, nahm das schattenverhangene Land unter den Erlen und Eichen wahr und verabschiedete sich von den Höfen, den Menschen vom Land an der Hase, nahm Abschied von einer Heimat, in der er ein Fremder bleiben musste. Nebelschwaden stiegen aus den Wiesen und ihn fröstelte.

Mit letztem Tageslicht erreichten sie Nortrup.

Auf der Dorfstraße kam ihnen ein Mann mit Heurechen und Milchkanne entgegen.

»Das muss doch Clément sein«, sagte Ulla leise. »Paule, schau doch, Clément!«

Er war es tatsächlich.

»*Qu'est-ce que tu fais là?* Clément, was machst du denn hier?«, rief Ulla entgeistert.

»*Salut!*«, sagte er. »Ich bin vorausgegangen und dann habe ich gewartet.«

»Auf uns?«, fragte Paule. »Hier in Nortrup?«

»Aber ja!« Er grinste und stellte Kanne und Rechen ab. »Ich fahre mit euch. An den Rhein. Dahin muss ich auch.«

»Und was ist mit dem Zeugs da?«, erkundigte sich Paule und zeigte auf die abgestellten Sachen.

»Oh, wer fragt schon einen Mann mit Milchkanne nach Papieren?«, antwortete Clément und hob die Schultern. »Da glaubt doch jeder, dass man gerade aus seinem Haus spaziert ist.«

Paule und Ulla lachten im selben Moment los.

»Du bist eine erstklassige Tarnung für uns«, sagte Paule. »Also, wenn uns jemand fragt: Ulla und ich sind Geschwister, Mama schickt uns zu Tante Gerda. Wir bringen ihr die Kanne und helfen beim Grummet, *compris?*«

»Ah, Paule lernt Französisch«, stellte Ulla fest. »Na denn, *allez, allez*, besorgen wir uns Fahrkarten!«

Der Schalter wurde eine Viertelstunde vor Abfahrt ihres Zuges geöffnet. Sie waren die einzigen Leute in dem kleinen Bahnraum.

Paule verlangte drei Fahrkarten nach Münster.

»Augenblick, da muss ich nachsehen«, sagte der uniformierte Beamte. »Das sind zweiundfünfzig Kilometer bis Rheine, achtundvierzig von dort nach Münster. Das kommt gerade noch hin. Für Bahnfahrten über hundert Kilometer braucht man jetzt nämlich eine Dringlichkeitsbescheinigung, falls ihr das noch nicht wisst. Also, das macht für jeden vier Mark. In Rheine sitzt ihr dann allerdings erst mal fest. Der nächste Anschluss nach Münster geht um vier Uhr vierundvierzig ab. Was wollt ihr denn so spät noch auf der Bahn?«

»Mama schickt uns zu Tante Gerda, Grummet machen. Sie hat

keinen Mann mehr im Haus«, sagte Paule. »Von Münster aus ist es noch eine Stunde Fußweg, da wollen wir möglichst früh ankommen.«

»Unser Grummet haben wir heute fertig eingebracht«, erzählte der Beamte. »Also, gute Fahrt denn.«

Das war die erste Hürde, dachte Paule, während der Zug anfuhr. Vielleicht ging doch noch alles gut. Im Kopf wiederholte er die Adresse, die Onkel Hermann ihm gegeben hatte: Richard Arntzen, Bienen bei Rees. Das konnten sie eventuell bis mittags schaffen.

Ulla lehnte sich an Paules Schulter. »Gut, dass du nicht ohne mich los bist«, sagte sie. »Sonst wäre ich schon wieder allein.«

Die Räder ratterten, der Zug hielt alle fünf Minuten. In Bippen stiegen zwei Jungen ein, fuhren aber nur eine Station mit. Sonst hatten sie während der ganzen Fahrt das Abteil für sich.

Paule stieß Clément zwischendurch an. »In Rheine sollten wir nicht im Bahnhof bleiben. Da gibt es Kontrollen. Was meinst du, wo wollen wir die Nacht über bleiben?«

»In einem Hotel«, schlug Clément vor.

»Das geht nicht«, sagte Ulla. »Da müssen wir bestimmt den Ausweis vorlegen. Vielleicht suchen wir uns einen Schrebergarten?«

»Das ist eine Idee«, sagte Paule. »Erklärst du's Clément?«

»Der versteht schon«, sagte sie. »In einem Garten, Clément, *une petite maison, compris*?«

»Ich verstehe«, sagte Clément. »Wir suchen uns ein Gartenhäuschen.«

Eine Station vor dem Hauptbahnhof, in Altrheine, stiegen sie aus dem Zug, gingen mit Milchkanne und Rechen am Emsufer entlang. Gleich in der Nähe entdeckten sie eine Schrebergartenanlage. Der klare Sternhimmel gab so viel Licht, dass sie bald eine Gartenhütte fanden, die ihnen Unterschlupf bieten konnte.

»Ich öffne«, sagte Clément.

Sie hörten sein Taschenmesser klicken, über Stahl ratschen, dann zog er die schmale Tür auf und riss ein Streichholz an.

»*Ça me botte*, das geht in Ordnung«, meinte er zufrieden.

Zwischen Gartengeräten, Stühlen und Kartoffelsäcken machten sie es sich auf dem Boden bequem. Clément drehte sich eine Zigarette.

»Mir auch eine«, bat Ulla.

Bis auf die Glutpünktchen der beiden Zigaretten war es stockdunkel. In die Finsternis hinein stellte Paule die Frage, die ihn schon seit Tagen beschäftigte.

»Deine Frau arbeitet bei der Wehrmacht?«, fragte er Clément. »Hab ich dich da neulich richtig verstanden?«

»Oui«, bestätigte Clément. »In der Kommandantur, im Büro. Sie hat nichts gegen euren Hitler. Auch in Frankreich haben ihn manche Leute bewundert.«

»Und du? Hast du Hitler auch bewundert?«, fragte Ulla.

»Jamais de la vie!«, wehrte Clément ab. »Ich wähle nur den *Parti républicain radical*. Aber ich kann die Leute schon verstehen. Das ist alles sehr kompliziert.«

Er verstummte. Auch Paule und Ulla schwiegen und nach einer Weile fuhr Clément fort: »Es war sehr schwierig bei uns in Frankreich. Viele Menschen waren ohne Arbeit, viele hatten Hunger. Manche haben damals gesagt, die Deutschen machen das besser, dabei haben sie doch 1918 den Krieg verloren. Es gibt viel Urlaub bei Hitler, genug Arbeit, alle sind eine Volksgemeinschaft. Das möchten wir auch bei uns haben.«

»Und wie war das bei dir?«, fragte Paule.

»Ich habe nachgedacht«, sagte Clément. »Ich dachte, Faschismus ohne Diktatur, ohne Hitler, wenn einfach ein ganzes Volk zusammenhält – warum nicht? Aber die Wirklichkeit sieht anders aus. Und ohne Demokratie geht sowieso nichts.« Er stieß Paule im Dunkeln an. »Junge, du lernst doch fremde Sprachen, oder? Was heißt das Wort auf Deutsch, ›Demokratie‹?«

»Volksherrschaft«, antwortete Paule.

»Siehst du, *c'est exact!*«, sagte Clément. »Vor ein paar Wochen hat ein tapferer Mann versucht, euren Hitler zu töten. Aber wieso ihn umbringen? Bei Demokratie wählt man einen schlechten Führer einfach ab. Man braucht kein Blut, damit eine andere Regierung kommt. Das ist Demokratie.«

»Aber funktioniert das überhaupt?«, fragte Ulla.

»Ah, nicht immer gut«, gab Clément zu, »trotzdem besser als alles andere. Jeder kann mitreden, jeder soll es tun. Aber bei eurem Hitler müssen alle den Mund halten und gehorchen.«

Moby Dick fiel Paule ein, das Buch aus der Leihbücherei, Kapitän Ahab und dessen Drohungen: Wer nicht pariert, geht über Bord! Und er dachte an den Moringer Blutacker, an Blum: Was du aushältst, bestimmen wir! Doch mit Clément mochte er nicht über Moringen reden. Er hätte sich geschämt, ebenfalls ein Deutscher zu sein. Ja, Clément hatte Recht, das war wirklich alles sehr kompliziert.

Paule war schon fast eingeschlafen, als er Clément plötzlich sagen hörte: »Morgen muss der Bauer umsonst auf seinen Franzosen warten. Das tut mir Leid. Lüttgenmayer ist ein guter *patron.*« Ulla versuchte ihn zu trösten: »Er hat ja gewusst, dass der Krieg für dich bald aus ist.«

»Trotzdem«, meinte Clément. »Er tut mir Leid. Und Hermann muss jetzt noch mehr arbeiten als bisher!«

Sie schwiegen wieder. Clément drehte sich eine neue Zigarette und ging vor die Tür.

Nach ein paar kurzen Stunden Schlaf rannten Paule und Ulla an die nahe Ems und machten sich frisch. Sie aßen alle ein Stück Brot und verließen dann die Gartenlaube, nachdem Paule zuvor noch eine grüne Sechserpackung *Eckstein*-Zigaretten auf den Tisch gelegt hatte.

Der Frühzug nach Münster war überfüllt. Auf einer offenen Plattform, eng aneinander gedrängt, kamen sie noch mit.

Der beißende, widerlich süße Brandgeruch einer zerstörten Stadt empfing sie. Wie sie von Mitreisenden erfuhren, war Münster vor zwei Tagen wieder bombardiert worden. Während der Zug durchs Bahngelände kroch, sahen sie in der Dunkelheit noch Brände glosen.

Ein wackeliger Gasthaustisch in der Bahnhofshalle diente als Fahrkartenschalter. Zu dritt warteten sie in einer langen Schlange auf ihre Abfertigung, Ulla mit Kopftuch und Heurechen, Clément mit seiner Milchkanne.

Als Paule drei Karten nach Empel-Rees verlangte, zögerte der Beamte.

»Das sind einhundertzehn Kilometer«, sagte er. »Dafür brauche ich eigentlich einen Sonderausweis von euch.«

»Die zehn Kilometer mehr ...«, sagte Paule. Er deutete auf Clément und Ulla. »Tante Gerda wartet auf uns. Da ist kein Mann im Haus und das Grummet muss rein.«

»Na ja, meinetwegen«, sagte der Beamte. »Räder müssen rollen für den Sieg. Es wird sowieso nicht mehr kontrolliert. Macht zusammen dreizehn Mark zwanzig.«

Damit war die nächste Hürde genommen.

Um elf Uhr kamen sie bei strahlendem Wetter in Empel-Rees an, einer winzigen Bahnstation zwischen baufälligen Lagerschuppen.

»Da wollen wir uns mal beeilen«, sagte Ulla. »Tante Gerda wartet sicher schon längst.« Sie band ihr Kopftuch fester, schulterte den Heurechen.

Nach einem längeren Fußmarsch erreichten sie Bienen. Am Ortseingang blieben sie stehen. Pappeln und Linden umsäumten das Dorf. Auf der Straße spielten Kinder, tollten mit einem Hund und irgendwo im Ort schrie ein Pfau.

Paule deutete über die Hecken. »Ein paar hundert Meter weiter fließt der Rhein«, sagte er. »Man hört schon die Schiffssirenen.«

»Clément und ich bleiben am besten erst mal hier«, schlug Ulla vor. »Wenn wir dem Bauern zu dritt kommen, sieht das gleich nach einem Überfall aus.«

»Gut«, sagte Paule. »Dann geh ich los.« Er ließ seinen Rucksack zurück und machte sich auf den Weg. Im Gehen hörte er, wie Clément ihm hinterherrief: »Und frag den *patron* nach Straßen über den Rhein!«

Dazu musste er Arntzen erst einmal finden, aber das erwies sich als kein Problem. Hier in der Gegend kannten sich alle und Paule hatte sich schon bald zu dem Hof durchgefragt.

Bisher ist alles gut gegangen, dachte Paule, während er hinter der Dorfkirche links in eine Seitenstraße einbog. Die Züge hatten keine Verspätung gehabt, sie waren von Kontrollen unbehelligt geblieben und jetzt stand er vor seinem Ziel. Ein stattlicher, gut gepackter Misthaufen lagerte vor dem Hof. Der Mist ließ auf eine Menge Kühe und mehrere Pferde schließen. Da konnte man immer noch ein paar Hände gebrauchen.

Hühner stoben gackernd davon, als Paule durch die Hofeinfahrt auf das rote Klinkerhaus zuging.

Eine Frau trat heraus, wischte sich die Hände am Kittel ab und rief ihm zu: »Wir tauschen nichts, wir verkaufen nichts.« Damit verschwand sie wieder in der Tür.

»Augenblick«, rief Paule. »Ich möchte zu Richard Arntzen. Das ist doch hier, oder?«

Die Frau drehte sich um und sagte, schon eine Spur freundlicher: »Um was geht's denn? Der Bauer ist drüben in der Scheune beim Heu.«

»Ich bin Paule Pizolka«, stellte sich Paule vor. »Kann ich den Bauern mal sprechen?«

»Pizolka«, sagte sie zögernd. »War das nicht einer von …?« Sie sprach den Satz nicht zu Ende, nahm Paule am Arm und zeigte über den Hof. »Drüben, in der quer stehenden Scheune, da findest du ihn.«

In der Scheuneneinfahrt stand ein halb abgeladener Heuwagen. Und oben in den Gefachen rumorte es. Paule hörte ein Niesen.

»Bauer Arntzen«, rief er hinauf. »Hier ist Pizolka, Paule Pizolka. Kann ich mal hochkommen?«

Ein Hüne von Mann erschien an der Leiter, beugte sich vor und musterte ihn.

»Pizolka aus Oberhausen?«, rief er hinunter. »Du bist der Sohn von Jupp?«

»Der bin ich«, sagte Paule.

»Na, da komm ich mal runter«, rief Arntzen und hangelte sich schwerfällig die Sprossen hinab. Paule sah, dass er einen krummen Rücken hatte.

Unten angekommen schlug Arntzen seine voll gestaubte Schiffermütze an einem Balken aus, wischte sich Heusamen aus dem schweißnassen Gesicht und betrachtete Paule aufs Neue.

»Ich höre Jupp noch von dir erzählen«, sagte er dann. »Du warst damals noch ein winziges Bürschchen. Deine Mutter kam mal mit dir an den Lagerzaun, ich seh sie noch vor mir. Eine solche Zeit vergisst man nicht so leicht.« Er zeigte mit der Hand auf seinen Rücken. »Mein Andenken an Esterwegen«, sagte er. »Damals war ich noch ein ranker junger Mann. Also, Pizolka, worum geht es denn?«

Paule musste sich einen Ruck geben. Aber es blieb ihm nichts anderes übrig, als mit der Tür ins Haus zu fallen.

»Ich muss eine Zeit lang untertauchen«, sagte er. »Der SD ist hinter mir her. Kann ich hier bei Ihnen bleiben?«

Arntzen setzte sich die Schiffermütze wieder auf, schob sie in die Stirn und kratzte sich den Hinterkopf. »Das ist eine böse Geschichte«, sagte er. »Da können wir dir nicht helfen. Wir haben hier täglich Wehrmachtsstreifen im Dorf. Sie durchsuchen die Häuser nach fahnenflüchtigen Soldaten. In den letzten Wochen sind aus Nordfrankreich und Belgien offenbar tausende, hunderttausende einfach abgehauen.« Beim Sprechen zog er die Schulter hoch und massierte sie. Mit schmerzverzogenem Gesicht brach er ab und atmete tief durch.

»Durch unser Dorf sind jede Menge Lastwagen, Kutschen, Räder und Schubkarren gekommen«, fuhr er schließlich fort. »Sogar einen schwarzen Leichenwagen mit Soldaten und ihren Kisten und Koffern habe ich vorbeifahren sehen und die Kerls waren auch noch besoffen. Jetzt wird eine neue Armee aufgestellt, da greifen sie sich jeden. In Emmerich sollen die Feldjäger gleich ein halbes Dutzend desertierter Soldaten aufgehängt haben. Hier in der Gegend ist es zu gefährlich für dich.«

Paule schwieg. Arntzen hatte Angst, das war deutlich zu spüren. Nach all dem, was er durchgemacht hatte, war es ja auch verständlich, wenn er kein Risiko eingehen wollte. Es widerstrebte Paule, den Mann zu bedrängen. Bei jemandem, der solche Angst hatte, waren sie auch nicht sicher. Was aber sollte aus ihnen werden? Clément würde wohl versuchen, über den Rhein zu kommen und sich nach Givet durchzuschlagen. Aber Ulla und er saßen jetzt endgültig fest.

Eine Weile stand Paule unentschlossen da. »Ja, wenn das so ist, dann will ich mal wieder gehen«, sagte er schließlich. »Und nichts für ungut.«

Arntzen musterte Paule noch einmal mit einem schnellen Blick und sagte nach einigem Zögern: »Warte, mir kommt eine Idee.« Den Mund direkt an Paules Ohr, flüsterte er: »Ich kann dir einen Namen geben. Von einem Mann beim holländischen *verzet*, den Partisanen drüben im Untergrund. Die verstecken Leute bei sich.«

»Würden die aber auch einem Deutschen helfen?«, fragte Paule zweifelnd.

»Psst«, machte Arntzen. »Nicht so laut!« Er sah sich nach allen Seiten um und sagte dann hastig: »Ich kenne den Mann gut. Bestell ihm Grüße von mir. Er ist Pastor von der *eerste kerk* in

Groesbeek-Süd. Groesbeek ist ein Ort kurz vor Nimwegen und der Pastor heißt Herman Hoek. Kannst du dir das merken?«

»Ja«, sagte Paule. »Herman Hoek, Groesbeek. Das behalte ich mir.«

»Gut«, sagte Arntzen. Aufatmend streckte er den Rücken, rieb sich die Schulter. »Dann komm noch schnell mit zu Muttern und lass dir ein kräftiges Frühstück machen.«

»Ich habe noch zwei Leute bei mir«, sagte Paule. »Ein Mädchen und einen französischen Kriegsgefangenen. Die warten vorm Dorf auf mich.«

Der Bauer blieb stehen und zog scharf die Luft ein. »Dann müssen wir gleich los«, sagte er. »Ich bring euch über den Rhein. Wir treffen uns unten am Fluss. Wenn ihr hier die Straße vorm Haus entlanggeht, kommt ihr direkt ans Wasser.«

»Ja«, sagte Paule. »Und: danke.«

Er verließ den Hof, fasste in der Hosentasche nach seiner Mundharmonika, kam wieder an den gackernden Hühnern, dem Misthaufen vor der Einfahrt vorbei. Dann ging er langsam, noch immer die Mundharmonika zwischen seinen klammen Fingern, durchs Dorf zurück.

Ulla und Clément saßen an der Böschung und sahen ihm entgegen.

»Clément hat mich mit Schokolade gefüttert«, sagte Ulla, als Paule vor ihnen stand. »Das war die erste seit Jahren.«

Paule brachte es nicht fertig, auf ihren vergnügten Ton einzugehen. »Wir müssen gleich los«, sagte er. »Der Bauer kann uns nicht nehmen. Aber er bringt uns über den Fluss. Ich habe von ihm eine Adresse in der Nähe von Nimwegen bekommen.«

»C'est superbe!«, rief Clément. »Nach Nimwegen will ich ja gerade. Da gibt es Freunde von Claudette.«

»Leise!«, sagte Paule. »Die Wehrmacht geht im Ort Streife.«

Mit Heurechen und Milchkanne verließen sie Bienen und folgten der Straße an Arntzens Hof vorbei zum Rhein. Es ging über mehrere Brückchen, schilfbesäumte Altwässer, an Kopfweidenbäumen vorbei, deren gesträubtes Geäst zwischen den Kolken in den Himmel stach. Schwarz-weiße Kühe kühlten sich in den Tümpeln.

»Da unten bei den Booten, der Mann mit dem krummen Rücken, das ist Arntzen«, sagte Paule. »Er ist mit dem Fahrrad da.«

Der Fluss mochte an dieser Stelle an die vierhundert Meter breit sein und floss in ruhiger Strömung dahin. Ein Schleppzug tuckerte vorbei, Schwalben kreuzten tief überm Wasser und weiße Möwen spektakelten an den Ufern.

Bei ihrem Kommen löste Arntzen das Seil und zeigte auf einen langen, dunklen Bretterkahn. »Da hinein«, sagte er, ohne sich mit einer Begrüßung aufzuhalten. Er nickte Ulla und Clément nur kurz zu und stieß ab.

»Drüben, das Dorf mit der hohen Kirchturmspitze, das ist Grieth«, erklärte er beim Rudern. »Rechts vor euch liegt Kleve mit dem Schlossberg. Ihr lauft zwischen Grieth und Kleve quer durch die Marschen. Immer nach Westen. Wenn ihr tüchtig marschiert, stoßt ihr in drei, vier Stunden auf den Reichswald. Der zieht sich bis an die Grenze und gleich dahinter kommt ihr nach Groesbeek. Ihr müsst aber aufpassen. Vorm Reichswald, in Nierswalde, sind Truppen stationiert.«

»Und im Reichswald?«, fragte Paule.

»Nicht dass ich wüsste.« Arntzen zog den Riemen ein und stieß an die Steinmole. »Dort seid ihr wohl sicher. Im Reichswald patrouillieren Streifen höchstens auf den Durchfahrtsschneisen.« Er sprang auf die Mole und half ihnen aus dem schwankenden Kahn. »So«, sagte er zu Paule. »Vielleicht sehen wir uns nach dem Krieg mal wieder. Komm uns doch mit Jupp besuchen. Der kriegt ja die Fahrt bei der Bahn gratis.« Wie zuvor nickte er den beiden anderen kurz zu, sprang in seinen Kahn und ruderte zurück, bevor Paule irgendetwas sagen, sich bedanken konnte.

»Sehr freundlich war der ja nicht gerade«, meinte Ulla.

»Er hat Angst«, sagte Paule. »Wer im KZ gesessen hat, vergisst das so leicht nicht. Wenn sie ihn bei was Illegalem erwischen, sitzt er wieder. Und zwar für immer.«

»Und Nimwegen?«, fragte Clément. »Er hat nichts von Nimwegen gesagt.«

»Soll gleich hinter Groesbeek liegen«, erklärte Paule. »Was ist eigentlich mit der Milchkanne? Wollen wir das Ding die ganze Zeit weiter mit uns schleppen?«

»Ah, *ça oui*«, antwortete Clément. »Mein Andenken an Deutschland.«

Sie überstiegen die Deichkrone und hielten auf Zickzackwegen durchs Marschland nach Westen zu. Immer wieder überquerten sie Stege und kleine Brücken und sprangen über Gräben mit torfig braunem Wasser, auf denen Entengrütze schwamm. Die Wildrosenhecken standen in letzter Blüte und über den Erlenbüschen und Wiesen flatterten tausende von Staren, Schwalben und Möwen.

Nach stundenlangem Marsch hielten sie an einem kleinen Waldstück ihre erste Rast.

»Es ist schön hier«, sagte Ulla und streckte sich müde. »Überall Seerosen und Schwertlilien und man hat so einen weiten Ausblick übers Land. Hier würde ich gern wohnen.«

Clément hatte den Deckel von seiner Milchkanne abgezogen, holte Pumpernickel und Speck hervor. »Der arme *patron*«, sagte er kauend. »Ich muss immer an Lüttgenmayer denken. Jetzt werden bald Runkeln gestochen. Wer hilft ihm dann?«

Das ist alles meine Schuld, dachte Paule. Wenn er sich bei Ingrid nicht verplappert hätte, wenn er vorsichtiger gewesen wäre, hätte er mit Ulla bleiben können, bis der Krieg vorbei war. Bedrückt sah er einem Mäusebussard nach, der sich aus einer Eiche hochschwang. Ihm war elend zumute.

»Clément schläft«, flüsterte Ulla ihm nach einer Weile zu. »Und du machst so ein unglückliches Gesicht, mein Norwegermann. Die Handschuhe liegen zu Hause in Duisburg, unter meinem Kopfkeil im Bett. Ich hätte sie einpacken sollen.«

Paule musste lachen.

»Lach mich nicht aus«, protestierte sie. »Clément schleppt sogar eine ganze Milchkanne als Andenken mit.« Sie schlang die Arme um Paules Hals. »Sieh mich an«, bat sie. »Solang du willst. Und küss mich. Ich vermisse dich so.«

»Du«, sagte Paule. »Ich weiß nicht, ob wir in Holland wirklich unterkommen. Wenn nicht, sind wir geliefert. Bereust du es nicht, dass du aus Duisburg mitgekommen bist?«

Sie gab keine Antwort. Tränen stiegen ihr in die Augen und er küsste sie.

Stumm schauten sie in die stille Landschaft, unterhielten sich leise, horchten auf das entfernte Tuten der Schiffshörner. Clément schlief immer noch. Sein Gesicht unter den hohen Geheimratsecken und den buschigen Brauen sah faltig und erschöpft aus.

»Wollen wir weiter?«, fragte Paule. »Soll ich ihn wecken?«

»Lass ihn doch«, sagte Ulla. »Komm, wir ruhen uns auch noch ein bisschen aus. Die Nacht war kurz und die viele Sonne macht mich ganz müde. Leg dich ganz dicht zu mir.«

Paule roch Ullas Haar, hörte den Mäusebussard in der Ferne schreien. Ein Stückchen Frieden mitten im Krieg, dachte er und spürte, wie seine Glieder sich lösten und ihn der Schlaf mitnahm.

Als er aufwachte, lauschte er mit geschlossenen Augen in die Umgebung und schob dann sacht Ullas Arm von sich weg. Sie murmelte etwas Unverständliches und rollte sich auf der Seite zusammen. Auch Clément schlief noch, atmete mit offenem Mund und schnarchte leise. Paule stand auf. Die Schatten waren inzwischen lang geworden. Ullas Uhr war unter ihrem Arm versteckt, aber es musste mindestens schon sechs sein.

Leise, um die Schlafenden nicht aufzuschrecken, schlich er sich ins Gehölz und war zu seiner Überraschung schon bald am entgegengesetzten Waldende angelangt. Ein paar hundert Meter entfernt verlief eine Straße, rechts leuchtete das Klever Schloss in der Abendsonne. Ein bewaldeter Höhenrücken zog sich jenseits der Straße nach Norden. Ob das vielleicht schon ein Teil vom Reichswald war?

Eine Kolonne von Militärfahrzeugen näherte sich von rechts. Langsam zog Paule sich unter die Bäume zurück und ging wieder zu ihrem Rastplatz.

Ulla empfing ihn mit bösem Gesicht. »Mach das nicht noch mal«, sagte sie. »Du kannst nicht einfach so verschwinden, ohne einen Ton zu sagen.«

»Ich hab doch nur nachgeschaut, was hinter den Bäumen ist«, verteidigte Paule sich.

»Trotzdem«, sagte sie.

Clément setzte sich auf, rieb sich die Augen und fragte: »*Quelle heure est-il?*«

»Gleich halb sieben«, antwortete Ulla.

»*Tu rigoles!*«, rief Clément und sprang auf. Er verschwand im Wald, Zweige knackten.

»Und jetzt?«, fragte Ulla. »Wie geht's weiter?«

Paule hob die Schultern. »Weit kommen wir heute nicht mehr«, meinte er. »Drüben sind ein paar Hügel. Von dort aus haben wir Ausblick und können uns orientieren. Und da oben finden wir wohl auch einen Schlafplatz zwischen den Bäumen.«

»Einverstanden«, sagte Ulla und gähnte. »Ich bin immer noch müde.«

Clément kam aus dem Wäldchen zurück, griff nach dem Milchkannenhenkel und sagte: »*Eh bien*, ich bin fertig.«

Sie überquerten die Straße hinter dem Wäldchen. Links und rechts lagen mehrere Gehöfte. Kühe brüllten. Hinter einem Steg, der einen weiten Wassergraben überbrückte, erreichten sie den Fuß der Hügelkette. Es ging gleich steil den Hang hinauf. Auf dem Hügelkopf entdeckten sie einen kleinen Aussichtspavillon.

Unter dem geschwungenen Dach, das von gusseisernen Säulen getragen wurde, befanden sich vier Ruhebänke.

»Hier könnten wir über Nacht bleiben«, schlug Ulla vor.

»*D'accord*«, stimmte Clément zu und stellte seine Milchkanne ab.

»Den Heurechen habe ich jetzt lang genug mitgeschleppt«, sagte Ulla. »Der bleibt hier. Meinetwegen können die Leute damit ihren Wald ausrechen. Wo sind wir denn jetzt überhaupt?«

»Man kann nicht viel erkennen«, sagte Paule. »Die Sonne scheint einem direkt in die Augen. Aber mag sein, dass da vorn schon der Reichswald beginnt.«

»Machen wir's uns also gemütlich«, sagte Ulla.

Inzwischen war Wind aufgekommen, raschelte in den Bäumen, fuhr ihnen ins Gesicht. Sie setzten sich, rückten zusammen und unterhielten sich leise. Clément erzählte von Givet, schilderte das Leben in dem kleinen Städtchen, beschrieb die Umgebung mit den weiten Hochflächen über dem Maastal, erzählte aus seinen Schulklassen und schimpfte über den Direktor, den er als *salaud*, einen Mistkerl, bezeichnete.

Paule und Ulla lachten, fragten nach Claudette, und Clément lud sie beide ein, ihn nach dem Krieg in Givet zu besuchen.

»Das tun wir bestimmt«, antworteten sie wie aus einem Mund.

»Ich würde mich sehr freuen«, sagte Clément und umarmte sie beide.

Ein goldgelber Sonnenuntergang beendete den Tag. Clément und Paule schnitten Zweige, schichteten sie zwischen den Bänken auf, und Ulla häufte mit dem Rechen Altlaub zusammen und sammelte Moos, so dass sie auf eine einigermaßen bequeme und warme Nacht hoffen konnten.

Am nächsten Tag brachen sie in den Reichswald auf, an dessen Ende sie die niederländische Grenze erreichen sollten. Doch sie kamen nicht so gut voran, wie sie es sich nach den Auskünften des Bauern gedacht hatten. Motorradstreifen kreuzten die

Schneisen, ein leichter Schützenpanzer rollte mit drohend in den Wald gerichteten Maschinengewehrläufen an ihnen vorbei. Sie hatten gerade noch rechtzeitig Deckung nehmen, Laub über sich werfen können.

»Was die bloß die ganze Zeit hier suchen«, flüsterte Ulla.

»Keine Ahnung«, antwortete Paule leise. »Vielleicht nur erhöhte Alarmbereitschaft. Die Front kann ja nicht mehr weit weg sein.«

An steil abfallenden Hängen stießen sie auf verrostenden Stacheldraht und standen plötzlich außerhalb des Waldes an einer Straße.

»Das muss die alte Grenze sein«, meinte Paule. »Aber wir sind sicher nicht richtig. Genau im Westen, wo der Reichswald aufhört, hat Arntzen gesagt. Westen ist aber dort drüben, wo die Sonne steht, hinter den Bäumen. Wir müssen zurück in den Wald.«

In diesem Augenblick hörten sie ein Fahrzeug hinter der Kurve und verschwanden schleunigst zwischen den Bäumen. Atemlos hasteten sie den Hang hinauf, liefen auf der Höhe weiter, bis sie wieder die breite Schneise erreichten, die den Wald durchschnitt.

Es hatte keinen Sinn, im schwindenden Tageslicht weiterzulaufen. Hinter einer Böschung fanden sie eine Fichte, deren Äste fast bis zum Boden reichten. Sie deckten die untersten Zweige mit weiteren Ästen ab, schlugen rings um den Stamm ihr Lager auf und polsterten es gegen die aufsteigende Nässe mit Laub und Zweigen aus.

»Ein bisschen eng, aber ganz gemütlich«, meinte Paule.

»Nur Wasser fehlt«, sagte Ulla. »Seit heute Mittag im Steinbruch haben wir nichts mehr zu trinken gekriegt.«

»Ich schau mich mal um«, sagte Paule. »Vielleicht gibt's hier ja irgendwo Wasser oder wenigstens ein paar Kräuter gegen den Durst.«

Das Angebot an Waldkräutern war um diese späte Jahreszeit nicht mehr üppig. Paule stieg bis zum Waldsaum am Stacheldraht hinunter. Ein Wassergraben verlief längs der Straße, doch das Wasser sah abgestanden und brackig aus. Dafür waren jedoch genug essbare Kräuter zu finden, Giersch, Engelwurz, der kleine Bärenklau. Mit einem Arm voll Grünem kehrte er zum Baumbiwak zurück. Ulla und Clément hatten inzwischen Pumpernickel geschnitten und häuften Mettwurststückchen und Schinkenspeckscheiben auf den Milchkannendeckel.

»Davon gibt's noch mehr Durst«, warnte Paule und ließ sich bei ihnen nieder. »Wasser habe ich keins entdeckt, dafür aber Kräuter in rauen Mengen.« Er schälte ein paar dicke Doldenstängel. »Probiert mal«, sagte er.

Ulla verzog beim ersten Bissen das Gesicht. »Gegen das trockene Gefühl im Mund mag das Zeug ja gut sein«, meinte sie. »Aber sonst kannst du mich damit verschonen.«

»Oh, es schmeckt ein wenig wie Äpfel«, fand Clément. »*C'est surprenant*. Woher kennst du dich mit Kräutern so gut aus?«

»Ich war 1941 mit der Kinderlandverschickung in Böhmen«, erzählte Paule. »Da haben sie uns mal irgendwo allein abgesetzt und gesagt: ›Nun seht mal zu, wie ihr zurückkommt!‹ Wir mussten uns ohne Ausrüstung und Proviant zum Lager durchschlagen. Da haben wir gelernt, dass man in der freien Natur alles findet, was man braucht.«

»Also hat dir deine HJ-Zeit doch Spaß gemacht«, sagte Ulla. »Und bei den BDM-Kanuten war's auch wirklich toll.«

»Na ja, ich weiß nicht«, meinte Paule. »Hinterher jedenfalls fragt man sich, wozu das alles gut war.«

»*Bof*«, sagte Clément, »wozu von der Vergangenheit reden? Lasst uns schlafen für morgen.«

Sie zogen Jacken und Pullover über, polsterten sich ihre Schlafkuhle weiter aus und legten sich hin, Clément auf der einen, Ulla und Paule auf der anderen Seite des Stamms.

Es wurde dunkel. Der Wind strich durch die Bäume, dann dröhnten Flugzeugmotoren in der Ferne. Paule rückte unruhig hin und her. Von Ulla war nichts zu hören.

»Schläfst du schon?«, fragte er leise.

Er spürte, wie Ulla verneinend den Kopf bewegte.

»Ich habe Angst vor morgen«, sagte Paule. »Dauernd muss ich daran denken, ob wir in Holland bei dem Pastor wirklich unterkommen.«

»Können wir uns überhaupt verständigen?«, fragte Ulla.

»Ein bisschen Deutsch können die an der Grenze bestimmt«, meinte Paule. »Und sicher doch auch Englisch.«

»Ich fühle mich wie in Innsbruck, damals im Zug. Weißt du noch?«, fragte Ulla nach einer Weile. »Es ist so dunkel.« Sie tippte mit dem Finger an sein Kinn. »Halt mich, so wie damals«, bat sie und zog Pullover und Bluse hoch. »Ja, so. Magst du?«

Paule nickte.

»Und was ist, wenn nur einer von uns übrig bleibt?«, fragte sie später.

»Daran kann ich gar nicht denken«, sagte Paule.

»Ich muss daran denken, wie es damals ohne dich in Tante Ernas Laube war«, fuhr Ulla fort. Und dann fügte sie hinzu: »Du musst versprechen, auch für mich immer eine zweite Kerze mit aufzustellen. Und du musst dann mit mir reden, wie du's bei deiner Mutter tust. Wirst du das?«

Paule schluckte. Er brachte keinen Ton heraus.

»Es ist doch nicht viel, was du versprechen musst«, meinte Ulla. »Nur so eine winzige Kleinigkeit.«

Paule streichelte sie stumm. Er wartete darauf, dass ihm die Worte kamen, die er ihr jetzt gern gesagt hätte. Aber die Worte kamen nicht. Angst und Trauer schnürten ihm die Kehle zu.

Am Morgen wuschen sie sich im feuchten Moos die Hände, teilten ihre Essensvorräte und schließlich nahm Clément seine Milchkanne auf. Durch leicht ansteigenden Wald gingen sie auf die Richtung der Grenze zu. Zwischendurch wateten sie durch ein hohes Farnfeld. Rote, nasse Vogelbeeren glitzerten unter einer Fichte, der Himmel leuchtete tiefblau zwischen den Zweigen.

Erst allmählich achteten sie auf das immer stärker anschwellende Geräusch, das durch die Baumkronen drang.

»Bomber«, sagte Paule.

Dann hörten sie auch schon die ersten Bombenteppiche einschlagen. Sie detonierten nur wenige Kilometer entfernt von ihnen im Westen. Und weiter rechts, dem Norden zu. Später rumorte es auch im Süden. Ein endloses Grollen erschütterte die Luft.

Sie blieben stehen.

»Das ist vor uns in Holland«, sagte Ulla.

»Sind es Deutsche oder die Alliierten?«, fragte Clément.

»Hör dir das doch an«, rief Paule. »So viele Flugzeuge hat Hitler längst nicht mehr. Es müssen die Engländer oder Amerikaner sein.«

Sie duckten sich, als Jagdflugzeuge dicht über den Baumkronen heulten. Clément ging neben seiner Milchkanne in Deckung, hielt die Hände gegen die Ohren gepresst. *»Ça suffit!«*, rief er ein übers andere Mal, wenn wieder ein Jäger über sie wegdonnerte. »Es reicht, es reicht!«

Paule kauerte dicht neben Ulla. Sie drückte ihr Gesicht an seinen Pullover und er hielt sich an ihrem Rücken fest.

Drei Stunden dauerte das Bombardement. Dann dünnte das Geräusch der Motoren allmählich aus, die Einschläge verstummten. Die anschließende Stille traf sie wie ein neuer Schock. Nur zögernd wagten sie aufzustehen, sich umzusehen. Unten am Hang konnten sie Gräben, rostigen Stacheldraht und dahinter eine Straße ausmachen.

»Ich geh los und schau nach, wie es da vorn aussieht«, sagte Paule.

Er ließ den Rucksack zurück, lief in langen Schritten auf die Straße zu. Unter den letzten Bäumen blieb er stehen. Über dem Horizont ballte sich schwarzer Rauch, vereinzelte Detonationen erschütterten die Luft. Ringsum dehnten sich Rübenäcker, Kohl- und Sonnenblumenfelder aus. Linker Hand zog der Wald über einen Hohlweg weiter und schwang sich in einem großen Halbkreis um die Felder. Ein paar hundert Meter entfernt stand ein Gehöft am Waldsaum. Vielleicht fanden sie dort in dem Haus jemanden, der ihnen sagen konnte, wie sie nach Groesbeek kamen.

Eilig ging er zu Clément und Ulla zurück. »Unten verläuft die Grenze«, sagte er. »Man erkennt noch die alte Markierung. In der Nähe ist auch ein Haus. Wollen wir's versuchen?«

Clément nickte, Ulla reichte ihm den Rucksack.

Das Motorrad mit dem Wehrmachtskennzeichen entdeckten sie erst, als sie von hinten auf der Fahrbahn angerufen wurden. Ein Feldgendarm, das Messingschild vor der Brust, die Maschinenpistole angelegt, trat aus der engen Kurve des Hohlwegs heraus.

»Stehen geblieben, keine Bewegung!«, rief er ihnen zu.

Paule erstarrte. Er hörte Ulla einen Wehlaut ausstoßen. Cléments Milchkanne schepperte.

Der Feldgendarm kam auf sie zu. Paule stockte der Atem. Seine Arme und Beine wurden taub.

»Was macht ihr drei denn hier?«, fragte der Gendarm. »Das ist militärisches Sperrgebiet. Wo sind eure Ausweise?«

Sie schwiegen.

Der Feldgendarm, die Maschinenpistole im Anschlag, blickte von einem zum anderen.

»Wir haben uns verlaufen«, sagte Paule. »Sie sehen ja, die Milchkanne.«

»Verlaufen, im Sperrgebiet?«, fragte der Feldgendarm zurück.

»Wir wollten auf die andere Seite vom Wald«, sagte Paule. »Aber dann kamen die Bomben.«

»Und das soll ich euch glauben?«, fragte der Gendarm. Er senkte seine MP, kam noch einen Schritt näher und musterte sie erneut. »Na ja, vielleicht stimmt's sogar«, sagte er dann und sah Ulla an. »Ein leckeres Mädchen habt ihr da bei euch. Also, ich lass euch laufen, wenn sie kurz mal mitkommt.«

Er griff nach Ullas Arm.

Paule fuhr zusammen. In der Ferne grollten von neuem die Flugzeugmotoren, näherten sich, dröhnten.

»Schön ruhig bleiben«, sagte der Feldgendarm. Er richtete seine Maschinenpistole auf Paule und riss Ulla an sich.

»*Fiche, ordure*«, schrie Clément und warf sich auf ihn, während es in der Luft über ihnen aufheulte.

Jagdbomber hüpften feuernd über den Wald.

Der Feldgendarm ließ sich fallen, war dann mit einem Satz auf den Beinen, bei seinem Motorrad, trat auf den Anlasser und verschwand mit jaulendem Motor im Hohlweg.

Paule blickte ungläubig auf seine zerfetzte Hose, auf das hervorschießende Blut, sah dann Ulla bei Clément kauern. Er fiel in die Knie und rutschte zu ihnen.

»Seine Schulter«, sagte Ulla weinend.

Immer noch auf den Knien, versuchte Paule den Rucksack abzustreifen, an die Verbandspäckchen zu kommen. Dabei nahm er am Rand seines Bewusstseins wahr, dass mit einem Mal der Himmel voller Fallschirme war.

Endlich hatte er den Rucksack von sich geworfen, bekam ein Mullpäckchen zu fassen, riss es auf und drückte es Ulla in die Hand.

Durch den ohrenbetäubenden Lärm von Explosionen, Motoren und dumpfen Aufschlägen schrie er: »Clément, Clément! Gib nicht auf!«

Clément versuchte sich aufzurichten, sank zurück. Ulla knöpfte ihm mit zitternden Händen die Jacke auf.

»Stopf ihm den Mull ins Wundloch!«, rief Paule ihr zu. »Er verliert zu viel Blut!«

Er rutschte ein Stück näher an Ulla heran. »Bist du heil?«, rief er.

»Ja, alles in Ordnung«, rief sie zurück.

Dann verlor er die Besinnung.

Das Letzte, was er wahrnahm, war Ulla, die auf der Straßenböschung stand, verzweifelt mit beiden Händen winkte, englische Worte schrie.

Gleich kommt sie zurück, dachte er und schloss die Augen.

Nachwort von Arno Klönne

Paule Pizolka gerät am 17. September 1944 in die Luftlandeoperation der Westalliierten bei Arnheim. Für ihn ist der Krieg vorbei. Amerikaner und Engländer stehen an der deutschen Grenze. Aber noch wusste keiner, dass das Großdeutsche Reich schon so bald kapitulieren würde, nämlich bereits acht Monate später, am 7./8. Mai 1945. Den Beteiligten damals erschien es eher, als wolle der Krieg nie ein Ende nehmen. Die nationalsozialistische Führung kündigte jetzt sogar noch den Einsatz kriegsentscheidender neuer Waffen an.

Für die große Mehrheit der Menschen, die heute in der Bundesrepublik leben, ist die Zeit des nationalsozialistischen Regimes längst zur Geschichte geworden, sie verbindet damit kaum noch eigene Erfahrungen. Dennoch wirken Hinterlassenschaften Hitler-Deutschlands in die Gegenwart hinein und die historisch-politische Auseinandersetzung mit dem »Dritten Reich« setzt Maßstäbe für aktuelles gesellschaftliches Denken und Handeln – wir haben es zu tun mit einer »Vergangenheit, die nicht vergangen ist«.

Die Generation, die ihre Jugendjahre im nationalsozialistischen Staat und im Zweiten Weltkrieg erlebt hat, ist nach 1945, als das »Dritte Reich« zusammengebrochen war, ganz überwiegend schweigsam geblieben, soweit es um die eigene Erinnerung an die Zeiten »unterm Hakenkreuz« ging. Die historisch-politische Diskussion in der Bundesrepublik, in der Phase des Wiederaufbaus, wurde zumeist von Angehörigen der Jahrgänge bestimmt, die noch in der Weimarer Republik oder gar vor dem Ersten Weltkrieg aufgewachsen waren, und die jungen Leute, die nach 1945 erwachsen wurden, hatten in aller Regel genug damit zu tun, sich beruflich zu etablieren, Familien zu gründen und die gesellschaftlichen Zustände in der Bundesrepublik erträglich auszugestalten. In dem Lebensabschnitt, der solchen Anforderungen nachgeht, setzt man gewöhnlich nicht allzu viel Zeit für die »Erinnerungsarbeit« an.

Hinzu kam, dass über Jahrzehnte hin die Geschichte des »Dritten Reiches« vorwiegend so beschrieben wurde, wie es der konventionellen Methode der Historiker entsprach, nämlich als ein Schauplatz von Haupt- und Staatsaktionen, bei denen man sich auf die führenden Männer und die führenden Ideen konzentrierte, die in diesem Falle in die Katastrophe geführt hatten. Es liegt nahe, dass demgegenüber die Lebensgeschichte von jungen Menschen zur Zeit des Nationalsozialismus als nicht so bedeutsam erschien, es sei denn, diese waren als fanatische junge Nationalsozialisten oder als überzeugte Gegner des damaligen Systems – wie etwa die Angehörigen der Widerstandsgruppe »Weiße Rose« – besonders hervorgetreten.

Dies traf aber für die meisten Jugendlichen im »Dritten Reich« nicht zu; eine politische Rolle spielten sie, so oder so, erzwungenermaßen, nicht aus eigener Entscheidung. Die Politik indessen griff in ihr Leben ein, und nur zu oft auf eine Weise, die sich am Ende als lebensbedrohlich und lebenszerstörerisch erwies.

Seit den Siebzigerjahren hat die Geschichtsschreibung in der Bundesrepublik sich mehr und mehr für die »Alltagsgeschichte« interessiert, gerade auch im Hinblick auf das »Dritte Reich«, und es haben sich daraus auch neue Einsichten in die Jugendgeschichte der Jahre zwischen 1933 und 1945 ergeben. Das Bild von der Hitlerjugend-Generation ist heute deutlicher und auch in seinen widersprüchlichen Zügen besser erkennbar geworden. Zu erfahren ist nun aus der wissenschaftlichen Literatur, wie der nationalsozialistische Staat die nachwachsende Generation zum Zwecke seiner Herrschaftserhaltung verfügbar zu machen suchte, durch attraktive Angebote jugendlicher Betätigung und gleichzeitig durch repressive Zugriffe überall dort, wo Jugendliche aus dem Zwang und Drill ausbrachen.

Die Hitler-Jugend hatte an die Formen der Jugendbewegung

angeknüpft und damit in großem Umfange freiwillige jugendliche Gefolgschaft gewonnen; aber je mehr sie zur reglementierten Staatsjugendorganisation mit Pflichtcharakter wurde, desto weniger konnte der nationalsozialistische »Jugenddienst« auf eine Zustimmung jener Jugendlichen rechnen, die sich das Leben selbst erschließen wollten. Daraus ergaben sich Reibungen, die zunächst vielfach gar keine politischen Motive bei den aufsässigen Jugendlichen hatten. Der nationalsozialistische Staat reagierte auf »abweichendes Verhalten« jedoch mit Verfolgung und Unterdrückung, forderte so aber auch neues Widerstreben von Jugendlichen heraus, denen es um ganz einfache, alltägliche Freiheiten ging. Die Gruppen der so genannten Edelweißpiraten und der Swing-Jugend oder auch heimliche Fortführungen der bündischen Jugendbewegung sind Beispiele hierfür.

Arnulf Zitelmann hat mit seinem Bericht über die Erlebnisse des Paule Pizolka an einem Einzelschicksal die Geschichte jener Jugendlichen im »Dritten Reich« erzählt, die zu »Staatsfeinden« gemacht wurden, ohne dass sie selbst sich dazu hätten machen wollen. Es ist kein fiktiver Lebenslauf eines Jugendlichen in Hitler-Deutschland, der da geschildert wird, sondern am individuellen Fall werden gesellschaftstypische Enteignungen jugendlicher Lebensrechte im »Dritten Reich« sichtbar. Die Realitätsnähe dieses Jugendromans aus hochpolitischen Zeiten liegt gerade darin, dass da ein Jugendlicher auf zunächst durchaus unpolitischen eigenen Wegen in einen Gegensatz zum Staat gerät und sich am Ende im Lager derjenigen wiederfindet, die der herrschenden Politik als nicht mehr »gemeinschaftsfähig« gelten.

Paule Pizolka stellt seine kleinen Freiheiten gegen die großen Worte des nationalsozialistischen Staates und in der Reaktion darauf stellt sich die Wirklichkeit des Nationalsozialismus in ihrer so gar nicht mehr hochtrabenden, banalen Brutalität heraus. Das ist eine Jugendgeschichte, aus der politisch mehr zu lernen ist als aus mancher wissenschaftlichen Analyse des »Dritten Reiches«.

Danksagung

»*Bof*«, sagt Clément an einer Stelle dieses Buches, »wozu von der Vergangenheit reden?« *Bof* ist ein unübersetzbarer französischer Ausdruck der Gleichgültigkeit, des Überdrusses, der Uninteressiertheit. Trotzdem habe ich dieses Buch geschrieben. Die Hitler-Zeit umfasst immerhin ein Fünftel meines Lebens. Wie könnte sie also spurlos an mir vorbeigegangen sein? Es sind darum auch persönliche Erlebnisse von mir in dieses Buch eingegangen. Dabei bewegt sich die Erzählung auf dem schmalen Grat zwischen Dichtung und Wahrheit. Manche der Personen, die sich dem Leser vorstellen, hat es wirklich gegeben, auch wenn ich ihnen in der Regel andere Namen verliehen habe. Und natürlich sind alle Gespräche und Äußerungen der hier handelnden Personen meine Erfindung. Doch sind sie insofern authentisch, als sie die Gefühlslage meiner Erinnerung an sie wiedergeben.

Moringen freilich ist mir erspart geblieben. Erst während meiner Vorarbeiten zu diesem Buch bin ich überhaupt auf die Existenz dieses Jugendkonzentrationslagers gestoßen. Für das Kapitel »Moringen« verdanke ich meine Informationen Wolfgang Grunewald, einem Überlebenden des Lagers, sowie der Arbeit von Andreas Kohrs und Martin Guse: »Die ›Bewahrung‹ Jugendlicher im NS-Staat – Ausgrenzung und Internierung am Beispiel der Jugendkonzentrationslager Moringen und Uckermark«.

Wie viel ich der sonstigen Literatur über den Nationalsozialismus verdanke, kann ich unmöglich hier aufzählen. Erwähnen muss ich aber die Arbeit unseres Sohnes Rainer: »Hitler. Das Selbstverständnis eines Revolutionärs«. Sie hat mir geholfen, Hitler differenzierter zu sehen, als ich das vorher getan hatte.

In meine Danksagung schließe ich ferner das Museum meines Wohnortes Ober-Ramstadt mit ein. Mein Dank gilt überdies den Stadtarchiven von Duisburg und Frankfurt sowie dem »Bevrijdingsmuseum Rijk van Nijmegen, Groesbeek«. Die Hilfe, die ich von diesen Stellen erhielt, war mir von unschätzbarem Wert.

Dass der Plan zu diesem Buch überhaupt entstehen konnte, verdanken ich und der Leser jedoch Alexa Gelberg. Sie hat mir zugehört, und ohne ihren Zuspruch hätte ich mich nicht getraut. Danke, Alexa. *A. Z.*

Literaturhinweise

Ulrich Herrmann (Hrsg.), »Die Formung des Volksgenossen«. Der Erziehungsstaat des Dritten Reiches. Beltz Verlag, Weinheim/Basel 1985

Arno Klönne, Jugend im Dritten Reich. Die Hitler-Jugend und ihre Gegner. Deutscher Taschenbuch Verlag, München 1990

Detlev Peukert, Die Edelweißpiraten. Bund Verlag, Köln 1988

© Arno Görlach

Arnulf Zitelmann

Arnulf Zitelmann, geboren 1929, studierte Philosophie und Theologie und lebt als freischaffender Autor in der Nähe von Darmstadt. Bei Beltz & Gelberg erschienen von ihm zahlreiche Romane für Kinder und Jugendliche, in denen er sich kenntnisreich mit historischen Themen und Schicksalen befasst. Außerdem schrieb er Biographien über Martin Luther, Thomas Müntzer, Martin Luther King und Immanuel Kant. Für sein literarisches Gesamtwerk wurde er mit dem Friedrich-Bödecker-Preis und dem Großen Preis der Deutschen Akademie für Kinder- und Jugendliteratur ausgezeichnet.